Stephen Cole · Bloodline

Alle Bände der Trilogie von Stephen Cole:

Band 1: Snakeroot
Band 2: Aztec Code
Band 3: Bloodline

Stephen Cole

BLOOD LINE

Aus dem Englischen von
Ursula Höfker

Loewe

FSC
www.fsc.org
MIX
Papier aus verantwortungsvollen Quellen
FSC® C014496

ISBN 978-3-7855-7714-1
Sonderausgabe des Titels *Bloodline*
1. Auflage 2013

Die Originalausgabe ist bei Bloomsbury Publishing Plc, London,
unter dem Titel *Bloodline Cipher* erschienen.

Aus dem Englischen übersetzt von Ursula Höfker
Redaktion: Maraike Sörensen
Printed in Germany

www.loewe-verlag.de

Für Ele

Je länger wir über unglückselige Ereignisse nachgrübeln, desto größer ist ihre Macht, uns zu schaden.
Voltaire

SANTA MONICA BOULEVARD

Man könnte meinen, das Ende der Welt stünde bevor, dachte Jonah Wish.

Verschwitzt lief er einen Bürgersteig in West Hollywood entlang und betrachtete den Himmel, der schwarz war und gleichzeitig leuchtete. Massive Wolkenbänke, beschienen von der Spätnachmittagssonne, standen wie Kohleberge über den niedrigen Mietshäusern. Die Luft schien aufgeladen, als wartete das gesamte heruntergekommene Viertel darauf, dass etwas passierte. Als könnte ein Unwetter es kaum erwarten loszubrechen.

Für Jonah war dies alles ein böses Omen.

Früher wären ihm solche Gedanken gar nicht gekommen. Er war als Computerfreak aufgewachsen und aus dem Hacker von früher war ein Codeknacker geworden, der an wenig mehr als Einer und Nullen glaubte. Doch im vergangenen Jahr hatte Jonah Dinge erlebt, die ihn dazu gebracht hatten, an allen möglichen dunklen Hokuspokus zu glauben. »Seltsam und unheimlich?«, murmelte er. »Abspeichern unter ›Leben‹.«

»Was hast du gesagt?« Die ruppige Stimme mit amerikanischem Akzent gehörte Motti, der neben ihm herlief – eine Gestalt mit Ziegenbärtchen in zerknittertem Schwarz.

»Ich …« Jonah schluckte. »Ich fürchte, es sieht nach Regen aus.«

»Mann, ich hab echt Schwein gehabt, dass du mir als Back-up für diese Mission zugeteilt worden bist«, sagte Motti und guckte ihn durch seine Brille mit den runden Gläsern finster an. »Deine anregende Unterhaltung, die Superstimmung, die du verbreitest ... was will man mehr?«

Jonah lächelte bitter; der Sarkasmus prallte an ihm ab. Mottis Standardeinstellung schien auf »schlechte Laune« zu stehen und Beleidigungen waren einfach seine Art der Interaktion mit der Welt.

»Nein, bitte, ich kann von Glück sagen, dass ich *dich* als Begleiter habe – ein langhaariger Miesmacher, der es immer noch cool findet, Grufti zu sein. Und der eine halbe Frühlingsrolle im Ziegenbart hat.«

Motti schrubbte mit den Fingern über seinen Bart. »Scher dich zum Teufel, Freak.«

»Den halben Weg haben wir doch schon geschafft, oder?«, fragte Jonah, während er den Himmel betrachtete, der ihn ganz nervös machte, und die vergrämten Gesichter der Leute, die an ihnen vorbeieilten. Er blieb stehen, zog einen Stadtplan aus der hinteren Tasche seiner Jeans und faltete ihn auf. »Ich schau nur rasch nach, wie weit es noch ist, bis wir den Blinker links setzen müssen.«

»Würdest du das Ding wegstecken?«, knurrte Motti leise und schaute sich um, ob Gefahr im Verzug war. »Touristen sind hier in der Gegend leichte Beute. Wir fallen auf wie Nudisten bei einer Beerdigung.«

Jonah checkte rasch die Route und setzte sich wieder in Bewegung. Der Gestank von Mülltonnen und Pökelfleisch stieg ihm in die Nase und drehte ihm den Magen um. Er wünschte sich zurück ins sichere Genf, in die weiße Kühle seines minimalistisch eingerichteten Zimmers oder mit dem Rest der Gang in den Hobbyraum, wo Patch Bier ausschenkte, Con sich zur Musik aus der Anlage wiegte, Tye ihm in die Augen lächelte und das Leben einfach gut war. Aber man muss sich seinen Lebensunterhalt verdienen, erinnerte er sich. Wobei mir von den Leuten hier die wenigsten zustimmen würden.

Jonah hatte sich unter Hollywood nur Glanz und Glamour vorgestellt. Aber diese Straße mit den heruntergekommenen Backsteinhäusern und Maschendrahtzäunen war weit entfernt von den Boulevards und Boutiquen, in denen die Stars verkehrten. Dies war ein Ort, an dem sich Jäger und Gejagte in aller Öffentlichkeit mischten, Risiko gegen Notwendigkeit abwogen und danach handelten. Jonah erkannte es an der Art, wie junge Mütter und ältere Ehepaare beim Gehen den Kopf gesenkt hielten und sich nach Kräften bemühten, die an den Straßenecken herumlungernden Gangs zu ignorieren. Zwei Betrunkene wankten mit übertriebener Vorsicht an Jonah vorbei, so als fürchteten sie, durch Risse im Asphalt rutschen zu können. Halb geschlossene Augen hinter schmutzigen Cafeteria-Fenstern blickten ihm anklagend ins Gesicht.

All das erwartet dich, schienen sie zu sagen, falls du versuchen solltest, Coldhardt hängen zu lassen. Er ernährt dich, er kleidet dich, er hat dich reich gemacht …

Du musst nur lange genug leben, um es auch genießen zu können.

Jonah hatte in Coldhardts Hauptquartier in Genf einen Ferrari F430 stehen – kein schlechter Cruiser für einen achtzehnjährigen Fahranfänger – und er stand direkt neben Mottis BMW M6-Cabrio. Aber teure Schlitten fielen auf, nicht nur in einer Gegend, in der die meisten geparkten Autos auf Backsteinen aufgebockt waren. Deshalb hatten sich Motti und Jonah am Van-Nuys-Flughafen ein Taxi bis in die Stadt genommen und gingen jetzt zu Fuß; sie hatten eine unverdächtige Strecke zum Santa Monica Boulevard gewählt.

Jonah beobachtete, wie auf seiner Armbanduhr dreißig Minuten dahinkrochen, zählte in zittrigen Atemzügen, Schritten und beschleunigten Herzschlägen mit.

Wenigstens hält sich der Regen noch zurück, dachte er, während der aschgraue Himmel immer dunkler wurde.

Kurz darauf wurde der Abend schreiend bunt von Neonreklame erleuchtet. Grelle Werbeplakate säumten die Straßen, priesen alles Mögliche an, von Tattoos über Tarot-Sitzungen bis hin zu Hilfe bei der Steuererklärung. Die Menschentrauben wurden dichter und lärmender. Dröhnende Rhythmen schallten aus dunklen Hauseingängen. Blinkende Schriftzüge schrien die Namen von Kinos und Steakhäusern, von Girlie-Shows und Tankstellen hinaus.

»Ganz schön was los hier«, bemerkte Motti und sah sich staunend um.

»Coldhardt hat gesagt, diese Krücke Budd sei der größte und raffgierigste Hehler der gesamten Westküste«, erinnerte Jonah sich. »Er muss stinkreich sein. Warum treffen wir uns dann in einem solchen Dreckloch mit ihm?«

»Vielleicht wird er beobachtet.« Motti warf automatisch einen Blick über die Schulter. »Vielleicht fürchtet er, dass ihn an seinen Stammplätzen jemand sieht.«

»Möglich.« Jonah wies mit dem Kinn auf das pinkfarbene Neonschild, das über einem Klub flackerte. »Oder unser Budd geilt sich einfach bei ›Live Girls Dancing‹ auf.«

»Was allemal besser ist als tote Girls auf einer Gummimatte angucken, nehm ich an.« Motti wies über die Straße. »Da drüben ist jedenfalls das Apartment, das wir suchen. Im Erdgeschoss, gegenüber dem Animierlokal.«

»Wir sind zu früh«, stellte Jonah fest. »Unser Date ist erst in zwanzig Minuten.«

»Warte hier, ich checke das Ding erst mal aus, damit wir nicht in eine Falle tappen.«

Jonah nickte. »Lass dich möglichst nicht erwischen. Ich bin hier der Codeknacker, nicht die schnelle Eingreiftruppe.«

»Wem sagst du das.« Motti schlappte Richtung Apartment davon. Sein dunkler Pferdeschwanz wippte zwischen den Schulterblättern auf und ab.

Jonah lehnte sich an die Wand und versuchte unauffällig auszusehen, als Motti in einer Seitenstraße verschwand. Es ist okay, sagte er sich beruhigend, lass den Mann seine Arbeit machen. Als Sicherheitsexperte ihrer kleinen Truppe war Motti darauf spezialisiert, sie rein- und auch wieder rauszuschleusen, wo immer es nötig war. Er war Profi. Auf ihrem jeweiligen Gebiet waren Coldhardts Talente das alle. Tye, der menschliche Lügendetektor, Patch, der jüngste Schlosser in der Stadt, Con, das mesmerisierende Sprachtalent, die es schaffte, auch den stursten Dickschädel auf Linie zu bringen … Jeder Einzelne war ein Plus für das Team.

Warum sollte der alte Herr uns sonst um sich haben wollen?, überlegte Jonah verdrossen. Weil er ein mitfühlendes Herz hat?

Minuten voller Anspannung vergingen. Als Motti wieder auftauchte und über den Boulevard schlenderte, stieß Jonah einen tiefen Seufzer der Erleichterung aus.

»Okay, Freak«, sagte Motti, legte Jonah eine Hand auf den Rücken und schob ihn vorwärts. »Die Bude ist sauber, keine Spione. Es kann losgehen.«

Sie hatten gerade mal die Mitte der Straße erreicht, als die ersten dicken Tropfen fielen. Bald ging ein Platzregen nieder, als schwitzte der Himmel seinen Frust aus. Jonah lief neben Motti her durch den dreckigen, mit Unrat übersäten Vorgarten von Budds Unterschlupf.

Als Motti an die Tür hämmerte, blätterte die Farbe in großen Flocken ab. »Aufmachen, wir ersaufen hier draußen!«

Die Tür ging fast im selben Moment auf und ein kräftiger, dunkelhäutiger Mann zog sie mit Schwung aus dem Regen in den spärlich beleuchteten Flur. Sein teuer riechendes Aftershave war ein klein wenig zu dezent gegen seinen Schweißgeruch. Jonah hielt ganz still, als der kräftige Kerl ihn fachmännisch durchsuchte und sich dann Motti vornahm.

»Sie sind sauber«, rief er durch die offene Tür hinter sich.

»Zumindest waren wir es, bis du uns mit deinen feuchten Pfoten betatscht hast«, beklagte Motti sich.

»Bring sie rein«, sagte eine Stimme mit starkem, nordenglischem Akzent. Jonah war überrascht, zu seiner allgemeinen Nervosität und Übelkeit plötzlich auch noch Heimweh zu verspüren. Er war ein ganzes Jahr lang nicht mehr in Großbritannien gewesen – seit Coldhardt ihn aus der Jugendvollzugsanstalt geholt hatte, um ihn zu einem Teil seiner Truppe zu machen.

Jonah wurde hinter Motti her in ein fast leeres Wohnzimmer geschoben. Ein Sortiment brennender Stumpenkerzen war auf dem schäbigen Teppich verteilt. Sie knisterten in dem Luftzug, den ihre Ankunft auslöste, und erfüllten das Zimmer mit einem widerwärtig süßlichen Duft. Die Vorhänge waren zugezogen und schlossen das Leben auf der Straße aus. An den Wänden hingen kunstvoll gemusterte Samtüberwürfe. Jonah und Motti wurden angewiesen, sich mit dem Rücken zum Fenster zu stellen; sie schauten auf einen hochlehnigen Ledersessel in der Mitte des Zimmers. Dort saß steif wie eine Schaufensterpuppe ein kleiner, stämmiger Mann mit blondem, an den Kopf geklatschtem Haar. Seine Augen waren groß und blau und sein Blick hinterhältig – echte Psychopathenaugen – und die schmalen Lippen waren zwischen einem Lächeln und einer Grimasse festgefroren.

Der Mann betrachtete sie eingehend. »Nun, nun«, sagte er in gemäßigterem Ton als zuvor, »wie es aussieht, sucht sich Coldhardt immer Jüngere.«

Jonah zuckte mit den Schultern und leckte sich über die trockenen Lippen. »Du bist Budd, richtig?«

»Nette Wohnung hast du hier«, bemerkte Motti.

»Nach heut Abend werd ich sie nie mehr von innen sehen. Ich miete für jedes Treffen eine andere. So findet mich keiner.« Budd gab dem Farbigen ein Zeichen, der daraufhin herüberkam und sich direkt hinter ihn stellte. »Das ist Clyde. Mein Beschützer. Nur für den Fall, dass ihr ein krummes Ding vorhabt.«

»Wir sind hier, um ein Geschäft zu machen, und nicht, um dich reinzulegen«, entgegnete Motti. »Also lass uns zur Sache kommen.«

Budd nickte. »Ihr habt das Honorar mitgebracht?«

Motti hob langsam die Hand und zeigte Budd den Mittelfinger. Jonah geriet in Panik – bis ihm klar wurde, dass Motti mit dieser Geste lediglich den glänzenden Ring präsentierte, den er am Finger trug.

»Wie ausgemacht, ein emaillierter Goldring. Dreizehntes Jahrhundert vor Christus.« Motti zog ihn über den Knöchel und legte ihn auf seine Handfläche, als wollte er ihn wiegen. »Aus einem mykenischen Grab auf Zypern.«

»Angemessenes Honorar.« Budd holte tief Luft und erhob sich; er zitterte praktisch vor Erregung. »Gib ihn her. Ich will ihn sehen.«

»Nö-hö.« Motti steckte den Ring in die Tasche. »Zuerst gibst du uns wie ausgemacht die Ware – den Laptop von diesem Morell. Jetzt sofort.«

»Für jemand mit 'nem Pferdeschwanz reißt du das Maul ganz schön weit auf.« Budd lächelte und wandte sich an Jonah. »Clyde könnte euch in einer Sekunde mit bloßen Händen um die Ecke bringen.«

Jonah folgte Mottis Beispiel und versuchte den Großspurigen zu geben: »Ich an deiner Stelle würd mir ein Paar Gummihandschuhe überziehen, Clyde. Du kannst schließlich nicht wissen, wo wir waren.«

»Aber ich kann dir sagen, wo du hingehst, Budd, wenn du uns reinlegen willst«, sagte Motti cool. »Nämlich zur Hölle. Coldhardt war drauf und dran den Laptop zu stehlen, bevor sie Morell ermordet haben und seine Bude in L.A. abgebrannt ist. Dass er für das Ding jetzt blechen muss, gefällt ihm gar nicht.«

»Dann hätte er das Teil eben vor mir orten müssen.« Budds Grinsen wurde breiter.

»Wie hast du es gefunden?«, wollte Jonah wissen.

»Die Bullen sind davon ausgegangen, dass ein paar Kids Morells Bude auf den Kopf gestellt haben. Ein Haus, vollgestopft mit unbezahlbaren Antiquitäten, aus dem sie, bevor sie es abgefackelt haben, seinen Flachbildschirm geklaut haben, seine Stereoanlage, seine Computer, seine Kreditkarten ...« Budd schüttelte amüsiert den Kopf. »Ich kenn die Typen, die solche Sachen verhökern. Und ich weiß, dass Leute wie Coldhardt für die Art von dunklen Geheimnissen, die Morell gern gehütet hat, ein Vermögen hinblättern ...« Er schnaubte. »Mich wundert's nur, dass er sich nichts Besseres leisten kann als zwei Niedriglohn-Kids, die die Drecksarbeit für ihn machen.«

»In einem Punkt hast du recht«, sagte Motti. »Coldhardt will die Info auf der Festplatte dieses Laptops. Er will sie unbedingt.« Motti klopfte auf die Tasche mit dem Ring. »Also gibt es zwei Möglichkeiten: Entweder wir machen den Deal und du verdienst dir ein Stück Geschichte oder ihr zwei versucht, uns ›Niedriglohn-Kids‹ zu verarschen, dann *wirst* du Geschichte. Ganz wie du willst.«

Budd schwieg. Clyde sah sie ausdruckslos an.

Der Regen trommelte an die Scheiben, in Jonahs Ohren laut wie Maschinengewehrfeuer. »Nun?«, fragte er. Er musste sich zusammenreißen, damit seine Stimme nicht zitterte.

»Nun …« Budd fixierte zuerst Jonah, dann Motti mit seinen hellen blauen Augen, die einen fertigmachen konnten. »Ihr habt nicht nur Nerven gezeigt, sondern auch das richtige Honorar. Schätze, ich kann euch dafür den Laptop zeigen.« Er drehte sich zu seinem Sessel um und zog einen schmalen Titanlaptop darunter hervor. »Überlegt euch gut, was ihr macht, Jungs«, sagte er gelassener. »Wenn ihr euch wie Morell auf schwarze Magie einlasst, passieren schlimme Dinge.«

»Danke für den Tipp, aber auf Friedhöfen rumhängen und Hühner opfern ist nicht unbedingt unser Ding.« Motti wies mit dem Kinn auf Jonah. »Er ist außerdem Vegetarier.«

Jonah nickte. »Wir wollen lediglich –«

Budd schnitt ihm das Wort ab. »Geschenkt. Mich interessiert nur mein Honorar. Wenn Coldhardt bereit ist, für das gestohlene Zeug von irgendeinem verrückten Teufelsanbeter zu zahlen, ist das sein Bier.«

Verrückter Teufelsanbeter? »Antiquar mit einer Vorliebe für das Geheimnisvolle« war Coldhardts Beschreibung von Morell gewesen, aber Jonah glaubte zu wissen, welcher der beiden den Nagel auf den Kopf traf. »Und du bist sicher, es ist der richtige Laptop?«

»Hältst du mich für einen Amateur, oder was?« Budd sah ihn finster an. »Ich hab die Fingerabdrücke auf dem Gehäuse abgleichen lassen.« Er trommelte geistesabwesend mit den Fingern, als ahme er den Regen an den

Scheiben hinter den dicken Samtvorhängen nach. »Ich weiß nicht, was Coldhardt sich von dem Ding erhofft – und ich will es auch gar nicht wissen.«

»Wir verraten es dir nicht, damit du nachts weiter gut schlafen kannst.« Motti nickte Jonah zu. »Los, Freak, check die Dateien.«

Budd legte den Laptop zwischen die Kerzen auf den Boden und fuhr ihn hoch. Er warf Jonah einen drohenden Blick zu. »Auf die Knie, Junge.«

Jonah kauerte sich hin – da es außer dem einen Sessel keine weiteren Möbel gab, blieb ihm nichts anderes übrig. Der Computer verlangte ein Passwort. Trotz der Spannung, die in der Luft lag, merkte Jonah, wie er ruhiger wurde, als seine Finger die Tastatur bearbeiteten und er sich in das Betriebssystem einhackte. Die Minuten verstrichen ergebnislos, während er den Inhalt der Festplatte durchging und nach Dateien suchte, die zu den Zeiten, die Coldhardt ihm genannt hatte, erstellt worden waren. Nachdem er eine Handvoll verschlüsselter E-Mail-Anhänge entdeckt hatte, zog er eine Chipkarte aus seiner hinteren Hosentasche und lud sie.

»Was soll das werden?«, wollte Budd wissen.

Jonah schaute nicht auf. »Ich checke die digitale Unterschrift auf den Kodierungen. Wir wollen schließlich sicher sein, dass die Dateien von Morell selbst erstellt worden sind.«

»Dann mach endlich«, drängte Motti.

»Schon passiert.« Jonah stieß einen leisen, erleichterten Pfiff aus. »Die Zeitmarken und die Unterschrift stimmen überein.«

»Könnte Buddy-Boy daran herumgepfuscht haben?«

»Nö.« Jonah schloss den Laptop und richtete sich auf. »Jede Veränderung an der Datei oder Versuche, sie zu kopieren, hätten die Unterschrift annulliert. Alles in Ordnung.«

»Ich haue meine Kunden nicht übers Ohr.« Buddy nickte Clyde zu, der von irgendwo Gläser und eine Flasche Scotch hergezaubert hatte. Der kräftige Mann begann auszuschenken. »Gut. Dann besiegeln wir den Deal mit einem Drink, ja? Das ist so Brauch bei mir. Und dann können wir alle aus dieser Bruchbude hier verschwinden – nachdem du mir den Ring gegeben hast, versteht sich.« Budd streckte ungeduldig die Hand aus, als Motti in seine Tasche griff und den Ring herauszog. »Mach schon, gib her!«

Wie auf ein Stichwort schoss ein Metallpfeil durchs Fenster und bohrte sich in Budds Brust. Bis Jonah das Geräusch von splitterndem Glas registriert hatte, färbte sich Budds Hemd bereits rot und Blut spritzte in hohem Bogen aus der Wunde.

»Oh Gott«, keuchte Budd heiser. Er hatte die Augen fest zusammengekniffen. »Was war das? Clyde, was hat mich getroffen? Was war es? Ist es schlimm?« Das Kraftpaket wollte gerade zu ihm stolpern und nachsehen, da fiel Budd schon nach vorn aufs Gesicht.

Jonah starrte ihn an, wie gelähmt vor Panik. Doch Motti war bereits auf dem Weg zur Tür. »Komm, Freak!«, brüllte er. »Raus hier!«

Bevor Jonah sich in Bewegung setzen konnte, schlüpfte eine maskierte Frau in einem maßgeschneiderten schwarzen Kampfanzug und mit einem Bogen in der Hand geschmeidig durch das zerbrochene Fenster ins

Zimmer. Mit einem wütenden Aufschrei stürzte sich Clyde auf sie, noch bevor sie den nächsten Pfeil einlegen konnte. Doch die geheimnisvolle Fremde riss einen der Samtvorhänge herunter, warf ihn über ihn und trat ihm in den Magen. Clyde fiel rückwärts auf einige der Kerzen – brüllte und schlug dann mit Händen und Füßen um sich, als der schwere Stoff Feuer fing.

Instinktiv riss Jonah einen Überwurf von der Wand, weil er dachte, er könnte das Feuer damit ersticken. Doch die Frau war schneller und jagte einen Pfeil in Clydes Körper – was ihn zum Schweigen brachte, während die Flammen sich weiter in den Stoff fraßen.

Dann wandte sich die Fremde Jonah zu und hob erneut den Bogen.

Jonah war schlecht. In Panik drehte er sich um und rannte los, den Laptop an die Brust gedrückt. Motti wartete kreidebleich an der Haustür auf ihn. »Los, schneller!«

Als sie auf den nassen Bürgersteig stürmten, schoss ein Pfeil an ihnen vorbei und zerschlug die Scheibe eines neben ihnen geparkten Wagens; die Alarmanlage heulte los. Erschrockene Fußgänger in der Nähe kreischten und stolperten auf die Straße – direkt vor einen Bus, dessen Fahrer gerade noch auf die Bremse steigen konnte. Jonah hörte das chaotische Durcheinander, während er schon die Straße hinunterlief. Keine zwei Schritte hinter Motti schlängelte er sich zwischen Fußgängern, Pfützen und Straßenlaternen durch. Der Gedanke an eine Stahlspitze, die sich in seinen Rücken bohrte, ließ sein Herz rasen und trieb ihn vorwärts. Der Regen prasselte auf ihn ein und das Dröhnen und Geplärre aus Bars und Stripteaselokalen wurde zum Soundtrack seiner Flucht. Er und Motti rannten und rannten, bis sie fast eine ganze Meile zurückgelegt hatten.

Nachdem Jonah sich durch einen Blick über die Schulter vergewissert hatte, dass niemand sie verfolgte, lehnte er sich taumelnd an eine Ladenfront. Er hatte Krämpfe in den Beinen und sein Magen zog sich zusammen, als er den Tod von Budd und Clyde noch einmal durchlebte. Er beugte sich vornüber und würgte – und zuckte zusammen, als sich eine Hand auf seinen Rücken legte.

»Hey!« Es war nur Motti. »Alles klar?«

Jonah wischte sich Regen aus den Augen und zähen Speichel vom Mund. »Diese Frau hat Budd und Clyde kaltblütig umgebracht.«

Motti runzelte die Stirn; er rang immer noch nach Atem. »Hast du Frau gesagt?«

»Wenn das ein Kerl war, hat er ein ernstes Männerbusenproblem.«

»Mal abgesehen davon, wer sie war – wo zum Teufel ist sie so plötzlich hergekommen?« Motti spuckte in den Rinnstein. »Sie muss Budd observiert haben. Muss genauso dringend hinter dem Laptop her gewesen sein wie Coldhardt.«

»Wahrscheinlich arbeitet sie für jemanden wie ihn«, meinte Jonah düster. »Einen Unberührbaren.«

»Böse Welt, was?« Motti nahm Jonah den Computer ab. »Aber lass uns jetzt, da wir das verdammte Ding haben, abhauen und es Coldhardt bringen, und zwar rapido.«

Jonah nickte und suchte die verregnete Straße nach einem Taxi ab. Doch er wurde das Bild von dem Pfeil nicht los, der aus Budds Brust ragte, von dem Blut, den Flammen, dem brüllenden Clyde. Er atmete flach und musste seine ganze Willenskraft aufbieten, damit er sich nicht übergab. Motti stellte sich neben ihn.

»Stimmt das, was Budd über Morell und die Teufelsanbeterei gesagt hat?«, fragte Jonah leise. »Ist das Buch, hinter dem Coldhardt her ist, eine Art Bibel der schwarzen Magie?«

»Wen kümmert's?« Motti strich sich nasse Haarsträhnen aus der Stirn. »Wir brauchen nichts anderes zu tun, als zu gehen, wohin die verdammten Dateien uns schicken, das Ding zu klauen und es abzuliefern. Fertig, aus, Ende. Oder?«

Jonah sagte nichts darauf. Er zitterte, als er in das stürmische, regengetränkte Schwarz des Himmels hinaufschaute. Etwas sagte ihm, dass diese spezielle Sache noch sehr lange nicht zu Ende war.

LAGEBESPRECHUNG

Tye umkreiste ihre Gegnerin misstrauisch und wappnete sich gegen den Schlag, der jeden Augenblick kommen konnte. Sie hatte jahrelang vom Schmuggel in der Karibik gelebt und sich immer wieder selbst aus brenzligen Situationen heraushauen müssen. Das hatte sie mit gerade mal siebzehn Jahren bereits zu einer Expertin in Sachen Kampftechniken gemacht – aber sie wusste, dass sie ihre Deckung keine Sekunde lang aufgeben durfte.

Nicht bei Con.

Die Arme vor den Schultern, die Fäuste vor dem Kinn, blieb sie in Verteidigungshaltung. Auch wenn es nur ein Trainingskampf war – ein freundschaftliches Gerangel in der Sporthalle auf Coldhardts riesigem Anwesen in Genf –, Con verlor nicht gern, egal wo und egal unter welchen Umständen.

Wie auf ein Stichwort hin machte Con plötzlich einen Schritt nach vorn und fuhr die rechte Hand aus. Die Fingerspitzen und die Oberseiten der äußersten Knöchelreihe strichen über Tyes Augen. Ein Schlag aufs Auge. Nett. Doch noch während sie den Schmerz verarbeitete, presste Tye das Kinn auf die Brust, peilte mit der geballten rechten Hand Cons Rippen an, zielte durch ihre Gegnerin *hindurch* und nicht nur auf die Oberfläche – und schlug eine kurze Gerade, wobei sie

Schulter und Hüfte mitnahm, um noch mehr Kraft hineinlegen zu können. Con keuchte, als die Faust sie traf, und taumelte rückwärts.

»Miststück!« Cons grüne Augen blitzten gefährlich. Dann lachte sie plötzlich, dass ihre Zähne zu sehen waren, so weiß und perfekt wie ihre Haut. »Ich muss endlich aufhören dich zu schonen, was?«

Tye biss die Zähne zusammen. »Ja, vielleicht solltest du das.« Cons kultivierter, leicht slawischer Akzent klang cool und chic, doch es gab Zeiten, da tat er wahnsinnig in den Ohren weh. Sie rannte auf Con zu, den Oberarm parallel zum Boden, den Ellbogen nach vorn gerichtet, und versetzte ihr einen Schlag gegen den Brustkorb. Con hielt dem Aufprall stand und konterte mit einer linken Geraden, der sofort ein doppelter Punch gegen Tyes Wange folgte. Tye unterdrückte einen Schmerzensschrei und wich rasch zurück, die Arme wieder in Verteidigungshaltung.

»Dass du den nicht hast kommen sehen, überrascht mich, Süße.« Con strich sich weißblonde Haarsträhnen aus dem Gesicht und zwinkerte. »Du bist doch der Profi, wenn es um Körpersprache geht, oder?«

Tye zwang sich zu einem Lächeln und ging auf die Flachserei ein. »Na ja, du sprichst fünfzehn verschiedene Sprachen – vielleicht hat dein Körper auch ein paar gelernt, nur um mich auszutricksen.«

»Ich trickse dich mit Freuden aus«, sagte Con und kam wieder auf sie zu. »Über welche Schulter würdest du denn gern fliegen?«

Sie umkreisten sich erneut. Wenn Tye mit Con kämpfte, ging es irgendwie nie nur darum, in Form zu bleiben. Mit ihrer europäischen Erziehung, ihrem Selbstbewusstsein und ihrer Intelligenz war Con für Tye ein Symbol des privilegierten Lebens, das sich Tye ihre gesamte einsame Kindheit lang gewünscht hatte, als sie sich in den tristen Slums von Haiti durchschlagen musste. Während Tye für sich selbst trotz der beschränkten Möglichkeiten das Beste aus ihrem Leben gemacht hatte, war Con alles auf dem Silbertablett serviert worden – bis auf die Zuneigung, nach der sie sich so verzweifelt sehnte.

Tye wollte gerade einen Roundhousekick gegen die schlanke Taille ihrer Gegnerin treten, als Con ihre Kampfhaltung mit einem Ruck aufgab, warnend die Hand hob und sich dem Berg Crashmatten neben sich zuwandte. »Was zum –?«

Sie machte einen Satz nach vorn und zerrte eine wohlbekannte, dürre Gestalt in abgewetzten Jeans und einem grauen Kapuzenshirt aus dem Versteck. Das sommersprossige Gesicht wurde nicht nur von einer schwarzen Augenklappe, sondern auch von einem frechen Grinsen beherrscht. »Alles in Butter, Ladys?«

»Patch!« Tye blickte ihn finster an. »Was haben wir zum Thema Nachspionieren gesagt?«

»Ich kann nichts dafür!«, protestierte Patch. »Ich hab nur zufällig gesehen, dass die Tür zur Sporthalle abgeschlossen war – und ihr wisst, dass ich einer abgeschlossenen Tür nicht widerstehen kann. Ich bin Profi, ja? Wenn ich eine abgeschlossene Tür sehe, muss ich sie öffnen.« Er grinste wieder. »Und wenn ich zwei fitte Chicks in Gymnastikanzügen beim Training sehe, muss ich einfach hingucken.«

»Wenn du das noch mal tust, verpass ich dir einen Hingucker auf dein gesundes Auge, dass alles zu spät ist«, warnte Con ihn.

»He, ich bin fünfzehn! Das sind alles die Hormone, ja?« Patch redete an Cons Busen gewandt. »Ich hab gesehen, wie Tye dir einen auf die Möpse gegeben hat. Ich könnte sie ein bisschen streicheln, damit der Schmerz nachlässt.«

»Du kannst die streicheln, damit der Schmerz nachlässt«, sagte Con und drückte ihm leicht das Knie in die Eier. Patch ließ sich stöhnend auf den Boden fallen. Con wandte sich an Tye und streckte ihr die Hand zum Einschlagen hin. »Machen wir Schluss?«

»Machen wir Schluss«, stimmte Tye zu. Doch als sie nach Cons Hand griff, packte die ihr Handgelenk, zog, sodass sie das Gleichgewicht verlor, und trat ihr die Beine weg. Tye fluchte auf Haitianisch, als sie neben Patch auf dem Boden landete.

»Huch.« Con schaute mit blitzenden Augen auf sie hinunter. »Ich hab gelogen.«

Tye sprang wütend auf, bereit, wenn es sein musste, bis zum K.o. gegen Con zu kämpfen – als das schrille Klingeln eines Telefons die Stille durchbrach.

Der Klang, der der Freizeit ein Ende setzte.

Tye schluckte ihre Wut hinunter und half Patch auf, während Con zu dem Wandtelefon neben der Tür lief. »Ja, Coldhardt?«

Tye und Patch wechselten besorgte Blicke. Das nächste Treffen mit dem Boss war erst auf den nächsten Morgen angesetzt, wenn Jonah und Motti mit dem Laptop des Toten zurückerwartet wurden.

»Irgendwas ist in die Hosen gegangen«, stellte Patch fest.

Tye stieß ihn in die Seite. »In deine vielleicht.«

Con legte auf, schürzte die Lippen und verkündete dann: »Coldhardt will uns in einer Viertelstunde im Konferenzraum sehen. Zum Kriegsrat.«

»Ist etwas mit …?« Tye biss sich auf die Lippe und begann noch einmal: »Die Jungs … ist etwas mit den Jungs?«

»Keine Bange, Jonah geht es gut«, erwiderte Con; ihre Augen funkelten jetzt leicht unterkühlt. »Und Motti genauso. Sie sind vor einer Stunde zurückgekommen.«

»Gut.« Tye versuchte das heiße Prickeln in ihren Wangen zu ignorieren.

»Jetzt«, sagte Con und reckte die Arme über den Kopf, »müssen wir uns erst mal ausruhen und duschen, bevor wir zu dem Treffen gehen, oder?«

»Wir sehen uns dann dort«, sagte Patch und steuerte ergeben die Tür an.

Con hielt mitten im Räkeln inne und blinzelte überrascht. »Er hat gar keine blöde Bemerkung gemacht und gefragt, ob er mir den Rücken einseifen darf.«

Tye ging kopfschüttelnd zu den Umkleideräumen. »Dann muss es was Ernstes sein.«

Tye brauchte nur ein paar Minuten unter der Dusche. Sie wischte sich Wasser aus den Augen, trat aus der Kabine – und direkt in ein warmes weiches Handtuch von der Größe eines Segels, das ihr jemand hinhielt. Sie keuchte erschrocken, riss die Augen auf, zog schnell das

Handtuch vor ihren nackten Körper – und sah Jonah vor sich stehen. Er war ganz offensichtlich hundemüde, lächelte aber anerkennend.

»Was zum Teufel denkst du dir eigentlich dabei?«, zischte sie, doch ihre Wut war größtenteils gespielt. »Wenn Con dich hier drin sieht …«

»Sie ist längst weg, du lahme Ente. An die Seite ihres Herrn und Meisters geeilt.« Er hob die Augenbrauen. »So wie ich zu meiner Geliebten geeilt bin.«

»Oh, dann bin ich jetzt also deine Geliebte?«, neckte sie ihn, während sie das Handtuch unter den Armen festklemmte. »Was ist passiert, habt ihr in Kalifornien geheiratet, du und Motti?«

»Na ja, du weißt doch, wie das ist – wir haben einen Abstecher nach Las Vegas gemacht, dann kam dieser Elvis-Verschnitt vorbei …«

Tye konnte nicht anders. Sie musste lächeln. Mit seinem blonden Wuschelkopf, den glatten, strengen Zügen und nervösen Augen hatte Jonah sie immer an einen Chorknaben erinnert, der seine schmutzigen Gedanken unbedingt mit jemandem teilen wollte. Doch in letzter Zeit trieb er regelmäßig Sport, sein Körper war gebräunt und muskulös und er strahlte mehr Selbstbewusstsein aus. Er mauserte sich vom Chorknaben aus der letzten Reihe zum Frontmann einer Indie-Band. Doch im Moment stimmte sein relaxter Ton nicht mit seiner angespannten Haltung überein. Sie betrachtete ihn sekundenlang. Er versuchte so zu tun, als sei alles in Ordnung, auch wenn es ganz eindeutig nicht so war. Seine Augen waren glasig, als hätte er nicht geschlafen, und seine Schultern wirkten verspannt.

»Was ist los, Jonah?« Sie legte ihm die flache Hand auf die Brust. »Warum seid ihr früher zurückgekommen?«

»Du bist doch nicht etwa enttäuscht?«

»Blödmann.« Sie beugte sich vor und küsste ihn nass und warm auf den Mund. Er erwiderte den Kuss ein wenig zu gierig und versuchte seine Hand unter das Handtuch zu schieben.

»Hey«, flüsterte sie und stieß ihn sanft zurück. »Ich bin froh, dass du heil zurück bist, aber es darf niemand wissen, dass wir mehr als Freunde sind. Hast du das vergessen? Hier könnte jeder reinmarschieren.«

»Sie sind schon alle im Konferenzraum. Motti und ich mussten ihm sofort Bericht erstatten. Mich hat er noch mal rausgelassen, damit ich frische Luft schnappen kann.«

»Aber stattdessen schnappst du dir mich.«

»Tye ...?« Jonah streckte die Arme aus. »Hältst du ... mich noch eine Weile fest? Bitte?«

Sie runzelte die Stirn. »Jonah, was ist passiert?«

»Die Männer, die wir getroffen haben ...« Er blickte auf seine Schuhe hinunter, seine Stimme war so ausdruckslos wie seine Augen. »Sie wurden beide ermordet. Mit Pfeil und Bogen erschossen und in Brand gesteckt, direkt vor meiner Nase. Und mich hätte es fast als Nächsten erwischt.«

»Scheiße«, murmelte Tye, legte die Arme um ihn und zog ihn an sich.

Sie war neun gewesen, als sie zum ersten Mal gesehen hatte, wie jemand ermordet wurde, und seither war sie Zeugin von so viel Blutvergießen geworden, dass Gewalt sie kaum noch schockte. Da vergaß man leicht, dass Jonahs Leben so ganz anders verlaufen war. Er hatte seine Jugend in Pflegestellen, verteilt über ganz Großbritannien, verbracht, hatte sich in abgedunkelten Räumen verschanzt, auf geborgten Computern Codes und Geheimschriften geknackt und sein Talent immer weiter ausgebaut. Klar, er war im Gefängnis gewesen, aber wegen einer einmaligen Sache. Er hatte fremde Gelder auf das Konto seiner Pflegemutter geschaufelt, weil er ihr helfen wollte, ein neues Leben anzufangen – ohne sich richtig bewusst zu sein, dass er dadurch selbst ein neues Leben angefangen hatte, eines außerhalb des Gesetzes: ein Leben als Coldhardts Angestellter.

Seither war das Blut entschieden reichlicher geflossen. Sie hielt ihn weiter ganz fest.

»Ich bin nicht für dieses Leben gemacht und werd's auch nie sein.« Jonah rieb sein Gesicht an ihrem Hals. »Oder?«

Sie seufzte. »Es wird mit der Zeit leichter.«

»Aber will ich das?« Jonah ließ sie los und trat einen Schritt zurück.

»Manchmal spielt es keine Rolle, ob wir etwas wollen oder nicht«, sagte sie leise. Ihre Augen suchten seine. »Du weißt das selbst.«

Jonah schwieg.

Sie zog ihn wieder an sich. »Es wird alles gut.« Die Worte klangen hohl in ihren Ohren, aber ihn schienen sie zu trösten. Einen langen Augenblick hielten sie sich in den Armen, dann merkte sie, dass er sich langsam entspannte, und spürte seine Hand, die sich wieder unter das Handtuch stahl.

»Hey!« Sie trat zurück. »Lass das! Wir müssen gehen.«

»Bist du sicher?« Jonah schaute sehnsüchtig zu, als sie sich anzuziehen begann.

»Sicher bin ich sicher.« Sie zog das blaue Top an, hell auf ihrer dunklen Haut. »Wir sind ohnehin schon spät dran.« Doch auch wenn sie nach außen hin streng klang, lächelte sie insgeheim. Trotz allem, was sie in ihrem Leben schon gesehen hatte und über das Leben wusste, vermittelte ihr Jonah zuweilen das Gefühl, als könnte wirklich alles gut werden. Vielleicht war das der Grund, weshalb es sich manchmal, wenn sie ihn betrachtete, anfühlte wie …

Nein. Tye verbot sich hastig an dieser Stelle weiterzudenken. Das Leben war auch so schon viel zu kompliziert. Sie zog ihre Zöpfe hinten aus ihrem Top und küsste ihn federleicht auf den Mund.

»Komm«, sagte sie, drehte sich um und ging zur Tür. »Und nicht vergessen: Wir sind lediglich befreundete Arbeitskollegen. Versuch dich normal zu verhalten.«

Jonah seufzte, als er ihr folgte. »Sag mir doch bitte, wie das geht.«

Alles erschien fast *zu* ruhig und friedlich, als Jonah hinter Tye über die stillen Wege auf Coldhardts riesigem Anwesen ging. Die Abendsonne spiegelte sich in Fensterflügeln und künstlich angelegten Teichen. Die frischen grünen Rasenflächen dazwischen sahen aus, als würden jeden Tag die Platzwarte der Premier League eingeflogen, um sie zu pflegen.

Coldhardt bewegte sich routinemäßig zwischen seinen

diversen Stützpunkten hin und her, gerade wie und wann die Geschäfte es erforderten. Während der letzten zwölf Monate hatte Jonah in einem Schloss in Siena gewohnt, auf einer Ranch in Neumexiko, einer Plantage auf Jamaika, in einem ehemaligen Hotel in Bulgarien ... Doch sein abenteuerliches Leben hatte hier in Genf begonnen, nachdem Motti, Tye und die anderen ihn aus der Jugendvollzugsanstalt befreit hatten. Vielleicht war das der Grund, weshalb er nur in diesem Anwesen sein wirkliches Zuhause sah.

Man schaute von hier aus auf Kornfelder und Weinberge und hatte einen Postkartenblick auf die französischen Alpen in der Ferne. Auf dem Gelände lagen alte Nebengebäude verstreut; von außen sahen sie idyllisch und ein wenig heruntergekommen aus, doch hinter den Mauern der meisten verbargen sich mit allen Schikanen ausgestattete Apartments. Das nach den neuesten sportmedizinischen Erkenntnissen eingerichtete Fitnesscenter lag nur ein paar Schritte von einem großen Hallenbad entfernt, einer Spielhalle mit Hobbyraum und der Tiefgarage – und natürlich dem riesigen Klubraum, in dem die Talentgang abhängen oder die ganze Nacht Partys feiern konnten, wenn ihnen danach war. Anschließend brauchten sie nur nach oben zu wanken und in ihren luxuriösen Suiten aufs Bett zu fallen ...

Nein, für Coldhardt zu arbeiten hatte auch seine guten Seiten, das musste Jonah zugeben. Und nach dem Start, den er ins Leben gehabt hatte, hoffte er, einen solchen Luxus nie für selbstverständlich zu nehmen.

Das Wissen um die reale Möglichkeit, auf irgendeiner gefährlichen, gruseligen Mission jeden Augenblick ums

Leben kommen zu können, trug natürlich wie nichts anderes dazu bei, das zu schätzen, was man hatte.

Oder *wen* man hatte. Jonahs Blick ruhte auf Tye, die zu dem vor ihnen liegenden Chateau vorausging, auf ihrem geflochtenen Haar, das über der glatten, dunklen Haut ihres Nackens auf und ab hüpfte. »Hey«, rief er, »kannst du mir nach der Besprechung noch einmal eine Fahrstunde geben?«

»Du musst dich ausruhen«, antwortete sie leichthin und schob etwas Efeu neben der Eingangstür zur Seite. Zum Vorschein kam eine kleine Hightechtastatur. »Ich will nicht, dass du einschläfst.«

Er senkte die Stimme. »Auch nicht bei dir?«

Sie gab den Eingangscode ein. »Platz, Bello.«

Bei Fuß zu gehen hat sie mir jedenfalls schon beigebracht, stellte Jonah fest, als sie die große marmorne Halle betraten. Er und Tye hatten bereits vor ein paar Monaten ihre Gefühle füreinander entdeckt, aber sie wollte nichts überstürzen, es noch geheim halten. Jonah wusste, dass Coldhardt eine Affäre zwischen zwei seiner Agenten nicht gutheißen würde. Ergebnisse hingen davon ab, dass die Talentgang als Team arbeitete, jeder gleich behandelt wurde und die Urteilsfähigkeit jedes Einzelnen nicht durch verworrene Gefühle getrübt wurde.

Doch es war schwer, hier ein Geheimnis zu haben, besonders vor Coldhardt, der das Wort »Geheimnis« praktisch erfunden hatte. Auf dem Weg über die Wandelgänge mit den Türbögen und Bleiglasfenstern ging er in Gedanken noch einmal die Verhaltenstipps durch, die Tye ihm gegeben hatte, damit seine Körpersprache ihn nicht so leicht verriet. Doch obwohl er wusste, dass Vorsicht angebracht war, machte das ständige Auf-der-Hut-Sein ihn verrückt. Und die letzte Nacht hatte ihm eindringlich vor Augen geführt, wie kurz das Leben war.

Nun war er hier und musste diese Ereignisse für Coldhardt und die Gang noch einmal im Detail durchleben.

Tye öffnete die Doppeltür am Ende des Wandelganges und sie stellten sich zusammen auf den Ausschnitt des Steinbodens, der ruckelte und sich zu der geheimen Welt im Untergrund absenkte.

Coldhardts Konferenzraum war ausgesprochen geräumig, teils Sitzungssaal, teils Arbeitszimmer, teils gespenstischer Sci-Fi-Bunker. Beherrscht wurde er von einem riesigen ovalen Tisch. Entlang einer Wand standen in Reih und Glied schwarze Aktenschränke, die den leeren Blick von einem Dutzend Plasmabildschirmen auf der gegenüberliegenden Wand aushalten mussten.

Motti, Con und Patch saßen bereits auf Stühlen aus gebürstetem Stahl um den Tisch herum. »Jonah!«, rief Patch gut gelaunt wie immer. »Du hast es überlebt!«

Jonah zuckte mit den Schultern. »Gerade eben.« Tye setzte sich zwischen Motti und Patch und lächelte beiden zu. Für Jonah blieb der Platz neben Con. »Sei froh, dass du den Job ausgelassen hast«, sagte er zu ihr.

»Wo ich doch sonst kaum etwas auslasse«, erwiderte sie und blickte ihn mit diesen verunsichernden grünen Augen an. Es war, als versuchte sie in ihr Gegenüber hineinzusehen und dessen Gedanken zu lesen. Das Problem war nur, dass Con als selbst ernannte Expertin für NLP und Mesmerismus – oder *Hypnose* in den Augen aller anderen – einen unvorbereitet erwischen und genau das tun konnte – hypnotisieren. Jonah hatte selbst erlebt, dass Leute Con ihre intimsten Geheimnisse anvertrauten, und zwar so locker, als bestellten sie einen Drink.

»Schiebst du mir einen Kaffee rüber, Mott?« Jonah reckte sich.

Motti schaute Patch an und grunzte etwas Unverständliches, worauf Patch eine weiße Porzellantasse mit den letzten Tropfen Kaffee füllte. Tye schob die Tasse zu ihm hinüber.

»Himmel.« Jonah blickte auf die dunkle, ölige Flüssigkeit. »Konzentriertes Koffein. Da schlaf ich garantiert nicht mehr bei der Arbeit ein.«

»Bei dieser speziellen Arbeit schläft niemand von uns ein, Jonah.« Die Stimme hatte einen vollen Klang, gewürzt vom Alter und mit einem leichten irischen Akzent.

Coldhardts Stimme.

RUHE VOR DEM STURM

Wie immer zog der Boss Jonahs gesammelte Aufmerksamkeit auf sich. Coldhardt war aus seinem privaten Büro am hinteren Ende des Konferenzraumes gekommen, eine große, hagere Gestalt, die ein voller weißer Haarschopf krönte. Obwohl er schon weit in den Sechzigern war, bewegte er sich mit dem lässigen Selbstbewusstsein eines wesentlich Jüngeren. Seine hellen blauen Augen sprachen allerdings eine andere Sprache – eine Sprache der Erinnerung an etwas so Schlimmes, dass Coldhardt es keine Sekunde lang vergessen konnte. Und als er sich ans Tischende setzte, konnten sein dunkles Samtjackett und das frisch gestärkte weiße Hemd nicht verbergen, wie entsetzlich mager er war. Er war im letzten Jahr sichtlich gealtert.

Jonah wartete wie die anderen darauf, dass er etwas sagte.

»Entschuldigt, dass ich dieses Treffen früher als vorgesehen anberaumt habe«, begann er. »Die Probleme, mit denen Jonah und Motti bei einer Mission, die eigentlich Routine hätte sein sollen, konfrontiert wurden, erfordern unsere sofortige Aufmerksamkeit.« Er blickte zu Jonah und Motti. »Erzählt uns, was geschehen ist. In allen Einzelheiten.«

Gemeinsam berichteten sie, was sie erlebt hatten, von

ihrer entspannten Ankunft in Van Nuys am gestrigen Morgen bis zu dem mitternächtlichen Sprint zum Internationalen Flughafen von L.A. und dem glücklicherweise ereignislosen Rückflug.

»Klingt so, als hätte Budd sich einen besseren Buddyguard nehmen sollen«, witzelte Patch nervös.

»Wir hätten auch einen Beschützer brauchen können.« Motti lächelte nicht. »Hey, Freak, vielleicht hätten wir die Tussi mit dem Bogen fragen sollen, ob sie irgendwelche Freunde hat.«

»Ich bin froh, dass sie allein war«, erwiderte Jonah und wandte sich dann an Coldhardt. »Wie sieht's aus? Hatte Budd recht? Enthält das Buch, hinter dem du her bist, okkulte Texte?«

»Es ist ein Grimoire«, antwortete Coldhardt. »Ein uraltes Buch mit angeblich magischem Wissen und entsprechenden Praktiken. Das Guan-Yin-Manuskript, wie sein voller Name lautet.«

»Guan Yin?« Patch runzelte die Stirn. »Klingt so, als wär's aus einem chinesischen Schnellimbiss gekommen.«

»Guan Yin ist die chinesische Göttin der Barmherzigkeit«, erklärte Coldhardt geduldig, »obwohl ihre Ursprünge in der buddhistischen Mythologie liegen. Auf der Titelseite des Grimoire ist ein Bild von ihr.« Er legte eine kurze Pause ein. »Das Guan-Yin-Manuskript soll im vierzehnten Jahrhundert zusammengetragen worden sein, es ist in einer unbekannten Sprache geschrieben und soll ein Geheimnis von unschätzbarem Wert enthalten. Etwas, das weise Männer von Europa bis zum Orient heiß begehrten. Sie nannten es ›Bloodline Code‹.«

»Ein Code aus dem vierzehnten Jahrhundert?« Jonah setzte sich aufrecht hin. »Zu der Zeit hat es mit Codes und Geheimschriften ja erst so richtig angefangen. Die ersten kryptografischen Handbücher sind 1379 erschienen, hauptsächlich Ersatzalphabete –«

Motti gähnte laut. »Kryptografische Handbücher aus dem Mittelalter. Sehr schön. Erinnere mich daran, dass ich mir die Schinken aus der Bibliothek hole.«

»Bloodline Code?« Con blickte fragend in die Runde. »Was soll das überhaupt bedeuten? Eine Art verschlüsselter Familienstammbaum?«

»Vielleicht hat ein Buddhist ihn verfasst und seine ganzen Reinkarnationen aufgelistet«, meinte Motti schnoddrig. »Du weißt schon, er hat als Insekt angefangen, wurde dann ein Fisch, danach eine Katze, dann ein Mensch …«

»Klingt nach einem echten Knaller«, sagte Tye und verzog das Gesicht.

»Ungeachtet des Inhalts waren die Besitzer des Guan-Yin-Manuskripts über die Jahrhunderte angeblich alle vom Pech verfolgt.« Coldhardts Ton ließ keinen Zweifel daran, dass die Zeit für Scherze vorbei war. »Man dachte, das Buch sei für immer verloren, nachdem ein türkisches Museum, in dem es ausgestellt war, 1867 abgebrannt war. Ich hoffe, dass wir mehr über seinen Inhalt erfahren, wenn ihr es gestohlen habt.«

»Es ist bestimmt eine Menge wert, ja?«, fragte Con. Es fehlte nicht viel, und sie hätte sich dabei die Lippen geleckt.

»Eine unschätzbare Menge. Für mich könnte sein Wert unermesslich sein.«

Jonah lief ein Schauer über den Rücken. »Die Frau, die Budd und Clyde umgebracht hat – oder wer immer sie geschickt hat –, muss den Wert des Buches ebenfalls gekannt haben.«

»Auf Morells Laptop müssen haufenweise geheime Infos sein«, vermutete Tye. »Wir wissen doch gar nicht, ob sie genau wie wir hinter der Information her war, wie man an dieses Grim-Dingsbums herankommt.«

»Nur hat Morell praktisch überall hinausposaunt, dass ihm diese Information vorlag«, erwiderte Coldhardt trocken. »Er war ein gebildeter Mann, aber gleichzeitig naiv. Anscheinend hat er zufällig erfahren, wo das Grimoire sich befand, und wollte es für seine eigene Sammlung erwerben. Es stand nicht zum Verkauf – offenbar war es inoffiziell erworben worden, illegal –, deshalb brauchte er jemanden, der es für ihn stahl. Morell setzte sich mit verschiedenen Leuten in Verbindung – selbstverständlich auch mit mir –, um Angebote für den Job einzuholen. Ich machte ihm einen sehr moderaten Kostenvoranschlag.«

Con lächelte. »Weil du das Grimoire, wenn er akzeptiert und dir gesagt hätte, wo es zu finden ist, für dich selbst hättest stehlen können. Richtig?«

Coldhardt erwiderte das Lächeln ohne Wärme. »Wie gut du mich kennst, meine liebe Con.«

»Ich kapiere immer noch nicht, wie jemand auf die Idee kommen konnte, dass er die Info auf seinem Laptop hat«, gab Patch zu.

»Von dem Augenblick an, als er Verbindung mit mir aufgenommen hatte, ließ ich ihn beobachten – und wie es scheint, haben andere es genauso gemacht.« Coldhardt legte die Fingerspitzen aufeinander, sodass seine Hände ein spitzes Dreieck bildeten. »Morell wollte so kompromittierende E-Mails nicht von seiner eigenen Adresse aus verschicken, aus Angst, sie könnten zurückverfolgt werden – entweder von der Polizei oder von ... anderen Behörden.« Wieder dieses eisige Lächeln. »Er verschlüsselte die Nachrichten zweifach, fuhr zu einem Hotel mit Wi-Fi-Zugang und schickte sie vom Parkplatz aus weg, damit sie nicht zu ihm zurückverfolgt werden konnten.«

Jonah schnalzte mit der Zunge. »Hat sich einfach ohne Erlaubnis in die drahtlose Verbindung anderer Leute eingeklinkt?«

»Mann, das ist ja – das ist ja gesetzeswidrig«, sagte Motti, ohne eine Miene zu verziehen. Patch kicherte.

Tye wandte sich an Coldhardt. »Wollte Morell uns den Auftrag, dieses Grimoire-Ding zu stehlen, nun geben oder nicht?«

»Nein.« Coldhardts Augen verengten sich zu schmalen Schlitzen. »Er beabsichtigte, ihn an einen meiner Mitbewerber zu vergeben – Karl Saitou, ein fähiger, wenn auch fantasieloser Krimineller.«

»Woher weißt du, was Morell zu tun *beabsichtigte?*«, hakte Tye nach.

»Weil Coldhardt an die Schlüssel gekommen ist, mit denen sich die Mails des Typen dechiffrieren ließen«, erklärte Jonah. »Daher wusste ich auch, dass die chiffrierten Dateien tatsächlich von Morell stammten und keiner sich daran zu schaffen gemacht hat.«

»Und die, die ich bis jetzt gelesen habe, waren hochinteressant«, berichtete Coldhardt. »Jedenfalls starb

Morell, bevor er Saitou das Startsignal geben und die Bezahlung regeln konnte. Seine Leiche wurde von dem Feuer, dem sein ganzes Haus zum Opfer fiel, so übel zugerichtet, dass man nicht mehr genau sagen konnte, woran er gestorben ist.« Unvermittelt schlug er mit seiner knochigen Faust auf den Tisch. Alle zuckten zusammen. »Welch ein Jammer!«

Jonah räusperte sich. »Du hast ihn wohl gut gekannt.«

Der alte Herr warf ihm einen vernichtenden Blick zu. »Ich meinte seine Sammlung.«

Hätte ich mir denken können. Jonah schaute auf seinen kalten Kaffee hinunter. »Saitou wird das Grimoire also nicht stehlen, weil kein Geld mehr fließt.«

»Was für ein merkwürdiger Zufall, dass Morell von Jugendlichen umgebracht wurde, die sein Haus ausgeräumt und es dann angezündet haben, was?« Tye blickte in die Runde. »Da kommt kein Verdacht auf, oder?«

»Er hat sich mit schwarzer Magie und solchem Kram befasst …« Patch hatte die Stimme gesenkt. »Und das gruselige Manuskript hätte eigentlich schon früher verbrennen sollen. Vielleicht hat es Morell mit einem Fluch belegt.«

»Und vielleicht ist dein richtiger Name Dummsülzer«, konterte Motti.

»Es müssen Kids gewesen sein«, sagte Con unsicher. »Deshalb waren auch noch alle wirklich wertvollen Sachen im Haus. Sie haben nur das elektronische Zeug mitgenommen, das sie schnell weiterverhökern konnten.«

»Ein paar Jugendliche wurden festgenommen und angeklagt«, bestätigte Coldhardt, »aber einer davon hat ausgesagt, sie seien zu der Tat gezwungen worden.«

»Klar doch«, sagte Patch. »Mit dieser alten Leier kommen sie alle daher, wenn's ihnen an den Kragen geht.«

»Jedenfalls«, meldete sich Jonah wieder, »habe ich auf dem Rückflug Morells sämtliche geschützten Dateien gecheckt, und keine wurde, nachdem er sie geschrieben oder abgeschickt hatte, je wieder geöffnet. Nicht einmal versucht hat man es. Es kann also keiner von deinen Mitbewerbern gewesen sein, der ihn ausgeraubt hat, oder?«

Coldhardt wedelte ungeduldig mit der Hand. »Solche Spekulationen sind ausgesprochen zwecklos – wir haben den Laptop, und wie Jonah sagte, hat sich niemand vor uns Zugang zu den Informationen darauf verschafft.« Er blickte zu Motti hinüber. »Wir sollten Mister Budd dankbar sein. Vielleicht habe ich meinen mykenischen Ring doch nicht umsonst geopfert.«

»Das mit dem Ring tut mir leid.« Motti bemühte sich um einen zerknirschten Gesichtsausdruck. »Aber mit der Pfeil-und-Bogen-Lady auf dem Kriegspfad, mit Rauch und Feuer und dem allem ringsherum ...«

»Das Haus ist bis auf die Grundmauern abgebrannt«, fuhr Coldhardt nachdenklich fort. »Aber den Ring hat man nicht gefunden.«

»Wahrscheinlich hat ihn irgendjemand eingesackt«, vermutete Con.

Doch Coldhardt war bereits beim nächsten Thema. Er griff nach seiner Fernbedienung. Die Plasmabildschirme flackerten auf und zeigten Coldhardts Computer-Output – eine von Morells Dateien, die inzwischen dechiffriert worden war.

»Hier sehen wir ganz genau, wo sich das Guan-Yin-Manuskript befindet«, verkündete Coldhardt. »Du hast dich für Jonahs mittelalterliche kryptografische Handbücher in der Bibliothek interessiert, Motti? Nun, in der Bibliothek, die du besuchen wirst, befinden sich wahrscheinlich die Originale. Sie gehört einem Professor Dominic Blackland in San Antonio in Texas.«

»Ride 'em, Cowboy«, bemerkte Motti trocken.

»Es ist zwar richtig, dass Morells Dateien noch intakt sind«, fuhr Coldhardt fort, »aber wir dürfen die Möglichkeit nicht außer Acht lassen, dass er die Informationen mündlich an andere weitergegeben hat. Ich kann mir keine Verzögerung leisten. Ich erwarte, dass ihr mir bis heute Abend einen vernünftigen Plan vorlegt und das Guan-Yin-Manuskript bis morgen Abend in unserem Besitz ist.«

Tye hatte anscheinend beschlossen, dass es angebracht sei, das Offenkundige auszusprechen. »Das lässt uns nicht viel Zeit zum Ausarbeiten«, begann sie stockend. »Ich meine –«

»Ich *habe* nicht viel Zeit«, entgegnete Coldhardt kategorisch. Jonah fragte sich, was er damit wohl meinte. Es konnte alles Mögliche sein. »Und denkt dran, jeder Einzelne von euch: dieses Manuskript ist von allergrößter Wichtigkeit für mich! Geht kein Risiko ein, es *muss* unversehrt bleiben! Unter keinen Umständen darf es irgendeinen Schaden nehmen – sonst ist es wertlos für mich …«

Jonah tauschte kurze Blicke mit den anderen und besah sich dann pflichtschuldig die Bildschirme. Doch vor seinem geistigen Auge drängten sich Bilder von Feuer – Feuer, das Clydes Körper verzehrte, Morells Haus verschlang, sich in den stillen Räumen eines alten, muffigen Museums ausbreitete. Ein Buch der schwarzen Magie, das Unglück und Flammen mit sich brachte?

Zufall, sagte er sich und schluckte trocken. Zu bescheuert, um keiner zu sein.

»Wir kommen dich holen, Grimoire«, hörte er Patch düster murmeln. »Bedeutet das Pech für deinen Besitzer ... oder für uns?«

Zwanzig Minuten später verließ Jonah als Erster den Konferenzraum. Die anderen folgten, blinzelten in die Sonne und steuerten den Klubraum an. Jonah war fix und fertig und von dem starken Kaffee brummte ihm der Schädel wie ein kaputter Transformator. Das alles gefiel ihm gar nicht.

»Morgen könnten wir alle sterben«, verkündete Con. »Lasst uns ein Picknick machen.«

»Lasst uns Liebe machen!«, schlug Patch vor.

»Vor oder nach dem Picknick, du Hengst?«, neckte Tye ihn.

»Das einäugige Monster und sein einäugiges Monster.« Motti hielt sich den Bauch. »Ich habe ganz plötzlich den Appetit verloren.«

»Wenn ich doch endlich die Unschuld verlieren würde!«, sagte Patch sehnsüchtig.

Jonah lächelte. »Solltest du nicht wenigstens bis zur Pubertät warten?«

»Was weißt denn du davon, Freak«, konterte Motti. »Du wartest doch immer noch!«

»Ha!« Patch hob die geballte Faust und Motti klopfte mit den Knöcheln dagegen. »Was würde ich bloß ohne dich und deine Schlagfertigkeit machen? Ich hätte niemand, der solche Sprüche für mich ablässt! Hiermit ist es dir offiziell verboten, dich von dem Buch verfluchen zu lassen und zu sterben.«

Mottis Laune änderte sich schlagartig. »Kein Wort mehr von diesem Fluch-Quatsch, Mutant. Okay?«, zischte er und ging schneller. »Ich hasse diesen abgedroschenen Schwachsinn.«

»So endet das Geplänkel«, sagte Jonah und warf Motti einen kurzen Blick zu. »Aber wenn ich einen so ungeheuer wertvollen antiken Ring verloren hätte, wäre ich wahrscheinlich auch schlecht drauf.«

Zu mehr als einem Grunzen und einem bösen Blick ließ Motti sich nicht hinreißen. Doch gerade als sie beide die Tür zum Hobbyraum erreichten, schlüpfte Con an ihnen vorbei und verstellte ihnen den Weg.

»Ich hab's ernst gemeint«, sagte sie. »Das mit dem Picknick. Lasst uns ein paar Stunden abschalten.«

Tye runzelte die Stirn. »Hast du auf deinen Ohren gesessen, als Coldhardt gesagt hat, dass wir bis heute Abend einen Plan ausarbeiten sollen, wie wir in ein Fort einbrechen?«

»Kein Wunder, dass der arme Morell gezwungen war, günstige Angebote für den Job einzuholen.« Jonah seufzte. »Ich meine ... Kann mir einer sagen, wozu der Typ seine eigene Festung braucht? Warum genügt nicht ein Bungalow?«

»In Texas ist eben alles größer und besser«, entgegnete Motti mürrisch.

Patch wandte sich an Tye. »Wie lange dauert der Flug?«

»Zu lange«, kam die Antwort. »Vielleicht würde uns ein bisschen frische Luft heute doch ganz guttun.«

»Prima.« Con lächelte. Sie freute sich, dass sie wie immer ihren Willen bekommen hatte. »Wir könnten auf den Salève steigen.«

»Und mit der Seilbahn fahren! Schnuckelig.« Patch nickte. »Ich mach für uns alle ein paar von meinen berühmten megadick belegten Supersandwiches, ja?«

Motti grunzte. »Mir ist schon wieder der Appetit vergangen.«

Zwei Stunden später saß Tye neben Motti und Patch auf der Rückbank ihres silbernen BMW Hydrogen 7. Jonah und Con saßen vorne. Er hatte bekommen, was er sich gewünscht hatte, eine Fahrstunde über Land, aber Tye nahm an, dass sie nicht ganz so romantisch ausfiel, wie er sich das vorgestellt hatte.

Con weigerte sich strikt, jemals hinten zu sitzen – sie bekam dann so schlimme Panikattacken, dass sie ausflippte. Ihre Eltern waren bei einem Autounfall ums Leben gekommen, als sie ein kleines Mädchen war, und sie war stundenlang mit ihren Leichen in dem Wagen eingeklemmt gewesen, bevor man sie herausgeschnitten hatte. Für Tye war es deshalb durchaus verständlich, dass Con die Welt seither entschlossen auf Abstand hielt und ihre engste Beziehung die zu ihrem Bankkonto in der Schweiz war.

Sie zuckte zusammen, als der Wagen bei einem unerwarteten Gangwechsel einen Satz nach vorn machte.

»Mensch, Jonah«, beklagte sich Motti, »könntest du dich für einen Gang entscheiden und dann dabei bleiben? Ein Neuntklässler stellt sich bei seinem ersten Mal geschickter an als du.«

»Du musst es ja wissen«, entgegnete Jonah über dem frustrierten Röhren des Motors.

»Das ist das letzte Mal, dass ich dich mit meinem Wagen fahren lasse«, drohte Tye. »Ich weiß ja, dass du üben musst, aber ...«

»Wenigstens kannst du dich jetzt mal ausruhen, Tye«, sagte Con. »Sonst musst du uns immer fahren.«

»Und bitte, lieber Gott, lass sie es auch immer tun«, murmelte Motti.

Tye lächelte und verdrehte die Augen. »Nur weil ich hier die Einzige bin, die vernünftig genug war, sich eine Limousine zu kaufen, während ihr euch alle Sportwagen zugelegt habt.«

»Ich muss schließlich an mein Image denken«, sagte Patch. Seine Daumen hämmerten auf seinem schicken silbernen Nintendo DS Lite herum. »Mein Gott, ist mir schlecht. Ich glaub, ich muss kübeln.«

»Wer hätte das gedacht.« Jonah drückte auf den elektrischen Fensterheber für die hinteren Scheiben, damit er frische Luft bekam.

»Reihere in meinen Wagen und du bist tot«, warnte Tye ihn.

»Anderer Vorschlag«, meldete sich Motti, »reihere in deine Sandwiches und keiner merkt den Unterschied.«

»Da vorn ist ein Aussichtspunkt«, verkündete Con

und zeigte auf einen Rastplatz, an dem Urlauber gefahrlos anhalten und den Blick genießen konnten. Noch bevor Jonah den Wagen ganz zum Stehen gebracht hatte, stieß Patch die Tür auf und verabschiedete sich von seinem Frühstück. Lautstark.

»Uahhh.« Motti grinste, als er Tye aus dem Wagen half. »Er muss schließlich an sein Image denken.«

Sie stiegen den Hügel hinauf, bepackt mit einer Kühlbox voller Getränke, einem Rucksack, in dem mehr steckte als im Kühlschrank eines Restaurants, sowie mit einigen Aktenmappen mit Notizen, Karten und Unterlagen, die ihnen bei der Planung des Überfalls helfen würden. Niemand sprach, als sie unter dem strahlend blauen Himmel dahinschlenderten und die Sommersonne und die leichte Brise genossen. Tye hatte eine Karte von Texas in der Hand, überlegte, welche Route die beste war, welche Transportmittel und Zollbescheinigungen sie brauchen würden – und beförderte sie in Gedanken bereits sicher hin und zurück. Sehnsüchtig blickte sie hinunter auf den Genfer See, eine riesige blaue Fläche, eingefasst von Bäumen und Gebäuden, die wie Wachposten zu Hunderten das tiefe Wasser umstellten.

»Schöner ist es woanders auch nicht«, entschied Con und ließ sich auf einem kleinen Plateau auf halber Höhe des Berghangs nieder.

Patch nahm seinen Rucksack ab und begann das Essen auszupacken. »Wie Ihre Ladyschaft befehlen.«

Con schnappte sich einen Hähnchenschlegel und biss hungrig hinein.

»Was die Route betrifft«, sagte Tye, »werde ich uns

am besten zu dem kleinen Flughafen von San Angelo fliegen; das ist am unauffälligsten. Von dort fahren wir dann mit einem Mietwagen nach San Antonio. Über die Autobahn brauchen wir dafür drei, vielleicht auch vier Stunden.«

»Oder zwölf, wenn Jonah fährt«, bemerkte Motti.

»Ha-ha«, machte Jonah. »Und was erwartet uns bei unserer Ankunft? Was erzählt man sich so über Blackland?«

»Coldhardt hat mir seine Akte gegeben.« Motti knackte eine Bierdose. »Blackland stammt aus einer wohlhabenden Familie, texanisch bis auf den T-Bone. Hat sich ein nagelneues Fort zu Ehren seiner Vorfahren bauen lassen, die im texanischen Unabhängigkeitskrieg gekämpft haben.«

»Schnuckelig«, sagte Patch. Er hielt ein gewaltiges, ungeschickt geschnittenes Sandwich in der Hand, aus dem Chutney tropfte. »Dann braucht dieser Blackland also nicht zu arbeiten, er sitzt sich bloß den Hintern breit und macht den ganzen Tag nichts anderes als seltsame Bücher lesen. Richtig?«

Motti schüttelte den Kopf. »Sein Daddy hat's im Ölgeschäft zu was gebracht, aber Blackland buddelt lieber anderen Mist aus dem Boden.«

Con versuchte sich als Übersetzerin. »Er ist Archäologe?«

»Nach außen hin ehrbar und anständig, aber Coldhardt vermutet, dass er hinter den Kulissen eher so etwas wie ein Grabräuber ist, seine Funde nicht alle angibt und sie in seine Festung schmuggelt.«

»Und wie befestigt ist Blacklands Festung?«, fragte

Tye und hockte sich hin. »Wir stürmen doch nicht Fort Alamo, oder?«

Motti zog eine Grimasse. »Mexikanische Banditen kann ich dir nicht versprechen, aber eine kleine Sicherheitsmannschaft, um die wir uns kümmern müssen, gibt es schon auf dem Gelände.«

Jonah nickte. »Ich hab mich in Blacklands Bankkonto eingehackt, hab die Firma gefunden, die ihm seine Überwachungssysteme geliefert hat, und nachgeschaut, was er von ihnen gekauft hat. Tut mir leid, aber was dieses Fort zu seiner Verteidigung aufzuweisen hat, ist technisch etwas anspruchsvoller als Männer mit alten Schießprügeln und Waschbärmützen auf dem Kopf.«

Motti nahm einen kräftigen Schluck Bier. »Mach mir mein kulturelles Erbe nicht madig, Freak.«

»Und was sollten wir über das Anwesen alles nicht wissen?«, fragte Patch.

»Dazu komm ich noch«, erwiderte Motti. »Wenn wir die Überwachungseinrichtungen überlistet haben, dürfte unser größtes Problem sein, dass jedes Buch in Blacklands Bibliothek mit einem aktiven RFID-Transponder für große Reichweiten versehen ist, unser Wunschbuch eingeschlossen.«

Tye runzelte die Stirn. »*Was* für Transponder?«

»Radio Frequency Identification«, erklärte Jonah, als Motti ihm ein Foto von dem Haus herüberreichte. »Identifizierung mithilfe elektromagnetischer Wellen, also eine Art Strichcode mit Rallyestreifen. Chips mit Induktionsspulen, die durch Radiowellen Informationen der unterschiedlichsten Art übertragen.«

»Auch ihren Aufenthaltsort?«, fragte Con.

»Auch den.« Jonah ließ das Bild sinken. »Und wie es aussieht, hat Blackland Hochleistungsantennen, damit ihm auch ja nichts entgeht.«

»Das heißt, selbst wenn wir uns mit dem Manuskript vom Acker machen können«, sagte Patch und spuckte dabei Sandwichkrümel nach allen Seiten, »schreit sein kleiner Chip um Hilfe.«

Motti nickte. »Und eine solche Antenne könnte ihn verdammt weit verfolgen.«

»Können wir ihn nicht entfernen?«, fragte Tye. »Wenn es doch ein Chip ist ...«

Jonah schüttelte den Kopf. »Manche sind nur einen halben Millimeter groß und nicht dicker als ein Blatt Papier. So einen Chip zu finden braucht Zeit – Zeit, die wir nicht haben. Aber vielleicht könnten wir ein Kästchen mit einer leitfähigen Folie auslegen, die die Signale des Chips etwas dämpft ...«

Die fünf arbeiteten den ganzen Nachmittag Pläne aus, aßen und tranken, diskutierten die Probleme, womit sie konfrontiert würden, und tauschten Gedanken, Zweifel und Vorschläge aus. Und als die Pläne langsam handfeste Formen annahmen, empfand Tye eine verworrene Art von Stolz. Unser ganzes Leben haben wir versucht, es zu etwas zu bringen, ernst genommen zu werden. Und jetzt seht her, was wir alles fertigbringen. Und da Blackland aller Wahrscheinlichkeit nach illegal in den Besitz des Manuskripts gekommen war, erschien es nur recht und billig, dass es ihm auf dieselbe Art und Weise auch wieder abhandenkam ...

Während Patch Motti half, ihre Vorschläge für Coldhardt in den Computer zu daddeln, packten sie und Jonah die Reste ihres Festmahls ein und Con brachte das Leergut zum Abfalleimer. Dann kam Tye ein Gedanke, der sie mit einer plötzlichen, stechenden Kälte erfüllte. So wird es nicht immer sein. In ihrem Leben hatte es so wenig Stabilität gegeben, aber dieses letzte Jahr, seit Jonah zu ihrer Truppe gestoßen war ... Auch wenn er ihr gelegentlich tierisch auf die Nerven ging, hatte sie das Gefühl, als sei innerhalb der Gruppe ein echtes Gleichgewicht entstanden.

Der heutige Tag sollte nie vorbeigehen, dachte Tye. Der weite blaue Himmel, der Geschmack all der guten Sachen auf den Lippen und ein Bett, das zu Hause auf sie wartete und in dem sie ruhig schlafen konnte, wenn sie müde war. Morgen würden sie sich kopfüber in die Gefahr stürzen und unvorhersehbare Risiken eingehen. Die Sicherheit von heute würde es dann nicht mehr geben.

Tye blickte noch einmal über die steinernen Wächter der Stadt, die sich zwischen den Bäumen am Seeufer zusammendrängten, versuchte sich die Landschaft vorzustellen, wie sie früher einmal war, sah wieder die wilde Kulisse des Léogan-Gebirges vor sich, an dessen Hängen sie als Kind gespielt hatte, bevor ihre Mum sie verließ und ihre Welt auseinanderbrach. Das Einzige, dachte sie, was immer gleich bleibt, ist, dass sich alles verändern muss.

Sie schaute hinüber zu Jonah, der ganz in Gedanken versunken war.

Du auch?

ALTE UND NEUE BEKANNTE

Blacklands Fort lag unter dem dunklen texanischen Himmel in Flutlicht getaucht wie ein verlassener, von hohen Zäunen umgebener Hollywood-Set. Jonah betrachtete es aus dem Schutz eines kleinen Eichenwäldchens auf dem ehemaligen Weideland heraus. Es war halb drei Uhr morgens, das ununterbrochene Zirpen der Grillen zerrte an seinen ohnehin strapazierten Nerven und er wünschte, er säße bei Tye im Fluchtauto.

»Die nächste Nacht, der nächste Einbruch«, murmelte er und ließ den Blick über die struppigen Büsche weiter vorn gleiten. Motti war vorausgegangen, um die CCTV-Kamera am Zaunpfahl unter die Lupe zu nehmen und ihnen Zeichen zu geben, wenn die Kamera weit genug in die andere Richtung schwenkte, damit sie ihm folgen konnten – einer nach dem anderen, um die Bewegungen im Gebüsch möglichst gering zu halten. Patch war bereits hinübergeflitzt; jetzt konnte jederzeit …

Endlich reckte sich etwa zwanzig Meter näher am Fort und dessen erster Verteidigungslinie eine Hand aus dem zitternden Laub. Der Zaun war über drei Meter hoch und wurde von Betonpfosten in einzelne Abschnitte gegliedert. Aus den Pfosten ragten Stangen, zwischen denen Bandstacheldraht gespannt war. Jonah lief geduckt und leise durch das Gebüsch zu seinen Freunden, die wie er Schwarz trugen.

»Der Zaun sieht ziemlich fies aus«, stellte Jonah besorgt fest und beäugte den gefährlich aussehenden Stacheldraht.

Patch nickte unglücklich. »Ich hab ein ungutes Gefühl, was die Sache heut Nacht betrifft.«

»Unser größtes Problem ist das Mikrofonie-Koaxialkabel, das parallel zum Boden zwischen den Zaunpfosten verläuft«, erklärte Motti. »Das Kabel wandelt jede Bewegung des Zauns in Elektrorauschen um. Das Rauschen wird von Software analysiert, die den Unterschied zwischen Wind, Regen, kleinen Vögeln und Ähnlichem sowie Eindringlingen erkennen soll …«

Jonah nickte. »Freut mich, dass du ›erkennen *soll*‹ gesagt hast.«

»Tatsache ist, dass die Sensoren im Lauf der Zeit nervös werden.« Motti drehte sich um und checkte erneut die Position der CCTV-Kamera. »Was für die Wachmannschaft bedeutet, dass es ständig zu falschem Alarm kommt. Was wiederum bedeutet …«

»… dass sie das Teil weniger empfindlich einstellen, damit sie nicht dauernd wegen nichts und wieder nichts raus müssen«, schlussfolgerte Patch.

Motti nickte. »Vor allem, da der Zaun allein schon ein gutes Mittel zur Abschreckung darstellt – für alle, außer für uns.« Als er mit der Position der Kamera zufrieden war, hob er erneut die Hand. Eine dunkle, schlanke Gestalt kam aus den Bäumen auf sie zugelaufen. Sie drückte mit beiden Händen ein Bündel vor die Brust. »Con und eine Decke. Mehr brauchen wir nicht.«

Patch seufzte. »Auf die Decke könnte ich verzichten.«

Con legte die letzten Meter zurück und ließ sich neben ihnen ins Gras fallen. »Hallo, Jungs.«

»Die Pfosten sind die Schwachstellen, Con.« Motti verschwendete keine Zeit auf Artigkeiten. »Wenn du weder mit Händen noch Füßen noch sonst etwas an das Drahtgeflecht kommst, das direkt mit den Pfosten verbunden ist, sollte der Alarm nicht losgehen.«

Con beäugte skeptisch das Bündel, das sie mitgebracht hatte. »Und die Decke reicht aus, damit der Stacheldraht mich nicht schreddert?«

»Sie hat eine Titanfolie innen drin«, versicherte Motti ihr.

»Wenn du es genau wissen willst, ist es eine Titan-Aluminium-Vanadium-Legierung«, fügte Jonah hinzu. »Und die nimmt es mit Bandstacheldraht auf, dämpft die Signale von RFID-Transpondern und lässt sich für Tausend weitere nützliche Dinge verwenden.«

»Wirf sie einfach über den Draht und spring drüber«, sagte Motti. »Du wirst nichts spüren.« Er hatte den Blick wieder auf die langsam rotierende Kamera gerichtet. »Wir machen es genau so wie geplant. Wir warten, bis einer der Wachmänner vorbeikommt – dann sollte an dieser Stelle so schnell erst mal kein anderer Plattfuß herumschleichen. Danach helfe ich euch nacheinander über den Zaun.«

»Und wartest hier draußen auf uns, falls wir Unterstützung brauchen und dir ein Zeichen geben«, fügte Con hinzu.

Patch seufzte. »Warum kann ich nicht derjenige sein, der aus der Schusslinie bleibt?«

»Weil du unser unentbehrlicher Schlossknacker bist,

der das Fort für uns aufschließt«, antwortete Jonah. »Und weil dein Glasauge das sicherste Versteck für den Plastiksprengstoff ist, der sich um die Hochleistungsantenne von Blackland kümmern wird – so wird niemand mehr hören können, was unser gestohlenes Manuskript sendet.«

»Merkst du was?«, fragte Patch. »Außer guten Gründen hast du nichts vorzubringen.«

»Lasst uns einfach nach Plan vorgehen«, sagte Con leise. »Sobald die Wache wieder weg ist.«

Die Minuten zogen sich endlos, während sie warteten.

Motti blickte finster vor sich hin. »Die Clowns hier sind noch fauler, als ich dachte. Jetzt warten wir schon eine halbe Stunde und noch keiner hat sich blicken lassen.«

»Ich hab *so* ein ungutes Gefühl bei der Sache«, ließ Patch sie erneut wissen.

»Lass uns alles noch ein letztes Mal durchgehen«, zischte Jonah, der ohnehin schon mit den Nerven fertig war. »Man kann nie zu sicher sein.«

»Okay. Con ist die Leichteste und Beweglichste von uns«, sagte Motti, »deshalb geht sie als Erste rein. Patch und Jonah, falls einer von euch den Alarm auslösen sollte, lasst ihr euch von den Wachleuten so lange wie möglich jagen – damit Con Zeit hat, sich das Manuskript zu krallen. Seht zu, dass ihr im Dunkeln bleibt, sobald ihr drin seid, und tretet vorsichtig auf. Ich nehme an, im Boden sind Kuppelkameras – schneller und genauer als die CCTV hier draußen, und höchstwahrscheinlich verbunden mit Video-Bewegungsmeldern.«

Jonah nickte. »Die selbsttätig jede Pixelveränderung in den Videobildern, die die Kameras übermitteln, analysieren. Wenn sie eine Störung feststellen, die so entscheidend ist, dass sie von einer fremden Person stammen könnte, geht der Alarm ab.«

»Allerdings haben wir auf Blacklands Computer keine Belege gefunden, dass er Infrarotlampen dafür gekauft hätte«, erinnerte Motti sie. »Die gesamte Flutlichtanlage, die sein Anwesen so wunderhübsch zur Geltung bringt, hat er aufgelistet, jede Menge helles Licht – was stärkere Kontraste in den dunklen Bereichen bedeutet. Haltet euch an diese Ecken, dort sollte es so finster sein, dass Pixelveränderungen keine Rolle spielen.«

»Hoffen wir's«, sagte Patch.

»Nehmt die erstbeste Tür oder steigt durch das erste verdammte Fenster ein, an dem ihr vorbeikommt, okay?« Motti zog ein Funksprechgerät aus der Tasche. »Jonah, du hast das Funkgerät. Gib Bescheid, wenn ihr das Manuskript habt. Ich schicke dann eine Leuchtrakete durch den Zaun, damit die Wachmänner alle hierhertraben. Ihr hört den Knall – er ist das Signal, dass ihr zum Haupttor lauft. Tye durchbricht es mit dem Pick-up, damit ihr mit den Sachen gleich an Bord gehen könnt.«

»Und du gehst in der Zwischenzeit durch den Wald zurück zur Straße, wo wir dich auf dem Rückweg nach San Angelo aufgabeln«, schloss Jonah.

»Ein Klacks, was?«, sagte Patch ohne Begeisterung.

Sie warteten weiter. Noch einmal zwanzig Minuten. Jonah sah in einem Fenster ein Licht ausgehen; es war, als zwinkere das Fort ihnen hinterhältig zu. Von Sicherheitskräften gab es auf dem gesamten Gelände immer noch keine Spur.

»Das gefällt mir gar nicht«, murmelte Motti. »Wie lange sollen wir denn noch warten, bis diese A-Löcher ihren Job machen?«

Con zuckte mit den Schultern. »Ich würde sagen, wir starten jetzt durch.«

»Und was ist, wenn du gerade über den Zaun kletterst und einer von diesen ollen Wachen kommt um die Ecke?«

»Dann versuche ich auf ihm zu landen.« Sie schaute Motti an. »In nicht mal zwei Stunden wird es hell, dann können wir die Sache abblasen. Hilf mir rein, ich schaue mich um, komme zurück und sage euch, wie die Lage ist.«

»Wahrscheinlich bleibt uns nichts anderes übrig.« Er sah Con an. »Okay, auf mein Zeichen.«

Con holte tief Luft. Jonah dagegen hielt sie an, als die Kamera langsam von dem Zaunstück wegschwenkte, das sie im Visier hatten.

Dann stürmte Motti aus der Deckung. *»Jetzt!«*

Er und Con liefen zum nächsten Zaunpfahl. Während Con die Decke auseinanderfaltete, bildete Motti mit den Händen eine Räuberleiter. Voller Bewunderung beobachtete Jonah, wie sie sich leichtfüßig daraufstellte, sich nach oben katapultierte und die Decke über den Bandstacheldraht warf, um sich vor Verletzungen zu schützen. Dann zog sie sich ohne alle Hektik hinauf wie eine Trapezkünstlerin, wobei sie den Draht kaum berührte, schwang sich über den Zaun und ließ sich auf der anderen Seite hinunterfallen. Sie landete weich und sicher, während Motti ins Gebüsch zurücksprintete, wie jemand, der auf frischer Tat ertappt wurde.

Als die Kamera wieder in ihre Richtung schwenkte, duckten sich Jonah, Patch und Motti. Jonah spitzte die Ohren, ob er über dem gleichmäßigen Zirpen der Grillen und dem Pochen in seinen Ohren etwas von Con hörte.

Endlich kam ihre Stimme aus den Schatten hinter dem Zaun. »Ich glaube, die Luft ist rein.«

»Du gehst als Nächster, Freak«, flüsterte Motti. Er hatte die Kamera im Blick. »Los!«

Jonah war ganz schlecht vor Aufregung, als er hinter Motti zum Zaun lief, aber es war wie bei einem Sprung aus dem Flugzeug – ein Zurück gab es nicht mehr. Man musste einfach alles nur Menschenmögliche tun, damit man den Fall überlebte.

Motti machte wieder eine Räuberleiter und Jonah hoffte, dass er mit seinem Fuß nicht woandershin trat. Er umfasste den Stacheldraht durch die Decke – wobei er inbrünstig betete, dass er ihm nicht die Finger abtrennen würde – und dank Motti, der von unten nachhalf, konnte er sich hinauf- und hinüberhieven. Sein Fuß streifte den Zaunpfosten und er wappnete sich schon gegen das Aufheulen der Alarmanlage – doch die Berührung musste noch innerhalb der Toleranzgrenze gewesen sein. So leichtfüßig wie möglich kletterte er hinunter und kam auf der anderen Seite etwas unelegant auf dem Boden auf. Er verzog das Gesicht und blickte sich nach Wachleuten um, sah aber nur Con, die sich gerade umdrehte und hinter einem großen Busch verschwand, der in Form einer Pyramide beschnitten war. Jonah wankte zu ihr hinüber, um zusammen mit ihr auf Patch zu warten.

Dann sah er, was Con entdeckt hatte und was da an der dichten Laubwand der Pyramide lehnte. Die Erkenntnis war wie ein Schock: Es war die Leiche eines Wachmannes! Er hatte die Arme weit von sich gestreckt und die dunkelblaue Uniform war voller Blut.

Jonah hatte das Gefühl, sein Magen würde wie ein nasser Lappen ausgewrungen. Aus der Brust des Mannes ragte der dicke Schaft eines Pfeils.

»Die Frau, die Budd und Clyde umgebracht hat«, stammelte Jonah und schaute sich hektisch um. »Sie war hier. Sie will das Manuskript!«

»Aber woher?« Con richtete sich auf, ihre Katzenaugen sahen ihn fast vorwurfsvoll an. »Woher wusste sie, dass es hier ist? Du hast gesagt, der Laptop –«

»Morell muss jemandem davon *erzählt* haben – oder vielleicht wusste dieser Saitou, den er engagieren wollte, davon. Vielleicht arbeitet die Pfeil-Frau mit ihm zusammen oder sie ist irgendwie dahintergekommen oder …« Jonah brach ab. Er zeigte auf einen Baum, dessen Silhouette sich am Rand des grellen Lichtkegels eines Scheinwerfers deutlich abzeichnete. Auf dem Boden darunter lag eine dunkle Gestalt, als hätte der Wind sie aus den Zweigen geschüttelt. Jonah stolperte mitten durch den hellen orangefarbenen Lichtfleck, ohne sich darum zu kümmern, dass er möglicherweise einen Alarm auslöste. Adrenalin pushte ihn vorwärts. Das Sicherheitsnetz war zerrissen worden. Hier lag ein zweiter Wachmann, die spitze Mütze übers Gesicht gezogen, die leblosen Hände um den Pfeilschaft gelegt, der aus seinem Brustkorb ragte. Es sah aus, als versuchte er noch immer ihn herauszuziehen.

Jonah wandte sich ab; ihm war schlecht. »Wir brauchen wohl nicht lange zu raten, was mit dem Rest der Patrouille passiert ist.«

»Die Frage ist nur«, begann Con gedehnt, »war sie hier und ist wieder weg – oder ist sie immer noch irgendwo auf dem Gelände?«

Sie fuhren beide zusammen, als Patch durch das Gebüsch gekrochen kam. »Na, wunderbar«, murmelte er, »ich nehme mal an, dass die zwei nicht einfach nur bei der Arbeit eingeschlafen sind.«

»Es sei denn, jemand wollte sie mit einem Pfeil wecken«, meinte Jonah düster und zog sein Walkie-Talkie aus der hinteren Hosentasche. »Motti, hörst du mich?«

»Erzähl mir nicht, dass ihr das Teil schon gefunden habt?«, kam Mottis Stimme aus dem Gerät.

»Alles, was wir bis jetzt gefunden haben, sind zwei tote Wachleute«, berichtete Jonah.

»Und einen Sack voller Probleme«, ergänzte Patch, packte Jonah am Arm und zeigte hinter ihn.

Jonah sah, dass in ungefähr dreißig Metern Entfernung eine Gestalt um die Ecke des Forts gekommen war. Bei dem grellen Flutlicht war es unmöglich, Einzelheiten zu erkennen, trotzdem stieß er Con und Patch vorsichtshalber hinter den Baum, für den Fall, dass der oder die Fremde bewaffnet war.

»Motti, wir sind nicht die Einzigen, die sich hier reingeschlichen haben«, zischte Jonah in das Funkgerät.

»Sieht so aus, als sei die Tussi mit dem Bogen ebenfalls hier. Sieh zu, dass du Tye erreichst – kann sein, dass wir Verstärkung brauchen.«

Patch nickte. »Oder einen Wagen, der uns subito hier rausbringt.«

»Verstanden«, sagte Motti ernst. »Passt bloß auf euch auf! Ende.«

Jonah lugte durch die Zweige und sah gerade noch, wie die Gestalt wieder um die Ecke verschwand.

»Los, hinterher«, zischte Con und lief in dieselbe Richtung.

»Warum?«, flüsterte Patch. »Die ganze Sache ist doch total in die Hose gegangen, Con. Du hast doch gehört, was Motti gesagt hat, wir sollen auf dich aufpassen! Auf *uns* aufpassen, mein ich … Ach, wir passen einfach!«

Con lief weiter. »Egal wer die Typen hier sind, sie haben möglicherweise das Manuskript oder wissen, wo es ist. Wenn wir rauskriegen, wer sie sind, kann uns das vielleicht helfen. Außerdem haben wir bis jetzt nur eine Person gesehen und wir sind zu dritt.«

»Noch. Bis sie ein paar von uns abschießen wie die Wachen«, erwiderte Jonah unverblümt. Trotzdem joggte er neben ihr her. Patch war dicht hinter ihnen; er drückte die Foliendecke an die Brust, als könnte sie ihn trösten.

Als sie um die Ecke bogen, sah Jonah gerade noch, wie die Gestalt durch eine Tür verschwand. »Könnte eine Falle sein«, sagte er und hielt Con am Arm zurück. »Ein Hinterhalt. Wir wissen nicht, wie viele da drin sind.«

»Dann überraschen wir sie.« Patch lief weiter um die Fortmauer herum. Jonah und Con folgten ihm. »Wir gehen durch die nächste Tür rein und legen uns selbst auf die Lauer.«

»Könnte funktionieren«, stimmte Con zu.

Nach kurzer Zeit erreichten sie eine schlichte Holztür neben einem dunklen Fenster. »Das ist der Ostflügel ... Wenn die Pläne, die wir gesehen haben, stimmen«, sagte Con, »müsste das die Waschküche sein.«

Während Patch sofort das Schloss in Augenschein nahm, lugte Jonah durch die Scheibe. Er konnte eine Spüle ausmachen, eine Waschmaschine im Industrieformat und einen ebenso großen Trockner. »Du hattest recht, Con. Patch, was sagst du zu dem Schloss?«

»Fünfzehn Zuhaltungen«, berichtete Patch und griff nach dem Schlüsselbund in seiner Tasche. »Jeweils fünf auf drei Seiten. Sicherheitstechnisch in Ordnung, solange sich keiner mit einem selbst gebastelten Höckerschlüssel daran zu schaffen macht.«

Jonah stand Wache; er hoffte nur, dass die Pfeil-Lady sich nicht blicken ließ. »Was für ein Schlüssel?«

»Ein Höckerschlüssel. So was wie ein Universalschlüssel für einen bestimmten Schlosstyp, klar?« Patch steckte, wie zur Demonstration, einen Schlüssel ins Schloss und zog dann aus seiner anderen Hosentasche einen Schraubenzieher. »Wenn du den Schlüssel ins Schloss steckst, stehen nur die oberen Zuhaltungen wie Höcker hoch. Zwischen den oberen und den unteren ist ein Spalt, und genau da ...« Er drehte den Schlüssel um, schlug mit dem Schraubenschlüssel an den Schaft, drückte auf die Türklinke – und die Tür ging auf.

»Nicht schlecht«, murmelte Jonah, als Con Patch zur Seite schob, als Erste eintrat und gleich auf die Innentür zusteuerte. »Warte, Con, wenn die Tussi mit dem Bogen den Pfeil schon –«

Con drehte sich ungeduldig zu ihm um, zog den Kragen ihres schwarzen Shirts ein Stück nach unten, damit er die Phosphorkapsel sehen konnte, die sie sich ans Schlüsselbein geklebt hatte – eine kleine Glasampulle, die beim Zerbrechen einen grellen Blitz hervorbrachte. »Was sie nicht sehen, können sie nicht treffen.«

Doch als sie nach der Türklinke griff, schwang die Tür nach innen auf – und heraus schoss eine Faust. Con keuchte, als sie rückwärtsflog, ohne Zeit für eine Reaktion gehabt zu haben. Sie krachte in Jonah, der gegen die große Porzellanspüle taumelte und dabei Waschmittelbehälter herunterfegte, die in alle Richtungen flogen. Sie haben geahnt, was wir vorhatten, erkannte er, und sind uns zuvorgekommen. Bevor er sich umdrehen konnte, hörte er, wie die Faust noch zweimal Cons Körper traf. Ein ekliges Geräusch.

»Lass sie in Ruhe!«, brüllte Patch.

Jonah sah den Mann, der Con aufgelauert hatte, als Silhouette vor dem hellen Rechteck der offenen Tür stehen, bereit, sich als Nächstes auf ihn zu stürzen. Rasch schnappte er sich eine Flasche Putzmittel, zog den Deckel ab und spritzte dem Mann den Inhalt ins Gesicht. Jonah erkannte einen südafrikanischen Akzent, als der Mann eine Auswahl fantasievoller Flüche abließ. Wasch dir den Mund aus, dachte er grimmig und spritzte ihm eine Ladung von dem Putzmittel direkt in den Hals. Der Mann rang nach Luft, würgte und rieb sich hektisch die Augen. Patch gab ihm einen Kinnhaken, in den er seine ganze Kraft legte. Jonah setzte mit einem Tritt in den Bauch nach, der den Mann auf den Flur zurücktaumeln ließ.

Con saß auf den Knien und hielt sich die Rippen. Jonah kauerte sich neben sie. »Geht's wieder?«

Sie spuckte Blut auf den Boden und nickte wortlos. Doch hinter ihr, draußen auf dem Gelände, sah Jonah aus dem Augenwinkel eine Bewegung. Eine Gestalt in Schwarz kam auf das Haus zugelaufen. Eine Frau mit einem Bogen in der Hand.

»Schnell!« Jonah packte Cons Handgelenk und zog sie aus dem Raum. Patch schlüpfte kurz vor ihnen hinaus auf den langen, breiten Flur mit dem Marmorboden. Jonah zog im selben Moment die schwere Tür hinter sich zu, als ein Pfeil mit gedämpftem *Plopp* in das Holz eindrang. Im Schloss steckte ein Schlüssel und er konnte ihn gerade noch umdrehen, da fuhr ihm auch schon die Klinke aus der anderen Hand, als von der anderen Seite heftig daran gerüttelt wurde.

Jonah sah sich rasch auf dem Flur um. Das Fort war innen so altmodisch wie außen, nur war es hier düsterer – überall standen antike Kommoden und Standuhren und an den grauen Wänden hingen Schwerter und Gewehre.

Der Typ, der sie angegriffen hatte, hatte sich bereits wieder erholt und eine Stinkwut im Bauch. Das Putzmittel tropfte nur so von seinen Kleidern, aber das kümmerte ihn nicht. Er mochte knapp zwanzig sein und hatte eine Figur wie ein Bär: ein braun gebranntes Kraftpaket mit blondem Haar und Gletscheraugen.

»Wir haben schon auf euch gewartet …« Sein südafrikanischer Akzent war rau. »Coldhardts kleine Arschlöcher.«

»Soweit wir wissen, hat er nur eines«, konterte Jonah und wartete, alle Muskeln gespannt, auf den nächsten Angriff.

»Ich bin Sorin.« Der Typ lächelte; seine rote Zunge berührte schneeweiße Zähne. »Und ihr seid Jonah Wish, Patrick Kendall und Constance Beatty.«

Darauf hatte Jonah keine schlagfertige Antwort; als er ihre vollen Namen hörte, wurde ihm genau wie Patch und Con mulmig. Dann bebte die Tür hinter ihnen unter einem gewaltigen Schlag. Jonah und die anderen traten zurück.

»Alles okay, Sadie«, rief Sorin. »Ich hab's im Griff.«

Con blickte ihn finster an. »Wer seid ihr? Für wen arbeitet ihr?«

Sorin lächelte nur – und stürmte irrsinnig schnell auf sie zu. Doch Con war genauso schnell. Sie griff nach der Phosphorkapsel unter ihrem Shirt und warf sie ihm vor die Füße. Jonah riss die Arme vors Gesicht, als der gelbe Blitz aufleuchtete. Sorin wich zurück, brüllend vor Schmerz und Wut – als ein weiterer gewaltiger *Rums* die Tür zur Waschküche fast aus den Angeln hob.

»Nichts wie weg!«, keuchte Jonah.

»Moment noch. Das Arschloch hat mich Constance genannt.« Con stürzte sich in den Rauch und war gleich darauf verschwunden. Jonah hörte, wie eine Faust auf Knochen traf und Keramik zerbrach. Wenige angsterfüllte Sekunden später tauchte Con wieder auf. Sie stopfte eine Rolex in ihre Tasche. »Einer weniger, um den wir uns Gedanken machen müssen.«

»Sieh zu, dass es noch einer weniger wird!«, rief Jonah, als die Tür schließlich nachgab. Er zog das Funkgerät aus seiner Tasche. »Motti, wir brauchen Verstärkung. Feinde im Ostflügel. Hol Tye und komm her –«

Die maskierte Frau mit dem Bogen, wahrscheinlich Sadie, stürmte heraus – rutschte aus und landete auf dem Hintern.

»Ha!« Patch schwenkte die Decke wie eine Siegesfahne, als er ihr eine leere Flasche, in der einmal Flüssigseife gewesen war, an den Kopf warf. Jonah merkte erst jetzt, dass der Inhalt sorgfältig auf dem ganzen Boden verteilt worden war.

Doch Sadie erholte sich rasch und trat auf die herausgebrochene Tür, auf der sie sicheren Halt hatte. Sie riss sich die Maske vom Kopf um sich die glitschigen Finger damit abzuwischen – und in dieser Sekunde erkannte Jonah den Ring an ihrem Finger. Coldhardts Ring. Der, den Motti Budd hätte geben sollen. Doch als Jonah sich umdrehte und lossprintete, stand nicht das Glitzern des Goldes vor seinem geistigen Auge, sondern Sadies Erscheinung: Schwarzes Stoppelhaar, ein Gesicht so hell wie Porzellan mit Wangen so rosig wie die einer Puppe, braune Augen, eingerahmt von dicken Kohlestrichen, die das mordlüsterne Funkeln ihrer Augen noch betonten. Er lief hinter Con und Patch her, ihre Schritte klangen wie Donner auf dem Marmorboden, als sie auf die breite Treppe am anderen Ende des Flurs zustürmten.

Doch sie konnten noch so schnell laufen, er wusste, dass Sadies Pfeil schneller war.

Jonah warf einen verzweifelten Blick über die Schulter. Sadie visierte ihr Ziel an, ihr Finger krümmte sich um den Abzug, sie zielte genau auf –

»Patch!«, brüllte Jonah.

Patch, der die Foliendecke hinter sich hergeschleift hatte wie Superman sein Cape, hatte die oberste Stufe erreicht. Er drehte sich in dem Moment um, als der Pfeil abgeschossen wurde – und krümmte sich, als er ihn in den Bauch traf.

Er taumelte rückwärts, bewegte tonlos die Lippen, stürzte und blieb reglos liegen.

NICHT GANZ NACH PLAN

Tye saß in dem Pick-up, den sie auf einem Waldpfad so geparkt hatte, dass er von Blacklands Fort aus nicht zu sehen war, und kaute an ihren Nägeln. Motti brauchte eine Ewigkeit! Er hatte ihr über Funk mitgeteilt, dass er zu ihr kommen würde, anstatt wie geplant an der Straße zu warten. Was bedeutete, dass etwas schiefgelaufen war. Sie war versucht ihn ihrerseits anzufunken, doch falls er sich irgendwo versteckt hielt, würde sie ihm keinen großen Gefallen tun, wenn ihre Stimme aus dem Gerät bellte. Hätten sie doch nur mehr Zeit für die Planung und Vorbereitung gehabt! Sie war voller Groll, wenn sie daran dachte, dass Coldhardt jetzt seelenruhig in seiner eigenen Festung hockte, während sie beim Einbruch in die des Gegners ihr Leben riskierten. Sie hätte widersprechen, mehr Zeit zum Planen herausschinden und die Örtlichkeiten im Vorhinein auskundschaften sollen. Aber Coldhardt hatte darauf bestanden, dass sie rasch handelten … als spürte er irgendwie, dass seine Feinde näherrückten.

Womit hatten es Jonah und die anderen jetzt wohl da drin zu tun?

Ein Klopfen an der Tür des Pick-ups riss Tye aus ihren Grübeleien. Rasch griff sie zu dem Revolver in ihrem Schoß. Er war nicht geladen, doch als Abschreckung …

Motti öffnete die Tür; er war völlig außer Atem.

Sie blickte ihn finster an und senkte die Waffe, wütend und erleichtert zugleich. »Was zum Teufel ist da draußen los?«

Er öffnete gerade den Mund, um zu antworten, als mit einem statischen Rülpser Jonahs aufgeregte Stimme aus seinem Funkgerät drang: »Motti, wir brauchen Verstärkung …«

»Fahr los«, befahl Motti knapp und presste das Funkgerät ans Ohr, während er einstieg.

Tye hatte den Motor bereits angelassen. »Aber wenn ich jetzt das Tor durchbreche, werden die Sicherheitskräfte –«

»Die schmoren bereits in der Hölle. Zwei Wachmänner sind tot, mindestens zwei. Und jetzt *fahr endlich*!«

Tye drückte das Gaspedal durch und breite Reifen wühlten sich durch den Waldboden, als der Pick-up den Weg entlangbrauste.

»Das Tor ist vor dem Westflügel«, fuhr Motti fort. »Wenn wir es plattwalzen, wissen die Leute, dass wir da sind – und wenn sie rauskommen und nachsehen, schleichen wir uns hintenrum zum Ostflügel. Wie klingt das?«

»Gut«, erwiderte Tye. Einer von Coldhardts Kontaktpersonen hatte den Pick-up in San Angelo für sie bereitgestellt. Er war mit einem speziellen Rammschutz ausgestattet, der so konzipiert war, dass er die Wucht des Aufpralls konzentrierte und verstärkte. Tye hatte ausgerechnet, dass sie mit einer Geschwindigkeit von mindestens fünfzig Meilen aufkommen musste, um die eisernen Torflügel zu durchbrechen. An sich war das kein Problem, aber so viel hing davon ab, wo sie auftraf und aus welchem Winkel ... Es war keine exakte Wissenschaft.

Es *musste* beim ersten Mal klappen.

Tye gab Gas und sie bretterten den Waldpfad hinunter. »Halt dich fest!«

»Und wie!« Motti schnallte sich an, stemmte die Füße gegen das Armaturenbrett und wappnete sich für den Aufprall.

Der Pick-up brach aus, als sie in rasantem Tempo um die Kurve heizten. Das Fort kam in Sicht.

Und die mehrfach gesicherten Torflügel – die weit offen standen.

Tye registrierte im Kiesbett zwei Uniformierte, die mit Pfeilen im Bauch auf dem Rücken lagen. Ein Stück weiter vorn sah sie eine große weiße Limousine, die auf der Zufahrt geparkt war und ihnen den Weg versperrte. Sie trat auf die Bremse, riss das Lenkrad herum und murmelte ein Gebet, als sie dem Wagen mit einem Schlenker auszuweichen versuchte. Aber der Pick-up glich einem dicken roten Geschoss und war viel zu schnell, um so plötzlich zum Stehen zu kommen.

Es hatte etwas eklig Elegantes, als sie mit lautem Gescheppper in den Fond des Wagens krachten; Stoßstange und Kofferraum der Limousine falteten sich wie Papier zusammen und der Wagen machte einen Satz.

Der Aufprall warf Tye auf ihrem Sitz nach vorn; der Sicherheitsgurt schnitt ihr in die Rippen. Nur Augenblicke später hatte sie den Gurt gelöst und war draußen. Als sie losrannte, schien jeder einzelne Knochen in ihrem Körper zu klappern und ihr Nacken prickelte. Falls jemand in der Limousine saß, konnte er oder sie so tot sein wie die beiden Wachmänner. Diese Erkenntnis ließ sie mitten im Lauf innehalten. Plötzlich hatte sie Angst vor dem, was sie sehen könnte.

Motti war als Erster am Wagen. »Niemand drin«, berichtete er und warf einen Blick zurück auf die toten Wachmänner. »Und die Toten sind alles Sicherheitsleute.« Er schüttelte den Kopf. »Aber wenn das hier das Fluchtauto der Bogen-Lady ist, wird sie sich wohl zu Fuß vom Acker machen müssen.«

Aus dem Fort kam gedämpft der Schrei einer Frau.

Motti drehte sich wieder um. »Vielleicht ist sie das.«

»Hat sich angehört, als hätte jemand Angst«, sagte Tye.

»Kümmert uns das? Con war es jedenfalls nicht«, stellte Motti fest. »Und Patch und Jonah kreischen nicht so schrill.«

Tye holte tief Luft. »Tor oder kein Tor, dass wir da sind, wissen jetzt alle. Gehen wir rein und sehen uns um!« Sie lief voran die Auffahrt hinunter; der Kies spritzte nach allen Seiten, als sie das nächstgelegene Fenster ansteuerte.

»Nein!« Jonah hatte das Gefühl, als würde ihm der Boden unter den Füßen weggezogen. Während er die letzten Stufen zu der Stelle hinaufhastete, an der Patch regungslos lag, spürte er, wie seine Beine anfingen zu zittern. Er erreichte Patch gleichzeitig mit Con. »Ist er okay, ist er –?«

Patch öffnete die Augen und schaute auf die Decke vor seinem Bauch, mit der er den Pfeil festhielt. »Super Sache, so eine Titaniumfolie«, flüsterte er heiser. »Ich glaube, ich hab nicht mal einen Kratzer.« Jonah wollte Patch aufhelfen, doch der schüttelte kaum merklich den Kopf. »Tut so, als sei ich tot, und überlasst sie mir.«

Jonah blinzelte. »Dir?«

Patch zwinkerte ihm zu. »Auge um Auge.«

»Du hast ihn umgebracht! Mörderin!«, kreischte Con und drehte sich voller Wut zu Sadie um.

Die junge Frau hatte den glitschigen Teil des Bodens hinter sich gebracht und kam mit grimmiger Miene auf die Treppe zugelaufen. Von Sorin war nichts zu sehen. Sadie hob den Arm und zielte auf Con, musste dann aber zur Seite springen, als Jonah von oben eine große Vase auf sie herunterwarf.

Er packte Con am Handgelenk und zog sie keuchend den Flur hinunter. Hier oben waren Boden und Wände schwarz und in die Decke waren seltsame Zeichnungen und primitive geometrische Muster eingeritzt, die unbekannte Sternbilder hätten sein können. Der Flur machte einen Knick nach rechts und sobald sie um die Ecke waren, blieben sie stehen.

»Hoffentlich weiß Patch, was er tut«, sagte Jonah.

Con nickte und wischte angetrocknetes Blut von ihrer geschwollenen Lippe.

Vorsichtig lugte Jonah um die Ecke; Sadie war gerade oben an der Treppe angekommen, wo Patch lag. Sie kauerte sich hin, als wollte sie sich vergewissern, dass er auch wirklich tot war – in dem Moment stieß Patch ihr mit Schwung beide Füße in den Bauch. Sie flog nach hinten, keuchte, und als Jonah hörte, wie sie die Stufen hinunterstürzte, empfand er tiefe Befriedigung. Patch rappelte sich auf und wankte zu ihnen.

»Das war super, Patch«, sagte Jonah und legte ihm einen Arm um die Schultern. »Hast du viel abgekriegt? Alles in Ordnung?«

»Nein, es tut verdammt weh.« Patch zog sein Sweatshirt in die Höhe und zeigte ihm den großen, lilaroten Fleck auf seinem flachen Bauch. »Wie wär's mit heile, heile, Gänschen, Con?«

»Klappe, Patch«, sagte sie leise. »Jonah, woher wussten diese Leute, dass wir kommen? Woher kennen sie unsere Namen?«

»Wie viele Rivalen muss Coldhardt haben? Wie viele Feinde?« Jonah schüttelte hilflos den Kopf. »Und alle wissen, sobald sie sein Personal um die Ecke bringen, ist er handlungsunfähig.«

Con fluchte. »Jetzt können sie sich in einem Aufwasch das Manuskript schnappen und uns erledigen.«

»Ich hab euch doch gesagt, dass ich wegen heute Abend ein ungutes Gefühl habe«, sagte Patch kläglich.

»Wir müssen uns trennen«, bestimmte Jonah. »Wenigstens brauchen wir jetzt, wo die Sicherheitsleute ausgeschaltet sind, nicht mehr darauf zu warten, dass Tye das Tor aufbricht.«

»Aber wir können den Weg, den wir gekommen sind, nicht mehr zurück«, sagte Patch. Wie zur Bestätigung schlugen auf der Treppe hinter ihnen Schritte einen abgehackten Rhythmus. »Sieht so aus, als sei das Miststück wieder auf den Beinen.«

»Und wo ist ihr Kumpel?« Jonah fuhr sich mit der Zunge über die trockenen Lippen. »Wir wissen nicht, wie viele von diesen Scheißkerlen hier rumlaufen.

Wenn einer davon vor uns an der Treppe im Westflügel ist …«

»… sitzen wir in der Falle!«, beendete Con den Satz.

Wie auf Kommando rannten die drei los.

Es waren etwa 50 Meter über den Kies zum nächstgelegenen erleuchteten Fenster in der hoch aufragenden grauen Mauer. Tye legte die Entfernung innerhalb weniger Sekunden zurück. Motti folgte ihr dicht auf den Fersen. Weiße Vorhänge verdeckten die Sicht ins Zimmer.

»Sie müssen den Zusammenstoß doch gehört haben und jetzt endlich mal nachsehen kommen, oder?«, fragte Tye atemlos.

»Es sei denn, sie sind anderweitig beschäftigt«, sagte Motti, »und –«

Er brach ab, als die Vorhänge plötzlich aufgerissen wurden und direkt am Fenster das Gesicht eines Mädchens erschien. Motti wich erschrocken zurück, als sie mit den flachen Händen an die Scheibe schlug. Tyes Magen krampfte sich zusammen. Das zarte, elfengleiche Mädchen war ungefähr achtzehn Jahre alt, ihr Blick war angsterfüllt und so wild wie ihre schulterlange rote Mähne. Ein großes braunes Muttermal zog sich vom Kinn über den Hals, doch mit der Schnittwunde auf ihrer Wange war sie wohl nicht geboren worden. Jemand griff mit der Hand in ihr Haar und riss sie brutal vom Fenster weg.

Dann flog das Fenster auf und Tye drückte sich schnell flach an die Wand, als ein anderes Mädchen den Kopf herausstreckte und die Auffahrt hinuntersah. Sie war etwas älter, Anfang zwanzig vielleicht, hatte schwarze Haut und blond gefärbtes Haar, das geglättet und straff aus der hohen Stirn gekämmt war.

Doch genauer konnte Tye sich das Gesicht nicht ansehen, denn Motti schlug bereits zu. Das Mädchen stöhnte vor Schmerz und wankte außer Sichtweite. Tye warf ihm einen fragenden Blick zu. Was war das denn?

»Wir haben unseren Schlossknacker nicht dabei«, zischte Motti und kletterte rasch ins Zimmer. »Einem geschenkten Gaul schaut man nicht ins Maul –«

»– wenn man ihm stattdessen eine draufhauen kann?« Tye folgte ihm in ein schmuckloses Arbeitszimmer, die nicht geladene Waffe in der Hand. Die blonde Schwarze stand gerade auf. Sie trug einen grauen Hosenanzug mit Nadelstreifen und befühlte vorsichtig ihre Nase. Sie wirkte kühl und gefasst. Die Rothaarige dagegen kauerte voller Angst unter einem großen hölzernen Schreibtisch in der Ecke. Von ihr ging keine Gefahr aus. Tye sah, dass die Schwarze blutige Knöchel hatte und hielt die Waffe auf sie gerichtet.

»Das Rotkäppchen hier sieht mir nicht wie eine professionelle Einbrecherin aus«, sagte Motti und wandte sich der jungen Frau zu, der er einen Kinnhaken verpasst hatte. »Und da du sie verprügelt hast, nehme ich an, dass du so wenig wie wir hierher gehörst.«

»Wenn du nur Vermutungen anstellst, bist du mir gegenüber im Nachteil, wie mir scheint.« Die junge Frau war offenbar Britin; sie klang amüsiert. »Du bist Anthony Motson … und deine Begleiterin ist Tye Chery.«

Tye runzelte die Stirn; sie spürte, wie Motti neben ihr zusammenzuckte. »Mann oh Mann, das weckt vielleicht nostalgische Gefühle! Seit ewigen Zeiten hat mich keiner mehr Anthony genannt.«

»Wie ich sehe, habt ihr unseren Wagen geschrottet«, fuhr die junge Frau fort. »Dann müssen wir jetzt wohl euren nehmen.«

»Ach ja?« Tyes Miene blieb ausdruckslos; die Waffe hielt sie immer noch fest in der Hand. »Woher weißt du, wer wir sind?«

»Ich bin Bree. Schön, dass ihr es geschafft habt.« Ihr Lächeln wurde breiter, als sie Motti die Hand hinstreckte – der sie allerdings ignorierte. »Ich nehme an, ihr wollt euren Freunden helfen, ja? Sie könnten die Hilfe gut brauchen, weil sie nämlich bis zum Hals in der Patsche sitzen.«

Motti blickte sie finster an. »Wenn sie in der Patsche sitzen, Breezy, sitzt *du* erst recht drin. Ich schlage vor, wir gehen jetzt alle zusammen zu ihnen, ja?«

»Traut ihr nicht«, sagte die Rothaarige. Sie sprach mit einem Akzent, der schwer einzuordnen war. Doch egal, woher sie kam, sie sprach das aus, was Tye dachte: Diese Bree erschien ihr zu entspannt und entschieden zu selbstbewusst. »Sie ist verrückt«, fuhr das Mädchen fort. »Sie und ihre Freunde haben das Haus hier auseinandergenommen, sie haben Mr Blackland –«

»Hört nicht auf Maya«, unterbrach Bree sie aalglatt. »Sie ist angehende Bibliothekarin und wirklich keine große Hilfe.«

Maya zuckte zusammen. »Ich bin nur den Sommer über hier«, flüsterte sie.

»Ich würde sagen, dein Vertrag ist abgelaufen.« Bree wandte sich wieder an Tye und Motti. »Wir haben das

Guan-Yin-Manuskript. Der Bloodline-Code ist in unseren Händen. Und sehr bald sind das auch eure Freunde. Und zwar in Einzelteile zerlegt.«

»Dann ist die Kavallerie ja gerade noch rechtzeitig gekommen«, fauchte Motti. »Du bringst uns jetzt sofort zu ihnen.«

Im selben Moment fiel Tye auf, dass Brees Blick zwischen ihnen und der inneren Tür hin und her huschte. Deshalb ist sie so selbstsicher. »Mot, sie wollte nur Zeit schinden!« Tye machte drohend einen Schritt auf die junge Frau zu, beide Hände an der Waffe. »Es kommt jemand –«

Mit einem Ruck ging die Türklinke nach unten, die Tür schwang auf und dahinter stand ein Mann, dick und grau. Motti war bereits losgesprintet. Er versetzte dem alten Herrn einen Stoß in den Magen und als er zu Boden ging, noch einen Handkantenschlag in den Nacken.

»Nein!«, rief Maya, als sie ihn fallen sah. »Mr Blackland!«

Der Fort-Besitzer? Tye sah den großen Blutfleck hinten auf dem hellen Hemd des alten Mannes und fluchte. Der arme Kerl ist tot, erkannte sie angewidert. Sie haben ihn nur in den Türrahmen gelehnt, um uns abzulenken, während –

Motti blickte wütend von der Leiche hoch – und direkt auf einen Baseballschläger, der mit Schwung auf ihn zukam. Er schrie auf, als der Holzschläger ihn seitlich am Kopf traf, seine Brille zerschlug und ihn zu Boden schickte.

»Motti!«, rief Tye und wirbelte mit der Waffe herum,

um sie auf seinen Angreifer zu richten. Doch Bree hatte die Bewegung vorhergesehen und zu einem Karateschlag ausgeholt, der Tye fast das Handgelenk brach. Die Waffe fiel ihr aus den tauben Fingern, gleichzeitig aber drehte sie sich auch schon um und trat Bree in den Magen. Der Tritt saß und Tye ließ einen Aufwärtshaken folgen. Doch ihre Gegnerin täuschte rückwärts an, erwischte Tyes Unterarm und bog ihn mit Gewalt zurück. Tye keuchte vor Schmerz und wurde auf den Boden gezwungen, wo sie ein Knie ins Gesicht bekam. Sie kippte zusammengekrümmt nach hinten und landete benommen neben Motti. Der war bewusstlos; ein dickes rotes Rinnsal sickerte vom Haaransatz über seine Schläfe. Tye wurde kurz panisch und musste sich zur Ruhe zwingen. Wenn sie nur ein paar Minuten ausruhen und ihre Kräften sammeln könnte …

Bree hatte Tyes Waffe aufgehoben und beobachtete sie nun mit ausdruckslosem Gesicht. Unvermittelt wandte sie sich der Tür zu. »Sollen wir sie umbringen?«

»Warum nicht?«, antwortete eine fremde Stimme – tief und brüchig vom Alter und mit einem Akzent, der keiner bestimmten Region zuzuordnen war. Tye hatte niemanden hereinkommen hören, doch plötzlich sträubten sich ihr die Nackenhaare. »Schließlich haben wir ihre Freunde bald gefasst. Und wir brauchen nur eine Person, die Coldhardt die Botschaft überbringt.«

Dann haben sie die anderen noch nicht. »Welche Botschaft?« Sie spielte auf Zeit. Die Waffe nützte Bree nichts, aber deshalb konnte sie trotzdem nicht abhauen und Motti im Stich lassen. »Wer bist du?«

»Mein Name ist Heidel.«

Tye bog den Kopf zurück und drehte den Hals, um den Sprecher sehen zu können. Sie erblickte einen großen Mann im schwarzen Anzug, der gebeugt dastand. Er hatte dichtes, silbergraues Haar, und das melancholische Gesicht war von Falten durchzogen. Ein grausamer Zug umspielte seine Mundwinkel. Er trug Handschuhe und hielt den Baseballschläger noch immer mit beiden Händen umklammert.

»Wie sieht es aus, Miss Chery?«, fragte Heidel. »Willst du dich für deinen Freund opfern oder soll lieber er an deiner Stelle sterben? Er schläft ziemlich fest und wird nie erfahren, dass du ihn verraten hast …« Der Ton des alten Mannes veränderte sich, wurde härter. »So wie euer Wohltäter Coldhardt *mich* verraten hat.«

»Wohltäter?« Du musst ihn dazu bringen, dass er weiterredet, dachte Tye. »Wir sind lediglich Coldhardts Angestellte und bedeuten ihm darüber hinaus gar nichts –«

»Ihr seid seine Familie«, unterbrach Heidel sie erregt. »So funktioniert es doch. Der große Boss versammelt seine Kinder um sich. Verlangt, dass sie ihm ihre Liebe beweisen, indem sie alles riskieren, immer wieder von Neuem. Belohnt sie, wenn sie Erfolg hatten.« Er kam auf sie zu. »Und eine Zeit lang ist das Glück auch auf ihrer Seite. Doch dann stellen sich Zweifel ein oder der Stress wird zu groß und … und dann kommt der Tod. Oder Verrat.«

Tye konnte Heidels Augen jetzt deutlich sehen. Sie waren von einem hellen Blau, vollkommen ausdruckslos. Sie waren irgendwie – nicht stimmig – so wenig stimmig wie das Bild eines Mannes in einem eleganten Anzug, der einen blutigen hölzernen Baseballschläger schwang.

»Wofür entscheidest du dich, Tye Chery – Tod oder Verrat, wer soll einen Vorsprung haben? Denn glaub mir, einer folgt dem anderen.«

Dann räusperte sich jemand. »Hast du das aus einem Glückskeks oder so?«

Tye entschlüpfte ein erleichterter Schluchzer. »Jonah?« Sie stützte sich auf den Ellbogen und sah ihn zusammen mit Patch durch die Tür kommen.

Doch ihre Hoffnung schwand rasch, denn direkt hinter ihnen standen ein strohblonder Schönling und ein blasses Mädchen mit dunklen Augen und pechschwarzem Haar.

»Die Gefangenen und ihre Eskorte«, sagte Bree und das Lächeln, das sie Tye schenkte, war widerwärtig triumphierend.

MISSION IMPOSSIBLE

Jonah versuchte die Szene rasch und gefasst in sich aufzunehmen, doch es fiel ihm schwer, die Situation nüchtern zu betrachten. Ihm zu Füßen lag ein alter Mann, der eindeutig tot war, und Motti sah auch nicht viel lebendiger aus. Tye lag vor einer jungen Frau, die eine Waffe in der Hand hielt, und dann war da noch ein in die Jahre gekommener Gangstertyp, der Coldhardts Bruder hätte sein können – oh, und ein koboldhaftes, rothaariges Mädchen, das sich unter dem Schreibtisch versteckte.

Das sind entschieden zu viele, dachte Jonah. Hier geht gar nichts.

»Die Gefangenen und ihre Eskorte, ganz richtig«, sagte er zu dem schwarzen Mädchen mit dem blond gefärbten Haar. »Aber soll ich dir was verraten ...?«

»Ihr seid *alle* unsere Gefangenen«, zischte Con hinter ihm und schob Sadie und Sorin in das Arbeitszimmer. Sorin hatte die Treppe im Westflügel vor ihnen erreicht und Sadie hatte ihnen den Rückweg abgeschnitten, genau wie Jonah befürchtet hatte. Doch wieder war es Patch gewesen, dem es gelungen war das Blatt zu wenden ...

Als Sadie und Sorin hereinstolperten, richtete die junge Schwarze die Waffe auf Jonah und der Gangstertyp hob seinen Baseballschläger.

»Runter damit!«, brüllte Patch.

»Tut, was er sagt«, riet Sorin und Sadie nickte zerknirscht – sie sah ziemlich zerzaust und stinksauer aus. Der Gangstertyp senkte tatsächlich langsam den Schläger. Aber die junge Schwarze rührte sich nicht vom Fleck und behielt Jonah weiter im Visier.

Tye blickte zu ihr hoch. »Gib auf, Bree. Sie ist nicht mal geladen.«

»Wer's glaubt, wird selig«, höhnte Bree.

»Keine lauten Geräusche, bitte.« Jonah sah zu Patch hinüber, der sein Glasauge in der Hand hielt und mit der anderen seine Augenklappe nach oben schob, um die leere Höhle für alle offenzulegen. »Patch hat ein Auge auf euch. Da ihr so genau über uns Bescheid wisst, ist euch sicher auch bekannt, dass er alles Mögliche in dieser Glaskugel verstaut. Heute ist sie voller Plastiksprengstoff – nach unseren Berechnungen reicht er für die Zerstörung des Sendemasts aus, der Blackland sagt, wo seine Bücher gerade sind.«

»Der Zündmechanismus ist in der Pupille«, erklärte Con, während Patch wie der Gehilfe eines Zauberers das Glasauge herumzeigte. »Man drückt einmal darauf, um die Bombe scharfzumachen – nimmt man den Finger dann wieder weg, hat man vielleicht fünf Sekunden, bevor sie explodiert.«

»Ich würde es euch ja zeigen«, sagte Patch, der blass und verschwitzt war, »aber ich hab den Mechanismus bereits aktiviert. Wenn ich den Finger von der Pupille nehme, fliegen wir alle in die Luft.«

»Du bluffst«, sagte der alte Mann ruhig.

»Nein, Heidel.« Sorin schüttelte den Kopf. »Wir haben gesehen, wie er den Mechanismus betätigt hat. Sonst hätten wir sie uns längst geschnappt.«

»Kendall würde seine Freunde nie gefährden«, erklärte Bree nachdrücklich.

»Ich will niemanden gefährden«, sagte Patch und schüttelte das Glasauge. »Aber in Situationen wie dieser werde ich verdammt nervös. Es wäre also gut, wenn keiner meine Hand noch mehr zum Zittern brächte, ja?«

»Gib mir meine Pistole wieder«, sagte Tye.

Bree wog die Waffe in der Hand, bevor sie sie Tye hinhielt. Doch als diese danach griff, warf sie sie aus dem offenen Fenster. »Sie ist doch nicht geladen, oder?« Dann grinste sie Patch verächtlich an. »Na, Kendall, willst du uns alle für meinen Ungehorsam in den Himmel pusten?«

Jonah schnalzte mit der Zunge. »Du solltest deine Truppe besser in Schach halten, Heidel. Noch so eine Überraschung und wir sind womöglich alle tot.«

»Ihr stellt euch jetzt da hinten in die Ecke, und zwar alle«, befahl Con. »Keine Tricks.«

Heidel starrte sie ein paar Sekunden lang an. Dann gab er seinen Leuten ein Zeichen; sie gehorchten und wichen langsam zurück.

Jonah ging hinüber zu Tye und kniete sich neben sie. »Alles in Ordnung? Ist Motti okay?«

Tye warf Heidel einen mörderischen Blick zu. »Er atmet.«

»Noch«, bemerkte Bree ungerührt.

»Im Gegensatz zu dem armen Kerl dort«, sagte Jonah. Zusammen mit Tye trug er Motti halb, halb schleiften sie ihn zu Con und Patch. »Ist das Blackland?«

»Ja.« Das rothaarige Mädchen streckte den Kopf unter dem Schreibtisch hervor. »Sie haben ihn umgebracht.«

»Und weshalb, meine liebe Maya?« Heidel zog ein kleines braunes Buch aus der Tasche. »Ach ja, dafür. Blacklands größter Schatz. Das Guan-Yin-Manuskript.«

»Gib es her«, verlangte Con. »Wirf es auf den Boden und –«

»Oh, das werde ich nicht tun.« Heidel lächelte kaum merklich. »Das ist das Problem, wenn die einzige Waffe, die man besitzt, ein Massenvernichtungsmittel ist – sie bietet bei ihrem Einsatz wenig Spielraum für Feinheiten.«

»Ach ja?«

»Wenn ich eure Forderungen nicht erfülle, werdet ihr den Sprengstoff trotzdem nicht zünden, Con. In einem abgeschlossenen Raum wie diesem würdet ihr dabei auch euer eigenes Leben riskieren.« Er kam langsam auf sie zu, blieb mit dem Rücken zum Fenster stehen und hielt das Buch auf die gleiche Weise hoch, wie Patch das Glasauge. »Außerdem weiß ich genau, welchen Wert der Bloodline-Code für Coldhardt darstellt. Ich weiß, was davon abhängt, was auf dem Spiel steht. Ihr *wagt* es nicht, das Manuskript zu zerstören.«

»Ihr seid verrückt«, meldete Maya sich leise, »alle miteinander.«

Jonah fiel wieder ein, was Coldhardt im Konferenzraum gesagt hatte: »Dieses Manuskript ist von allergrößter Wichtigkeit für mich. Geht kein Risiko ein, es *muss* unversehrt bleiben. Unter keinen Umständen darf es irgendeinen Schaden nehmen – sonst ist es wertlos für mich.«

»Coldhardt braucht ja nicht zu erfahren, dass *wir* es zerstört haben«, sagte Con eiskalt. »Ihr wärt nicht mehr am Leben und könntet es nicht mehr ausplaudern.«

»Dann würdest du deinen Meister also betrügen, Con? Vielleicht gibt es Hoffnung für dich.« Heidel sah zu Patch hinüber. »Mir scheint, wir haben beide eine Trumpfkarte in der Hand. Aber ich werde die Pattsituation jetzt auflösen, indem ich mich mit meinen Kollegen – und dem Manuskript – verabschiede.« Er drehte sich zu seinen Begleitern um. Bree nickte und schlenderte zum Fenster hinüber.

»Moment«, sagte Con warnend. »Wir bestimmen hier, was gespielt wird.«

»Ach, lass sie laufen«, stöhnte Patch. »Und tschüss!«

»Ja, lasst sie einfach laufen«, sagte Maya.

»Wir sehen uns wieder.« Ohne sich noch einmal nach ihnen umzuschauen, schwang Bree die Beine über das Fensterbrett. Sorin folgte ihr. Sadie hatte den Blick fest auf Jonah gerichtet und rührte sich nicht. Lächelnd hielt sie die Hand mit dem unbezahlbaren emaillierten Goldring hoch – dann tat sie, als ziele sie mit Pfeil und Bogen auf seinen Kopf und löse den Schuss aus. Dabei hatte sie ein Glitzern in ihren Augen, das Jonah wie ein eisiger Schauer bis ins Mark ging. Er sah weg und erst da stieg sie hinter den anderen aus dem Fenster.

Während sie hinauskletterte, stürzte Con sich auf Heidel und grapschte nach dem Manuskript, das er in der Hand hielt. Der alte Herr wehrte sie mit einer weit ausholenden Armbewegung ab, die sie aus dem Gleichgewicht brachte. Bevor Jonah reagieren konnte, war Tye schon losgesprintet, um zu helfen – doch in der Zwischenzeit hatte Heidel den anderen Arm um Cons Hals gelegt und drückte ihr mit dem Handgelenk die Luftröhre zu.

»Lass sie los!«, rief Patch und streckte die Hand mit dem Glasauge aus. »Ich mein's ernst!«

»Du bist so ohnmächtig wie dein Meister, Junge«, zischte Heidel und drückte fester zu. Cons Gesicht lief rot an, sie rang nach Luft und ihre Augen wurden immer größer. »Ihr könnt Coldhardt Folgendes ausrichten«, fauchte er. »Time waits for no men. Und ich bin der Beweis dafür. Der lebende Beweis für etwas, das er nie besitzen wird.« Er ging rückwärts zum Fenster, wobei er Con mitschleifte und sie dann mit dem Gesicht voraus zu Boden stieß. Da lag sie und rang keuchend nach Luft, und während Jonah und Tye zu ihr liefen, kletterte Heidel erstaunlich behände aus dem Fenster. Mit ausdrucksloser Miene blickte er noch einmal zurück. »Bree hatte wahrscheinlich recht; wir sehen uns wieder. Und dann gibt es kein Erbarmen.«

»Genau«, murmelte Jonah, als Heidel in der Dunkelheit verschwand und nur noch Cons abgehackte Atemzüge überlaut zu hören waren. »In dem Punkt hast du vollkommen recht.«

»Con ...« Patch sah auf sie hinunter, seine Augen glänzten vor Tränen. »Ist sie bald wieder okay, Tye?«

»Ruhig, Con, tief atmen«, sagte Tye eindringlich. »Reck das Kinn vor, dann kann die Luft besser ...«

Über dem Keuchen und Röcheln hörte Jonah ein Röhren, als ein Motor angelassen wurde.

»Nein!«, brüllte Patch und lief zum Fenster. »Die Hunde krallen sich unseren Pick-up!«

»Ich hab ihre Karre geschrottet«, erklärte Tye hilflos.

Jonah sah sie an. »Dann sitzen wir hier fest?«

»Sie haben uns von allen Seiten angepisst. Haben uns halb umgebracht. Uns über den Tisch gezogen.« Plötzlich riss Patch den Arm zurück, um Heidel den Plastiksprengstoff hinterherzuwerfen. »Auf sie geschissen – und genauso auf dieses saublöde verdammte Manuskript!«

»Nein!«, brüllte Jonah, richtete sich auf und lief zum Fenster. Er prallte mit Patch zusammen, doch es war zu spät, den Wurf konnte er nicht mehr verhindern. Entsetzt verfolgte er die Flugbahn des glitzernden Glasauges über Blacklands Auffahrt hinweg. Es fiel, weit vor dem Pick-up, der bereits davonfuhr, herunter und landete auf der Kühlerhaube der eingedellten Limousine.

Jonah riss Patch vom Fenster weg, kurz bevor es eine gewaltige Explosion gab und die glühend heiße Druckwelle die Scheiben eindrückte, die in tausend winzige Stücke zersprangen. Jede einzelne Scherbe reflektierte den Feuerschein in Rotorange, als sie ins Zimmer regneten. Maya kreischte und Tye warf sich schützend über Con. Die Schatten der Flammen tanzten ausgelassen über die kahlen Wände des Arbeitszimmers.

»Du verdammter Idiot«, brüllte Jonah Patch an. »Der Sprengstoff war alles, was wir zu unserer Verteidigung hatten, alles, womit wir sie ablenken konnten. Jetzt können diese abgewrackten Psychos zurückkommen und uns fertigmachen.«

»Tut mir leid!«, brüllte Patch zurück. Er zitterte am ganzen Leib.

Maya stakste vorsichtig über die Scherben und half Tye, Con zur Tür zu bringen. »Und – *kommen* sie zurück?«, fragte sie leise.

»Ich seh mal nach.« Jonah trat ans Fenster; ein ungutes Gefühl beschlich ihn. Die zerrissenen Vorhänge bewegten sich, als hauchte die Nacht sie an.

Er sah den intakten Pick-up am Anfang der Auffahrt stehen, weit genug entfernt von dem lodernden Wrack der Limousine. Hinter dem brennenden Wrack stand Heidel und beobachtete Jonah, halb verdeckt von dichtem schwarzem Qualm. Seine Züge kräuselten sich in der heißen Luft. Jonah sah gebannt und unbehaglich zu, wie der alte Herr das Guan-Yin-Manuskript aus der Tasche zog – das Buch, an dem sie so nah drangewesen waren.

Und es dann in die Flammen warf.

Jonah war zu geschockt, um reagieren zu können. Er sah, wie Heidel sich langsam umdrehte und zu dem wartenden Wagen ging. Die Beifahrertür wurde geöffnet und der alte Herr stieg ein. Dann fuhr der Pick-up langsam davon, ganz ohne Reifenquietschen oder sonstige Theatralik. Unwillkürlich musste Jonah an einen Leichenwagen denken, der vom Friedhof fährt. Die Flammen loderten in einem kräftigeren Orange hoch auf, als täten sie sich an dem neuen Happen, der ihnen zugeworfen worden war, gütlich. Als sie kleiner wurden, war dahinter nichts mehr zu sehen außer den zusammengekauerten Schatten der dunklen Landschaft und dem mit Sternen gesprenkelten Indigoblau darüber.

»Sag, dass das nicht das Manuskript war, das er da eben verbrannt hat«, flüsterte Tye direkt hinter ihm. Er hatte sie nicht kommen hören.

Beißender Rauch brannte Jonah in den Augen und er rieb sie. »Es war so dunkel, ich konnte es nicht genau erkennen. Hätte auch was anderes sein können.«

Sie sah ihn an und in ihren dunklen Augen spiegelte sich das Feuer. »Wem willst du hier eigentlich etwas vormachen?«

»Wenigstens wissen wir jetzt, was der Bloodline-Code ist«, sagte Patch sarkastisch. »Nämlich Toast.«

Ein Buch voll schwarzer Magie, das Unglück und Feuer mit sich bringt. Jonah überlief es kalt; er sah hinüber zur Tür, wo Patch sich zwischen Motti und Con auf den Boden hatte fallen lassen. Con atmete inzwischen wieder normaler. Maya stand unschlüssig neben dem Schreibtisch in der Ecke.

»Kommen sie zurück?«, fragte sie noch einmal im Flüsterton.

Jonah schüttelte den Kopf. »Sie sind weg. Genau wie das Manuskript.« Frustriert schlug er mit der Faust gegen die Wand. »Mit dem Unterschied, dass das Buch für immer weg ist und Heidel und seine Truppe wiederkommen werden. Und uns fertigmachen wollen.«

»Wer seid ihr?« Maya drückte eine Hand auf ihre blutverkrustete Wange. »Seid ihr auch wegen des Guan-Yin-Manuskripts hier? Warum?«

Tye ignorierte sie. »Wir verschwinden besser. Die Explosion war bestimmt meilenweit zu hören – vielleicht bis zu den nächsten Nachbarn. Die rufen wahrscheinlich gerade die Polizei.«

Patch seufzte. »Meint ihr, sie haben noch einen Krankenwagen für Mot frei?«

»Hier wird es bald nur so von Polizei wimmeln«, sagte Con heiser. Sie hielt den hohen Kragen ihres schwarzen Oberteils vom Hals weg und sah Maya an. »Was ist mit ihr?«

Maya trat argwöhnisch einen Schritt zurück. »Was soll mit mir sein?«

»Sie war Blacklands Bibliothekarin«, erklärte Tye.

Cons Augen waren schmale Schlitze geworden. »Sie kann uns identifizieren.«

»Himmel, du hast recht«, sagte Patch erschrocken. »Der alte Sack hat uns mit unseren vollen Namen angesprochen.«

»Ich sage niemandem etwas«, versicherte Maya rasch; ihre großen grauen Augen waren voller Angst. »Ich will da nicht hineingezogen werden.«

Jonah blickt gereizt auf Blacklands Leiche. »Dafür ist es ein bisschen zu spät.«

»Ich sage der Polizei nichts«, versprach Maya. »Passt auf, die Typen haben zwar das Manuskript mitgenommen, aber es gibt eine Kopie. Es wurde eingescannt, jede einzelne Seite. Alles ist oben auf einer DVD gespeichert. Ich gebe sie euch, nur … nur tut mir nichts.«

In Cons matte Augen trat wieder etwas Glanz, als sie sich an Tye wandte. »Lügt sie?«

»Scheint die Wahrheit zu sein«, antwortete Tye gedehnt.

»Deshalb hat dieses Miststück von Bree mich zusammengeschlagen«, fuhr Maya fort. Dann presste sie wütend die Lippen zusammen und ihre Finger wanderten wieder zu der beachtlichen Schwellung auf ihrem hohen Wangenknochen. »Sie wollte wissen, ob es Kopien von dem Manuskript gibt …«

Con hob eine Augenbraue. »Und du hast es ihr *nicht* gesagt?«

»Sie hat Blackland umgebracht«, antwortete Maya einfach. »Ich wollte nichts tun, das ihr irgendwie helfen kann.« Sie seufzte und sah Tye fast schuldbewusst an. »Wahrscheinlich hätte ich es ihr aber doch noch verraten, wenn ihr nicht eingegriffen hättet. Danke, dass ihr mir geholfen habt.«

»Zum Ausgleich wirst du uns jetzt Hilfe zur Selbsthilfe leisten«, informierte Con sie.

»Scans von dem Manuskript«, murmelte Jonah. »Dann spielen wir immer noch mit …« Er merkte, wie sein Herz schneller schlug, als er sich wieder Maya zuwandte. »Hat Blackland ein digitales Archiv aller seiner Bücher?«

»Ja, bei diesem Projekt habe ich ihm geholfen«, berichtete sie. »Nicht nur beim Katalogisieren, sondern auch bei der eingehenden wissenschaftlichen Untersuchung und Übersetzung. Ich bin Kryptoanalytikerin.«

Tye sah sie verdutzt an. »Soll das heißen, du analysierst Kryptogramme?«

»Haargenau!« Trotz allem musste Jonah lächeln. »Das soll heißen, dass sie Codes knackt.« Tye sah ihn finster an, als er sich wieder Maya zuwandte. »Dann ist also das gesamte Guan-Yin-Manuskript verschlüsselt und nicht nur dieses Bloodline-Ding?«

Sie nickte. »Genau. Zuerst habe ich an eine Art polyalphabetischen Code gedacht, aber die Häufigkeitsanalyse zeigt die üblichen statistischen Merkmale in Übereinstimmung mit dem Zipfschen Gesetz –«

»Gütiger Himmel!«, stöhnte Motti. »Sagt mir nicht, dass wir uns einen zweiten Jonah angelacht haben!«

»Mot!« Patch lief zu ihm. »Ich hab gedacht du wärst im Koma oder so.«

»Schön wär's. Es würde sehr viel weniger wehtun.« Nachdem Tye und Patch ihm beim Aufstehen geholfen hatten, berührte Motti die Schwellung an seiner Stirn und verzog das Gesicht. »Was habe ich verpasst?«

»So ziemlich alles«, antwortete Con.

»Aber du bist an einer guten Stelle aufgewacht.« Jonah grinste ihn an, dann drehte er sich wieder zu Maya um. »Hat Blackland ein Fahrzeug?«

Sie nickte rasch. »Einen Oldtimer-Buick, er steht in der Garage.«

»Und das müssen die Schlüssel dazu sein«, verkündete Tye. Sie kauerte neben Blacklands Leiche und hatte die Hand in seiner Jackentasche.

»Patch, schließ Tye die Garage auf«, sagte Jonah; er war ganz kribbelig. »Holt den Wagen und wartet vor dem Haus. Con, du hilfst Motti nach draußen. Falls die Bullen auftauchen, verschwindet ihr. Ich bleibe in Funkkontakt und stoße später zu euch.«

»Wer ist gestorben und hat dich zum Boss ernannt?«, knurrte Motti.

»Du – um ein Haar«, konterte Jonah.

»Wenn hier einer fast gestorben wäre, bin ich es!« Patch zog stolz sein Sweatshirt in die Höhe und zeigte seinen sensationell gefärbten Bauch. Die Blutergüsse wurden zunehmend dunkler.

Tye zog eine Grimasse und wandte sich dann wieder an Jonah. »Und während wir tun, was du bestimmt hast, besorgst du mit Maya diese DVD?«

»Und alles, was du sonst noch an Raritäten tragen kannst. Nach diesem Reinfall müssen wir uns beim Boss irgendwie einschleimen, oder?« Con sah Motti an. »Zuerst verlierst du seinen Ring, dann verlieren wir sein Manuskript –«

»Lasst uns in die Gänge kommen.« Jonah fasste Maya am Arm und schob sie rasch aus dem Zimmer. »Zur Bibliothek. Subito …«

Tye saß hinterm Steuer des parkenden Buick Riviera '65. Die Landschaft ringsum schien in der Dunkelheit geschrumpft zu sein. Sie hielt Ausschau nach metallisch blauen Blitzen und lauschte auf das Heulen näher kommender Polizeisirenen. Ihr war übel vor Müdigkeit und ihre Nase und das Kinn pochten. Aber Motti jammerte nicht wegen seiner Verletzungen, also klagte sie auch nicht wegen ihrer. Sie beobachtete ihn im Rückspiegel. Er lümmelte neben Patch auf dem kirschroten Lederpolster, hatte eine Hand in die Tasche seiner Jeans gesteckt und die nicht angeschlagene Seite seines Gesichts an die Scheibe gelehnt.

Die Limousine war schnell ausgebrannt und jetzt nur noch ein schwarzes, verbogenes Wrack. Während Con in der Asche nach irgendwelchen Spuren des Manuskripts gestochert hatte, hatte Tye Motti erzählt, was ihm entgangen war.

»Glaubst du wirklich, die Bogen-Lady hat Coldhardts Ring, der mir runtergefallen ist?«, fragte er.

»Sie hat eine richtige Show damit abgezogen«, erzählte Tye. »Ihn Jonah praktisch unter die Nase gerieben.«

Motti stöhnte leise. »Das verdammte Teil ist ein Vermögen wert.«

»Was, Jonahs Nase?«, witzelte Patch. Motti boxte ihn auf den Arm. »Autsch!«

Con kam zum Wagen zurück. »Nichts«, berichtete sie, setzte sich auf den Beifahrersitz und pickte Rußflocken von ihren langen Fingernägeln. »Ich kann es einfach nicht glauben, dass Heidels Mannschaft fünf Leute umbringt und sich mit fünf weiteren anlegt, um an ein unbezahlbares Manuskript zu kommen – das sie dann einfach ins Feuer schmeißen …«

»Das war reine Bosheit«, fand Motti. »Du hast gesagt, sie wussten, wie viel es Coldhardt bedeutet?«

Tye nickte. »Eine einzige Demonstration von Hass.«

»Das wäre es auch gewesen, wenn sie uns alle umgebracht hätten«, stimmte Patch zu.

»Alle bis auf eine oder einen«, verbesserte Tye ihn, »den sie übrig gelassen hätten, damit er Coldhardt Bericht erstatten kann.«

»›Time waits for no men. Und ich bin der Beweis dafür …‹« Con wiederholte die Worte leise und Tye sah, wie sie vergeblich versuchte, ein Schaudern zu unterdrücken. »›Der lebende Beweis für etwas, das Coldhardt nie besitzen wird.‹ Was hat er damit gemeint?«

»Vielleicht kann Coldhardt es deuten, wenn wir ihm die Message überbringen«, meinte Tye. Sie sah auf ihre Uhr. »Das heißt, falls Jonah je zurückkommt.«

»Vielleicht vögelt er Maya gerade in einem Haufen alter Schinken«, vermutete Patch. »Das ganze Geschwafel über Codes hat sie scharf gemacht.«

»Jonah ist nicht so einer.« Con sah Tye von der Seite an. »Oder, Tye?«

Tye zuckte mit den Schultern, sie wollte sich nicht provozieren lassen.

»Ich würd's mit ihr machen«, fuhr Patch fort. »Wenn man das Muttermal zudeckt, ist sie ganz okay.«

»Was du nicht sagst!«, schnaubte Con.

Patch grinste. »Eifersüchtig?«

»Tut's sehr weh?« Sie griff nach hinten und knuffte ihn in den Bauch, dass er aufjaulte.

»Ruhe!«, verlangte Tye. »Ich will hören, ob Sirenen heulen. Los, Jonah, mach schon ...«

»Da kommt er«, sagte Motti plötzlich. »Und, hey, seht euch das an, er bringt seine neue Tussi mit.«

»Dann kann ich mir das Aussteigen sparen«, erklärte Con. »Ich mesmerisiere sie, damit sie alles, was mit uns zusammenhängt, vergisst, und dann schicke ich sie zurück ins Haus.«

Tye verstellte den Rückspiegel etwas. Jonah und Maya liefen die Zufahrt herunter; beide hatten je eine Sporttasche dabei. Jonah öffnete den Kofferraum und sie hievten die Taschen hinein. Sieht nicht so aus, als seien da nur Bücher drin, dachte Tye überrascht.

Jonah öffnete die hintere Tür auf der Beifahrerseite. »Rückt mal ein Stück zusammen. Maya kommt mit.«

Motti sah ihn an. »Sie macht was?«

»Sie hat wochenlang an dem Guan-Yin-Manuskript gearbeitet und ist bei der Übersetzung schon ein gutes Stück vorangekommen«, erklärte Jonah. Maya stand verlegen hinter ihm. »Das könnte uns – inklusive Coldhardt – eine Menge Zeit sparen, wenn es ans Knacken von diesem Bloodline-Code geht.«

»Dann greif dir ihre Arbeit und sie lassen wir hier«, sagte Con.

»Warum *will* sie überhaupt mitkommen?«, fragte Tye und sah Maya stirnrunzelnd an. »Die meisten Leute würden sich nicht gerade überschlagen, um mit einem Haufen Diebe davonzulaufen, die gerade in ihr Haus eingebrochen sind.«

Maya trat ans Auto. »Mir ist klar geworden, dass mir gar nichts anderes übrig bleibt.« Die Schatten ließen das dunkle Muttermal wie ein offenes Loch in ihrem Hals erscheinen, als sie sich zu Tye in den Wagen beugte. »Ich habe kein Visum. Ich bin illegal in Amerika. Ich habe … Probleme zu Hause in der Ukraine. Ich kann nicht dorthin zurück.«

»Was für Probleme?«, wollte Patch wissen.

Motti schnaubte. »Wir haben alle unsere Rührstücke, mit denen wir klarkommen müssen, Zyklop.«

»Rührstück ist gut. Sie könnte eine Spionin sein«, gab Con zu bedenken. »Die Heidel hier zurückgelassen hat, damit sie sich unser Vertrauen erschleicht.«

»Sie haben sie zusammengeschlagen!«, protestierte Jonah.

»Das könnten sie auch nur inszeniert haben«, argumentierte Con.

Maya sah sie an. »Nein«, sagte sie nur.

»Klar, das musst du ja sagen, Rotkäppchen.« Motti betrachtete sie zweifelnd. »Sie haben gehört, wie wir in ihren Wagen gedonnert sind, wussten, dass wir kommen, und haben dich schreien lassen, damit wir uns in Trab setzen.«

Jonah sah Tye mit einem Bitte-sei-auf-meiner-Seite-Blick an. »Ich würde es merken, wenn Maya lügt«, gab sie zu. »Ich glaube, sie sagt die Wahrheit.«

»Und wir haben keine Zeit hier rumzustehen«, sagte Jonah mit Nachdruck. »Wir strapazieren unser Glück ohnehin schon ganz schön.«

»Das kannst du laut sagen«, meinte Motti. »Fahr los, Tye. Wir lassen Coldhardt eine Nachricht zukommen, dann soll er entscheiden.«

»Es wird reichlich eng, zu viert auf der Rückbank«, überlegte Patch laut. »Aber du kannst dich gern neben mich setzen, Maya.«

Jonah stieg als Erster ein. »Kümmere dich nicht um Patch«, sagte er zu Maya. »Wir lassen ihn kastrieren.«

»Mit der kleinsten Nagelschere, die die Welt je gesehen hat«, fügte Motti hinzu und verzog das Gesicht, als er zur Seite rückte, damit Jonah und Maya Platz hatten.

»Danke«, sagte Maya leise und schloss die Tür.

Als Tye den Motor anließ, beobachtete sie das Mädchen im Rückspiegel, suchte nach einer noch so winzigen Spur von Triumph in dem finsteren Gesicht, in den Augen oder Gesten. Doch Mayas hochgezogene Schultern ließen auf Angst schließen und die Art, wie sie mit den Beinen zappelte und sich ständig mit der Zunge über die Lippen fuhr, waren klassische Zeichen von Stress.

Tye legte den Gang ein und fuhr los, weg von dem dunklen Gemäuer des jetzt verlassenen Forts, von dem ausgebrannten Wagen und den Leichen; weg von der Dunkelheit und dahin, wo das erste Erwachen der Morgenröte Licht am Horizont versprach.

VERHÖR

Tye hatte schon wer weiß wie viele Besprechungen mit Coldhardt hinter sich, doch eine Atmosphäre, wie sie jetzt im Konferenzraum herrschte, war auch ihr neu. Motti war stiller als sonst; er trug eine neue Brille und hatte hoch dosierte Schmerzmittel intus, verschrieben von Coldhardts Leibarzt. Auch Patch hielt sich bedeckt. Da er seine Hand immer wieder auf seinen Bauch legte, nahm sie an, dass der Schmerz ihn daran erinnerte, wie nah er am Abend zuvor dem Tod gekommen war. Wie nah sie ihm alle gekommen waren.

Auf dem langen Weg zurück nach Genf hatte Tye an fast nichts anderes gedacht. Selbst als Jonah den Steuerknüppel des Flugzeugs übernommen hatte, waren vor ihrem geistigen Auge immer wieder die Bilder ihrer katastrophalen Mission aufgetaucht und hatten sie am Einschlafen gehindert.

Jonah und Con nahmen nicht an der Besprechung teil, was ebenfalls merkwürdig war. Sie hielten sich zusammen mit Maya in einer konspirativen Wohnung in Chamonix auf, gleich hinter der französischen Grenze. Das Mädchen wurde, bis ihre Geschichte bestätigt werden konnte, von Coldhardts Operationszentrale erst mal ferngehalten. Und was Coldhardt selbst betraf, nun …

Das war das Allermerkwürdigste an der ganzen Sache.

Der Anruf letzte Nacht von San Angelo aus war an Tye hängengeblieben. »Du merkst am ehesten, wie er es aufnimmt«, hatten die anderen gesagt – und so hatte sie Coldhardt die nackten Tatsachen ihrer Begegnung mit Heidel und seiner Partytruppe übermittelt; ihm erklärt, dass Heidel über das Kommen der Talentgang genauestens informiert gewesen war und sogar ihre vollen Namen kannte ... Und obwohl sie ihm nichts davon gesagt hatte, dass sein Ring an Sadies Finger steckte – sie leckten immer noch ihre Wunden, was bitter genug schmeckte –, war ihr klar, dass er von dem Manuskript, das im Feuer gelandet war, erfahren musste.

Seltsamerweise hatte er die Nachricht mit kühler Resignation aufgenommen. Er war eindeutig sauer, aber es war, als hätte er etwas in dieser Art bereits erwartet, und nun musste er eben damit fertig werden.

»Er wollte, dass wir dir eine Botschaft überbringen.«

»Ach ja?«

»Er sagte: ›Time waits for no men. Und ich bin der Beweis dafür. Der lebende Beweis für etwas, das er nie besitzen wird.‹«

Die Stille in der Leitung, die lediglich das digitale Rauschen erträglich machte, hatte so lange angehalten, dass Tye irgendwann nicht mehr gewagt hatte sie zu unterbrechen. Und sie hütete sich in ihn zu dringen, als er das Thema wechselte und sein Ton dabei in mehr als eisige Gefilde abrutschte: »Konntet ihr von der nächtlichen Show wenigstens irgendetwas Verwertbares retten?«

Tye hatte enthusiastisch von Maya und ihrem digitalen Archiv erzählt und gebetet, dass Jonah nicht gelinkt worden war. So hätte Coldhardt immer noch eine Chance zu bekommen, was er sich von diesem Grimoire-Ding versprach – was immer es war.

Als sie, Patch und Motti, jetzt wortreich die Einzelheiten zu ihrer Geschichte lieferten, hörte Coldhardt mit ernster Miene zu. Er war nicht richtig bei der Sache, so als sei dies lediglich ein Ritual, das abgespult werden musste, bevor er mit der eigentlichen Arbeit beginnen konnte. Tye spürte, dass sich hinter der aufmerksamen Fassade des alten Herrn verdammt viel abspielte, und das beunruhigte sie.

»Tut mir leid, dass wir es vergeigt haben«, sagte Motti. »Wir haben wohl nicht damit gerechnet, dass es einen Gegner gibt, der so stark ist.«

»Ich habe euch nicht viel Zeit gelassen, um euch auf mögliche Störungen vorzubereiten«, gab Coldhardt zu.

Patch zuckte mit den Schultern. »Aber woher wussten sie, dass wir gestern Abend einbrechen würden?«

»Darauf gibt es zwei naheliegende Antworten«, erwiderte Coldhardt. »Die erste ist, dass sie irgendwie unsere Gespräche belauscht haben …«

Motti machte ein finsteres Gesicht. »Während wir da draußen dieses blöde Picknick gemacht haben?«

Tye schüttelte entschieden den Kopf. »Wir haben alles abgecheckt, Con und ich. Es war niemand da.«

»Oder aber«, fuhr Coldhardt ernst fort, »es gibt einen Spion in euren Reihen. Jemand, den Heidel abgeworben hat und der alles, was er hier erfährt, weitergibt.«

Tye hatte das Gefühl, als würde ihr das Blut in den Adern gefrieren. »Ausgeschlossen«, flüsterte sie.

Ein leises Lächeln stahl sich auf Coldhardts wettergegerbtes Gesicht. »Ich halte diese Hypothese für unwahrscheinlich, aber wir müssen alle wachsam bleiben. Jede Möglichkeit muss in Betracht gezogen werden, vor allem wenn wir es mit so gewieften Gegnern zu tun haben.«

Tye nickte kurz. »Und wer sind sie?«

»Die Frau mit dem Bogen ist Sadie Djief, eine Französin, die im Tschad aufgewachsen ist und sich jetzt als Söldnerin verdingt. Sie ist als effizient und zielsicher bekannt, ist allerdings etwas instabil.«

»Eine Psychokuh«, kam es hasserfüllt von Patch. »Eines kann man ihr allerdings nicht vorwerfen: dass sie zu viel quatschen würde. Wenn ich es mir recht überlege, hab ich kein einziges Wort aus ihrem Mund gehört.«

»Das ist auch nicht möglich. Ihr wurde vor sechs Jahren von einem indonesischen Vernehmungsbeamten in Osttimor die Zunge herausgerissen.« Coldhardt sagte das so beiläufig, als spreche er über ein Kricketspiel. »Diesen Sorin konnte ich nicht identifizieren, zumindest noch nicht ... Aber die andere Frau ist Bree Matthews. Sie ist eine herausragende Planerin und Analytikerin und nur zu Höchstgeboten zu haben.«

»Ein Miststück ersten Ranges ist sie außerdem«, murmelte Tye. »Aber was ist mit diesem Heidel? Er hat gesagt ... du hättest ihn betrogen.«

Coldhardts Gesicht hätte in Granit gemeißelt sein können, so emotionslos blieb es. »Das ist *eine* Möglichkeit es auszudrücken.«

»Und er wusste, wie das bei uns so läuft, dass wir alle so etwas wie ...« Sie zuckte mit den Schultern. »Na ja!

Etwas wie …« … eine große Familie sind, wollte sie sagen, aber es klang so pathetisch. Und sie musste daran denken, was Heidel noch gesagt hatte: Sie beweisen ihm ihre Liebe, indem sie alles riskieren, immer wieder von Neuem … und dann kommt der Tod.

»Er muss eine Mordswut auf dich haben«, sagte Patch in die Stille hinein. »Wer ist der Typ?«

»Jemand, von dem ich nicht erwartet hätte, jemals wieder etwas zu hören.« Die leiseste Andeutung eines Lächelns spielte um Coldhardts Mundwinkel. »Und ganz gewiss niemand, der leichtfertig ein siebenhundert Jahre altes Zauberbuch ins Feuer werfen würde.«

»Und wie willst du ihm zeigen, wer das Sagen hat? Was hast du vor?«, fragte Patch skeptisch.

»Ach, ich kann mir vorstellen, wie Heidel sich freuen würde, wenn ich meine Zeit darauf verwendete, Pläne und Strategien gegen ihn auszuarbeiten. Ich glaube, ich überlasse ihm oder seinen Komplizen den nächsten Schritt.«

Gegen uns, dachte Tye, und ein unbehagliches Gefühl beschlich sie.

»Und wie sieht unser nächster Schritt aus?«, erkundigte sich Motti. »Wie steht es mit der E-Version des Manuskripts, das Maya uns zugeschustert hat? Bringt sie uns was?«

»Auf der DVD sind Ablichtungen eines exotischen, auf Pergament geschriebenen Textes, die genauso aussehen, wie ich mir das Guan-Yin-Manuskript vorstelle. Aber die Zeit – und Jonahs Talent für das Dechiffrieren von Codes – werden darüber Aufschluss geben.« Er legte eine kurze Pause ein. »Maya hat uns auch einen kompletten Katalog mit Blacklands RDIF-Transpondern mitgebracht, inklusive der Frequenzen, auf denen jeder Einzelne sendet. Wenn das Grimoire tatsächlich noch existiert, besteht trotz allem die Chance, dass wir es finden.«

»Was ist mit den Büchern, die sie mitgebracht hat?«, fragte Tye.

»Eine gute Auswahl.« Coldhardt neigte den Kopf zur Seite. »Sehr, sehr selten und unvorstellbar wertvoll. Auf einen Schlag in den Besitz einer solchen Sammlung geheimnisumwobener Antiquitäten zu kommen ...«

Motti zuckte mit den Schultern. »Dann haben wir also doch was richtig gemacht?«

»Und was ist mit Maya?«, fragte Tye. Die seltsame Atmosphäre im Raum irritierte sie immer noch. »Ist sie das, wofür sie sich ausgibt?«

»Ich habe ein paar Informationen über sie ausgegraben.« Coldhardt drückte auf einen Knopf und auf den Bildschirmen erschien ein Bild von Maya. In einem wenig schmeichelhaften Kaftan mit großem Kragen und mit einem Augen-Make-up, als sei ihr eine dicke blaue Schlange über die Lider gekrochen, sah sie aus wie den 1960ern entsprungen. »Maya Marisowa stammt aus einem Dorf in der Nähe von Lviv in der Ukraine. Sie ist 19 Jahre alt. Da sie schon als Kind eine Begabung für Sprachen an den Tag legte, sowohl für gesprochene als auch für Computersprachen, studierte sie im letzten Jahr Geschichte und alte Sprachen an der staatlichen Universität Moskau. Das Foto stammt aus ihrem Studienbuch. Ihre wissenschaftlichen Leistungen sind überragend.«

»Und ihre kriminellen?«, fragte Motti dazwischen. »Sie hat gesagt, sie hätte in ihrer Heimat Ärger mit der Polizei gehabt und hätte kein Visum.«

Coldhardt nickte. »Anfang des Jahres verschwand einer ihrer Tutoren unter mysteriösen Umständen.«

Tye hob eine Augenbraue. »Wie ist Professor Blackland auf sie aufmerksam geworden?«

»Vielleicht sollten wir das Mädchen für sich selbst sprechen lassen.« Coldhardt zog eine Taschenuhr aus seiner Westentasche. »Ich habe darum gebeten, dass Jonah und Con mit Maya ein Gespräch führen, an dem wir teilnehmen können.« Er drückte einen weiteren Knopf auf seiner Fernbedienung und das Bild verschwand. Ein paar Sekunden später wurde der Bildschirm wieder hell und zeigte einen leeren Ledersessel in einem gut ausgeleuchteten, sparsam eingerichteten Zimmer. »Ausgezeichnet. Die Kamera ist eingeschaltet. Das Interview kann zum vereinbarten Zeitpunkt beginnen.«

Tye und Motti sahen Maya ins Bild kommen. Ihr rotes Haar glich einer Fackel, getragen zwischen weißen Wänden und dem Holzfußboden. Sie trug eine weite schwarze Strickjacke und einen kurzen schwarzen Rock, dazu gestreifte Strumpfhosen – ein ganz anderer Look als auf ihrem Studentenbild. Wenn du nicht entdeckt werden willst, musst du einfach ein anderer Mensch werden, dachte Tye.

Maya setzte sich anscheinend entspannt in den Sessel; in der Hand hielt sie einen Becher mit irgendeiner dampfenden Flüssigkeit.

»Versteckte Kamera?«, fragte Motti.

»Selbstverständlich.« Coldhardt wandte sich an Tye. »Beobachte sie ganz genau. Ich muss wissen, ob sie die Wahrheit sagt und eine freie Agentin ist … oder ob sie für jemanden arbeitet.«

Patch seufzte. »Für diesen Heidel?«

Coldhardt antwortete nicht; er starrte auf die Bildschirme, als könnte er etwas sehen, das dahinter lauerte.

»Wenn er einer deiner Mitbewerber war, warum hast du dann nicht damit gerechnet, ihm noch einmal zu begegnen?« Tye ließ nicht locker.

»Weil ich dachte, ich hätte ihn umgebracht. Vor zweiunddreißig Jahren.«

Tye ruckte herum, als hätte ihr Kopf gerade eine Vollbremsung gemacht. »Wie bitte?«

»Du hast richtig gehört.« Coldhardt warf ihr einen gleichgültigen Blick zu, der ihr einen eiskalten Schauer über den Rücken jagte; sie fror bis in die Knochen. »Bitte konzentriert euch auf die Bildschirme. Alle.«

In grimmigem Schweigen, das sie mit Motti und Patch teilte, tat Tye wie befohlen.

Jonah lümmelte neben Con auf dem Sofa, während Maya in einem weichen Sessel saß. Sie hatte die Hände um ihre Tasse mit schwarzem Tee gelegt und sah aus dem Fenster. Ein leises Lächeln lag auf ihrem zarten Gesicht, als sie den Postkartenblick auf die verschneiten Felsmassive der Alpen in sich aufnahm, auf riesige, koniferenverhüllte Hügel, stille, saubere Straßen und Hotels mit blühenden Balkonen und weit offenen Fensterläden.

»So ganz anders als Texas«, bemerkte sie. Ihr Englisch war nahezu perfekt und ihr Akzent sehr viel wärmer als der von Con. »Euer Coldhardt muss sehr reich sein.«

»Mehr als das«, bestätigte Jonah. »Aber der alte Blackland scheint auch nicht am Hungertuch genagt zu haben.«

»Bestimmt nicht. Der größte Teil seiner Einnahmen stammte aus dem privaten Verkauf von Artefakten, die er bei seinen archäologischen Ausgrabungen entdeckt hatte …«

»Das hat Coldhardt uns auch gesagt«, bestätigte Jonah. »Soll nicht ganz legal gewesen sein.«

»Ich würde es genauso machen«, gab Con zu. »Das zeugt doch von Initiative …«

Jonah blickte auf seine verschwitzten Hände; er spürte ein leichtes Ziehen im Bauch. Das Verhör hatte begonnen.

Coldhardts Kamera war hinter einem Spionspiegel platziert und er stellte sich vor, wie Tye und die anderen im Konferenzraum die Bilder mit Argusaugen beobachteten. Er war mit Con übereingekommen, dass sie mit ein paar harmlosen Fragen beginnen wollten, damit Tye sehen konnte, wie Maya reagierte, wenn sie nicht unter Stress stand. Wenn sie dann weiterbohrten, würde jeder Versuch zu lügen deutlicher zu erkennen sein.

»Hat Blackland gesagt, wo er das Guan-Yin-Manuskript aufgegabelt hat?«, fragte Jonah unbehaglich. Obwohl er natürlich auch dafür war, dass Maya auf Herz und Nieren geprüft wurde, bevor sie in ihren Kreis aufgenommen werden konnte, erschien ihm diese Methode reichlich fies. »Wie ich gehört habe, ist das Museum in der Türkei, in dem es ausgestellt war, abgebrannt.«

»Das Manuskript ist im Land geblieben«, antwortete Maya. »Blackland war vor ungefähr einem Jahr an einer Ausgrabungsstelle in der Nähe von Maçka, glaube ich, und stolperte dort über ein verfallenes Kloster, das in den Fuß eines Felsens hineingebaut worden war. Einfach herrlich …«

»Du warst dort?«

»Schön wär's.« Sie sah ihn an und lächelte verlegen, wobei sie kleine, schiefe Zähne zeigte. »Jedenfalls hat er eine verschlossene Gruft entdeckt, in der etliche rätselhafte Bücher waren, darunter auch dieses Grimoire.«

Con nickte. »Und Blackland hat es für sich behalten.«

»Ja.« Maya nippte an ihrem Tee. »Es heißt, das Manuskript sei ursprünglich aus Sudak in meiner Heimat in die Türkei zurückgebracht worden. Es gab über die Jahrhunderte viele geheime religiöse Sekten, die Guan Yin huldigten. Ihr wurde nachgesagt, sie könne die Hölle in ein Paradies verwandeln und würde Tausend Arme nach den Unglücklichen und Unwissenden ausstrecken.« Sie hielt kurz inne und nickte. »Ja, diese Sekten haben in ihrem Namen anscheinend viele mächtige Zauber ausgeübt. Und eine von diesen Geheimgesellschaften stellte das Guan-Yin-Manuskript zusammen, als Nachschlagewerk für ihre Mitglieder.«

»Wie alt ist es?«, fragte Jonah.

»Blacklands Freund Morell hat die Seiten auf das

vierzehnte Jahrhundert datiert, doch das Wissen, das sie enthalten, könnte sehr viel älter sein.« Sie kam in Fahrt. »Bereits im elften Jahrhundert wurden in der Ukraine große Bibliotheken gegründet. An der Kathedrale der heiligen Sophia in Kiew schrieben Männer dort vorhandene Bücher ab und bereicherten damit den Bestand vieler anderer Bibliotheken in den verschiedenen Provinzen.«

Con kniff die Augen zusammen. »Dann besteht die Möglichkeit, dass es mehr als eine Kopie des originalen Guan-Yin-Manuskripts gibt?«

»Unbedingt. Angeblich sind es mindestens drei.«

»Und jedes einflussreiche Mitglied dieser religiösen Sekten hatte wahrscheinlich den Schlüssel, um den Code zu dechiffrieren«, vermutete Jonah.

»Du bist ganz schön helle, Jonah Wish.« Maya lächelte wieder. »Diese Sekten – und auch die Manuskripte – existierten also schon ungefähr hundert Jahre, als die Türken 1475 einmarschierten. Öffentliche Gebäude wurden geplündert und bis auf die Grundmauern niedergebrannt. Aller Wahrscheinlichkeit nach haben die Invasoren die Zauberbücher zusammen mit unzähligen anderen Schätzen in ihre Heimat mit zurückgenommen.« Sie zuckte mit den Schultern. »Davon ist Blackland jedenfalls ausgegangen.«

»Hast du gewusst, dass Morell das Guan-Yin-Manuskript von Blackland stehlen wollte?«, fragte Con.

»Nein«, antwortete Maya, »das wusste ich nicht. Hat Morell euch angeheuert?«

»Morell starb, bevor er irgendjemanden anheuern konnte«, klärte Con sie auf.

»Das tut mir leid. Er schien ganz nett zu sein.« Sie überlegte. »Aber sehr neidisch auf Blacklands Erfolg.«

»Wie kam's, dass du für Blackland gearbeitet hast, Maya?«, wollte Jonah wissen.

»Ich habe in Moskau studiert und war auf der Suche nach einem Ferienjob«, erklärte Maya. »Blackland und ich hatten dort ein paar gemeinsame Freunde. Über sie hat er mich gefragt, ob ich seine Kunstkammer katalogisieren könnte.«

Jonah hob die Augenbrauen. »Klingt nach einem unsittlichen Angebot.«

»Das Wort hat Blackland für seine Sammlung von Kuriositäten und Wunderwerken gebraucht. Er war so voller Enthusiasmus ...« Maya seufzte. »Der Enthusiasmus hat sich allerdings auch auf meine Person bezogen, wie ich später gemerkt habe. Das Gefühl beruhte aber nicht auf Gegenseitigkeit.« Sie zuckte mit den Schultern und war plötzlich wieder ganz sachlich. »Als ihm das klar wurde, hat er angefangen mich zu bedrohen.« Ihr Blick hatte kurz etwas Gehetztes und sie fasste sich unbewusst an die Wunde auf ihrer Wange. »Er hat mich oft bedroht.«

»Wie bedroht?«, fragte Jonah.

»Er hat gesagt, er würde mir etwas antun oder mich in meine Heimat zurückschicken.« Sie seufzte erneut und senkte den Blick. »Die Polizei will mit mir sprechen. Ein Tutor, mit dem ich mich sehr gut verstanden habe, ist verschwunden, und sie haben herausbekommen, dass er Mitglied einer okkulten Geheimgesellschaft war. Eine Gesellschaft, für die ich gelegentlich gearbeitet hatte: alte Bücher über Dämonologie und

Hexerei übersetzt, verschlüsselte Zaubersprüche und Segenswünsche dechiffriert ...«

Con nickte. »Dann interessierst du dich also für schwarze Magie und solche Sachen?«

Ein Glitzern stahl sich in Mayas Augen, als sie lächelte. »Ich liebe diese ganzen Rituale. Die Vorschriften und die Zeremonien. Das Dramatische dabei ...«

»Die Gefahr?«, wagte Jonah zu vermuten.

»Glaubst du etwa diesen reißerischen Klatschgeschichten und gruseligen Hollywoodfilmen?« Maya schien enttäuscht. »Die Texte und Gebote okkulter Wissenschaften sind an sich nicht gefährlich. Wie bei den Geboten aller Glaubenssysteme entsteht die Gefahr durch die Menschen, die sie interpretieren.« Sie beugte sich auf dem Sessel vor. »Vergleiche einmal die Gräueltaten, die im Lauf der Jahrhunderte im Namen der großen Religionen begangen wurden, mit denen, die im Namen der schwarzen Magie begangen wurden. Welche haben auf globaler Ebene mehr Leid verursacht?«

Con brachte sie wieder zum Thema zurück. »Wenn ich es richtig verstehe, war Blackland ebenfalls Mitglied dieser Gesellschaft?«

Maya nickte.

»Aber nachdem er dich nach Amerika geschmuggelt hat, hätte er sich doch selbst strafbar gemacht, wenn er dich zurückgeschickt hätte, oder?«

»Es wäre nicht nur die Polizei, die sich mit mir befassen würde.« Maya wandte den Blick ab. »Und da meine Verwandten alle tot sind, gibt es nur wenige Menschen, an die ich mich wenden könnte und die mich beschützen würden.«

Das dürfte auf uns alle zutreffen, dachte Jonah.

»Seid ihr mit meiner Befragung fertig?«, erkundigte sich Maya. »Es gibt so vieles, was ich euch fragen wollte …«

»Vielleicht später.« Con erhob sich mit einem verstohlenen Blick auf die versteckte Kamera vom Sofa. »Oder vielleicht auch nicht. Wir werden sehen, ja?«

Maya blickte Jonah an und lächelte. »Ich hoffe es.«

»Nun, Tye?«, fragte Coldhardt, als Mayas Bild flackernd von den zahlreichen Bildschirmen verschwand.

Mir gefällt nicht, wie sie Jonah ansieht, war Tyes spontane Reaktion. Wenn Leute logen oder sich unwohl fühlten, wandten sie den Kopf oder den ganzen Körper gern von ihrem Befrager ab, ihre Hände und Arme verrieten sie durch steife, unbewusst ausgeführte Bewegungen. Doch Maya spiegelte Jonahs Haltung wider – ein Zeichen, dass sie an ihm interessiert war. Du musst die Sache nüchtern betrachten, ermahnte Tye sich und versuchte ihr Unbehagen wegzuschieben. Wegen Jonah brauchst du dir keine Sorgen zu machen, aber wenn Coldhardt Zweifel an einem von uns hat und ich liefere ihm schlampige Arbeit …

»Bei mir klingeln keine Alarmglocken«, sagte sie fast gegen ihren Willen. »Kein echtes Zögern in Mayas Antworten, keine betont defensiven Reaktionen, kein Hinweis darauf, dass sie sich vor einer Antwort überlegt, was sie früher gesagt hat, jede Menge Augenkontakt …« Tye hielt kurz inne. Zu ihrer Nummer als menschlicher Lügendetektor gehörte sehr viel mehr als nur das Lesen von Körpersprache. Darin sah sie nur eine Bestätigung ihres Bauchgefühls, des Instinkts, der sie in ihrer Zeit als Schmugglerin hatte überleben lassen. Aber Tye wusste, dass Coldhardt Meinungen gern mit Fakten untermauert sah, und so fuhr sie mit den offensichtlichen Dingen fort: »Maya hat oft nach links geblickt, wenn sie versucht hat, sich an Einzelheiten zu erinnern. Als Rechtshänderin hätte sie, wenn sie sich das alles aus den Fingern gesaugt hätte, eher nach rechts geschaut.«

Coldhardt nickte ungeduldig. »Dann spricht deiner Meinung nach also alles dafür, dass sie die Wahrheit sagt?«

»Ja.«

»Gut«, sagte Coldhardt. »Das deckt sich mit meinen eigenen Beobachtungen. Bis jetzt ist mir an Mayas Verhalten nichts Verdächtiges aufgefallen. Fürs Erste wird sie trotzdem in der konspirativen Wohnung in Chamonix bleiben, weit genug weg vom Herzen meiner Organisation. Und ich werde weiter in ihrer Vergangenheit stochern.« Er nickte entschlossen. »Wir werden sehen, was zutage kommt, und was das für ihre Zukunft bedeutet.«

»Ich denke mal, wenn man es mit einem Mann zu tun hat, der seit dreißig Jahren tot ist und plötzlich wieder auftaucht«, sagte Motti, »ist das kein guter Zeitpunkt, um irgendwelche Risiken mit schutzlosen Mädchen einzugehen.«

»Sie muss sich beweisen, genau wie ihr es in der Vergangenheit tun musstet. Sie kann zusammen mit Jonah an der Übersetzung der Guan-Yin-Dateien arbeiten.«

In trauter Zweisamkeit. Tye runzelte die Stirn. »Ist die konspirative Wohnung auch wirklich sicher? Falls du davon ausgehst, dass es möglicherweise Schwierigkeiten geben könnte, meine ich …«

»Der Eingang zu der Anlage ist mit Fingerabdruck- und Augenscan gesichert«, informierte Motti sie. »Und die Fenster sind mit Aluminiumoxynitrid verstärkt, das Geschosse vom Kaliber Punkt fünfzig abhält. Jedes Zimmer ist mit Panikschirmen ausgestattet – Gitter aus Vanadiumstahl, die auf ein Kennwort hin die Tür blockieren –«

»Es ist also sicher«, fasste Patch zusammen.

»In der Wohnung wird zu jeder Zeit Verstärkung für Jonah sein.« Coldhardt sah Tye an. »Con kann heute Nacht noch dort bleiben, dann wechselt ihr euch in Zwölf-Stunden-Schichten ab. Stell einen Plan auf.«

Sie nickte. Die erste Schicht übernehme ich. »Alles klar.«

»Dann könnt ihr jetzt gehen und euch ausruhen.«

Tye erhob sich.

»Ein Letztes noch: Der Erwerb des Guan-Yin-Manuskripts kennzeichnet den Beginn einer Reise … einer gefährlichen Reise, das steht außer Zweifel, aber einer, die sich als die wichtigste meines Lebens herausstellen könnte – und eures.« Coldhardt sah sie der Reihe nach an. »Falls Heidel wirklich zurückgekommen ist … falls dieser Beweis, von dem er spricht, das bedeutet, was ich glaube …« Er ließ den Satz unvollendet. Seine Augen verdunkelten sich, als er auf die schwarzen Bildschirme blickte. »Wir müssen stark sein. Alle.«

Tye wechselte unbehagliche Blicke mit Motti und Patch. Sie warteten auf weitere Äußerungen, doch Coldhardt schwieg. Das Summen der Neonröhren, das entfernte Rauschen der Klimaanlage, sämtliche Hintergrundgeräusche des Konferenzraumes schienen seltsam fremd und verstärkt.

»Feierabend«, sagte Motti schließlich leise und ging voraus zum Aufzug, der sie ans Tageslicht bringen würde. Tye drehte sich noch einmal zu Coldhardt um, ihrem charismatischen Führer und Mentor. In diesem Moment sah er nicht anders aus als jeder einsame alte Mann, der in Gedanken versunken vergangenen Zeiten nachtrauert.

ERSTE ANNÄHERUNG

Mit einem Anflug von Nostalgie machte Jonah die Fensterläden zu und schloss die beeindruckende Landschaft draußen aus. Er lächelte, als statt der Sonne das Licht seines Monitors den Raum erhellte. Wie viele Sommertage hatte er früher in seinem Zimmer verbracht, vertieft in diesen digitalen Anblick, während der Rest der Welt im Sonnenschein badete?

In der konspirativen Wohnung stand ein PC mit Mehrleiterprozessor. Während Con sich mit einer Familienpackung Chips und dem Fernseher vergnügte, hatte er das Motherboard gekitzelt, damit es schneller lief. Zusätzlich hatte er ein Wasserkühlgerät installiert, um zu verhindern, dass es sich als Folge der erhöhten Geschwindigkeit überhitzte. Dann hatte er sich auf Coldhardts Geheiß in das globale Netz der RFID-Empfänger eingehackt.

»Was tust du da?«

Jonah blickte auf. Maya war hereingekommen und sah interessiert auf den Bildschirm.

»Etwas für Coldhardt.«

»Das war mir klar.«

Er bearbeitete weiter die Tastatur. »Dieser Code ist so konzipiert, dass er sich in jeden Flughafen, jede Bibliothek und jedes Geschäft, das mit dem RFID-System arbeitet, einschleicht. Die Empfänger funktionieren weiterhin ganz normal, aber darüber hinaus …« Er machte eine Kunstpause. »Darüber hinaus suchen sie nach dem Transponder-Chip im Guan-Yin-Manuskript.«

Maya runzelte die Stirn. »Aber das Manuskript ist doch verbrannt, oder?«

»Es ist immerhin möglich, dass Heidel anstelle des Manuskripts etwas anderes ins Feuer geworfen hat.« Er sah sie an. »Ich nehme an, die Chance, dass Heidel von den Chips nichts wusste, ist gleich null, richtig?«

»Richtig. Er hat Blackland darüber ausgefragt, als …« Maya schwieg ein paar Augenblicke. »Blackland verwendete ein neues, fortschrittlicheres Tagging-System. Winzige, starke Chips, die alles, was gemeinhin auf dem Markt ist, weit übertrafen und in jedem einzelnen Buch sorgfältig verborgen waren.«

»Warten wir einfach ab, was sich tut.« Jonah sah erst jetzt die DVD in ihrer Hand. »Ein Film?«

»Das Guan-Yin-Manuskript.« Sie lud die DVD mit den hochauflösenden Scans der alten Pergamentseiten hoch. Einen Augenblick später erschien das gestochen scharfe Bild einer einzelnen Seite auf dem Bildschirm. Das Pergament war in einer sauberen, kleinen Handschrift beschrieben, in einer Sprache, der Jonah nie zuvor begegnet war. In einer Ecke war eine krakelige Zeichnung, die einen Baum hätte darstellen können, und ringsherum dicht gedrängt Schrift.

Jonah sah genauer hin. »Sieht nach jeder Menge Zeichenwiederholungen aus …« Er las die Dateinummer. »Hey, die Seite ist ja vom letzten Bogen des Manuskripts, oder? Was ist mit dem Rest des Buches?«

»Ich lese bei einem Buch immer das Ende zuerst«, verteidigte sich Maya, und ihre Koboldaugen glitzerten. »Du nicht?«

Jonah schüttelte entschieden den Kopf. »Ich beginne mit dem Anfang.«

»Also, mich interessiert am meisten das große Finale. Aber wenn du darauf bestehst …«

Jonah schaute zu, wie sie mit der Maus eine andere Datei öffnete. Maya erschien ihm jetzt, wo sie allein waren, längst nicht mehr so förmlich. Es gelang ihr offenbar, sich ein wenig zu entspannen. Sie wirkte richtig locker. Cool, dachte er.

»Das stammt von einer der ersten Seiten«, verkündete sie. »Schau es dir genau an und dann sag mir, was du siehst …«

Jonah strich sich die langen Ponyhaare aus dem Gesicht und besah sich den Text auf dem Bildschirm. »Ist es vielleicht eine andere Sprache als auf der Buchseite vom Schluss?«

»Richtig.« Sie schien beeindruckt. »Es sieht so aus, als seien in dem Buch zwei unterschiedliche Sprachen benutzt worden – eine für den größten Teil des Manuskripts, die andere lediglich für den Anhang – das sind die letzten fünfundzwanzig Seiten. Schau her, die einzelnen Buchstaben werden häufiger wiederholt und die Worte selbst – falls es Worte sind – erscheinen sehr viel länger …«

»Ein Mehrbuchstabencode vielleicht? Einer, bei dem für einen Buchstaben im Normaltext mehrere Buchstaben im codierten Text stehen …« Jonah sah etwas bange zwischen den beiden Seiten auf dem Bildschirm hin und her. »Ich muss zugeben, dass ich Alphabete wie diese beiden noch nie gesehen habe.«

»Dieses Manuskript ist einzigartig«, stimmte ihm Maya zu. »Im 19. Jahrhundert hielten einige Gelehrte es für möglich, dass es sich um einen Jux handelt – um eine Anhäufung aus frei erfundenen Buchstaben. Aber die Schrift läuft sehr zügig, als hätten die Schreiber genau gewusst, was sie da verfassen.«

»Du hast doch auch gesagt, dass die Worte und Buchstaben sich auf eine Art und Weise wiederholen, die dem Muster natürlicher Sprachen entspricht.«

»Und das nachzuahmen wäre so gut wie unmöglich«, bestätigte Maya.

Einen Augenblick schwiegen sie, dann sagte Jonah: »Mir gefällt das.«

Maya sah ihn fragend an. »Was?«

»Na ja ... das hier.« Jonah war etwas verlegen und wünschte, er hätte nicht davon angefangen. »Die Ideen von jemand anderem aufzugreifen, sich über mögliche Ansätze austauschen zu können. Von Angesicht zu Angesicht, meine ich«, sprudelte er schließlich heraus.

Maya lächelte. »Ja, das ist sehr ... stimulierend.«

Etwas an der Art, wie sie das sagte, ließ ihn rot werden. »Hm ...« Er räusperte sich, blickte stur auf den Bildschirm und versuchte sich wieder auf die Arbeit zu konzentrieren. »Wurden die Buchstaben schon untersucht?«, fragte er. »Es sieht so aus, als seien unterschiedliche Tinten benutzt worden.«

Maya nickte. Sie war wieder ernst. »Der Hauptteil des Manuskripts wurde mit Temperafarbe geschrieben – manche Abschnitte sind im Lauf der Jahre verblasst. Es finden sich aber durchgehend bestimmte Worte und Symbole, die dunkler sind als der Rest, weil sie nachgefahren wurden – wahrscheinlich zur selben Zeit, als der Anhang verfasst worden ist. Die Tinten sind sehr ähnlich.«

»Hast du eine Vorstellung davon, wie viele Jahre zwischen Original und Retusche vergingen?«

»Schwer zu sagen«, gab Maya zu. »Aber die späteren Buchstaben sind so flüssig geschrieben wie die ursprünglichen. Es könnte derselbe Schriftgelehrte gewesen sein, der sich noch einmal an sein Werk gemacht hat, oder zumindest jemand, der mit diesem ›Alphabet‹ vertraut war.«

»Wollen wir's hoffen. Denn wenn er auch nur eines der Symbole falsch nachgefahren hat …« Jonah vergrößerte einen Abschnitt, in dem zwei Buchstaben in der Mitte eines Wortes überschrieben worden waren. Die ursprüngliche Tinte war unter den dunkleren Strichen gerade eben noch zu erkennen. »… bringt das jede Textanalyse, die wir darauf ansetzen, durcheinander und wir können die Theorie vergessen.«

»Apropos Textanalyse … wie steht es bei dir mit chinesischen Sprachen?«

»Hm?«

Maya beugte sich vor, um einen Ausschnitt aus einer Seite zu vergrößern, und gewährte Jonah dabei Einblicke in ihr Top. Er sah einen Teil eines Tattoos über den Rand ihres BHs lugen und merkte plötzlich, wie er große Augen bekam. Himmel, ich werde wie Patch, dachte er und sah rasch wieder auf den Bildschirm. Er zwang sich dazu, sich auf das seltsame Symbol zu konzentrieren, das Maya vergrößert hatte und das mit einer schmutzig roten Tinte gezeichnet worden war.

»Diese exotischen Symbole sind das Einzige, das beide Manuskriptteile gemeinsam haben«, erklärte sie. Offenbar war sie sich der Wirkung, die sie auf ihn gehabt hatte, nicht bewusst. »Sie unterscheiden sich von allen anderen Zeichen im Text und wurden oft mit einer anderen Tinte geschrieben.«

»Es könnten Titelköpfe oder Kapitelüberschriften sein.«

»Oder sie könnten Abschnitte eines separaten Codebuches kennzeichnen, mit dem die Seiten übersetzt werden können.« Sie vergrößerte das Symbol noch weiter und sah ihn mit ihren grauen Augen eindringlich an. »Die Darstellung der chinesischen Göttin Guan Yin auf der Titelseite könnte ein wichtiges Indiz sein. Bis auf die letzten Jahrhunderte wurde mehr als die Hälfte der Literatur weltweit in chinesischen Schriftzeichen verfasst.«

»Piktogramme und Ideogramme. Symbole, die eher für Begriffe oder Dinge stehen als für echte Wörter.« Jonah nickte. »Na ja, ich habe früher schon Hieroglyphencodes geknackt. In der Regel sind sie ganz logisch, wenn man sich mal reingefunden hat. Was bedeutet das hier deiner Meinung nach?«

»Für mich sieht es aus wie der Buchstabe ròu, seitenverkehrt und auf den Kopf gestellt.« Maya zeichnete das Piktogramm, das in Jonahs Augen einem Kästchen glich, bei dem der Boden größtenteils fehlte und in dem sich zwei nach oben zeigende Pfeilspitzen befanden. Sie sah ihn an und in ihren Augen glitzerte etwas Unergründliches. »Es soll einen aufgebrochenen Kadaver darstellen und bedeutet ›Fleisch‹.« Sie scrollte zum unteren Seitenrand, wo dicht neben der unbeholfenen Zeichnung eines schreienden Menschen ein etwas blasseres Symbol stand. »Und wenn wir dieses Symbol seitenverkehrt sehen und um 70 Grad drehen, sieht es ein bisschen aus wie das Piktogramm für ji – und das bedeutet ›Tempel‹ oder ›jemandem ein Opfer bringen‹.«

»Dann hätten wir ›Fleisch bringt Tempel Opfer dar‹. Klingt lustig«, sagte Jonah vorsichtig. »Was hast du gleich wieder zu diesen reißerischen Filmen über schwarze Magie gesagt, denen man nicht glauben darf?«

»Es gibt viele Arten von Opfern.« Maya hielt kurz inne, und als sie weitersprach, lag eine gewisse Herausforderung in ihrem Ton. »Überleg doch mal, wie du und deine Freunde euch Coldhardt verschrieben habt.«

Jonah runzelte die Stirn. »Was haben wir?«

»Jeder opfert seine Intelligenz, seine Freizeit, seine physische Präsenz, um etwas zurückzubekommen – eine Ausbildung oder ein regelmäßiges Gehalt, Macht, Respekt …« Maya sah ihn an. »Was ihr tut, ist etwas anderes. Ihr seid bereit, für Coldhardt euer Leben zu geben.«

»Was weißt denn du davon?«, fragte Jonah abwehrend.

»Ihr seid bereit, euer Fleisch und eure Knochen für seine Sache zu opfern …«, fuhr Maya fort. »Aber nimmst du dir gelegentlich die Zeit darüber nachzudenken, dass dieses Opfer irgendwann einmal eingefordert werden könnte?«

Jonah rutschte unbehaglich auf seinem Stuhl hin und her. Solche Gespräche war er nicht gewohnt. Er flüchtete sich in Schnoddrigkeit.

»Gute Güte, du bist ein echter Witzbold, was, Maya? Wie hast du es nur geschafft, so glücklich zu werden?«

»Wissen macht mich glücklich. Codes zu knacken. Geheimnisse aufzudecken.« Im Schein der Bildschirmbeleuchtung sahen ihre Sommersprossen grau aus, wie Staubkörner auf ihrer Haut. »Wie steht es mit dir, Jonah? Macht dein Leben dich glücklich?«

Die Spitze saß.

»Ja, schon. Okay, zugegeben, ich bin nicht glücklich über bestimmte Situationen, in denen ich mich wiederfinde«, gab er zu. »Aber meine Freunde im Stich zu lassen, würde mich noch unglücklicher machen. Außerdem habe ich, als ich mich hierfür entschieden habe, nicht unbedingt einer glänzenden Zukunft den Rücken gewandt. Ich war in einer Jugendvollzugsanstalt, einer Art Gefängnis – kein Besuch, kein Sinn, keine Hoffnung.«

»Dann hat Coldhardt deinem Leben also einen Sinn gegeben …« Sie grinste unvermittelt. »Und coolen Besuch wie mich zum Beispiel.« Sie wurde wieder ernst. »Aber wie sieht es mit Hoffnung aus?«

»Ich hoffe, dass ich lange genug lebe, um das, was ich mir verdient habe, auch genießen zu können«, flachste er. »Denn letzten Endes hab ich verdammt Glück gehabt.« Er wies auf den Computer. »Ich kann das tun, was ich am liebsten tue und am besten kann, und ich werde entlohnt dafür – jede Menge Kohle, ein fantastisches Leben und zum ersten Mal Freunde, auf die ich mich verlassen kann.« Er beugte sich zu ihr hinüber, um seinen Worten Nachdruck zu verleihen. »Bevor ich Coldhardt begegnet bin, habe ich nur gelebt. Aber seit einem Jahr bin ich wirklich lebendig.«

Maya verschränkte die Arme vor der Brust. »Erst wenn man sein Leben aufs Spiel setzt, weiß man es richtig zu schätzen, wie?«

»Patch hat einmal gesagt, wir leben ewig oder sterben bei dem Versuch.« Er sah ihr in die Augen. »In diesem Punkt stimme ich ihm zu. Nur so können wir jeden Tag bewältigen.«

»Vielleicht.« Maya hielt seinen Blick mit ihren kühlen grauen Augen fest. »Wie steht es mit Coldhardt, dem Quell eures Glücks – lebt er ewig?«

Jonah lächelte. »Er arbeitet daran.«

Es entstand eine Pause, dann grinste Maya völlig unerwartet und löste die Spannung. »Da bin ich aber froh. Ewig könnte gerade reichen, um auch den Schluss dieses Manuskripts zu knacken …«

Jonah schüttelte den Kopf. »Der muss warten. Fürs Erste ist das Opfer, das ich Coldhardt bringen muss, eine entschlüsselte, lesbare Version der Titelseite.«

»Sonst nichts?« Maya blinzelte. »Warum?«

»Damit sollen wir beweisen, dass wir es schaffen, nehm ich an. Oder vielleicht weil er gern mit dem Anfang beginnt und dann weitermacht, so wie ich.«

»Ich hätte gedacht, dass er sich in seinem Alter eher für das Ende der Dinge interessiert …« Sie lehnte sich auf ihrem Stuhl zurück. »Na gut. Das ist dann heute wohl dein Glückstag. Die Titelseite können wir ihm nämlich sofort liefern.«

Jonah starrte sie an. »Was?«

»Sie wurde schon vor langer Zeit übersetzt, und zwar von einem Angestellten des Museums, in dem das Manuskript lag, bevor es gestohlen und der ganze Bau in Brand gesteckt wurde. Die Aufzeichnungen des Angestellten lagen zusammengefaltet in dem Manuskript. Blackland hat sie in dem Kloster gefunden.«

»Warum hast du uns das nicht früher gesagt?«, wollte Jonah wissen.

»Sie ist kaum als Teil des Manuskripts zu sehen. Man geht davon aus, dass die Titelseite erst später dazukam, möglicherweise im sechzehnten Jahrhundert. Und der Code ist ein völlig anderer als im Innenteil, eher eine Art Worträtsel. Die Zeichen einer erfundenen Sprache mussten ins Lateinische transponiert werden und dann konnten nur bestimmte Buchstaben –«

»Okay, okay. Aber was steht da?«

»Wie war es gleich noch mal …«

Maya schaute zur Decke, als müsste sie scharf nachdenken, und Jonah hatte das Gefühl, als nähme sie ihn auf den Arm. »›Das Leben einer jeden Kreatur ist im Blut. Durch die Gnade und Reinheit von Guan Yin, die ihre Augen gab, damit ihr Vater sehen konnte, wird dieser Bloodline-Code Euch überlassen. Euer Fleisch werde genäht mit unvergänglichen Fäden, sie halten es fest zusammen, doch der Blutschweiß schließt die Wunde.‹«

»Das ist alles?«

»Das ist alles.«

»Dann ist es einigermaßen rätselhaft.« Jonah runzelte die Stirn. »Hast du den Scan der Titelseite? Ich würde gern meine eigenen Dekodierungsprogramme drüberlaufen lassen, nur um ganz sicher zu sein.«

»Das habe ich auch schon getan«, erwiderte sie anerkennend. »Wir können dann alle drei Versionen vergleichen.«

Er grinste sie an. »Und brauchen Coldhardt nicht zu verraten, dass ein anderer die Arbeit längst für uns gemacht hat. Gefällt mir!«

Er stand auf. Maya nahm seine Hand und sah hoffnungsvoll zu ihm auf. »Werde ich euren geheimnisvollen Coldhardt wohl mal kennenlernen? Er hört sich an, als würde er haargenau zu meiner Clique daheim passen.«

»Wahrscheinlich würde er das«, stimmte Jonah zu und entzog ihr sacht seine Hand. Er mochte Maya, aber nicht so. »Wir werden sehen, was er sagt. Ich rufe ihn jetzt an.«

Als er zur Tür ging, spürte er Mayas Blick in seinem Rücken. Als er die Tür hinter sich geschlossen hatte, blieb er kurz stehen. Und du könntest haargenau in unsere Clique passen, dachte er. Eine Code-Knackerin mit einem fundierten Wissen und großem Interesse für das ganze unheimliche Zeug, mit dem Coldhardt sich beschäftigt …

Mit gemischten Gefühlen ging er zum Telefon. Vielleicht komme ich eher hier weg, als ich dachte.

Tye saß im Klubraum auf einem braunen Sofa aus gesprungenem Leder und grübelte über alles nach, was passiert war.

Ein Typ, der eigentlich tot sein sollte und noch dreißig Jahre weiterlebt? Sie kaute auf der Unterlippe herum.

Taucht plötzlich wieder auf und ist voller Rachedurst? Das kann doch nur ein Scherz sein.

Was hoffte der Kerl zu erreichen?

Die ausladenden Sofas standen um einen Snookertisch in Turniergröße herum. An den Wänden standen Getränke- und Snack-Automaten und dazwischen Automaten für Arcade-Videospiele, Flipper und andere Spielautomaten, die den Raum, in dem sie einfach abhängen konnten, mit grellem Licht und Farbe begrenzten. Es gab sogar eine chromglänzende Kaffeetheke. Der Raum links daneben beherbergte ein Miniaturkino mit nur acht Sitzen, aber einer richtigen Kinoleinwand, während sich rechts zwei Räume mit je einem riesigen HD-Fernseher anschlossen – einer für Film und Fernsehen und einer zum Spielen.

Im Moment war keiner in Betrieb. Patch stand in einer Kakaowolke an der Kaffeetheke – er hatte sich gerade einen Cappuccino mit Haselnusssirup gemacht – und Motti lag mit einem Bier und einem Comic ausgestreckt auf dem Sofa, das neben Tyes stand. Der Hobbyraum schien an diesem Abend mit nur drei Leuten darin groß und leer.

»Die Atmosphäre da drin war total merkwürdig heute«, sagte Tye leise. »Was glaubst du – ist dieser Heidel echt?«

»Vergiss nicht, ich hab nicht viel von ihm mitbekommen.« Motti zeigte auf die dunkellila Schwellung an seiner Schläfe, die aussah wie ein Tattoo. »Aber Coldhardt macht normalerweise keine Fehler. Wenn er glaubt, er hat den Kerl umgebracht …«

»Wenn ich nur wüsste, warum ihn die ganze Sache so

mitnimmt.« Tye rutschte auf dem Sofa ein Stück weiter nach unten. »Wie viele Leute hat er im Lauf der Jahre wohl umgebracht?«

»Vielleicht hat er Angst, dass die ganze verdammte Bande zurückkommt.« Motti rieb seinen schmerzenden Kopf. »Und ihn mit Baseballschlägern heimsucht.«

»Der Typ kennt Coldhardt offensichtlich«, fuhr Tye fort, »und muss auch alles über uns wissen, was es nur zu wissen gibt.«

»He, glaubst du, er schickt uns eine Geburtstagskarte?«

»Er weiß auch über den Bloodline-Code Bescheid ...«

Motti blätterte eine Seite in seinem Comic um. »Was immer das ist.«

»Wir wissen, dass Coldhardt immer dringlicher nach Wegen sucht, um länger zu leben, je älter er wird«, erinnerte Tye ihn. »Elixiere für ewige Jugend, durchgeknallte Aztekengöttinnen ...«

Motti sah sie an. »Was, und jetzt ein Code in einem alten Schinken?«

»›Ich bin der lebende Beweis für etwas, das Coldhardt nie besitzen wird ...‹« Sie zuckte mit den Schultern. »Wenn Heidel schon vor dreißig Jahren hätte sterben sollen, hat ihm vielleicht das, was in dem Code steht, geholfen am Leben zu bleiben – was immer es ist.«

»Hmhm«, machte Motti. »Und vielleicht ist Scooby Doo ein Dokumentarfilm.«

»Ich weiß, dass es weit hergeholt klingt«, Tye hob die Hände. »Aber es würde erklären, warum Heidel das Manuskript ins Feuer geworfen hat.«

Motti begriff, was sie sagen wollte. »Er wollte ganz

sichergehen, dass Coldhardt nicht von dem, was da drinsteht, profitiert?«

Ein unbehagliches Schweigen hing zwischen ihnen in der Luft.

»Ich hoffe, dass das mit unserem Mayamädchen klappt«, sagte Patch und kam zu ihnen herüber. »Dann können Con und Jonah wieder hierherkommen und wir haben einen neuen Kumpel zum Kennenlernen.«

Tye musste trotz allem lächeln. »Du bist immer der Erste, der bereit ist, Neue willkommen zu heißen, wie?«

»Je mehr, desto besser. Man kann nie zu viele Leute um sich haben, die einem den Rücken freihalten.«

»Hm, hm!« Motti nahm einen Schluck Bier. »Das Problem ist nur, dass Rotkäppchen dir nicht den Rücken freihalten kann, während du ihre Vorderseite anstarrst, Zyklop.«

»Da gibt's nichts anzustarren«, sagte Patch schwermütig. »Ihre Schulterblätter stehen weiter vor als ihre Titten.«

»Sei nicht so ordinär!« Tye warf ein Kissen nach Patch, der sich beim Ausweichen heißen Kaffee auf die Hose kleckerte. Er sprang auf und jaulte vor Schmerz.

»Ein Wurf, wie er nur alle hundert Jahre gelingt«, tönte Motti und stellte sein Bier ab. »Du hast da unten tatsächlich was getroffen.«

Patch schnappte sich das Bier und goss es über seinen dampfenden Schritt. Dann sank er mit einem erleichterten Seufzer auf seinen Platz zurück.

»Okay«, sagte Motti ruhig. »Du hast jetzt genau zehn Sekunden, um mir ein neues Bier zu holen.«

»Kann ich meine Hose vielleicht in ein Glas auswringen?«

»Du kannst dir vielleicht zwei gebrochene Beine einhandeln, das kannst du.«

Patch lief zum Kühlschrank. Er schaltete die Stereoanlage ein, die danebenstand, und ein harter, düsterer Gitarrensound dröhnte aus den überall im Raum verteilten Lautsprechern.

»So ist's besser!«, brüllte er. »Wir sollten feiern, solange wir können. Denn als Heidel und Bree gesagt haben, wir würden uns wiedersehen ...«, er kratzte sich unter seiner Augenklappe, »... haben sie das ernst gemeint, fürchte ich.«

Motti nickte. »Die ganze Geschichte sieht mir nach einem erbitterten Zweikampf aus.«

»Und warum kriegen wir es dann ab?«, beklagte sich Patch.

»Sie sind gegen Coldhardt und alles, wofür er steht«, erinnerte Tye sie. Der große Boss versammelt seine Kinder um sich, hatte Heidel gehöhnt. Verlangt, dass sie ihm ihre Liebe beweisen, indem sie alles riskieren, immer wieder von Neuem.

»Coldhardt nimmt das nicht auf die leichte Schulter«, sagte Patch zuversichtlich. »Er zeigt es der Bande.«

Motti hielt die kalte Bierflasche an die puckernde Schwellung an seiner Schläfe. »Du meinst wohl, er schickt uns, damit wir das für ihn übernehmen.«

Und eine Zeit lang ist das Glück auch auf ihrer Seite ... Tye schloss die Augen und sah die von Heidel vor sich. Sie hatten die Farbe von abgestandenem Wasser. Doch dann kommt der Tod.

»›Wir müssen stark sein‹«, zitierte Patch Coldhardt und ahmte dabei dessen Stimme nach. »›Alle.‹«

Tye lächelte nicht und Motti wandte sich wieder seinem Comic zu. Alle drei saßen sie schweigend da und hingen ihren Gedanken nach, während um sie herum die Musik plärrte.

ABSCHIED

Tye wachte früh auf. Sie fragte sich, wie Jonah wohl geschlafen hatte, wie sein Bett aussah. Wie es sich anfühlen würde, wenn er neben ihr liegen würde. Nicht nur während der kurzen Stunden, die sie heimlich miteinander verbrachten, wenn die anderen weg waren oder zu erledigt, um das Knarren der Dielen vor ihrem Zimmer zu hören. Sondern für eine ganze Nacht, jede Nacht. Nur sie beide und nichts zu verbergen.

Nichts zu verbergen? Tye hing der Vorstellung mit einer Art dumpfer Faszination nach. Die Tatsache, dass sie allen um sich herum ihr Leben lang die Lügen an Gesicht und Haltung abgelesen hatte, hatte sie nicht gerade zu Ehrlichkeit ermutigt. Es gab Gefühle in ihr, die waren so versteckt, dass selbst sie nicht mehr wusste, welche das waren. Meistens.

Sie starrte an die jungfräulich weiße Decke. Zum Teufel mit Jonah Wish, der nicht da war, wenn sie ihn brauchte.

Als sie sich im Bett umdrehte, fiel ihr Blick auf den Rauchstein, der auf ihrer Kommode lag und in den allerersten verirrten Sonnenstrahlen glitzerte, die durch die hellen Vorhänge drangen. Seltsam; sie war sich sicher, dass sie ihn nicht offen hatte herumliegen lassen. Sie hielt ihn zwischen ihren schmutzigen Fingernägeln. Er war wunderschön; ein Fünkchen Nacht schien in ihm eingeschlossen zu sein wie eine winzige Fliege in glänzendem Bernstein. Coldhardt hatte jedem von ihnen einen solchen Stein geschenkt, nachdem sie sich entschlossen hatten, für ihn zu arbeiten. Seine Art ihnen zu sagen, dass sie sein Vertrauen gewonnen hatten.

Der Tag, an dem sie ihren bekommen hatte, war einer der glücklichsten in ihrem Leben gewesen, ihre Eintrittskarte in ein Leben, das sie sich so nie hätte vorstellen können. Jetzt hörte sie eine leise, träge Stimme in der stillen Morgendämmerung flüstern: Du hast ihm diesen ganzen Quatsch abgekauft – und er hat *dich* gekauft.

Der gedämpfte, aber hartnäckige Ruf ihres Piepsers riss sie aus ihren Gedanken. Coldhardt beraumte das nächste Treffen an. Er konnte doch unmöglich schon den Plan für die Schichten bei Jonah von ihr haben wollen, oder …?

Oder Jonah ist in der Nacht etwas zugestoßen!

Tye sprang aus dem Bett, warf sich etwas zum Anziehen über, versuchte ihr Haar mit einem Stirnband zu bändigen und rannte aus dem Zimmer.

Als sie eine Viertelstunde später im grellen Neonlicht des Konferenzraumes saß, wünschte sie, sie hätte etwas mehr Zeit auf ihr Äußeres verwendet. Coldhardt, Patch und Motti waren noch nicht hier. Aber Con war da und nippte an einem Becher Kaffee. Und während Tye still und zerknittert am Tisch saß, unterhielten sich Jonah und Maya mit glänzenden Augen angeregt miteinander wie Mitglieder eines geheimen Codeknacker-Klubs.

»Meine ersten Wasserkühler habe ich aus alten Aquariumpumpen und selbst gebastelten CPU-Kühlern zusammengepuzzelt«, erzählte Jonah. »Meine Pflegefamilien hat das immer tierisch genervt …«

Maya lachte. »Kann ich mir vorstellen – das seltsame Kind, das sie bei sich aufgenommen hatten, nimmt ihren PC auseinander und schraubt irgendwelche Sachen rein.«

»So seltsam war ich gar nicht!«, protestierte er. »Ich konnte nur den Lärm der Ventilatoren nicht ertragen, die gegen eine Überhitzung ständig auf Hochtouren liefen …« Er seufzte. »Jetzt bestelle ich extra angefertigte Kühlaggregate und alles ist ganz einfach.«

»Etwas, wofür du Coldhardt dankbar sein solltest«, sagte Tye. Sie wollte auch mitreden. »Hallo, Maya. Wir dachten, du solltest erst mal in der konspirativen Wohnung bleiben?«

»Wir haben gestern Abend eine Art Durchbruch geschafft«, antwortete Jonah. Seine Augen lächelten. »Ich hab Coldhardt angerufen und eine Vorladung bekommen.«

»Ich musste eine Augenbinde tragen!« Maya sah Jonah gespielt vorwurfsvoll an. »Du hast sie zu fest gebunden.«

Tye zuckte zusammen, als die beiden einen Blick tauschten. Was ging hier ab? In dem Blick lag ziemlich viel Intimität. Aber Jonah würde doch bestimmt nicht … Nein. Sei nicht so blöd, schalt sie sich und fragte in einem lockeren Ton: »Ihr habt den Code doch nicht etwa schon geknackt?«

»Wir haben herausgefunden, worum Coldhardt uns

gebeten hat«, antwortete Jonah; Tye fand, dass er seine Worte sehr bewusst wählte. »Und wir haben gerade darüber gesprochen, dass uns Gott sei Dank kein lärmender Ventilator beim Übertakten verrückt gemacht hat …«

Gib dich interessiert, sagte Tye sich. »Und was bedeutet das?«

»Übertakten?« Jonah blickte zu ihr herüber, als nähme er sie zum ersten Mal richtig wahr. »So nennt man es, wenn man die Taktfrequenz in den Schaltkreisen erhöht, um die einzelnen Funktionen zu beschleunigen. Aber alle elektronischen Schaltkreise werden heiß wegen der Elektronen, die durchfließen, ja? Und je mehr sie beansprucht werden …«

Während Jonah weitersprach, spürte Tye, wie ein taubes Gefühl vom Nacken in ihren Kopf zog. Sie hatte keine Ahnung, wovon er redete. Aber da war Maya, die bestätigend nickte, weil sie jedes Wort verstand. Sie ließ den Blick zwischen den beiden hin- und herwandern und versuchte interessiert zu wirken und nicht betroffen.

Tye war froh, als Motti hereinkam und sich mit einem knappen Hallo neben sie auf den Stuhl fallen ließ. Kurz darauf kam auch Patch, der sich auf ihre andere Seite setzte.

Doch bevor sie selbst eine Unterhaltung beginnen konnte, erschien Coldhardt. Die Temperatur fiel um ein oder zwei Grad, aber wenigstens hörte Mayas und Jonahs unverständliches Gequassel auf. Con musste erneut gähnen, unterdrückte es aber und gab sich einhundert Prozent aufmerksam, als der Boss sich setzte. Maya schien alles aufzusaugen, die dunklen Habichtsaugen fest auf Coldhardt gerichtet.

»Jonah«, begann Coldhardt ohne lange Vorrede, »lies deine Übersetzung der Titelseite vor.«

»Auch dir einen guten Morgen. Das ist übrigens Maya.« Jonah zog seinen PDA heraus und lächelte sie an, als sei dies ein Insiderwitz zwischen ihnen beiden. »Ohne sie hätte ich es nicht geschafft.«

Tye spürte einen Stich. Eifersucht. Hör auf, schalt sie sich sofort. Er hat einfach nur getan, was ihm aufgetragen wurde. Und Maya hat ihm dabei geholfen. Sie bemühte sich um eine ausdruckslose Miene. Der eigentliche Experte in Sachen Körpersprache war zwar sie, aber Coldhardt selbst war auch nicht schlecht, und wenn ihm etwas auffiel …

»Fang endlich an, Jonah«, forderte Coldhardt.

Jonah schaltete seinen Palm-Computer ein. »›Das Leben einer jeden Kreatur ist im Blut. Durch die Gnade und Reinheit von Guan Yin, die ihre Augen gab, damit ihr Vater sehen konnte, wird dieser Bloodline-Code Euch überlassen. Euer Fleisch‹ –«

»– ›werde genäht mit unvergänglichen Fäden‹ …« Coldhardt sprach die Worte mit. »… ›sie halten es fest zusammen, doch der Blutschweiß schließt die Wunde.‹«

Jonah blickte Coldhardt an, nachdem sie beide geendet hatten. Auf seinem Gesicht stand deutlich Verwirrung geschrieben. »Woher weißt du …?«

Coldhardt lächelte. »Ihr seid bei der Übersetzung dieser ersten Seite unabhängig voneinander zum selben Ergebnis gekommen wie gewisse … Agenturen.«

Jonahs Miene verdüsterte sich. »Dann hätten wir uns die Arbeit also auch sparen können?«

»Im Gegenteil – eure Übersetzung war unbedingt nötig.« Coldhardt lehnte sich entspannt in seinem Sessel zurück. »Wie sonst hätte ich herausfinden können, ob meine Quellen mir die Wahrheit sagen? Jetzt kann ich wieder Kontakt mit ihnen aufnehmen und sie wissen lassen, dass ich den nächsten Schritt tun werde.«

»Wohin?« Jonah legte seinen PDA auf den Tisch. »Was du sagst, ergibt noch weniger Sinn als die Übersetzung. Meinst du nicht, wir hätten ein Recht darauf zu erfahren, was hier eigentlich abgeht?«

»Bitte, Jonah ...« Coldhardts Augen blitzten. »Kein solches Gehabe vor unserem neuen Gast.«

»Kannst du uns jetzt, wo du weißt, dass der Text wirklich so lautet, irgendeinen Tipp geben, was zum Teufel das bedeuten soll?«, griff Motti rasch ein.

»Der Legende nach war Guan Yin die unschuldige Tochter eines bösen Herrschers«, sagte Con. »Ihr Vater wurde durch die Pest blind und Guan Yin gab ihm ihre Augen, damit er wieder sehen konnte. Ihr Opfer hat ihn so gerührt, dass er seine Bosheiten bereut hat und ein guter Mensch wurde. Und seine Verwandlung hat wiederum Guan Yin gesund gemacht.« Sie schnaubte. »Was für eine bescheuerte Geschichte!«

Tye sah sie an. »Hast du wieder die Schulbank gedrückt?«

»Ich musste mich irgendwie beschäftigen, während sich Jonah und Maya die halbe Nacht in ihrer eigenen Welt um die Ohren geschlagen haben.«

Die Worte trafen Tye wie Keulenhiebe, aber es gelang

ihr, ihre Gefühle zu verbergen. »Wer immer das Manuskript verfasst hat, wusste also um diese chinesische Legende«, sagte sie äußerlich gelassen. »Was soll das mit den unvergänglichen Fäden bedeuten?«

»Die alten Griechen verglichen den Verlauf eines Menschenlebens mit einem Faden«, erklärte Coldhardt. »Ein Faden, der von den Parzen gesponnen und ausgemessen und auf ihren Befehl hin abgeschnitten wurde.«

»Dann wäre ein unvergänglicher Faden also parzenresistent, ja?«, sagte Con strahlend. »Wie das ewige Leben.«

»Es gibt viele verschiedene Bedeutungen«, bemerkte Jonah. »Eine Bloodline, also eine Blutlinie, könnte man wahrscheinlich auch als Faden sehen – als Abstammungslinie zwischen Vorfahren und Nachkommen ...«

»Angefangen mit Adam und Eva«, witzelte Patch.

»Tut mir leid, aber auf der Suche nach ernsthaften Antworten werden wir es Jonah und Maya wieder überlassen müssen, mit ihrer ausgezeichneten Arbeit an dem Manuskript fortzufahren«, unterbrach Coldhardt. »Jetzt, da ich weiß, dass die Übersetzungen übereinstimmen, muss ich herausfinden, ob der Mann namens Heidel, den ihr getroffen habt, wirklich der Mann ist, den ich vor langer Zeit kannte – oder ein Betrüger.«

»Ich hab's nicht eilig, ihm und seinen Kollegen noch einmal zu begegnen«, sagte Patch und fasste sich an den Bauch.

»Wenn ich zu den Beweisen kommen will, die ich brauche, werdet ihr zumindest in seine unmittelbare Nähe gehen müssen.«

»Hm. Ein älterer Herr, umgeben von einer Gruppe junger Menschen.« Maya hatte offenbar Mut gefasst. »›Der große Boss versammelt seine Kinder um sich‹, hat Heidel gesagt. Für mich sieht das wie ein und dasselbe Schema aus.«

Coldhardt blickte sie mit einem gefährlichen Glitzern in den Augen an. »Ach ja?«

»Heidel muss ungefähr dein Alter haben«, fuhr sie unschuldig fort. »Habt ihr das getan, was Jonah und Motti heute tun – eure Fähigkeiten an einen Big Boss verkauft?«

»Man könnte sagen, dass Heidel und ich lange Zeit zusammen waren«, wich er aus.

»Und jetzt, wo ihr so alt seid wie euer früherer Boss, arbeitet ihr selbst nach dem gleichen Muster.« Jonah sah ihn an. »Trifft das zu?«

Tye hielt den Atem an. Sie wagte es nicht, jemanden anzusehen. Die Fragen lagen auf der Hand, drängten sich geradezu auf; aber sie tatsächlich zu stellen erschien ihr fast wie Ketzerei.

»Ein forschender, analytischer Geist ist ein nützliches Werkzeug«, bemerkte Coldhardt mit einem Lächeln, das echt zu sein schien. »Vielleicht erzähle ich euch mehr – wenn sich herausstellt, dass Heidel tatsächlich derjenige ist, für den er sich ausgibt.«

»Soll das etwa unser Anreiz sein, Heidel zu finden?«, fragte Con und zog die Stirn kraus. »Eine Geschichtsstunde?«

»Wir sind Diebe, keine Privatdetektive«, stimmte Patch ihr leise zu.

»Jeder von euch erhält für diese Mission einen Bonus

von dreihunderttausend Pfund«, erklärte Coldhardt wie nebenbei.

Tye hatte das Gefühl, als hätte ihr Herz gerade eine Kanone abgefeuert. »Das ist mehr als sonst.«

»Gefahrenzulage?«, fragte Motti, gallig wie immer.

»Ich scheiß auf die Gefahr, Hauptsache das Geld kommt!« Patch rieb sich vergnügt die Hände.

Con saß aufrecht auf ihrem Stuhl, ihre Augen leuchteten. »Wie sollen wir den Beweis erbringen?«

»Dank Mayas und Jonahs Bemühungen glaube ich zu wissen, wo Heidels gestohlene Kopie des Manuskripts sich befindet.«

»Aber sie ist doch mit der Karre verbrannt«, sagte Patch. »Oder?«

Wieder lehnte Coldhardt sich zurück. »Der Transponder-Chip darin scheint immer noch zu senden.«

Tye spürte, wie statische Elektrizität die Härchen in ihrem Nacken aufrichtete. »Wo ist sie jetzt?«

»Heute in den frühen Morgenstunden wurde sie – dank Jonah – von RFID-Scannern am Flughafen London-Heathrow geortet.«

»Vorsicht, Coldhardt. Tye und ich sind sicher, dass es das Zauberbuch war, das Heidel verbrannt hat.« Jonah sah Tye an, damit sie es bestätigte, und sie nickte. »Das kann nur ein Lesefehler sein oder eine Falle.«

Motti war derselben Meinung. »Ich tippe auf eine Falle. Ich meine, wie groß sind die Chancen, dass Heidel einen Linienflug bucht?«

»Warum nicht?«, fragte Coldhardt. »Nicht alle Beteiligten an diesem Spiel haben einen eigenen Piloten. Und außerdem gibt es einen glaubhaften Grund, weshalb er in London ist. In der Innenstadt sollen ein paar seltene Gemälde eines Künstlers, den er sehr schätzt, versteigert werden.«

»Warum sollte er das Manuskript mitnehmen, wenn er Kunst kaufen will?«, fragte Motti herausfordernd. »Und er hätte alle Zeit der Welt gehabt, um diesen Chip rauszunehmen.«

Coldhardt blickte Maya an. »Wie schwierig wäre es ihn zu entfernen?«

»Er wurde in den hölzernen Buchrücken unter das Pergament gesetzt. Dann hat man alles so wiederhergestellt, dass von der Manipulation nicht die geringste Spur zu sehen ist«, antwortete sie. »Aber ich weiß nicht, ob Blackland Heidel gesagt hat, wo der Chip sitzt, bevor sie ihn umgebracht haben.«

Jetzt wandte Coldhardt sich an Tye und sie nickte. »Sie sagt die Wahrheit. Heidel hat die Leiche von Blackland aus einem anderen Zimmer herübergeschafft. Er hat sie als Lockvogel benutzt, um uns abzulenken.«

»In diesem Fall hätte Heidel den Transponder entfernen können, noch bevor er das Zimmer betrat«, bemerkte Jonah.

Con war irritiert. »Aber wenn er so eine Show daraus gemacht hat, das Manuskript vor deinen Augen zu verbrennen, warum sollte er dann jetzt erwarten, dass Coldhardt versucht den Chip aufzuspüren?«

»Vielleicht weil er weiß, wie viel dir das Manuskript bedeutet«, sagte Maya und sah Coldhardt dabei an. »Er weiß, dass du nach jedem Strohhalm greifst.«

Ein ärgerliches Flackern huschte über Coldhardts Gesicht. »Heidel spielt ein Spiel. Und, ja, mit der Möglichkeit, dass er uns eine Falle stellt, müssen wir jederzeit rechnen.«

»Eine Falle, in die du uns laufen lässt«, sagte Motti leise. »Er hat dir das Signal in Heathrow gegeben für den Fall, dass die Auktionsgeschichte nicht ausreicht, um dich in Trab zu setzen.«

»Vielleicht. Aber dieses Mal ist das Überraschungsmoment auf eurer Seite.« Coldhardt veränderte seine Sitzhaltung. »Denn jetzt ist es nicht das Manuskript, das ich will, sondern es sind Informationen über Heidel. Folgt dem Chip-Signal und ihr seid ihm auf der Spur – oder einem seiner Komplizen, der euch zu ihm führen kann.«

»Und dann?«, fragte Tye.

»Ich will Daten – Filmmaterial aus Überwachungskameras, Fingerabdrücke, Tonaufnahmen, unveränderliche Kennzeichen …«

»Vielleicht können wir ihn um eine Blutprobe bitten«, schlug Motti vor.

»Noch etwas«, sagte Tye. »Was ist mit Jonah?«

Coldhardt schenkte ihnen ein breites majestätisches Lächeln. »Er und Maya bekommen eine Belohnung in derselben Höhe, wenn es ihnen gelingt, den Bloodline-Code zu knacken.«

Jonah und Maya sahen sich kurz an, doch Tye schüttelte den Kopf. »Das habe ich nicht gemeint.«

»Ja«, mischte sich Patch ein, »du hast gesagt, er bräuchte zu jeder Zeit Verstärkung in der konspirativen Wohnung für den Fall …« Er sah Maya von der Seite an und ließ den Satz unvollendet.

»So wie die Sache jetzt aussieht, habe ich das Gefühl,

du brauchst die Verstärkung nötiger als Jonah, Patch«, erwiderte Coldhardt aalglatt.

Maya machte große Augen. »Ihr haltet mich für eine Bedrohung?«

»Ich bin mir noch nicht ganz sicher, was ich von dir halten soll«, sagte Coldhardt. »Aber Jonah wird Verstärkung bekommen, da ich in Kürze selbst etwas in der Wohnung zu erledigen habe.«

»Ach ja? Und das wäre?«, wollte Jonah wissen.

»Als Heidel sagte ›Time waits for no men‹ hat er einen Scherz gemacht.« Coldhardts von tiefen Falten zerfurchtes Gesicht zeigte keinerlei Spuren von Belustigung. »Er meinte nicht ›no men‹, sondern die Organisation Nomen Oblitum.«

»Das ist Lateinisch und bedeutet Vergessener Name, oder?«, warf Con ein.

Tye fiel auf, dass Maya plötzlich nervös wirkte. »Hast du schon von der Organisation gehört?«, fragte sie.

»Was?« Maya sah sie an. »Oh ja ... Ja, ich habe von ihr gehört. In alten Schriften wurde sie öfter erwähnt. Blackland hat sich speziell für ihre Geschichte interessiert – das Wenige, was uns davon erhalten geblieben ist.«

Plötzlich im Mittelpunkt zu stehen, schien sie verlegen zu machen. Ihre Finger wanderten zu dem Muttermal. »Nomen Oblitum war der Name einer Geheimgesellschaft europäischer Okkultisten im fünfzehnten Jahrhundert.«

Motti gab sich unbeeindruckt. »Sie konnten sich nicht mehr an ihren eigenen Namen erinnern?«

»Es heißt, die Gesellschaft schätzte Anonymität«,

sagte Coldhardt, »sowohl gegenüber den Kräften, die ihnen angeblich dienten, als auch gegenüber jenen engstirnigen Menschen, die ihr Tun missbilligten.«

Jonah hob die Augenbrauen. »Und was war das für ein Tun?«

»Die Mitglieder von Nomen Oblitum haben sich selbst zu Wächtern verbotenen Wissens ernannt«, erklärte Maya. »Sie machten seltene Texte, Schrifttafeln und bildliche Darstellungen ausfindig, brachten sie in ihren Besitz und erwarben sich ein ungeheures Wissen über alles Mögliche, von Dämonologie bis hin zu Techniken, wie der Mensch seinen Körper beherrschen kann.«

Patch starrte sie an. »Was hat eine Geheimgesellschaft von anno dunnemals damit zu tun, dass man das Rad der Zeit nicht aufhalten kann?«

»Anscheinend hat der Orden die Jahrhunderte überdauert«, sagte Coldhardt leise. »Die Kinder wuchsen allesamt mit den Ordensregeln auf und wurden damit indoktriniert, jede Generation suchte weiter nach geheimen Schriften und gab ihr Wissen wiederum an ihre Kinder weiter.«

»Eine ununterbrochene Linie – eine Bloodline?«, fragte Jonah vorsichtig.

Seine Worte hingen trotz ihrer Schwere in der Luft.

»Ich habe für später ein Treffen mit Mitgliedern der Organisation in der konspirativen Wohnung arrangiert«, erklärte Coldhardt gelassen. »Ich werde das Treffen mithilfe der dort installierten Überwachungskameras für dich aufzeichnen, Tye. Ich möchte deine Meinung zu dem Gesagten hören.«

Überwachungskameras. Tye ging ein Licht auf. Deswegen brauchte ich ihm nicht im Detail zu erklären, woher ich wusste, dass Maya bei dem Gespräch die Wahrheit gesagt hat. ›Das deckt sich mit meinen eigenen Beobachtungen‹, hatte er gesagt – er muss Maya allein beobachtet haben, und zwar schon etliche Zeit bevor er uns die Aufzeichnungen von diesem gestellten Gespräch gezeigt hat.

Maya blickte zu Jonah und an ihrem verletzten Gesichtsausdruck sah Tye, dass auch bei ihr der Groschen gefallen war.

»Deshalb also die ›Plauderstunde‹ im Wohnzimmer?«

»Du kannst dort jederzeit beobachtet werden«, informierte Coldhardt sie frei heraus. »Eine reine Sicherheitsmaßnahme.«

Ihre Augen blitzten. »Und wie sieht es mit unserer Privatsphäre aus?«

Coldhardt blieb ungerührt. »Leider müssen gewisse Dinge gelegentlich auf der Suche nach Erkenntnissen geopfert werden, Maya. Und jetzt müssen wir die Details der vor uns liegenden Aufgaben besprechen. Jonah, würdest du Maya zu eurem Wagen begleiten und danach sofort wieder hierherkommen?«

Er nickte und stand auf. Maya blickte Coldhardt finster an und Tye konnte es ihr nicht verdenken. Es war leicht, von Opfern zu reden, wenn man nicht selbst welche bringen musste.

Unsere kleine Welt wird von Tag zu Tag dunkler, überlegte sie unglücklich. Aber vielleicht geht mir *auch* nur endlich ein Licht auf.

»Sieht so aus, als würden wir uns ständig verabschieden«, sagte Jonah leise.

»Abschiede sind Mist«, fand auch Tye. »Und in letzter Zeit waren es einfach zu viele.«

Es war später Vormittag und er und Tye hatten sich ein Stück weit von Patch, Con und Motti entfernt, die an dem mächtigen Tor zu Coldhardts Anwesen standen. Das Treffen im Konferenzraum war beendet und ein schwarzer Mercedes stand bereit, um Jonah zur konspirativen Wohnung zurückzubringen. Maya musste den halben Vormittag darin gewartet haben.

Jonah senkte die Stimme noch weiter. »Das ist die reinste Folter. Ich würde dich zu gern küssen.«

Tye reckte sich und küsste ihn rasch auf den Mundwinkel. Ihre Lippen berührten kaum seine Haut. Es war lediglich ein freundschaftlicher Kuss – doch Patch jubelte und Motti tat, als müsste er sich übergeben, während Con eingehend ihre Fingernägel betrachtete und sie betont ignorierte.

Jonah sah zu ihnen hinüber. »Nur kein Neid, ich hol mir auch von euch einen Abschiedskuss.«

»Aber bitte nicht wieder mit Zunge«, witzelte Patch.

Tye blickte zu dem Mercedes hinüber. »Du hast wenigstens Gesellschaft, solange ich nicht da bin. Gemütliche Abende in trauter Zweisamkeit vor dem Computer …«

»Du hast recht, ich werde dich wahrscheinlich kein bisschen vermissen«, gab Jonah zu. Dann schnitt er ihr eine Grimasse. »Überhaupt nicht!«

Sie knuffte ihn in die Rippen und sie lachten beide, als sie zu den anderen zurückgingen. Er gab Motti die

Hand, nahm Con in den Arm und schlug Patchs Faust auf Faust ab. »Passt auf euch auf, ja?«

»Mensch, Freak, das ist mal eine super Idee!« Motti wandte sich an Con. »Schreib das auf unsere Liste mit guten Vorsätzen – ›auf uns aufpassen‹.«

»Pass du auch auf dich auf«, sagte Con. »Verstauch dir keinen Finger, wenn du auf dieser gefährlichen Tastatur herumhämmerst, ja?«

»Ich werd's versuchen.« Jonah hatte ein doppelt schlechtes Gewissen; nicht nur weil er wusste, dass er es – vom Geld einmal abgesehen – sehr viel besser getroffen hatte als sie, sondern weil er insgeheim mehr als erleichtert war, dass er sich nicht mit Heidel und seiner Mannschaft anlegen musste. »Und gebt mir euren Bonus nicht gleich wieder aus.«

»Ein echter Bonus wäre es, wenn ich der Bogen-Lady diesen emaillierten Goldring abknöpfen könnte«, sagte Motti. »Zurückholen, was uns gehört.«

»Zieh auf jeden Fall den Kopf ein, wenn sie mit der Faust ausholt. Das Ding könnte dir die Nase abreißen.« Jonah lächelte verlegen. »Ich hab fast das Gefühl, als würdet ihr in den Krieg ziehen.«

»Das liegt daran, dass es so ist«, sagte Patch und seine fröhliche Fassade verrutschte ein klein wenig.

»Ja, dann …« Jonah zog sein Handy aus der Tasche und aktivierte die Kamera. »Macht winke, winke.«

Motti zeigte ihm den Stinkefinger, Patch salutierte, Con nahm eine sexy Pose ein, als käme sie gerade vom Laufsteg, und Tye … stand einfach nur da und beobachtete ihn. Der Kameraverschluss klickte. Der Augenblick war im Gedächtnis des Handys und in seinem eigenen gespeichert und Jonah ging langsam rückwärts zu dem wartenden Mercedes. »Bis bald, ja?«

»Darauf kannst du Gift nehmen«, sagte Motti und Tye nickte, während sie ihm nachsah.

Bitte lass es wahr sein, dachte Jonah.

ÜBERRASCHUNGEN

Jonah sah in den Augenscanner und wartete darauf, dass der Türmechanismus klickte. Maya zog die Tür mit ihrem mageren Arm auf und ging an ihm vorbei in die klimatisierte Eingangshalle. Er ließ die von der Sonne beschienenen Cafés von Chamonix und die Läden mit Wintersportbedarf hinter sich und folgte ihr.

Er wusste, dass sie wegen der Überwachungsgeschichte immer noch sauer war. Ich hab selbst nicht gewusst, dass wir die ganze Zeit beobachtet werden konnten, hatte er ihr sagen wollen, sich dann aber dagegen entschieden. Sein ganzes Leben lang war immer er derjenige gewesen, der als der Neue zu Gruppen gestoßen war, der versucht hatte die Strukturen zu durchschauen und gehofft, dass er sich einfügen konnte. Jetzt war ausnahmsweise einmal jemand anderes in dieser Lage und Jonah stellte fest, dass es ihm Spaß machte, den allwissenden Guru für sie zu spielen.

»Ich glaube, Coldhardt mag dich«, sagte er, als er hinter ihr die mit einem dicken Teppich ausgelegte Treppe hinaufging. »Du hast ihn beeindruckt.«

Vor der Tür zu der eigentlichen Wohnung musste sie auf ihn warten, weil nur er sie öffnen konnte.

»Du hättest mir wenigstens sagen können, dass wir beobachtet werden. Das ist ja richtig unheimlich.«

»Du liest diese seltsame Art Bücher und findest *das*

unheimlich?« Er legte seinen Finger auf das Lesegerät und tippte dann einen siebenstelligen Code ein. Als er fertig war, lächelte Maya wider Willen.

»Coldhardt *muss* wahrscheinlich vorsichtig sein«, lenkte sie ein, als sie in die Wohnung traten. »Wenn man bedenkt, mit welchen Leuten er es zu tun hat. Aber sind hier wirklich überall versteckte Kameras?«

»Hm hm. Nimm dich besonders vor der auf dem Klo in Acht.« Jonah ging in sein Zimmer und überprüfte, ob der Computer seine vor der Abfahrt eingegebenen Befehle noch ausführte. Während ihres Aufenthalts bei Blackland hatte Maya ganze Passagen des Manuskripts digital erfasst. Das gab ihm die Möglichkeit, sie mit einer privaten Datenbank alter Sprachen abzugleichen, in die er sich eingehackt hatte. »Und dann gibt es noch den Camcorder im Duschkopf ...«

»Sehr witzig.« Maya trat neben ihn; sie schien sich in ihrer Haut wieder ein wenig wohler zu fühlen. »Wenn seine Zeit abläuft, wird er sie nicht damit verschwenden wollen, uns beim Anziehen zuzusehen, das wäre unsinnig.«

»Seltsam, wir haben keinen Strom mehr ... der Computer ist aus.« Jonah sah sie an, war mit seinen Gedanken aber anderswo. »Was meinst du mit ›seine Zeit läuft ab‹?«

»Eines kannst du mir glauben: Wenn Coldhardt Kontakt mit Nomen Oblitum aufnimmt ...« Sie sah sich in dem Zimmer um, als spreche sie zu einer Vielzahl versteckter Kameras. »... läuft seine Zeit ab.«

Plötzlich hörte Jonah draußen auf dem Flur ein leises Geräusch. Maya hatte es offenbar auch gehört, doch bevor sie den Mund öffnen und etwas sagen konnte, legte er warnend den Finger an die Lippen. »Entweder hat sich eine von Coldhardts Wanzen beleidigt gefühlt und ist von der Wand gehüpft, um uns eins auszuwischen«, murmelte er, »oder –«

»– es ist jemand hier drin«, flüsterte Maya. »Aber wie kann das sein?«

Genau das fragte Jonah sich auch. Der Alarm war nicht ausgelöst worden und die Sicherheitssysteme draußen ließen keinen Rückschluss auf einen Einbruch zu.

Als er auf den Flur trat und dort eine Gestalt in Schwarz sah, war er im ersten Augenblick so verwirrt, dass er sich nicht rühren konnte.

Dann überkam ihn eiskalt die Angst, als die Gestalt sich umdrehte und die Balaklava vom Kopf zog. Er sah bekannte, eisblaue Augen und ein grausames Lächeln, das immer breiter wurde. »Rate mal, wer da ist, Jonah.«

»Hm ...« Du musst Zeit schinden, dachte er. Dir einen Fluchtplan zurechtlegen. »Sorrel, stimmt's?«

Das Lächeln veränderte sich nicht. »Sorin.«

»Und du bist wegen der Putzstelle hier, ja?«

Sorin warf die Balaklava auf den Boden. »Ich putz dir gleich was, Kleiner.«

Jonah drehte sich zum Zimmer um. Da kommen wir auf keinen Fall raus.

»Maya, leiste uns doch Gesellschaft«, rief Jonah und versuchte so zu tun, als hätte er die Hosen nicht gestrichen voll. »Ein alter Freund stattet uns einen Besuch ab.«

Maya erschien, die Arme über der Brust gekreuzt; die Angst, die Jonah empfand, sah man ihr an.

»Ich weiß nicht, wie du hier hereingekommen bist –«

»Nein. Das kannst du auch nicht wissen.« Sorin sah sie an. »Du hast eine E-Version des Manuskripts. Wir wollen sie haben.«

Sie wandte den Blick ab. »Ich habe keine Ahnung, wovon du redest.«

»Ich denke doch.«

»Kommt es oft vor, dass Leute deinen Namen vergessen, Zorro? Und wie fühlt man sich so als Fußabtreter der Truppe?« Wenn ich ihn wütend machen kann, dachte Jonah, wird er vielleicht unvorsichtig … »Wo sind sie überhaupt, die anderen Heinzelmännchen von Heidel?«

»Um es mit einer Bücherhexe und einem Schlappschwanz wie dir aufzunehmen, brauch ich die nicht.«

»Oh, verstehe. Du musst noch was beweisen, richtig?« Jonah nahm Maya an der Hand und begann sich in Richtung Wohnzimmertür zu schieben. »Coldhardt ist nicht mal auf einen Spitznamen von dir gestoßen, Sorin. Über die anderen gab es jede Menge Infos, aber du hast keine Akte, keinen Ruf.« Wenn wir es ins Wohnzimmer schaffen und die Panikgitter runterlassen, damit er nicht reinkommt … »Was hast du überhaupt für besondere Fähigkeiten, Sorin – dass du in gefährlichen Situationen schnell braun wirst?«

»Du glaubst doch nicht im Ernst, dass du deinen Arsch retten kannst, indem du mich provozierst«, zischte Sorin. »Mein Ding ist Sicherheitstechnik, Kleiner, und ich bin besser, als du denkst.«

»Richtig.«

»Ich bin schließlich hier reingekommen, oder? Genauso wie in Blacklands kleine Festung.« Er kam auf sie zu. »Und jetzt komm ich zu euch.«

Jonah packte Maya und riss sie ins Wohnzimmer.

»Adieu, glorreiche Schurken«, brüllte er. Es war ein Zitat aus irgendeinem blöden Stück, das Coldhardt liebte, und gleichzeitig das Kennwort für die Panikschirme, die daraufhin herunterfallen und sie schützen sollten. Aber nichts geschah. Maya sah Jonah hilflos an.

»Oh, haben die Schirme nicht funktioniert?« Sorin kam durch die Tür. »Ich hab euch doch gesagt, dass ich gut bin. Mich hält nichts davon ab, euch den Arsch aufzureißen.«

»Auch keine hygienischen Bedenken?« Jonah wich weiter zurück, Maya dicht an seiner Seite. Dann warf er sich ohne Vorwarnung auf Sorin in der Hoffnung, dass dieser nicht mit einem Angriff rechnete. »Maya, lauf!«

Sorin fiel rückwärts, aber er zog Jonah mit und katapultierte ihn mit den Füßen über seinen Kopf. Jonah keuchte, als er mit dem Rücken gegen die Wand krachte und auf den Boden rutschte. Er blickte auf und sah, dass Maya unter der Tür zögerte.

»Hol Hilfe!«, rief er.

»Aaah, deine Kleine will nicht kneifen und dich im Stich lassen. Süß!« Sorin hatte etwas aus seiner Tasche gezogen – ein dünnes Rohr, das durch eine schnelle Bewegung aus dem Handgelenk wie ein Teleskop ausfuhr. Er hob es an den Mund.

Jonah hörte das *Fffft* des Blasrohrs, dem einen Augenblick später Mayas Stöhnen folgte. Sie schlug sich mit der Hand an den Hals, dorthin, wo das Muttermal war. Dann wurden ihre Augen glasig und sie sank auf die Knie.

»Was zum Teufel –?« Jonah drehte sich wütend zu Sorin um – und sah gerade noch einen Stiefel auf sein Gesicht zukommen. Er duckte sich weg, hörte, wie der Stiefel die Wand traf, und warf sich nach vorn, sodass Sorin erneut das Gleichgewicht verlor und stürzte.

Das muss schnell zu Ende sein, wenn ich eine Chance haben will, dachte er. Als Sorin mit dem Gesicht auf dem Boden aufschlug, ließ Jonah sich mit einem Knie schwer auf das Rückgrat seines Gegners fallen und versetzte ihm mit seiner ganzen Kraft einen Schlag auf den Hinterkopf. Seine Knöchel vibrierten und ein irrsinniger Schmerz schoss durch die ganze Hand. Aber Sorin blieb liegen.

»Wer ist jetzt der Schlappschwanz, ›Kleiner‹?«, murmelte Jonah. Während er zur Tür lief, wo Maya immer noch kniete, ließ er seine Finger spielen.

»Jonah?« Ihre Augenlider flatterten. Sie hielt einen winzigen Pfeil zwischen Daumen und Zeigefinger. »Ich bin okay. Der Schweinehund hat mich betäubt, aber das wird wieder.«

»Wir gehen zu einem Arzt«, versprach er, nahm ihren Arm und zog sie hoch. »Wir müssen nur so schnell wie möglich hier –«

Fffft. Wieder dieses Geräusch und dieses Mal spürte er selbst einen Pikser im Hals. Hastig tastete Jonah nach dem Widerhaken und zog ihn heraus. Er sah, dass Sorin wieder in der Senkrechten war und lächelte. Dann legte sich ein Nebel über alles und Jonah hatte das Gefühl, als würde der Boden unter ihm wegkippen.

Oh nein. Oh mein Gott. Was hat er mit mir gemacht? Verzweifelt packte Jonah Maya und versuchte die Tür zu erreichen, aber seine Beine hatten offenbar keine Lust mitzuspielen und knickten unter ihm ein. Ihm war plötzlich entsetzlich schwindelig, er brach zusammen und Maya ging mit ihm zu Boden. Jonah hörte hinter sich Schritte und spürte, wie die Dielen vibrierten, als Sorin aus dem Wohnzimmer marschierte. Jonah versuchte wegzukriechen und Maya mitzuziehen, doch er hatte keine Kraft mehr. Der Flur verzerrte sich, als sähe er ihn durch ein Fischauge.

Dann brüllte Sorin vor Schmerz.

Der Schrei war so durchdringend, dass er die schwarze Nebelwand zerriss, die immer dichter wurde, und Jonah drehte sich um.

Ich sehe Gespenster, dachte er und versuchte verzweifelt, einen klaren Blick zu bekommen.

Nur wenige Meter entfernt wurde Sorin von einem Mann in dunklen arabischen Gewändern gegen die Wand gedrückt. Der Mann trug eine bronzene Gesichtsmaske mit drei verformten Löchern für Augen und Mund und darüber einen Kopfputz aus nachtblauer Seide. Nur um die Lippen herum war ein winziges Stück dunkle Haut zu erkennen. Ihn umgab ein modriger Geruch nach Alter, der einem fast den Atem nahm. Das Licht fiel auf ein Medaillon aus rotem Glas, das er an einem Lederband um den Hals hängen hatte.

Der Mann wirkte zierlich, doch der stämmige Sorin

rührte sich nicht. Dann hörte Jonah Geräusche hinter sich und spürte, wie ein samtweicher Schatten über ihn fiel. Als er halb betäubt aufschaute, sah er eine ähnliche Gestalt in blutroten Gewändern, die sich über ihn beugte.

Jonah spürte erneut eiskalte Angst in sich aufsteigen, die seine schwere Zunge löste.

»Wer seid ihr?«, stieß er hervor, als ob die Antwort ihm irgendwie helfen oder etwas verändern könnte. Es wurde Nacht um ihn und Kälte pulsierte wie ein Betäubungsmittel durch seine Adern.

»Wir werden dir deine Schmerzen nehmen«, sagte eine Stimme in holprigem Englisch, und es war das Letzte, was Jonah hörte.

Tye hatte einen Stadtplan dabei, aber Motti ließ nicht zu, dass sie hineinschaute.

»Du willst doch nicht, dass die Leute glauben, wir wären Touristen«, warnte er. »Dann halten sie uns für leichte Beute.«

»Motti, du bist ein verdammter Kartenhasser«, maulte Patch. »Das hier ist die Pentonville Road und nicht die Bronx.«

»Aber er hat recht, wir wollen auf keinen Fall Aufmerksamkeit auf uns lenken«, sagte Con, »und schon gar nicht die von Heidel.«

»Und wie sollen wir dann dieses Auktionshaus finden, wenn wir nicht auf den Stadtplan schauen dürfen? Was schlägst du vor?«, fragte Tye müde.

»Leg ihn in eine Zeitschrift oder so«, sagte Motti. Der tragbare RFID-Empfänger steckte in seiner Jackentasche, damit auch der nicht zu sehen war. »Patch, geh und kauf da drüben eine am Kiosk.«

»Da bin ich nach all den Jahren wieder in meinem alten Viertel gelandet«, murmelte Patch und seufzte, als er sich zu dem schmierigen Zeitungskiosk aufmachte. »Reizend, nicht wahr?«

Ganz und gar nicht, dachte Tye. Hinter ihnen lag der Bahnhof von King's Cross und strengte sich nach Kräften an, vorzeigbar auszusehen, aber seine Umgebung machte diese Bemühungen zunichte. Auf den Straßen war eine Menge Verkehr, sie waren zugemüllt und Geschäfte, Cafés und Zeitschriftenläden drängten sich dicht an dicht. Schäbige Frühstückspensionen schmiegten sich aneinander, als fürchteten sie ihre potenziellen Gäste. Riesige Lagerhallen – kompakte Klötze aus bröckelnden Ziegelsteinen – beherrschten den eckigen Horizont, ihre schmutzigen oder zerbrochenen Fenster starrten blicklos über die Stadt. Turmkräne verharrten stumm wie Heldendenkmäler über dem Ganzen, Symbole für Erneuerung und eine bessere Zukunft. Doch auf jedes neue Bürohaus und jede angesagte Bar mit Spiegelglas und einer Fassade aus gebürstetem Metall kam ein anderes Gebäude ganz in der Nähe, das von den vielen Abgasen schwarz wurde.

Tye hatte Coldhardts King Air 350 von Genf zu einem kleinen Flughafen außerhalb Oxfords geflogen – nur für den Fall, dass die Flughäfen, die eigentlich für sie günstiger gewesen wären, beobachtet wurden. Von Oxford aus waren sie wie Touristen mit dem Zug nach London gereist; die notwendige Ausrüstung für ihre Mission hatten sie in prall gefüllten Rucksäcken untergebracht. Während Patch und Motti leise auf einem Laptop Pläne entworfen und Con geschlafen hatte, hatte Tye verfolgt, wie das Grün zunächst Industriegebieten wich, dann schäbigen, rußgeschwärzten Reihenhäusern und Wohnblocks, an denen Dutzende von Satellitenschüsseln klebten; sie sahen aus wie seltsame Raubvögel, die die vorbeiratternden Züge beobachteten.

Patch erschien ein paar Minuten später wieder mit einem Pornomagazin. Con schnalzte mit der Zunge und riss es ihm aus der Hand. Sie blätterte durch die mit viel nacktem Fleisch gefüllten Seiten, bis sie einen Artikel über Sport fand; hier legte sie den Stadtplan hinein.

»Das Auktionshaus ist ungefähr eine halbe Meile südlich«, verkündete sie. »Und die Auktion beginnt erst in eineinhalb Stunden. Sollen wir zusehen, dass wir früh dort sind, damit wir die Örtlichkeiten unter die Lupe nehmen und einen guten Platz suchen können, von dem aus wir die Bietenden beobachten können?«

Tye nickte. »Klingt gut.« Sie folgte Con und den Jungs die belebte Straße hinunter und atmete die Mischung aus Bitumen und Auspuffgasen ein.

»He, Leute.« Motti blieb unvermittelt stehen und blickte ernst auf seine Jackentasche. »Unser sechster Sinn hat sich gerade gemeldet. Wir müssen im Umkreis von zweihundert Metern von diesem Manuskript-Chip sein.«

»Womöglich kommt Heidel uns entgegen!«, sagte Con.

Patch fluchte und sah sich gehetzt um. »Hier rein,

schnell.« Er ging voraus in einen gerammelt vollen Touristenladen, der unmögliche T-Shirts und geschmacklose Geschenkartikel verkaufte. Während die anderen sich unter die Kunden mischten, spähte Tye, gedeckt von einem aufblasbaren Tower-Wächter, aus dem Fenster und suchte die Straße nach Gesichtern ab, die sie eigentlich nie wiedersehen wollte.

Motti trat hinter sie.

»Noch keine Spur«, meldete sie.

»War zu erwarten.« Er checkte seinen Empfänger. »Das Signal bleibt unverändert. Das heißt, der Chip hockt an einem bestimmten Platz und wir müssen in seinen Sendebereich geraten sein.«

Con war ebenfalls herübergekommen und hatte mitgehört. »Wir sollten näher herangehen und sehen, wer darauf aufpasst.«

»Moment noch.« Patch trug ein Kapuzensweatshirt von Boxfresh und begann daran zu zerren und sich zu kratzen. »Ich will nur sicher sein, dass meine Titaniumdecke richtig sitzt. Sie hat mir letztes Mal das Leben gerettet.«

»Und was ist, wenn sie dieses Mal zwischen deine Augen zielt?« Motti tippte ihm an den Kopf und verließ den Laden wieder.

Patch wurde blass. Tye schob ihn hinter Motti her hinaus auf die belebte Straße und Con folgte in einigem Abstand. Die vielen Leute waren ein Segen und zugleich ein kritischer Punkt. Nur weil der Chip sich nicht von der Stelle rührte, bedeutete das ja nicht, dass Heidels Truppe nicht irgendwo in der Gegend unterwegs war. Und wenn belebte Straßen auch bedeuteten, dass Bree und die anderen einerseits nichts allzu Mörderisches veranstalten konnten, waren sie andererseits schwerer auszumachen.

Mottis Lesegerät führte sie in eine ruhigere, sauberere Seitenstraße, in der Pflastersteine den Asphalt ablösten. Vierstöckige Apartmenthäuser säumten die Straße, doch beherrscht wurde sie von einem großen, prachtvollen Gebäude mit farbigem Verputz, Säulen und verblasstem Glanz. Es erinnerte Tye an eine Hochzeitstorte, die man im Regen hatte stehen lassen. Das verblichene Schild über der Drehtür wies den Bau in königsblauen Buchstaben als Irving Hotel aus.

»Da drin ist unser Baby«, verkündete Motti.

»Wir sind hier in einer Sackgasse«, informierte Con die anderen nach einem Blick auf den Stadtplan. »Von der anderen Seite haben nur Fußgänger über eine schmale Gasse Zugang.«

»Wenn sie etwas mit uns vorhaben, könnte es hier stattfinden«, flüsterte Patch; Schweißperlen standen auf seinem blassen Gesicht. »Und keiner würde etwas mitkriegen.«

»Ihr geht zurück zur Straße«, sagte Motti. »Ich schau mir das Foyer alleine an, vielleicht kann ich das Signal genauer lokalisieren.«

Tye nickte. »Okay. Allein bist du weniger verdächtig. Gib uns über Funk Bescheid, wenn du was rauskriegst.«

»Wir sollten ein Codewort oder so ausmachen«, schlug Patch vor.

»Gut«, sagte Motti ernst. »Wenn ich sage ›Patch ist eine Vollsocke‹, heißt das, es gibt Schwierigkeiten. Sage ich ›Patch ist ein Flachwichser‹, heißt es, die Luft ist rein.« Er machte eine kurze Pause. »Und dass Patch ein Flachwichser ist.«

»Ha, ha, ha«, sagte Patch. »Können wir jetzt einfach weitermachen?«

Während Motti im Hotel verschwand, trennten sich Tye, Con und Patch. Sie gingen ein paar Schritte und stellten sich dann lässig so hin, dass sie alle vier Himmelsrichtungen nach Sadie, Sorin, Heidel oder Bree absuchen konnten.

Tye ließ ihr Funkgerät nicht los. Als es sich quäkend meldete, hob sie es rasch ans Ohr – und stieß einen erleichterten Seufzer aus.

»Patch ist ein Flachwichser!«, rief sie triumphierend. Ein paar Touristen, die gerade vorbeigingen, bedachten sie mit merkwürdigen Blicken. Patch selbst machte ein finsteres Gesicht und lief rasch zum Hotel.

Tye und Con blickten sich vorsichtig um, als sie ihm ins Foyer folgten. Der Boden dort war mit weißen und schwarzen Fliesen ausgelegt und die Wände waren mit Holz vertäfelt. Vor dreißig Jahren hatte das vielleicht elegant ausgesehen, doch jetzt waren sowohl Boden als auch Wände zerschrammt und wirkten leicht schäbig. Der ältliche Portier machte in seiner zerknitterten blauen Uniform mit den verblichenen Litzen einen ebenso mitgenommenen Eindruck wie seine Umgebung. Er beobachtete Motti argwöhnisch.

»Mach dein Ding, Con«, forderte Motti sie leise auf.

Con setzte ein strahlendes Lächeln auf und wandte sich an den Portier. »Entschuldigen Sie, Monsieur, können Sie uns helfen?«, fragte sie charmant mit starkem französischem Akzent. »Wir suchen Freunde von uns.«

»Die Dame von der Rezeption ist kurz mal wohin«, informierte der Portier sie. »Sie kann euch vielleicht helfen.«

Con nickte Tye kurz zu. »Ach, ich glaube, Sie können mir auch helfen. Schauen Sie mich an. Ich glaube, Sie wollen mir helfen, ja?« Ihre Stimme wurde tiefer, voller und exotischer. »Doch, Sie wollen mir helfen, ganz bestimmt ...«

Der Portier bekam glasige Augen. »Ich will dir helfen«, flüsterte er staunend.

Als Tye sah, dass Con den Mann mesmerisiert und voll unter Kontrolle hatte – unter ihrer Kontrolle –, ging sie rasch zur Damentoilette. Eine junge Frau mit hohen Wangenknochen und fahler Gesichtsfarbe wusch sich am Waschbecken die Hände. Ihr Namensschild verkündete, dass sie Anna hieß. Tye trat neben sie, zog ein Glasfläschchen aus ihrer Tasche und schüttete ein paar Tropfen in das Wasser, das aus dem Hahn floss. Sofort stiegen giftige Dämpfe auf, die Annas Gesicht wie eine Wolke einhüllten. Tye trat rasch zurück, um selbst nichts abzubekommen. Dann kippte die junge Frau weg und fiel zur Seite.

»Sorry«, murmelte Tye und fing Anna geschickt auf, bevor sie auf dem Boden aufschlug. »Aber du siehst aus, als könntest du eine Pause gut brauchen.«

Die Dämpfe der K.o.-Tropfen verflüchtigten sich bald und zurück blieb nichts als ein übler Geruch. Tye schleifte die Rezeptionistin in eine Kabine, verriegelte die Tür, setzte Anna auf die Kloschüssel, holte eine

50-Pfund-Note aus der Tasche und drückte sie Anna in die Hand. Dann zog sie sich an der Kabinentür hoch, kletterte darüber und lief zurück zu den anderen.

Motti und Patch waren hinter dem Empfangstresen und Con stand an der Tür Wache, während der Portier ihnen den Rücken zugekehrt hatte und lächelnd in die Luft guckte. Niemand brauchte zu fragen, ob alles geklappt hatte. Es wurde vorausgesetzt.

»Das Penthouse-Apartment wurde heute gebucht«, berichtete Motti. »Für zwei Personen. Auf den Namen … wie findet ihr das? Nathaniel Coldhardt.«

»Er ist ein echter Komiker, der alte Heidel.« Patch fischte zwei Schlüssel aus einer Schublade unter der Tresenplatte. »Sieht so aus, als sei niemand da. Hier ist sowohl sein Schlüssel als auch der seiner Gespielin.«

»Vielleicht *wollen* sie ja, dass wir denken, ihre Zimmer seien leer«, sagte Con, »damit wir volles Rohr in eine Falle rauschen.«

»Genau. Das Hotel, das sie sich ausgesucht haben, ist sicherheitstechnisch keine wirkliche Herausforderung«, stimmte Tye zu. »Mir gefällt das nicht.«

»Und mich braucht ihr nicht mal«, sagte Patch strahlend. »Wo ihr doch die Schlüssel habt, um reinzukommen …«

»Leider brauchen wir dich doch, Zyklop«, sagte Motti. »Du brichst in das Gebäude gegenüber ein, rennst zum obersten Stock hinauf und schaust dir das Penthaus von dort aus ganz genau an. Irgendein Hinweis darauf, dass jemand drin ist, und du funkst uns an.«

»Alter Klugscheißer«, sagte Patch bewundernd. Er hob seine Augenklappe an und pulte das Glasauge mit einem leisen, schlürfenden Geräusch heraus.

Motti zuckte zusammen. »Gott im Himmel, Patch! Lass den Quatsch und verschwinde mit deinem bescheuerten Mehrzweckauge!«

»Damit krieg ich ihn immer.« Patch grinste vergnügt und schraubte das Glasauge auf. Zum Vorschein kamen seine ausziehbaren Einbruchswerkzeuge.

»Ich komme mit«, erbot sich Tye.

»Wir warten hier, bis ihr Bescheid gebt«, sagte Con. »Mein Freund, der Portier, wird sämtliche Gäste wegschicken, aber ich sage ihm, er soll für euch beide eine Ausnahme machen.«

»Eine Ausnahme machen«, bestätigte der Portier kurz darauf schläfrig.

Tye und Patch drückten sich an ihm vorbei nach draußen. Die Straße war immer noch so gut wie leer. Vor einem der Apartmentblocks stand ein Paar und stritt sich. Die beiden waren so sehr damit beschäftigt, sich gegenseitig anzumotzen, dass sie sonst nicht viel mitbekamen. Patch tat, als suchte er in seiner Tasche nach dem Haustürschlüssel, und machte sich dann mit Dietrich und Drehmomentschlüssel am Schloss zu schaffen. Er hatte die Tür so schnell auf, dass jeder ihn für einen der Hausbewohner gehalten hätte, und Tye lächelte. Auf seine Art war Patch ein kleines Genie, auch wenn er manchmal ganz schön nerven konnte.

Im Haus stieg Tye mit Patch im Gefolge etliche Treppen zum obersten Stockwerk hinauf.

»Das ist die Wohnung, in die wir wollen«, sagte sie

leise und schlich über glänzende Fliesen zu der senfgelben Tür. »Da drin rührt sich nichts.«

Patch legte sein Ohr ebenfalls an die Tür, um sich selbst zu vergewissern. Dann runzelte er die Stirn, als sein Blick auf etwas Merkwürdiges fiel.

»He, sieh mal«, flüsterte er und zeigte auf das Schloss. »Kratzer und Kerben rund ums Schlüsselloch. Als hätte jemand versucht einzubrechen und sich dabei saudumm angestellt.«

Tye betrachtete die Kratzer und schnalzte mit der Zunge.

»Du kannst heutzutage einfach niemandem mehr trauen.« Sie sah sich um. »Lass uns rein, Patch. Wenn jemand daheim ist, sagen wir einfach, die Tür hätte sperrangelweit offen gestanden und wir wollten sehen, ob alles in Ordnung ist.«

»So sind wir eben«, sagte Patch und kitzelte das Schloss mit seinen Dietrichen. »Freundliche Nachbarn, die sich um ihre Mitbewohner sorgen …«

Augenblicke später stieß er die Wohnungstür auf. Sie führte auf einen langen, schmalen Flur mit Türen zu beiden Seiten. Am Ende des Flurs lag ein großes Wohnzimmer. Tye fiel ein helles Rechteck darin auf. Durch ein Fenster, das sie nicht sehen konnte, schien die Sonne und wärmte die Dielen.

»Das wird unser Ausguck nach drüben werden«, murmelte sie.

Dann sah sie einen Schatten, der sich in dem scharf abgegrenzten gelben Rechteck bewegte. Der Schatten einer Frau –

»Achtung, Patch!«, brüllte Tye, als Sadie mit einem

Sprung in der offenen Tür erschien. Sie war ganz in Schwarz und schwang ein großes Jagdmesser. Coldhardts Goldring blitzte ebenso wie die geschliffene Klinge, als Sadie sich auf Patch stürzte und mit dem Messer auf seinen Hals zielte.

NOMEN OBLITUM

Tye stieß Patch aus der Reichweite der Klinge, doch er verlor das Gleichgewicht, fiel gegen den Türrahmen und schrie vor Schmerz auf.

Sadie hob das Messer und setzte gleichzeitig zu einem Tritt in Tyes Richtung an. Tye wich zurück, griff sich eine Vase vom Telefontisch, neben dem sie stand, und zielte auf Sadies Gesicht. Die duckte sich und trat erneut nach Tye. Der Metallabsatz ihres Stiefels riss den Putz von der Wand. Wäre sie einen Tick schneller gewesen, hätte er Tyes Rippen zerschmettert. So konnte Tye ausweichen, Sadies Wade packen und ihr mit aller Kraft das Bein verdrehen. Sadie stürzte, ohne einen Laut von sich zu geben – vollführte jedoch eine perfekte Rolle rückwärts ins Wohnzimmer und sprang sofort wieder auf die Füße.

Tye war schon hinter ihr her. Wenn ich das Aas erreiche, bevor sie einen sicheren Stand hat, und ihr das verdammte Messer aus der Hand schlagen kann … Im Laufen glitt ihr Blick zu dem Erkerfenster – und sie erkannte eine dort montierte Harpunenkanone, die auf das gegenüberliegende Penthouse mit seinen offenen Balkontüren gerichtet war. Die haben nur darauf gewartet, dass wir da reingehen und uns den Chip holen, schoss es ihr durch den Kopf. Es war eine Falle, ja, aber die Falle war die ganze Zeit auf dieser Seite.

Sadie holte mit dem Messer aus. Tye duckte sich darunter weg, nutzte den Schwung, um einen engen Salto in der Luft zu schlagen, drehte sich dann auf dem Absatz um und vollführte mit dem anderen Fuß einen Highkick. Mit der Außenseite traf sie Sadies Handgelenk, sodass diese das Messer fallen ließ. Doch Sadies anderer Arm schoss nach vorn, sie packte eine Handvoll von Tyes Dreadlocks und riss daran.

Tye rang nach Luft, als die Haarwurzeln an der Kopfhaut zerrten. Sie versuchte freizukommen. Vergeblich. Sadies freier Arm legte sich wie ein Schraubstock um Tyes Oberkörper, ihr Kopf wurde nach hinten gebogen, der Hals lag frei.

Sadie zischte und riss weit den Mund auf. Tye sah den hellgrauen Stumpf darin, der von ihrer Zunge noch übrig war, und zuckte vor dem Wahnsinn zurück, der aus den Augen der jungen Frau sprach. Sadie knurrte wie ein Tier, beugte sich vor und schlug ihre Zähne in Tyes Wange.

Nicht schreien. Tye kniff die Augen zu. Nur nicht schreien –

Doch dann kam ein brüllender Verrückter ins Wohnzimmer gestürmt. Tye öffnete die Augen.

Es war Patch.

Er rannte ungebremst, die Arme nach vorn gestreckt, auf sie zu, packte Sadies Kopf und riss ihn zurück. Tye wand sich aus ihrem Griff und kippte zur Seite, eine Hand auf der brennenden Wange. Doch Patch hatte zu viel Schwung, um anhalten zu können. Er und Sadie fielen in ein Holzregal, das bei dem Aufprall zusammenbrach.

Tye rappelte sich zitternd auf und versuchte Sadie die Arme an den Körper zu pressen, war aber zu langsam. Sadie bekam ein Brett zu fassen und schlug damit um sich. Tye wollte ausweichen, wurde jedoch am Ellbogen getroffen. Sie stolperte rückwärts und fiel über einen niedrigen Couchtisch.

In der Zwischenzeit holte Sadie mit der Hand, an der sie den Goldring trug, zu einem Faustschlag gegen Patch aus. Der konnte sich gerade noch wegducken. Sie stöhnte, als sie sich die Knöchel an der Wand aufriss, holte aber sofort wieder aus und dieses Mal landete sie einen Treffer auf Patchs gutem Auge. Sein Kopf flog gegen die Regaltrümmer. Er war zu benommen, um reagieren zu können, als sie erneut mit ihrer Ringhand zuschlug, dass das Blut nur so aus seiner aufgeplatzten Lippe schoss. Patch hob kraftlos die Arme vors Gesicht, doch Sadie schlug sie beiseite, holte zum dritten Mal aus und –

Tye ließ einen schweren Weindekanter aus Bleikristall auf Sadies Kopf hinuntersausen.

Die junge Frau stöhnte leise und brach zusammen. Mit geschlossenen Augen, die Hände immer noch zu Fäusten geballt, stürzte sie in die Trümmer des Regals.

Patch versuchte sein Auge zu öffnen. Das Lid war bereits dick geschwollen und verfärbt, ein ansehnliches Veilchen.

»Haben wir sie geschafft?«, fragte er undeutlich. Aus seiner Lippe tropfte Blut.

»Ja.« Tye sank neben ihm auf die Knie und versuchte wieder zu Atem zu kommen. »Wir haben sie geschafft.« Sie fasste sich an die Wange. Wäre Patch nur eine halbe

Sekunde später gekommen, hätten Sadies Zähne in ihr Fleisch geschnitten. Unsanft zerrte sie den blutigen Ring von Sadies Finger und steckte ihn in die Tasche. Dabei benötigte sie ihre gesamte Willenskraft, um das Zittern ihrer Hände zu unterdrücken. Womit hatte sie Jonah in der Dusche nach seiner ersten Begegnung mit Sadie und Sorin getröstet? Es wird einfacher.

»Klar doch«, murmelte sie und zog das Funkgerät aus ihrer Tasche. »Motti? Ich bin's, Tye.«

»Wie, es ist nicht die Königin von England?«, kam es zurück.

»Sei still.« Tye beobachtete Sadie argwöhnisch; sie war überzeugt, dass sie gleich wieder aufstehen würde. »Wir hatten gerade eine Begegnung mit der Bogenlady, die nur darauf gewartet hat uns hochgehen zu lassen, sobald wir das Penthaus betreten hätten.«

»Scheiße.«

»Bis zum Hals.« Patch hustete und wischte sich blutige Spucke vom Kinn.

»Du musst sie fesseln, Patch«, drängte Tye leise und trat ans Fenster. »Das Ding zielt direkt ins Penthaus. Sie wollten wahrscheinlich sichergehen, dass nicht einer von ihren Leuten eine verirrte Harpune abbekommt.«

»Harpune?« Das war Cons Stimme. »Ist das dein Ernst?«

»Ernster geht's gar nicht.« Tye wischte sich kalten Schweiß aus den Augen. »Seht einfach zu, dass ihr in das Penthaus kommt, solange es noch geht. Wir beobachten die Sache von hier aus und warnen euch, wenn wir jemand kommen sehen.«

»Meinst du nicht, es wäre besser, sie gleich zu erschießen?«, fragte Con leise. »Das ist jetzt das zweite Mal, dass sie versucht haben uns umzubringen. Es war schieres Glück, dass wir dieses Mal …«

Con brach den Kontakt ab und Tye seufzte schwer. Sie blickte hinüber zu Patch, der Sadie, obwohl er mit seinem fast zugeschwollenen Auge kaum etwas sah, mit einem Ledergürtel die Hände auf dem Rücken fesselte.

»Wir sind Diebe, keine Killer«, stellte er nachdrücklich fest. »Los, wir rufen die Bullen und sagen ihnen, dass hier eingebrochen worden ist. Das dürfte sie eine Zeit lang außer Gefecht setzen.«

»Ich hoffe nur, deine Knoten tun das auch«, murmelte Tye und beobachtete vom Fenster aus nervös, ob sich auf der Straße etwas Verdächtiges tat.

Langsam nahm die Welt um Jonah herum wieder feste Gestalt an. Sein Mund war völlig ausgetrocknet, ihm tat alles weh und er fühlte sich wie ausgehöhlt. Er ballte die Fäuste und kämpfte gegen die Übelkeit, versuchte sich auf seinen Herzschlag zu konzentrieren, ihn hochzupushen, so hoch, dass das Gift nicht wirken konnte und seine Sinne wieder funktionierten.

Als er seinen schmerzenden Nacken rieb, berührten seine Finger die geschwollene Stelle, an der der Pfeil in die Haut eingedrungen war. Es brannte so, dass ihm der Atem stockte und seine Augenlider aufflogen. Mit dem Schmerz kam unvermittelt Klarheit und er stellte fest, dass er auf dem Sofa im Wohnzimmer des Apartments lag. Die Jalousien waren heruntergelassen und es war eiskalt. Maya kniete auf dem Teppich neben ihm. Sie war wach und auf der Hut.

Jonah reckte sich mühsam und fasste sie an der Schulter. »Bist du okay? Was ist mit Sorin? Wo sind –«

Dann wandte er sich nach rechts und sah, was sie sah. Sorin stand stocksteif vor dem Spionspiegel an der gegenüberliegenden Wand, flankiert von zwei merkwürdigen Gestalten – eine war maskiert und trug dunkle Gewänder, bei der anderen handelte es sich um einen älteren Mann in einer Robe aus fließender roter Seide. Das Medaillon aus rubinrotem Glas, das er um den Hals trug, schien auf dem kostbaren Stoff zu leuchten.

»Schön, dass du wieder da bist, Jonah.«

Beim Klang von Coldhardts Stimme drehte Jonah sich rasch nach links. Coldhardt hatte sich denselben Sessel genommen, in dem Maya bei ihrem »Verhör« gesessen hatte. »Wie geht es dir?«

»Beschissen«, murmelte Jonah. »Was ist hier los? Wo kommst du so plötzlich her?«

»Ich bin hergekommen, als meine Überwachungsinstrumente plötzlich den Geist aufgegeben haben«, erklärte Coldhardt. »Und habe festgestellt, dass ihr Besuch hattet.«

»Dass wir sie eingeladen haben, kann man nicht gerade sagen.« Jonah biss die Zähne zusammen und wandte sich wieder den Gestalten zu. »Sorin hat mich betäubt, ich dachte, ich hätte die Typen nur geträumt.«

»Du bist vergiftet worden, und zwar von einem Pfeil, der Curare enthielt«, erklärte der ältere Mann in Rot mit einer tiefen, weichen Stimme. »Das Gift wirkt sehr rasch auf die Synapsen an den Muskeln. Unbehandelt wärst du den Erstickungstod gestorben.«

»Wie es aussieht, verdanken du und Maya euer Leben

der frühen Ankunft meiner Gäste.« Coldhardt lächelte. »Darf ich vorstellen: der Schriftgelehrte und sein Waffenknecht – Vertreter von Nomen Oblitum.«

Jonah befürchtete schon Schlimmes, als die beiden Gestalten in ihren langen Gewändern in einer fast defensiven Geste mit der Hand ihr Glasamulett berührten. Beide Amulette ähnelten einem Anch-Kreuz, dem ägyptischen Symbol des Lebens – allerdings waren die Kreuzarme länger und nach unten gebogen und ein stilisierter Knoten markierte den Punkt, an dem der ovale »Kopf« auf den senkrechten Körperbalken traf.

»Der Knoten der Isis«, sagte Maya leise und wies mit dem Kinn auf die Amulette. »Das Symbol von Nomen Oblitum.«

»Isis?«, wiederholte Jonah im Flüsterton.

»Jawohl, Isis«, erwiderte der Schriftgelehrte. »Eine würdige Patronin. Die ägyptische Schicksals- und Liebesgöttin, deren Bedeutung so weit zunahm, dass sie zur kosmischen Göttin der gesamten Antike wurde. In ihrem Schrein in Sa el-Hagar stand geschrieben: ›Ich bin alles, was war und ist und sein wird; und kein Sterblicher hat bisher meinen Schleier gelüftet.‹« Der alte Mann in der roten Robe trat vor. »Wir, die Anhänger des Kultes, sehen hinter diesen Schleier. Unser Leben ist darauf ausgerichtet, mit den alten Künsten zu verschmelzen, so wie Isis selbst mit semitischen und arabischen Göttern verschmolzen ist und ihre Macht und ihr Einfluss über Tausende von Jahren hinweg ständig gewachsen ist …«

Jetzt konnte Jonah das Gesicht des Schriftgelehrten deutlicher erkennen. Seine Züge erinnerten vage an die der Menschen des Mittleren Ostens, die Lippen spannten sich über den Zähnen in diesem verzerrten Lächeln eines übereifrigen Verkäufers. Doch seine Augen waren fahl und trüb, als hätte er zeitlebens Dinge übereifrig aus zu großer Nähe betrachtet. Falls der Mann wirklich ein Schriftgelehrter war, jemand, der sein Leben lang Schriften verfasst hatte, war das möglicherweise die Erklärung dafür.

»Der Knoten steht für ewiges Leben und Auferstehung«, fuhr der Schriftgelehrte fort. »Ganz passend für eine so langlebige Organisation wie die unsere, findet ihr nicht auch?«

»Sehr passend«, murmelte Maya.

»Wenn ihr uns das Leben gerettet habt, sage ich danke.« Jonah war nicht in der Stimmung, eine Geschichtsstunde über sich ergehen zu lassen. »Aber was ist mit Sorin? Er rührt sich nicht.«

»Der junge Mann ist immobilisiert«, bestätigte der Schriftgelehrte. »Genauso wie wir dafür gesorgt haben, dass sich das Gift in eurem Körper nicht ausbreitet, sondern ausgestoßen wird, können wir auch die Meridiane des Körpers beeinflussen.«

Der Schriftgelehrte nickte seinem Waffenknecht zu. Die maskierte Gestalt legte ihre Finger auf Sorins Hals und bog sie zu seltsamen, knotigen Mustern. Gerade noch hatte Sorin mit leerem Blick glasig vor sich hingestarrt, doch plötzlich stieß er ein wildes, heiseres Brüllen aus, als quälten ihn unerträgliche Schmerzen. Und obwohl ihm die Qualen ins Gesicht geschrieben standen, blieb sein Körper so gut wie unbewegt – als sei er aus Wachs und fest am Boden verankert. Dann berührte der Waffenknecht Sorins Handgelenk; die Schreie brachen abrupt ab und Sorin stürzte zitternd und nach Atem ringend zu Boden.

Jetzt beugte sich der Schriftgelehrte selbst mühelos zu Sorin hinunter und drückte zwei Finger unten an seinen Hals. Sorin verfiel wieder in Starre und sein Atem wurde gleichmäßiger, als schliefe er.

»Eine interessante Demonstration«, meinte Coldhardt schließlich.

»Schrecklich«, murmelte Jonah.

Der Schriftgelehrte neigte den Kopf. »Ich demonstriere lediglich, dass unser Wille in vollkommener Harmonie mit unserem Körper arbeitet, um Veränderungen in anderen zu bewirken. Willst du diesen jungen Mann befragen?«

»Er ist ein Helfershelfer. Ich bezweifle, dass er uns viel sagen kann.« Coldhardt blickte den Schriftgelehrten aus leicht zusammengekniffenen Augen an. »Allerdings könntest du mir vielleicht erklären, weshalb du es für angebracht gehalten hast, ein gewaltsames Eindringen in meine Räumlichkeiten zu ›bewirken‹. Wir hatten eine Zeit vereinbart, wann wir uns hier treffen –«

»Komm, Coldhardt.« Der Schriftgelehrte klang amüsiert. »Unser Kult hat nicht so lange überlebt, weil er sich an Bedingungen gehalten hat, die andere uns diktiert haben. Wir wollten sicher sein, dass wir nicht in eine Falle laufen.« Er blickte zu dem Spionspiegel an der Wand, als könnte er durch ihn hindurchsehen. »Mechanische Schutzvorrichtungen sind nie ausreichend und wir wollen nicht, dass man uns beobachtet, wenn wir … zur Sache kommen.« Jetzt nahm er Maya und Jonah mit seinen gelblichen Augen ins Visier. »Wenn du dich also davon überzeugt hast, dass die jungen Leute unverletzt sind, könntest du sie vielleicht hinausschicken?«

»Ihr seid zu zweit und kontrolliert einen Kriminellen, der bereit ist zu töten – und ich bin allein.« Coldhardt lächelte kühl. »Vergib mir, wenn ich es vorziehe, Jonah und Maya bei mir zu haben.«

»Wenn unser Unternehmen gelingen soll, müssen wir uns gegenseitig vollstes Vertrauen entgegenbringen. Ohne Vertrauen können wir dir das Wissen, nach dem du suchst, nicht vermitteln, Coldhardt.« Der Schriftgelehrte machte einen Schritt auf ihn zu. »Das Wissen um den Bloodline-Code.«

»Ah, ja.« Coldhardt sprach leise und in einem scharfen Ton. »Ihr behauptet, den Code geknackt zu haben.«

Der Schriftgelehrte berührte sein Amulett, griff dann in die Tasche seiner roten Robe und zog ein offenbar sehr altes, dünnes Buch heraus, das in schwärzliches Leder gebunden war.

»Dies ist das Original des Guan-Yin-Manuskripts.« Er kam noch näher und hielt es Coldhardt hin. »Ein Schatz, der seit Jahrhunderten in unserem Besitz ist.«

Coldhardt nahm das Bändchen ehrfürchtig entgegen und schlug es auf wie ein Eingeweihter, der weiß, womit er es zu tun hat.

»Faszinierend«, murmelte er. »Aber wenn du nichts dagegen hast, hätte ich gern, dass Maya es sich ansieht. Sie ist eine Art Expertin, was dieses Buch betrifft.«

Der Schriftgelehrte verneigte sich leicht. Maya erhob

sich und riss Coldhardt das Manuskript fast aus der Hand. Sie schlug es auf, betrachtete eingehend die erste und letzte Seite und setzte sich dann neben Jonah auf die Couch. Es war ganz ohne Zweifel ein anderes Buch als das, mit dem sie gearbeitet hatten. Das sah man schon am Zustand der Seiten, die ein anderes Format zu haben schienen und an manchen Stellen fast schwarz waren. Auch die Größe der Buchstaben schien stärker zu variieren.

»Wie war der Code verschlüsselt?«, fragte Jonah.

»Wichtig sind nur die im Text enthaltenen Wahrheiten.« Der Schriftgelehrte streckte die Hand nach dem Buch aus – er hatte lange, gelbliche Fingernägel wie Klauen – und nahm es schnell wieder an sich. »Natürlich geht es darin um den Code des Blutes – die komplexe Chemie, die immer weitergegeben wird vom Vater auf den Sohn. Die Kraft, die Energie, der Wille unserer sämtlichen Vorfahren ist hier verschlüsselt enthalten.«

»Tatsächlich?«, murmelte Maya.

Coldhardt warf ihr einen kurzen Blick zu. »Ist das bildlich zu verstehen oder wörtlich, Schriftgelehrter?«

»Ungefähr achtzig Prozent des menschlichen Genoms – die genetische Information, die wir von unseren Vorfahren erben – gilt als DNA-Schrott, Überbleibsel der Evolution, die keinem Zweck dienen.« Der Schriftgelehrte lächelte. »Mit dem Code können wir uns diesen Zweck erschließen.«

Jonah schnaubte. »Vererbungslehre aus dem vierzehnten Jahrhundert?«

»Die Wissenschaft hat erst in jüngster Zeit entdeckt, was die alten Künste immer schon wussten – dass alles

Leben im Blut ist.« Die Augen des Schriftgelehrten schienen dunkel zu leuchten. »Mit unserem Wissen und unseren Fähigkeiten können wir die vielen Verbindungen im menschlichen Körper manipulieren, sodass es uns möglich ist, das Feuer des Geistes und den Willen des Fleisches zu erhalten und zu verlängern. Wir können der zerstörerischen Wirkung der Zeit Einhalt gebieten.«

Plötzlich sprang Sorin vom Boden auf wie jemand, der aus einem Albtraum erwacht. Bevor Jonah reagieren konnte, war er auf den Beinen. Mit einem wütenden Aufschrei stieß er den Schriftgelehrten in den Spiegel, rannte zur Tür …

Doch der Arm des Waffenknechts schoss blitzschnell nach vorn. Er packte Sorin an der Kehle und stoppte ihn mitten in der Bewegung. Der Schriftgelehrte rief etwas in einer Sprache, die Jonah nicht verstand.

Coldhardt erhob sich von seinem Sessel und stieß ein lautes »Nein!« hervor.

Doch der Waffenknecht hatte bereits einen Finger wie ein Stilett in Sorins Brust gebohrt und dann den Daumen hinter sein rechtes Ohr gedrückt. Sorins Augen fielen zu und sein athletischer Körper begann zu zucken. An seinen Lippen bildeten sich Spuckebläschen. Jonah sah angewidert und schockiert, wie Blut aus Sorins Ohr floss und ihm über Wange und Hals tropfte.

»Du bringst ihn um!«, rief Maya.

»Schon geschehen«, informierte der Schriftgelehrte sie.

Nach einem letzten Aufbäumen sackte Sorin tot zu Boden, als der Waffenknecht seinen Griff lockerte.

»Niemand darf es wagen, unseren Orden anzugreifen«, sagte der Schriftgelehrte, noch immer mit einem makabren Verkäuferlächeln auf den Lippen. »Weder geplant noch aus Angst oder Aufregung.«

Maya war empört. »Das war reine Effekthascherei, nichts anderes. Es gab keinen Grund –«

»Genug«, unterbrach Coldhardt sie barsch. »Schriftgelehrter, sein Tod war unnötig.«

»Maße dir kein Urteil über uns an, Coldhardt.« Jonah sah das spöttische Glitzern in den Augen des Schriftgelehrten. »Nicht, wenn du von unserer Lehre profitieren willst.«

Ein lastendes Schweigen legte sich über die blutige Szene. Jonah legte Maya eine Hand auf die Schulter, zum einen, um sie zu beruhigen, und zum anderen, um sich abzustützen. Es war, als durchlebte er noch einmal den Albtraum von Budd und Clyde, die vor seinen Augen abgeschlachtet wurden, diese plötzliche, emotionslose Brutalität, mit der Leben in wenigen grausigen Augenblicken ausgelöscht wurden. In seinem Kopf und seinem Magen drehte sich alles, als er zu Coldhardt hinübersah. Er hatte nicht die geringste Ahnung, wie es weitergehen würde.

»Gewalt wird immer neue Gewalt hervorbringen.« Der Schriftgelehrte stieg vorsichtig über Sorins Leiche. »Doch unsere liebevolle Fürsorge – auf körperlicher wie auch auf geistiger Ebene – kann dir das bieten, wonach du dich im Innersten sehnst, Coldhardt. Ein langes, langes Leben …«

Maya öffnete den Mund, als wollte sie etwas entgegnen, doch Jonah drückte ihre Schulter. Seine Lippen formten ein lautloses Nein, da er Angst vor den Folgen einer neuerlichen Unterbrechung hatte. Coldhardt hatte sich wieder in seinen Sessel gesetzt; er sah plötzlich um Vieles älter aus. Jonah und Maya nahmen ihre Plätze auf der Couch ein.

»Wir vollbringen natürlich keine Wunder.« Der Schriftgelehrte neigte bescheiden den Kopf. »Wir sind Techniker des Blutes, Hüter großer Geheimnisse und es braucht seine Zeit sie zu vermitteln – Monate, vielleicht sogar Jahre …«

Jonah sah Coldhardt an. Ein langes, langes Leben, dachte er. Hast du dich deshalb mit diesen Leuten eingelassen?

»Mein ehemaliger … Kollege – Anton Heidel.« Coldhardt veränderte leicht seine Haltung. »Er ist der lebendige Beweis eurer Technik – das ist es, was du mich glauben machen willst, ja? Dass ihr ihn geheilt, wiederhergestellt habt … ihn fast dreißig Jahre … genährt habt?«

Der Schriftgelehrte nickte. »Sein Körper war dem Tod sehr nah. Folglich ging die Arbeit nur langsam voran.«

Und deshalb bekommst du den Beweis, dass Heidel der ist, der er zu sein vorgibt, dachte Jonah und wünschte, er wäre bei Tye und den anderen, auf jeden Fall weit weg von hier.

»Coldhardt, soll das … soll das heißen, dass du vielleicht mehrere Jahre lang weg bist?« In der Stille des Apartments klang Jonahs Stimme zerbrechlicher, als ihm lieb war. »Was passiert dann mit uns?«

Coldhardt antwortete nicht.

Maya wies unvermittelt auf Sorins Leiche. »Hast du

gewusst, dass Heidel den hier für sich hat arbeiten lassen, Schriftgelehrter?«

»Unsere Arbeit an Heidel wurde erfolgreich abgeschlossen. Wir haben kein Interesse mehr an ihm. Wir suchen eine neue Herausforderung.«

Maya ließ sich nicht aus dem Konzept bringen. »Aber macht es dir nichts aus, dass er versucht hat, Coldhardt davon abzuhalten, eure Dienste in Anspruch zu nehmen? Du musst doch wissen, dass Heidel ihn hasst.«

»Selbstverständlich.« Der Schriftgelehrte nickte. »Heidels Gedanken kreisen nur um dich, Coldhardt, heute noch genauso wie zu Anfang, als er als sterbender Mann zu uns kam. Das kann man natürlich verstehen. Wenn zwei auf gefährlichem Terrain zusammenarbeiten, entsteht oft eine sehr enge Bindung. Und wenn solche Menschen verraten werden …«

»Still«, sagte Coldhardt leise. Sein Ton jagte Jonah einen Schauer über den Rücken.

»Es war diese fortdauernde Besessenheit, die uns dazu gebracht hat, dich als möglichen Mäzen in Betracht zu ziehen. Wir sind wenige und dürfen uns nur wenigen widmen, denn die Arbeit verlangt uns alles ab … weshalb sie auch einen so hohen Preis hat.« Der Schriftgelehrte hob die Hand wie ein Priester, der den Segen erteilt. »Wir brauchen Geldmittel zum Überleben. So ist es nun einmal. Und du bist ein reicher Mann, Coldhardt.«

»Ich bin mir über eure Bedingungen im Klaren. Ihr fahrt einen ziemlich harten Kurs in euren Verhandlungen.« Coldhardt blickte ein paar Augenblicke lang ins Leere, dann beugte er sich vor. »Angenommen, ich entscheide mich dafür, diesen Weg weiterzugehen ... was geschieht dann als Nächstes?«

Der Schriftgelehrte legte die Hände wie zum Gebet aneinander. »Der erste Schritt ist ein privates Beratungsgespräch bei der Zauberin. Doch bevor sie dich in Augenschein nehmen kann, verlangt das Ritual es, dass du ihr zwei Dinge überlässt: ein Fläschchen mit deinem Blut und ein Geschenk von großer Weisheit ... wobei die Magierin selbst festlegt, wie dieses Geschenk auszusehen hat.«

Maya saß mit verdrossenem Gesicht da und schüttelte den Kopf.

»Du kannst mit uns wie bisher in Kontakt treten, solltest du dich entschließen fortzufahren. Unser Gespräch ist hiermit beendet.«

»Und wie soll ich das hier beseitigen?«, fragte Coldhardt und wies mit dem Finger auf die zusammengekrümmte Leiche Sorins.

Der Schriftgelehrte wandte sich ihm noch einmal zu. »Heidel würde jetzt sagen, dass die Beseitigung deine Sache ist.«

Damit schritt er zur Tür; seine rote Robe umwallte ihn wie fließendes Blut und sein maskierter Waffenknecht folgte ihm auf dem Fuß.

»So kostümiert werden sie zwischen den ganzen Touristen nicht schlecht auffallen«, murmelte Jonah. Er fühlte sich innerlich immer noch wie taub. Schau nicht zu der Leiche hinüber. Das Blut. Denk gar nicht erst dran.

»Gemäß jahrhundertealter Tradition muss ein Richter in vollem Ornat erscheinen, wenn er sein Amt ausübt«, sagte Coldhardt und starrte wieder in die Luft. »Vielleicht gilt das auch für die Funktionsträger von Nomen Oblitum.«

»Oder vielleicht wollten sie ihren Auftritt auch noch eindrucksvoller gestalten, indem sie sich ihren Rollen entsprechend verkleidet haben – der unheimliche Zauberer und sein Gefolgsmann.« Maya sah Coldhardt an. »Glaubst du etwa, was sie dir da erzählt haben?«

»Du nicht?« Coldhardt schien gar nicht richtig hingehört zu haben; er betrachtete seine Handrücken. »Sie haben euch ins Leben zurückgeholt, als ihr so gut wie tot wart, und sie behaupten, das auch mit Heidel getan zu haben.«

»›Behaupten‹ dürfte das richtige Wort sein«, sagte Maya. »Das ist der Pfeil, den Sorin auf mich abgeschossen hat.« Sie zeigte ihn ihm auf der Handfläche. »Du kannst ihn analysieren lassen und selbst sehen, ob er so tödlich war, wie sie sagen – oder ob sie bluffen.«

Coldhardt würdigte sie eines kurzen Blickes. »Ich dachte, du sympathisierst mit okkulten Sekten.«

»Aber nicht blind. Okay, sie hatten eine Ausgabe des Guan-Yin-Manuskripts. Aber was heißt das schon? Das hatte Blackland auch und er war *kein* Zauberer. Wir wissen von mindestens drei Ausgaben.«

»Dieser Waffenträger hat Sorin mit bloßen Händen getötet«, sagte Jonah gedehnt.

»Ein systematisierter Angriff auf die Schwachstellen des Körpers, ausgeführt mit hoher Präzision«, bestätigte Maya. »Beeindruckend, aber nicht unbedingt übernatürlich. Mit Kampfsportarten wie Dim Mak kannst du dir die Voraussetzungen dafür –«

»Beeindruckend?« Jonah starrte sie an. »Ich habe mich nicht zu ihrer Geschicklichkeit geäußert. Ich habe dich daran erinnert, dass sie jemanden umgebracht haben, vor unseren Augen!«

»Die Art und Weise, wie die Exekution ausgeführt wurde, spricht für ihr Können.« Coldhardt hatte sich jetzt seinen Fingernägeln zugewandt. »Und die Tatsache, dass sie ohne zu zögern vor Zeugen getötet haben, spricht für ihre Macht.«

»Sie wissen, dass du nicht zur Polizei gehen kannst«, entgegnete Maya. »Sie haben versucht, Eindruck zu schinden und dich gleichzeitig einzuschüchtern. Sie müssen das Gefühl haben, dass du verzweifelt hoffst, hinter die Geheimnisse des Codes zu kommen –«

»Was weißt denn du von Verzweiflung?«, brüllte Coldhardt und stand auf. Maya zuckte zusammen und wandte sich ab. Doch Jonah blickte Coldhardt noch ein paar Sekunden länger ins Gesicht und in diesem Moment nackter Wut erkannte er etwas Barbarisches und Unmenschliches in seinem Blick.

Mit wild klopfendem Herzen trat er rasch ans Fenster. Er wünschte, er könnte der Leiche den Rücken kehren, Coldhardt, allem; einschließlich seiner eigenen Scheinheiligkeit. Denn bei seiner angeblichen Empfindlichkeit war ein Teil von ihm froh, dass Sorin tot war, froh, dass er keine Chance mehr bekommen würde, ihn oder seine Freunde zu töten. Und das machte ihn fertig.

Es wird leichter, hatte Tye ihm in der Dusche gesagt.

Aber will ich das?, hatte er sich gefragt.

Er beobachtete, wie ein großer schwarzer Wagen vor dem Haus anfuhr und sofort die schmale Straße beherrschte. Die getönten Scheiben verbargen die dunklen Gestalten dahinter, doch sein Gedächtnis hatte sie abgespeichert, wie sein Computer Daten speicherte.

Wenn Coldhardt geht, ist alles zu Ende, dachte er wie betäubt.

Und dann …?

»Ich werde mir von Motti einen Bericht schreiben lassen, wie die Sicherheitseinrichtungen hier durchbrochen werden konnten«, verkündete Coldhardt. »Das darf nicht wieder vorkommen.« Jonah hörte, wie er mit festen Schritten zur Tür ging. »Packt eure Sachen und kommt zum Auto, beide. Hier seid ihr möglicherweise nicht mehr sicher. Ihr werdet im Hauptsitz mit eurer Arbeit fortfahren.«

Jonah schluckte und drehte sich um. »Und was passiert mit Sorins Leiche?«

»Wie der Schriftgelehrte sagte – die Beseitigung ist meine Sache.«

Maya sah nicht auf. Vielleicht war sie noch geschockt von seinem Wutausbruch. Wenige Augenblicke später schlug die Wohnungstür zu; Coldhardt hatte das Apartment verlassen.

Langsam machte sich Eiseskälte in Jonah breit. Er streckte die Hand aus, als wollte er nach der richtigen Welt draußen greifen. Die kugelsichere Scheibe unter seiner Handfläche fühlte sich kalt an.

KLEINE SIEGE

Tye fragte sich, wie lange es dauern würde, bevor der Lieferwagen, in dem sie sich versteckt hielt, als gestohlen gemeldet würde – und wie schnell man ihn finden würde. Doch viel Zeit rechnete sie sich nicht aus, da er gegenüber einem angesehenen Auktionshaus in einer belebten Seitenstraße der Chancery Lane stand. Dann war da noch die Sache mit dem schwarzen Saab, den Patch aufgebrochen hatte, damit sie ihn um die Ecke abstellen und seinen ursprünglichen Parkplatz übernehmen konnte. Sie stellte sich vor, wie sie sich bei dem Besitzer entschuldigte: Tut mir leid, aber wir sind Kriminelle, die versuchen für unseren zwielichtigen Auftraggeber in Genf Videoaufnahmen von einem Mörder zu machen, der von den Toten auferstanden und ein führender Kopf in Kriminellenkreisen ist – und Sie hatten Ihren Wagen genau an der Stelle geparkt, an der wir ihn am besten vor die Linse kriegen können, wenn er rein- und rausgeht. Das käme bestimmt gut an. Oh, übrigens, Sie hätten sich besser für den 9-5 Kombi entschieden anstatt für die Limousine.

Sie überprüfte, ob Mottis MacBook noch die Funksignale aus dem Auktionssaal auffing. Heidel hatte für sich und Bree Plätze reserviert, ganz vorn im Saal, sodass es für Con ein Leichtes gewesen war, eine Wanze unter seinem Stuhl zu platzieren. Jetzt würde auch das leiseste Wort, das er sprach, an Mottis Kopfhörer übermittelt und gleichzeitig für die Nachwelt aufgezeichnet werden, sodass Coldhardt es hören konnte, wenn sie zurückkamen. Jetzt sag schon was, Schweinepriester.

Lustlos klappte sie ihr Handy auf und las Jonahs letzte SMS noch einmal. *Sorin weg vom Fenster. Nicht sicher, an wen der Punkt geht. Sonst alles okay hier. Pass auf dich auf.* Coldhardt sah es nicht gern, wenn sie übers Telefon zu viel preisgaben – er lebte in ständiger Angst, dass andere die Nachricht abfangen könnten –, doch sie wünschte, Jonah brächte es manchmal nicht ganz so gut fertig, sich geheimnisvoll auszudrücken.

»Was will Jonah damit sagen, was glaubst du?« Patch hatte sich vom Rücksitz vorgebeugt, ihr über die Schulter geschaut und mitgelesen.

»Woher soll ich das wissen?« Tye klappte das Handy zu. »Wenigstens brauchen wir uns jetzt keine Sorgen mehr zu machen, dass Sorin hier auftaucht.«

»Das macht schon zwei weniger«, sagte Patch gut gelaunt. »Heidel wird sich auf eine Überraschung gefasst machen müssen, was?«

Tye drehte sich zu Patch um, der neben einem eleganten schwarzen Koffer saß, in den sie Heidels persönliche Sachen aus dem Hotelzimmer gestopft hatten, alles, von seinem gefälschten Pass bis zu seinen Boxershorts aus schwarzer Seide. Der RFID-Chip, der sie dorthin gelotst hatte, war doch nicht mehr im Guan-Yin-Manuskript gewesen; es hatte sich herausgestellt, dass er in einem Buch mit Kinderreimen steckte. Also hatten sie das auch mitgehen lassen, genauso wie einen alten ledernen Aktenkoffer, der noch verschlossen war – eine verlockende

Herausforderung für Patch. Dass er sein Talent noch nicht an ihm erprobt hatte, lag zum einen an seiner Angst vor einer möglicherweise darin versteckten Bombe und zum anderen daran, dass er seine Hände brauchte, um durch einen Spalt im Fenster des Lieferwagens möglichst unauffällig einen Camcorder zu halten. Der Sucher rahmte die Broschüren schwingenden Besucher ein, wenn sie die Treppe zu dem ehrwürdigen alten Gebäude hinauf- und hinabgingen.

»Con funkt uns an, wenn Heidel und Bree den Ausgang ansteuern«, erinnerte Tye ihn. Con, die im Saal inkognito in der letzten Reihe saß, war mit der langen dunklen Perücke und der modischen Sonnenbrille kaum wiederzuerkennen. »Und Motti hat den Mithörstöpsel und beobachtet den Hinterausgang, falls sie dadurch verschwinden. Du kannst dich also entspannen.«

»Hast wahrscheinlich recht«, grummelte Patch, setzte den Camcorder aber nicht ab.

»Was tust du da?«, wollte sie wissen. Irgendetwas kam ihr plötzlich verdächtig vor.

»Ich spiele nur ein bisschen mit dem Zoom.« Er seufzte. »Ich hol mir die geilsten Hintern von den Mädels, die hier vorbeikommen, näher ran.«

»Du wirst blind davon.«

»Das bin ich ja sowieso schon fast und jetzt auch noch das!« Er zeigte auf das geschwollene Veilchen, das Sadie ihm verpasst hatte. »Ich sollte mir ein T-Shirt drucken lassen: Ich war in London und alles, was ich mitgebracht habe, ist dieses lausige Veilchen.«

»Du brauchst einen Eisbeutel dafür«, sagte Tye.

»Eine Lippentransplantation wäre auch nicht schlecht.«

Er fuhr sich mit der Zunge über die dicke Lippe und verzog das Gesicht. »Wenn ich so aussehe, kann ich bei keiner landen. Ein Kerl wie Sorin hat bestimmt an jedem Finger zehn Mädels. Die bewerfen ihn mit ihren Unterhosen, jede Wette.«

»Patch!« Tye zog eine Grimasse. »Aber du hast doch gelesen, was Jonah geschrieben hat, Sorin ist weg vom Fenster. Ein Macho weniger, gegen den du anstinken musst.«

»Ich hab gedacht, das wär'n guter Job, um von einer flachgelegt zu werden«, fuhr Patch griesgrämig fort. »Du weißt schon, die große Welt, die Action, die Intrigen ...«

»Die Videoaufnahmen von Hintern in einem Lieferwagen ...«

»Alles.« Er sah sie an. »Aber ich lern einfach keine kennen. Keine, die mich ernst nimmt, mein ich. Con wird sich nie in mich verknallen, oder? Keine wird das. Ich bin ja auch bloß ein dummer kleiner Junge.« Er ließ den Camcorder sinken. »Ein dummer kleiner Junge mit nur einem Auge.«

Tye drückte seine Hand. »Das wird nicht ewig so bleiben. Eines Tages gehen wir weg von Coldhardt ... und dann beginnt das richtige Leben.«

»Sag das nicht«, murmelte er.

»Aber das werden wir«, bekräftigte sie. »Wir müssen. Das ist nicht das richtige Leben, das ist nur ... nur eine Fantasiewelt. Klar, es ist aufregend, es macht Angst und ist etwas ganz Besonderes – ich hätte mir nie träumen lassen, dass mir so etwas passiert ...« Sie sah durch die Windschutzscheibe nach draußen. »Aber es kann nicht ewig dauern. Denk an die Risiken, die wir eingehen …«

Er fuhr sich wieder über die Lippe. »Ich *spüre* sie.«

»Ganz genau. Wenn wir zu lange weitermachen, wird uns das Glück irgendwann verlassen.« Sie rang sich ein Lächeln ab. »Aber du musst inzwischen doch genügend Geld beiseitegeschafft haben, um dir das tolle neue Auge leisten zu können, von dem du immer sprichst.«

»Es ist eine intrakortikale visuelle Prothese, herzlichen Dank«, korrigierte Patch sie würdevoll. »Sie setzen dir diese Elektroden ins Gehirn, die mit einem kleinen Computer-Kameraauge vernetzt sind, weißt du? Und du kannst sehen!« Er strahlte glücklich. »Du kannst echt Dinge damit erkennen. Allerdings sind sie immer noch in der Testphase. Aber ich hab mein ganzes Geld gespart und vielleicht könnte ich sie ein bisschen unterstützen, ihr Sponsor werden … Wir könnten haufenweise Leuten helfen, die nicht richtig sehen können. Und ich wär natürlich der Erste. Dann kann ich zu meiner Mum gehen und ihr sagen … dass es okay ist. Sie muss kein schlechtes Gewissen mehr haben wegen dem, was sie gemacht hat, ich kann wunderbar sehen. Wunderbar. Vielleicht sieht sie dann ja auch mich wieder.« Er berührte seine Augenklappe. »Dann kann ich mich von dem hier verabschieden. Es gibt keinen Patch mehr … nur noch Patrick Kendall.«

»Mr Patrick Kendall …« Tye lächelte ihn an. »Klingt ziemlich weltgewandt, wenn du mich fragst.«

»Ehrlich?« Er schloss sein geschwollenes Auge und murmelte den Namen ein ums andere Mal vor sich hin. »Wirklich?«

»Ich wette, Patrick Kendall kann sich vor heißen Frauen kaum noch retten.«

Patch wandte sich wieder seinem Sucher zu und hielt die Linse in den Spalt zwischen Fenster und Rahmen. »Das ist alles Zukunftsmusik. Wir haben noch jede Menge Zeit, nicht wahr? Wir haben es schließlich nicht eilig von Coldhardt fortzukommen ... Wenn du mich fragst, dauert das noch Ewigkeiten. Wir sind wie eine große Familie.«

Tye hoffte, dass ihr vages Lächeln ihn darin bestärkte. Dann suchte sie erneut die Straße nach Anzeichen für möglichen Ärger ab. Im Grunde hatte sie keine Ahnung, wie sie sich gerade fühlte.

Plötzlich kam Mottis Stimme aus Tyes Walkie-Talkie.

»Heidel hat gerade zu Bree gesagt, dass sie gehen sollten. So ziemlich das einzig Interessante, das er gesagt hat, seit er hier hereinmarschiert ist. Sonst kam nur Pinselstrich hier und Kubismus da ...«

»Zielperson auf dem Weg«, bestätigte Con über Patchs Funkgerät auf dem Rücksitz. »Bree ist bei ihm.«

»Bin schon dran«, sagte Patch sofort und richtete den Camcorder auf die Türen des Auktionshauses.

Tye rutschte auf ihrem Sitz ein Stück nach unten, nahm Patchs Zeitschrift und tat, als lese sie. Ungefähr eine Minute später sah sie Heidel die Treppe herunterkommen, direkt hinter ihm Bree. Er trug einen dunklen italienischen Anzug, sie ein hellgrünes Sommerkleid und eine Sonnenbrille und sie sahen aus wie jedes andere gut betuchte Paar, das nach einem erfolgreichen Nachmittag im Auktionshaus auf dem Weg nach Hause ist. Das wird vielleicht eine Überraschung, wenn ihr heimkommt, dachte Tye. Sie sah, wie Patch sich auf Heidels zerfurchtes Gesicht einzoomte und fragte sich, welche Gefühle sich dort wohl spiegeln mochten, wenn ihm klar wurde, dass Sadie nicht mehr da war und Sorin weg vom Fenster … dass man ihm einen dicken Strich durch die Rechnung gemacht und sein Hotelzimmer bis auf die Laken ausgeräumt hatte.

»Ich hab echt schnuckeliges Material hier, Tye. Wunderhübsch.« Patch legte den Camcorder auf ihre Schulter und behielt Heidel im Sucher, während Bree ein Taxi anhielt. Er schwenkte die Kamera herum, als es neben dem alten Mann zum Stehen kam. Bree hielt Heidel die Tür auf und die beiden setzten sich auf die Rückbank.

»Sie haben fünfhundert Riesen da drin gelassen«, kam Mottis Stimme über Patchs Walkie-Talkie. »Soll ich eine Phosphorkapsel auf das Zeug schmeißen, das sie gekauft haben? Hässlicher kann's nicht mehr werden.«

»Komm einfach her«, sagte Tye, während sie zusah, wie das Taxi sich in die Busspur einfädelte und am Feierabendverkehr vorbeischlich.

Patch drückte auf die Pausentaste des Camcorders.

»Tschau, tschau, bis bald im grünen Wald.«

Con kam mit roten Wangen herübergelaufen und klopfte an die Scheibe der Beifahrertür.

»Das Mikro unter dem Stuhl des alten Furzers hab ich gerettet«, sprudelte sie heraus und warf Patch die winzige Wanze zu. Tye schloss das MacBook, legte es nach hinten und ließ sie einsteigen. »Und jetzt nichts wie zum Flughafen – mit einem kurzen Zwischenstopp bei McD, ja?«

»Burger-Alarm!«, freute sich Patch und steckte das Mikro ein. »Obwohl bei meinem derzeitigen Glück mein Cheeseburger wahrscheinlich zurückbeißt.«

»Du solltest besser einen Filet-o-Fish essen«, meinte Con und machte es sich vergnügt auf dem Beifahrersitz bequem.

»Kann's losgehen, Leute?«, rief Motti, als er die hintere Tür des Lieferwagens öffnete und sich neben den dicken Koffer quetschte. »Ich hab mal einen Blick auf den Stadtplan geworfen, während ich da draußen gewartet hab. Ich denke, es ist das Beste, wenn du in Richtung South Ruislip aus der Stadt hinausfährst, Tye. Wir stellen den Lieferwagen ab und nehmen von dort aus unseren Zug.«

Patch schaltete den Camcorder aus. »Job erledigt. Geld verdient.«

Tye zog das Navi aus ihrer Tasche, programmierte es und fädelte sich dann in den Verkehr ein.

»Sieht so aus, als hätten wir es wieder mal geschafft.«

»Klar doch.« Con seufzte zufrieden. »Wir schaffen es immer.«

Tye runzelte die Stirn und einen abergläubischen Moment lang wünschte sie, sie könnte auf Holz klopfen. Dann fielen ihr die Mahagoniperlen an dem Band ein, das ihre Dreadlocks zurückhielt. Als sie sie berühren wollte, kam sie mit der Hand an die wunde Stelle an ihrem Kopf. Der Schmerz war so stechend, dass sie unwillkürlich auf die Bremse trat und der Lieferwagen ganz gewaltig bockte.

»Hey«, brummte Motti, »ich weiß ja, dass dir Jonah

fehlt, aber deshalb musst du noch lange nicht fahren wie er.«

Tye zwang sich zu einem Lachen und beschleunigte wieder.

»Stimmt. Haltet die Augen nach einem Drive-in offen.« Eine ungeheure Müdigkeit überkam sie. Bald fliegst du das Flugzeug nach Genf zurück, sagte sie sich. Nach Hause zu Jonah und diesem sauberen Bett, nach dem du dich so sehnst. Ganz bald.

Doch ihre Hand glitt unbewusst an die Wange und an den Bissabdruck, der sich wie ein Brandzeichen von ihrer dunklen Haut abhob. Und sie wusste, dass sie Sadies Augen vor sich sehen würde, wann immer sie ihre schloss.

Es gab für Jonah nichts anderes zu tun, als sich wieder an das Knacken des Bloodline-Codes zu machen. Er wollte sich ganz in der Arbeit verlieren, von seinem Zimmer aus direkt eintauchen in diese Welt auf dem Bildschirm, damit er nicht mehr an das Blut und die Leichen denken musste.

Aber es steckte wohl doch mehr dahinter. Der Code war nicht länger einfach nur eine Herausforderung, die er meistern musste; er war entschlossen, Nomen Oblitum das Geheimnis, mit dem sie sich umgeben hatten, zu entreißen. Das Gefühl, dass er sein Leben einer Sekte von Killern verdankte, die sich der schwarzen Magie verschrieben hatten, behagte ihm ganz und gar nicht. Es war, als hätten sie dadurch irgendwie Macht über ihn.

Und die Demonstration ihrer Macht gehörte zum

Schlimmsten, was er je erlebt hatte. Vielleicht konnte man es ja mit Dim Mak und der Meisterschaft in irgendwelchen anderen Kampfsportarten erklären … aber schon das war eine Kunst und Fertigkeit, die vom Alltäglichen so weit entfernt war, dass es genauso gut Magie sein konnte.

Jonah hoffte inbrünstig, dass die Giftpfeile, die er und Maya abbekommen hatten, negativ auf Curare testeten. Dann könnte er beweisen, dass der Code tatsächlich nur ein ausgeklügelter Betrug war, mit dem die NO-Leute Geld scheffeln wollten – ein verlogener Plan, der vor Hunderten von Jahren ausgeheckt worden war, vielleicht um einen europäischen König dazu zu bringen, irgendeinem Möchtegern-Zauberer ein schönes Leben zu finanzieren … Wenn er das beweisen konnte – und wenn Tye und die anderen stichhaltige Beweise mitbrachten, dass Heidel nicht der war, als der er sich ausgab –, dann würde Coldhardt seine Verbindung zu diesen Leuten abbrechen und die Sache wäre gegessen. Alles wäre wieder wie vorher.

Sollen die Krücken doch einen anderen dubiosen Reichen finden, an dem sie herumpfuschen können. Er rieb sich die müden Augen. Das ist dann nicht mehr unser Problem.

Maya kam mit zwei Cappuccini herein und setzte sich neben ihn an den Computer. Sie sahen zu, wie der Zahlenstrom über den Bildschirm rauschte. Sie war sehr still, seit sie zurück waren. Er konnte es ihr nicht verdenken.

»Dein Computer bringt ganz schön viel Rechenleistung«, bemerkte sie unvermittelt.

Er ergriff die Chance sich abzulenken.

»Ich hab die Serverfarm einer Universität angezapft«, erklärte er ihr. »Ich lasse den Code über ihre gebündelten, stark parallel laufenden Prozessoren –«

»Und was ist, wenn es nichts zu dechiffrieren gibt?«

»Das wäre super – es würde bedeuten, dass diese NO-Typen sich den ganzen Quatsch mit dem DNA-Schrott und dass sie der Zeit Einhalt gebieten können, aus den Fingern gesaugt haben …«

»Ich frage das jetzt rein aus Neugier: Warum fällt es dir so schwer zu glauben, dass es möglich sein könnte, das menschliche Leben zu verlängern?«, wollte sie wissen. Es schien sie wirklich zu interessieren. »Es ist ein anerkanntes Forschungsgebiet der modernen Wissenschaft.«

»Genau – der modernen wissenschaftlichen Forschung, nicht irgendwelcher alte Kram aus einer Zeit, als die meisten Menschen noch dachten, die Erde sei eine Scheibe.« Jonah hielt inne und lächelte. »Aber warte mal. Wie sieht es mit der Hexe aus, die jemanden in einen Frosch verwandelt? Das kann nur das Ergebnis intensiver genetischer Forschung sein, oder?«

»Das würde ich eher eine Art ›organische Alchemie‹ nennen«, erwiderte Maya.

Jonah starrte sie an. »Bitte sag, dass das ein Witz war.«

»Hast du den Besen nicht gesehen, den ich draußen geparkt habe?« Plötzlich zeigte sie ihre kleinen, schiefen Zähne in einem breiten Lächeln. »Ich will damit nur sagen, dass die alten Geheimwissenschaften sehr viel schneller zu den Rätseln des Lebens vorgedrungen sind als die heutige Wissenschaft. Ich habe dafür so viele Beweise gefunden –«

Er warf ihr einen kurzen Blick zu. »Als du diese gruseligen alten Texte für deinen Geheimbund in Moskau übersetzt hast?«

Maya nickte. »Ich habe mich eingehend damit befasst.«

»Und jetzt glaubst du, Nomen Oblitum sei ernst zu nehmen?«

»Die Sekte existiert«, antwortete sie sachlich. »Und der Schriftgelehrte hatte seine Hausaufgaben gemacht. Mir ist das ganze Zeug über die Bedeutung der Isis für Nomen Oblitum schon untergekommen. Aber ob dieser Schriftgelehrte ganz ehrlich war, was den Code betrifft …« Sie wandte den Blick ab. »Als ich gesagt habe, dass es im Guan-Yin-Manuskript womöglich nichts zu dechiffrieren gibt, wollte ich damit jedenfalls nicht andeuten, dass alles nur Betrug sein könnte. Aber was ist, wenn es sich dabei lediglich um eine schriftlich festgehaltene Version irgendeiner polyglotten Sprache handelt – ein Mischmasch aus Sprachen, den die Leute in dieser schriftlichen Form damals verstanden hätten – ein bisschen frühes Deutsch, ein bisschen Flämisch, du weißt schon …«

Jonah lächelte. »Ich lasse über die Datenbank antiker Sprachen der Yale-Universität einen Wort- und Buchstabenabgleich machen, um zu sehen, ob es Parallelen mit anderen Sprachen gibt. Vielleicht kommt ja etwas dabei heraus, man kann nie wissen.«

Maya erwiderte sein Lächeln. »Du hältst dich wohl für ziemlich schlau, was?«

»Ja.« Er legte eine Hand auf ihren Arm und drückte ihn. »Du, es tut mir leid, was du heute alles hast durchmachen müssen.«

»War ja nicht deine Schuld.«

»Motti wird austüfteln, wie sie die Sicherheitsbarrieren umgehen konnten, Coldhardt lässt das Mittel an diesen Pfeilen untersuchen und ein Arzt wird uns untersuchen.« Jonahs Hand verirrte sich zu der weichen Beule an seinem Hals. »Mach dir wegen Coldhardt keine Gedanken. Mich hat er auch schon angefahren, ich weiß, wie sehr einem das Angst machen kann.«

»Ich hab kein Problem damit«, versicherte sie, doch die Tatsache, dass sie plötzlich sehr angespannt wirkte, ließ anderes vermuten. »Er ist *dein* Boss, nicht meiner. Ich meine, ich kann hier jederzeit wieder verschwinden, wenn ich möchte ... richtig?«

»Möchtest du denn?«

Maya sah grübelnd auf den Bildschirm. »Ich mag keine ungelösten Rätsel«, antwortete sie schließlich.

Jonah lächelte. »Ich auch nicht. Wie wäre es also, wenn du mir mehr über diese exotischen Symbole erzählen würdest, die du in dem Code erkennen kannst?«

»Okay.« Ihr Gesicht entspannte sich, als sie nach der Maus griff und eine Datei aufrief. »Das ist ein kombinierter Scan, den ich gemacht habe. Alle Symbole, von denen ich glaube, dass sie in dem Code vorkommen, sind hier vereint: rou, ji, jin, gu, xue, mai, qi ...«

»Fleisch und Tempel/Opfer kenne ich schon, aber die anderen ...?«

»Sehne, Knochen, Blut, Ader, Atem.«

»Und du bist sicher, dass wir kein Biologiebuch übersetzen?«

»Ha, ha.« Maya schüttelte den Kopf. »Was du vielleicht nicht weißt – mit diesen Begriffen haben die chinesischen Gelehrten gewöhnlich auch die Kunstfertigkeit eines Schreibers und den Charakter einer Handschrift beurteilt.«

Jonah runzelte die Stirn. »Das kann nicht einfach nur Zufall sein.«

»Nein. Wenn wir die Symbole erst entschlüsselt haben, sprechen sie quasi für sich.«

»Reflexiv – auf sich selbst bezogen ...« Wieder runzelte Jonah die Stirn. »Hm. Hört sich an, als könnte sich der Codierer einen kleinen Spaß erlaubt haben. Einen Spaß auf unsere Kosten.«

»Bitte?«

»Es könnte seine Art sein uns zu sagen, dass es keinen echten Code zu knacken gibt – dass das ganze Manuskript nichts weiter ist als jede Menge Schönschreibübungen.« Eine Welle der Erleichterung überkam Jonah. »Eine unverschlüsselte Sprache, wie du vermutet hast – aber eine erfundene. Reiner Quatsch ohne jede Bedeutung.« Er lehnte sich auf seinem Stuhl zurück und grinste. »Was der Beweis dafür ist, dass diese seltsamen Gestalten in ihren Roben sich das ganze Zeug tatsächlich aus den Fingern gesaugt haben und Coldhardt ihnen sagen kann, dass sie sich zum Teufel scheren sollen.«

»Ich hab dir gesagt, es gibt den Code.« Maya ließ sich nicht beirren.

»Woher weißt du das so sicher?« Jonah seufzte. »Es

tut mir leid, Maya, glaub mir. Ich weiß, dass du ewig lange an der Übersetzung von diesem Ding gearbeitet hast –«

»Es *ist* kein Betrug, Jonah. Fertig, aus.« Sie wandte sich wieder dem Bildschirm zu. »Also, pass auf. Hier haben wir das Verzwickteste von allen Piktogrammen. Es steht ganz am Ende des ersten Abschnitts …« Sie ging die Liste mit den Dateinamen durch und holte es mit einem Doppelklick auf den Bildschirm. »Siehst du? Es ist das Xin.«

»Und warum ist das Xin das Verzwickteste?«

»Es steht für das Herz in seiner stofflichen Form, aber in alten chinesischen Handschriften bezieht es sich auf den Verstand und die Gefühle. So eine Art Herz-Verstand. Das kann eine Übertragung erschweren.«

»Herz und Verstand ein und dasselbe …« Jonah seufzte. »Das würde vieles einfacher machen.«

Sie sah ihn an und ihre grauen Augen schienen ihn zu durchbohren. »Wenn zum Beispiel dein Kopf weiß, dass du ein Leben führst, das schlecht für dich ist, aber dein Herz dir sagt, du sollst so weitermachen?«

Er konnte ihrem Blick nicht standhalten und sah ärgerlich weg. »Oder wenn dein Kopf akzeptiert, dass so ein Codeverdreher aus dem vierzehnten Jahrhundert dich möglicherweise hinters Licht geführt hat, dein Herz aber nicht zugeben kann, dass du deine Zeit vergeudest …« Er hielt inne, konzentrierte sich auf die Piktogramme. »Moment mal …«

»Was ist?«

»Der Textteil, an dem du mir gezeigt hast, dass die Symbole überschrieben sind – wo ist er?«

Maya öffnete die entsprechende Datei.

»Da.« Jonah zeigte mit dem Finger. »Sieh dir mal an, wie dieser nach unten führende Strich mit dunklerer Tinte nachgezogen wurde ...«

»Man sieht, dass die Tinte darunter ganz verblichen ist.«

»Ja, jetzt, siebenhundert Jahre später, ist sie verblichen«, stimmte Jonah zu. »Damals war sie wahrscheinlich noch nicht so verblichen. Und wenn der Überschreiber bestimmte Worte lediglich ausbessern wollte, warum nimmt er dann eine Tinte, die so viel dunkler ist als die ursprüngliche? Es sieht so aus, als sei der Temperafarbe Ruß oder etwas Ähnliches beigemischt worden.«

»Hmmm.« Sie hob die Augenbrauen. »Erklär mir noch mal, warum Motti dich Freak nennt.«

»Mir ist nur gerade aufgefallen, dass der Unterstrich, der bei diesem Symbol hier nachgefahren wurde ...« Er begann die verschiedenen Dateien nebeneinander auf dem Bildschirm anzuordnen. »... Ähnlichkeit hat mit diesem Teil deines auf den Kopf gestellten und um die Längsachse gedrehten Piktogramms für ›Sehne‹.«

Maya beugte sich vor, um es sich genauer anzusehen, und kniff dabei in der für sie typischen Art die Augen zusammen. »Du hast recht.«

»Wahrscheinlich nur Zufall. Es ist nicht schwer, Muster zu sehen, wo gar keine sind ...«

Sie lächelte. »Der Kopf will's nicht glauben, aber das Herz hat andere Vorstellungen, stimmt's?«

»Vielleicht sind diese auf sich selbst Bezug nehmenden chinesischen Zeichen doch kein Scherz«, räumte

Jonah ein. »Vielleicht wollen sie uns sagen, dass wir die Bedeutung nicht in den Worten suchen sollen ... sondern in der Handschrift.«

»Abgefahren!«, sagte Maya leise. »Du meinst, in den Linien und Strichen, mit denen die Zeichen übermalt wurden?«

»Könnte sich lohnen, diese Abschnitte des Textes genauer unter die Lupe zu nehmen. Was meinst du?«

Sie antwortete nicht; sie war bereits dabei, sie auf den Bildschirm zu holen, und jedes Mal, wenn sie warten musste, bis ein Bild geladen war, klopfte sie mit dem Finger ungeduldig auf die Maus.

HEIDELS KOFFER

Das Flugzeug stand abflugbereit auf der löchrigen Rollbahn und Tye schaute sehnsüchtig zu ihm hinüber, während die Abenddämmerung sich über die Felder legte. Sie stand unter der Tür einer Scheune neben der Startbahn Schmiere. Motti hatte die wie üblich gefälschten Papiere eingereicht und dem Besitzer des Flugplatzes die Startgebühr bezahlt. Aber dieses Mal hatte er noch etwas draufgelegt, um den Gepäckscanner des Flughafens benutzen zu dürfen. Durch diese inoffizielle Abfertigungsstelle wurde offenbar alles Mögliche geschleust.

»Als wir das letzte Mal hier waren, hatten wir gerade Jonah aus dem Knast befreit und brachten ihn nach Genf«, erinnerte sie sich.

»Der Tag hat sich für immer und ewig in mein Herz eingebrannt«, brummte Motti aus der Scheune.

»Mir hat er sich ganz woanders eingebrannt!« Patch drehte ihnen den Hintern zu und ließ einen fahren. Tye verdrehte die Augen.

»Los, Zyklop, geht's auch ein bisschen schneller?«

»Wollt ihr heute Abend noch abheben oder ableben?«

Tye sah zu, wie Patch Heidels zerschrammten ledernen Aktenkoffer vor der Röntgenkamera auf ein schmales Förderband legte. »Wenn da drin eine Bombe ist, können wir nur hoffen, dass Röntgenstrahlen sie nicht auslösen.«

Con rutschte von ihrem Heuballen und versteckte sich dahinter. »Nicht komisch.«

»Sollte es auch nicht sein.« Der Scanner begann laut surrend zu arbeiten. »Aber etwas allzu Gefährliches kann eigentlich nicht drin sein. Ich meine, warum würde Heidel riskieren, es an den Sicherheitseinrichtungen von Heathrow vorbeizuschleusen?«

»Als ob diesen Typen am Flughafen nie etwas entgehen würde«, bemerkte Motti trocken. »Aber vielleicht hat er ja auch gar nichts riskiert. Vielleicht hat er die Bombe erst hier gebastelt und in dem Zimmer abgestellt, für den Fall, dass wir an der Tussi mit dem Bogen vorbeikommen.«

»Wir dürfen diese Leute nicht unterschätzen«, stimmte Con ihm zu.

Als sei dies das Stichwort gewesen, spürte Tye einen wahnsinnigen Schmerz, als etwas Kaltes, Hartes sie seitlich am Hals traf. Da hab ich wieder mal in die verdammt falsche Richtung geschaut, erkannte sie. Mit einem übertrieben lauten Schmerzensschrei, um die anderen zu warnen, ließ sie sich mit geschlossenen Augen auf den Boden fallen; sie wollte so tun, als sei sie bewusstlos, bis sie wusste, was abging.

»Nicht bewegen!«, hörte sie einen Mann mit starkem schottischem Akzent brüllen. Es kam keine Widerrede. Jetzt sah sie einen zweiten Mann hinter der Scheune hervorkommen und zu seinem Freund unter der Tür marschieren. Er trug eine Balaklava und hatte ein Gewehr mit abgesägtem Lauf in der Hand. Tye nahm an, dass der Erste ebenfalls so ein Ding mit sich herumschleppte – wahrscheinlich hatte er ihr mit dem Kolben eine verpasst.

Zwei sind schon mal da, dachte sie und versuchte das taube Gefühl in ihrem Hals zu ignorieren. Kommen noch mehr?

»Wer seid ihr?«, hörte sie Motti fragen. »Bullen?«

»Halt die Klappe«, sagte der zweite, ein Londoner, wie es sich anhörte. »Keine Ahnung, wer ihr seid oder was ihr vorhabt, aber der Boss hat es nicht gern, wenn man ihm nachspioniert.«

»Ihr arbeitet für Heidel?«, fragte Con.

»Wer zum Teufel ist Heidel?«, entgegnete der Schotte. »Uns interessiert nur der Camcorder.«

Jemand hat gesehen, wie wir vor dem Auktionshaus gefilmt haben, überlegte Tye, und ist uns hierher gefolgt. Aber die prompte Antwort des Schotten und sein Tonfall ließen darauf schließen, dass er tatsächlich nicht wusste, wer Heidel war. Vielleicht kannten sie ihren Boss nur unter seinem Decknamen?

»Her mit dem Camcorder!« Der Londoner zappelte, aufgeputscht von Adrenalin, unter der Tür herum, als stünde er auf heißen Kohlen. »Oder ich mäh euch alle nieder.«

»Ist ja gut, reg dich nicht auf!« Patchs Stimme klang hoch und gepresst. »Du kannst ihn haben.«

»Wirf ihn rüber.« Tye hörte ein leises Klatschen und Füßescharren, als der Londoner den Camcorder auffing und in seine Jackentasche steckte. »Was ist das andere Zeug hier? Was macht ihr damit?«

Tye fluchte lautlos auf Kreolisch. Falls diese Gorillas

auch noch mit ihren anderen Beweismitteln verschwanden, wäre ihre Mission hier eine komplette Nullnummer gewesen. Sie spannte die Muskeln an, bereit, in Aktion zu treten.

»Nur unser Gepäck«, antwortete Con gelangweilt. »Wir sind auf dem Weg in den Urlaub.«

»Werd nicht frech«, warnte der Schotte sie.

»Werd ich auch nicht. Aber ihr werdet müde, glaube ich. Stimmt's?«

»Schnauze.« Er senkte die Stimme zu einem Flüstern, aber Tye hörte dennoch, was er sagte: »Street hat nur gesagt, dass wir den Camcorder bringen sollen, Fin. Der Job ist erledigt. Komm mit.«

»Ja, aber was ist das andere für'n Zeug?« Der Mann namens Fin ließ nicht locker.

»Schaut mich an, alle beide«, versuchte Con es noch einmal. »Ihr müsst mich anschauen, mir zuhören –«

»Ich hab dich gewarnt!«, rief Fin. Seine Stimme klang noch aufgeregter, sein Atem ging schneller als zuvor, er pushte sich zum Schießen auf. »Ich leg dich um.«

Sein Finger am Abzug der abgesägten Waffe zuckte.

Tye streckte blitzschnell den Fuß aus und schlug Fin die Beine unter dem Bauch weg. Er fiel auf den Rücken – und löste im Fallen einen Schuss aus. Der Schotte brüllte, als ein Teil seines Schulterblatts über die Scheunenwand verteilt wurde. Er stolperte rückwärts, ließ dabei seine eigene Waffe fallen und landete schließlich in einem Heuballen.

Tyes Magen rebellierte. Sie warf sich auf Fin, doch der erholte sich schneller, als sie erwartet hatte, rollte sich zur Seite und kam auf die Knie. Sie krachte auf den Boden, sah hoch und starrte in den Lauf des Gewehrs.

Selektiver Einzelabzug, schoss es ihr durch den Kopf. Während des langen Moments, in dem sie starr war vor Schreck, erkannte sie das Modell. Er braucht nicht neu zu laden, er wird –

Dann traf Mottis Fuß das Gewehr und trat es weg, als die Patrone bereits im Lauf war. Das Krachen der Detonation ließ Tye zusammenzucken; sie spürte die Hitze des aus nächster Nähe abgefeuerten Schusses auf ihrem Gesicht und roch den beißenden Gestank des Kordits. Sie zwang sich, die Augen wieder zu öffnen, stürmte auf Fin zu und schlug ihm mit der Faust ins Gesicht. Doch es steckte keine Kraft hinter dem Schlag, er rollte sich zur Seite, sie verlor das Gleichgewicht und stürzte. Sie hörte, wie Fin sich aufrappelte, doch Motti sprang über sie weg und trat ihm in die Eier. Der nachfolgende Kinnhaken ließ Fins Geheul abrupt verstummen. Er schwankte und torkelte dann ohne einen weiteren Laut davon. Motti wollte hinter ihm her, doch da –

»Der andere!«, rief Con.

Entsetzt drehte Tye sich um und sah den Schotten, der seine abgesägte Flinte mit einer Hand hielt. Die Hand war blutverschmiert, die Augen hinter der schwarzen Haube blickten wild und starr, sein Atem kam stoßweise.

»Zurück!«, schrie er und zielte direkt auf Tyes Kopf.

Motti hob die Hände und tat wie befohlen. Tye, die immer noch auf allen vieren kauerte, betete inbrünstig zu sämtlichen Göttern, die sie hören mochten, und kroch langsam rückwärts. Reden konnte sie vor Angst nicht, aber sie wusste, dass sie Augenkontakt halten, irgendeine Verbindung zu dem Mann aufrechterhalten musste. Falls sie den Kopf senkte, war das vielleicht der Vorwand, den er brauchte, um ihn wegzupusten. Tu es nicht, flehte sie in Gedanken. Eine Träne lief ihr über die Wange. Bitte tu's nicht. Bitte.

»Weißt du, warum sie die Dinger ›Gelenkbrecher‹ nennen, Kumpel?«, hörte sie Motti leise sagen. »Wenn du ein abgesägtes Gewehr mit einer Hand bedienst, reißt der Rückstoß es dir aus den Fingern. Möglich, dass du unsere Kleine hier tötest ... aber wie willst du uns dann davon abhalten, dass wir dich umbringen?«

»Dein Freund ist abgehauen.« Cons Stimme war so eisig wie ihr Blick. »Lauf ihm nach, dann schaffst du es vielleicht noch bis zum nächsten Krankenhaus, bevor du wegen zu viel Blutverlust umkippst ... ja?«

Ächzend und stöhnend vor Schmerz drehte der Mann sich abrupt um und lief in die zunehmende Dunkelheit.

Tye stieß einen langen, langen zittrigen Seufzer aus und ließ den Kopf auf den Boden sinken. Sie kämpfte gegen die Übelkeit, die in ihr aufstieg. Einen Augenblick später spürte sie Mottis Arme, die sie hochzogen und festhielten. Sie schmiegte sich ein paar Sekunden lang an ihn und starrte benommen auf das blutige Stroh auf dem Boden.

»Alles in Ordnung«, murmelte sie schließlich. »Und bei euch?«

»Zumindest leben wir noch«, sagte Con, die Arme fest um ihren Oberkörper geschlungen. »Danke, Tye. Es tut mir leid – ich hab's fast geschafft, dass sie uns umgebracht hätten.«

»Du hast es versucht«, tröstete Motti sie. »Er war zu überdreht, zu nervös, als dass du –«

»Du meinst es gut, Motti, und ich weiß das zu schätzen.« Con schloss die Augen. »Aber bitte hör auf.«

Dann sah Tye Patchs blasses Gesicht hinter dem Scanner hervorlugen. »Ich dachte schon, die würden nie gehen«, versuchte er es mit einem lahmen Scherz. »Wer immer sie waren.«

»Ich hab gehört, wie sie gesagt haben, dass sie für jemanden namens Street arbeiten«, bemerkte Tye und wischte sich mit dem Ärmel den Schweiß vom Gesicht. »Jemand muss gesehen haben, wie wir Heidel gefilmt haben, und muss uns gefolgt sein.«

»Solltest du nicht nach irgendwelchen Verdächtigen Ausschau halten?«, fragte Motti sie.

»Du nicht auch?« Sie hatte, ohne es zu wollen, die Stimme erhoben. Jetzt biss sie sich auf die Lippe und befahl sich, ruhig zu bleiben. »Ich hab niemanden gesehen, der uns gefolgt ist. Sorry.«

»Oh, und du warst auch großartig, Zyklop.« Motti blickte Patch finster an. »Hast den beiden Irren einfach so den Camcorder überlassen.«

»Stimmt, ich hab ihnen den Camcorder gegeben«, sagte Patch und hielt ein kleines schwarzes Rechteck in die Höhe. »Aber nicht das Band.«

Dazu fiel Motti ausnahmsweise nichts mehr ein und Tye brachte ein kleines Lächeln zustande. »Gut gemacht, Patch.«

»Aber es geht noch weiter. Während ihr die Zipfelschwinger in Atem gehalten habt, hab ich Heidels Koffer aufgemacht.« Er trat hinter dem Scanner hervor.

»Gerade als alles angefangen hat, hab ich auf dem Scanner gesehen, dass ein Brandsatz drin ist, der mit dem Zahlenschloss gekoppelt ist. Du daddelst die falschen Zahlen ein und *Pfffft!* fliegt alles in die Luft.« Er hielt ein kleines Teil von der Größe eines Feuerwerkskörpers in die Höhe, an dem ein Stück Draht hing. »Mich hat das natürlich nicht abgehalten. Ich wollte es schon da rüberschmeißen und für Ablenkung sorgen, als Con ihn überzeugt hat, dass es besser sei, sich aus dem Staub zu machen.« Er runzelte die Stirn.

»Vielleicht holen sie Verstärkung?«, meinte Motti düster. »Dieser Street hat womöglich schon seine Hühner gesattelt –«

»Oder ihre Hühner«, unterbrach ihn Con.

Er nickte. »Vielleicht mischt ja sogar der Flughafenbesitzer mit.«

»Wir sollten verschwinden«, sagte Tye.

»Wir haben schon alles im Flieger.« Motti drehte sich wieder zu Patch um. »Bis auf diesen Koffer.«

»Du hast ihn doch geöffnet, Patch.« Con wirkte wieder gefasst; sie fuhr sich mit den Fingern durchs Haar. »Was ist eigentlich drin?«

Patch atmete lange und hörbar aus. Er sah aus, als wüsste er nicht, wo anfangen. »Später«, sagte er schließlich. »Macht euch auf was gefasst …«

Sie verließen die Scheune leise und schnell; zurück blieben nur die Blutflecken und die abgesägte Flinte. Wenig später ließ Tye das Flugzeug in den mondlosen Himmel aufsteigen. Erleichterung machte sich in ihr breit und pochte in ihrer Brust wie ein zweiter Herzschlag.

Sie flog in geringer Höhe über Felder und Dörfer, um nicht auf den Radarschirmen aufzutauchen. Dann war das Flugzeug über dem Ärmelkanal. Das aufgewühlte schwarze Wasser war ein Spiegel der schwarzen, schnell dahinziehenden Wolken über ihnen. Als würde die Nacht keinen Frieden kennen.

Genauso fühlte Tye sich. Sie schaltete den Autopiloten ein und lehnte sich auf ihrem Sitz zurück. Sie war müde, eine schmerzhafte Müdigkeit, die ächzend durch ihren ganzen Körper kroch. Über dem Dröhnen der Turbinen hörte sie aus der Passagierkabine nervöses Gelächter und Gesprächsfetzen, die von weit her zu kommen schienen. Sie blickte auf den Platz neben sich, auf dem normalerweise Jonah saß.

»Fast hätte ich dich nie wiedergesehen«, murmelte sie, als sei er da. »Zweimal an einem Tag hätte es mich fast erwischt.«

Plötzlich stand Patch hinter ihr. Sie zuckte zusammen. »Sorry, Kumpel ... ich wollte dir nur ein Foto zeigen, das wir in Heidels Aktenkoffer gefunden haben.« Er legte eine ramponierte Fotografie auf den Höhenmesser. »Ich hab mir gedacht, sie könnte ein bisschen Freude ins Cockpit bringen.«

Er ging zurück zu den anderen und Tye starrte auf die zerknitterte, verblasste Aufnahme, auf zwei Männer mit glatt zurückgekämmtem Haar und Koteletten. Sie saßen in eleganten grauen Anzügen auf einer gepflegten weißen Terrasse in der Sonne und tranken Champagner. Einer der Männer war jung, Mitte zwanzig vielleicht, dunkelhaarig und schlank, und er lächelte wie ein Hai. Der andere war älter und grauhaarig. Seine Augen waren überschattet und sein Lächeln wirkte angestrengt, so als posierte er nach seinem Geschmack schon viel zu lange für das Foto.

Fast konnte Tye die Abneigung noch spüren, als er sie über all die Jahre hinweg ansah. Und das Herz schlug ihr bis zum Hals.

Der lächelnde Hai war der junge Coldhardt und er machte gegenüber Heidel auf kumpelhaft. Doch jetzt war Coldhardt selbst alt, während der Mann, den sie am Nachmittag in ein Londoner Taxi hatte steigen sehen, kaum einen Tag älter geworden war, seitdem das Foto aufgenommen wurde.

INDIZIEN

Jonah streckte sich auf seinem Bett aus und rieb die schmerzenden Augen. Ein Blick auf die Uhr sagte ihm, dass es bereits nach vier Uhr morgens war. Er verzog das Gesicht und drehte das Zifferblatt zur Wand. Er hatte die halbe Nacht mit Maya am Computer gesessen und bei den Überschreibungen nach Gesetzmäßigkeiten gesucht. Doch jetzt fing er an zu schwächeln, während sie genauso frisch und munter aussah wie vor Stunden, als sie angefangen hatten. Sie hing immer noch am Bildschirm, während er seine Augen ausruhte. Mehr war im Moment einfach nicht drin.

»Die nächsten übermalten Zeichen«, verkündete sie, »sind wieder ein Kreis ... gefolgt von einem Unterstrich.«

»Auf den Kopf stellen und umdrehen ...« Er runzelte die Stirn. »Wo sind wir jetzt?«

»Es sollten siebzig Grad sein.« Sie wandte sich ihrem Stapel Blätter zu, kombinierte die verschiedenen übermalten Striche neu und schuf neue Piktogramme. Sie folgten derselben Vorgehensweise, die sie auch bei den einzeln stehenden Symbolen angewandt hatten – im Uhrzeigersinn und um die eigene Achse drehen –, in derselben Reihenfolge. Aber die Ergebnisse waren nicht eben ermutigend. Die Symbole, die Maya auf diese Weise kreierte, waren allesamt ein exotisches Durcheinander und erinnerten nur ganz entfernt an echte chinesische Schriftzeichen.

Jonah kratzte sich an der Beule an seinem Hals. Sie juckte wie verrückt. Coldhardts Arzt – ein drahtiger, mysteriöser Mann namens Draith, der kam, zusammenflickte und wieder verschwand – hatte ihn und Maya am Abend komplett durchgecheckt und für rundum gesund erklärt. Die Wunden würden sich bald schließen, hatte er gesagt – das Jucken komme daher, dass die Haut sich während des Heilungsprozesses zusammenziehe.

Das war umso erstaunlicher, wenn man bedachte, dass die Pfeile ein mit Curare versetztes Mittel enthalten hatten, genau wie der Schriftgelehrte es behauptet hatte. Draiths Bericht wimmelte nur so von medizinischen Fachausdrücken, mit denen er erklärte, dass die Pfeile genügend Gift enthalten hätten, um einen erwachsenen Menschen innerhalb dreißig Minuten sterben zu lassen.

Jonah hatte den Bericht zusammengeknüllt, bis es kleiner nicht mehr ging, und in den Papierkorb geworfen. Da lag er nun, aus den Augen, wenn auch nicht aus dem Sinn, unter Hunderten von vollgekritzelten Zetteln. Er sah, wie das nächste zusammengeknüllte Blatt Papier vom Schreibtisch herübersegelte und auf dem Berg landete.

»Es sind einfach zu viele Kreise«, bemerkte Maya missmutig. »In der chinesischen Schrift kommen hauptsächlich eckige Zeichen vor. Die Kreise passen überhaupt nicht dazu.«

»Vielleicht sollten wir sie einfach überspringen«, sagte

Jonah. »Ein Kreis ist und bleibt ein Kreis, egal wie oft man ihn dreht und wendet.«

»Aber warum hat der geheimnisvolle Schreiber sie dann übermalt?«

»Um uns zu ärgern?« Er seufzte. »Das hat er geschafft.«

Maya nickte. »Ich versuche es noch einmal mit dieser Seite und lasse die Kreise weg …«

Er holte sein Handy heraus. Die letzte Nachricht von Tye war schon vor etlichen Stunden gekommen – sie sollte inzwischen zurück sein. Doch Coldhardt hatte nichts verlauten lassen und im Klubraum war alles still. Er las zum 30. Mal, was sie geschrieben hatte: *Auf dem Rückweg. War schlimm. Wird nicht leichter. Wünsche es mir so.*

Jonah spürte, wie die Müdigkeit ihn zu überwältigen versuchte. Ihre SMS las sich, als ginge es ihr wie ihm. Ihre Stärke hatte immer dafür gesorgt, dass er sich auch stärker gefühlt hatte – sie war immer da gewesen und hatte geholfen ihn aufzubauen, hatte ihm die Gewissheit gegeben, dass er es durch dieses verrückte Leben schaffen konnte. Er wünschte, er könnte sie jetzt im Arm halten. Das würde ihn garantiert wacher machen …

»Diese Linien ergeben kein neues Piktogramm.« Maya legte ihren Stift weg. »Nichts als sinnloses Gekritzel.«

»Und du bist sicher, dass du nach demselben Muster gedreht und umgekehrt hast?«

»Natürlich.« Sie warf ihm einen wütenden Blick zu. »Es funktioniert nicht. Ich dachte wirklich, du wärst an irgendetwas dran ...« Zerstreut fuhr sie mit dem Finger am Rand ihres Muttermals entlang; das tat sie anscheinend oft, wenn sie nachdachte. »Es gibt keine nachgezeichneten Buchstaben im Anhang. Das kann nur bedeuten, dass die, die wir im Hauptteil des Manuskripts finden, irgendeine Art Schlüssel darstellen.«

»Da haben wir es wieder«, sagte Jonah. »Du willst den Schluss zuerst lesen.«

Sie hatte den Stift wieder aufgenommen, kaute auf dem Ende herum und ignorierte die Bemerkung. »Ich glaube, wir übersehen etwas, das mit den Kreisen zu tun hat.«

»Wir kreisen nur immer um die verdammten Dinger herum ...« Jonah nahm einen Schluck von seinem eiskalten Kaffee. Wie es aussah, waren von den 500 übermalten Wörtern, die sie nach dem Zufallsprinzip herausgeklaubt und verglichen hatten, bestimmte Buchstaben öfter nachgefahren worden als andere – besonders die runden Formen.

»Sie müssen der Schlüssel sein.« Maya beharrte auf ihrer Meinung. »In den alten Ritualen wird ein Anrufungskreis zu Hilfe genommen, um Dämonen heraufzubeschwören, und die Symbole, die um den Kreis herum gezeichnet werden, können den Magier, der sie herbeiruft –«

»Vielleicht dienen die Kreise als Leerzeichen«, schlug Jonah vor, »und sagen uns, dass wir die Buchstaben daneben ignorieren sollen.«

»Oder die Kreise bilden ein eigenes numerisches System. Du weiß schon, der erste steht für Zehner, der nächste für Einer ...« Maya betrachtete die wahllos zusammengestellten Wörter vor sich. »In dem Fall könnte der Buchstabe, der hinter dem Kreis steht, ein Teil der Zahl sein.«

»Könnte ein binäres System sein«, sagte Jonah und setzte sich mit einem Ruck auf. »Das nur aus Nullen und Einern besteht – aber eben durch Kreise und Unterstriche ersetzt?«

»Nur dass hinter den Nullen alle mögliche Buchstaben stehen«, sagte Maya. »Könnte auch ein codiertes numerisches System sein ...« Sie ließ die Schultern hängen. »Machen wir uns nichts vor, es könnte jedes Zahlensystem sein. Wie sollen wir denn rauskriegen, welches es ist?«

»Vielleicht war es für die anderen Mitglieder des Ordens offensichtlich«, vermutete Jonah. »Irgendeine bedeutsame Zahl.« Er drehte die Uhr wieder um. »Ich weiß ja nicht, wie es dir geht, Maya, aber bei der letzten Mütze voll Schlaf, die ich bekommen habe, waren Betäubungsmittel im Spiel. Erholt habe ich mich dabei nicht. Vielleicht sollten wir ans Schlafengehen denken.«

»Ein Kreis ist in dreihundertundsechzig Grad eingeteilt«, murmelte sie, ohne auf den Wink mit dem Zaunpfahl einzugehen. »Und jeder Grad in sechzig Minuten und jede Minute in sechzig Sekunden ...«

»Du redest von der Zeit und nicht von Winkeln.«

»Ich rede von beidem! Auch von den Minuten und Sekunden eines Kreisbogens.«

Jonah rollte mit den müden Augen. »Das ist doch jetzt reine Angeberei.«

»Sag das den alten Sumerern. Sie haben sich im antiken Mesopotamien mit der Zeit und der Geometrie befasst – und viertausend Jahre später benutzen wir ihr System immer noch.« Maya sah ihn mit diesem geheimnisvollen, schiefen Lächeln an. »Unglaublich, wie lange manche Dinge sich halten …«

»Aber wenn du es dir so überlegst, erscheint es doch fürchterlich kompliziert«, bemerkte Jonah schläfrig, »die Zeit und Kreise in Zwölfer- und Sechzigerblöcke zu unterteilen.«

»Für die Sumerer und Babylonier war das überhaupt nicht kompliziert. Sie haben in einem Zahlensystem mit der Basis sechzig gerechnet.« Plötzlich wurden ihre Augen ganz groß und sie zog scharf die Luft ein. »Der chinesische Kalender ist auf derselben mathematischen Grundlage aufgebaut. Und er ist rund – die Jahre werden in Sechzigerzyklen gezählt und benannt …« Mayas blasses Gesicht mit den Sommersprossen nahm von Sekunde zu Sekunde mehr Farbe an. »Jonah, wir sind auf der richtigen Spur, es kann gar nicht anders sein!«

»Deine Schlussfolgerungen scheinen mir ziemlich aus der Luft gegriffen«, warnte er sie.

»Und ich springe gleich in die Luft!«, warnte sie ihrerseits, sprang über ihn hinweg auf sein Bett und hüpfte mit einem breiten Grinsen und völlig aufgedreht vor Freude auf und ab. In ihrem roten Haar fing sich das Licht. »Wenn wir irgendein zyklisches Muster in den nachgefahrenen Buchstaben finden, könnte das bedeuten –«

Jemand klopfte leise an die Tür. Maya hörte auf herumzuhüpfen, als Jonah aufstand, um zu öffnen.

»Jonah«, flüsterte Tye und drängte sich durch die Tür

in seine Arme, sodass er rückwärts ins Zimmer stolperte. »Ich wollte … ich meine, ich …«

»Äh …« Er erwiderte die Umarmung etwas verlegen. »Coldhardt hat gar nicht gesagt, dass ihr zurück seid.«

»Er weiß es noch nicht. Es gibt da ein paar Sachen, die wir –«

Tye musste seine Verlegenheit bemerkt haben. Sie schaute auf – und sah Maya, die sich gerade auf die Bettkante setzte. Trotz seiner Müdigkeit bekam Jonah die unterschiedlichen Gefühle mit, die sich in Tyes Augen spiegelten: Überraschung. Verwirrung. Kränkung. Und dann sah er die dunkel verfärbte Schwellung auf ihrer Wange. »Hey, was ist mit deiner –«

»Tut mir leid«, sagte Tye knapp und ging zur Tür, »ich dachte, du wärst allein.«

»Ich musste ja irgendwie die Zeit totschlagen, bis ihr wieder da seid, oder?« Jonah nahm ihre Hand. »Mit Arbeit, meine ich natürlich.«

»Ja, wir haben nur an dem Code gearbeitet«, bestätigte Maya.

Tye sah sie an. »Auf dem Bett?«

»Ich bin darauf herumgehüpft. Ich habe mich gefreut.« Maya lächelte betreten. »Dein Freund ist ziemlich clever und ich glaube, wir sind bei dem Code nicht mehr weit von einem Durchbruch entfernt.«

»Er ist nicht mein Freund«, begann Tye automatisch. »Wir –«

»Keine Sorge, ich verrat's nicht«, unterbrach Maya sie. »Es ist offensichtlich, dass zwischen euch etwas ist, aber zwischen ihm und mir ist nichts.«

Jonah wurde rot. »Natürlich nicht«, sagte er hastig.

»Du liest Körpersprache, du musst es wissen.« Maya zuckte mit den Schultern. »Ich lüge nicht.«

Tye sah sie an, dann wieder Jonah. Dann wandte sie den Blick ab und legte die Hand auf die Stirn. »Ach, egal. Das spielt jetzt irgendwie keine Rolle. Nicht an einem Tag wie heute.«

»Was ist passiert?«, fragte Jonah.

»Komm mit runter, dann siehst du es selbst«, antwortete sie müde. »Falls du dich losreißen kannst, meine ich.«

Sie ging hinaus. Jonah machte ebenfalls ein paar Schritte Richtung Tür, dann zögerte er, blickte zurück zu Maya.

»Du solltest gehen«, sagte Maya, doch ihr verständnisvolles Lächeln erlosch, als sie auf den Computer deutete. »Aber sieh zu, dass du bald wieder da bist, okay?«

Er salutierte im Spaß. »Ich tue mein Bestes«, sagte er, als er hinter Tye den Flur entlangging. In Gedanken fügte er hinzu: Und eines Tages ist das Beste hoffentlich auch genug.

Tye wusste, dass Maya die Wahrheit gesagt hatte. Sie war nicht an Jonah interessiert und Jonah nicht wirklich in Maya verknallt. Aber als sie die Wendeltreppe zum Klubraum hinunterlief und dabei immer zwei Stufen auf einmal nahm, wusste sie genauso sicher, dass Jonah sich mit ihr nie so würde austauschen können, wie er das in dieser Nacht mit der rothaarigen Fremden getan hatte. Er versank oft tagelang in der Welt auf seinem Bildschirm; diese Fähigkeit ging Tye völlig ab, aber sie fand es irgendwie süß. Sie mochte seine stille Art und dass er ihr das Gefühl gab, sie könnte ihm alles erzählen.

Doch dieses Gefühl gibst *du* ihm wahrscheinlich nicht, dachte sie düster.

Da hockte er mit dieser rothaarigen Fremden, die sich auf dieselbe Art wie er eine Nacht um die Ohren schlagen konnte, die dasselbe Hackerchinesisch sprach wie er. Sie sah ihn wieder vor sich, wie er am Morgen zuvor mit Maya über ihre ersten Erfahrungen mit Wasserkühlern, oder was immer es war, gelacht hatte. Tye assoziierte damit lediglich ein kühles Getränk in einem Plastikbecher.

Weil ich dumm bin und sie clever sind, dachte sie unglücklich. Weil ich Rauschgift geschmuggelt habe, während sie in die Schule gegangen sind. Die Entscheidungen, die wir getroffen haben, und die Leute, mit denen wir zusammen waren, haben uns zwar trotzdem alle hier zu Coldhardt geführt, aber wohin führen sie uns als Nächstes?

Tye hatte an diesem Morgen das Gefühl, als regne die Welt auf sie herunter.

Sie gesellte sich wieder zu Motti, Con und Patch, die um den Snookertisch herumstanden und den Inhalt von Heidels Aktenkoffer darauf verteilten.

»Kommt der Freak, Tye?«, fragte Motti.

Patch kicherte. »Lass gut sein, Mot, sie war doch nur zwanzig Sekunden bei ihm.«

Wir haben immer nur diese kurzen Momente hier und da, dachte sie und setzte lustlos das Lächeln auf, das von ihr erwartet wurde.

»Was hab ich verpasst?«, rief Jonah, als er schnell die Treppe herunterkam. »Habt ihr die Sachen gekriegt?«

»Fast hätten sie *uns* gekriegt«, sagte Patch und wies auf sein Veilchen.

Tye ließ die anderen erzählen und beobachtete Jonah, der sich angespannt alles anhörte, was passiert war. Sie sah die Besorgnis, die groß in seinen Augen stand, als er sie anschaute.

»Ich bin okay«, sagte sie geduldig, als Patch zum blutigen Ende der Ereignisse kam. »Wirklich.«

»Sie ist superokay!«, ergänzte Motti und griff in seine Tasche. »Schau, was sie dem Miststück mit dem Bogen abgeknöpft hat …«

»Coldhardts Ring!« Jonah grinste und schnappte ihn sich. »Super, Tye. Meine Güte, als sie ihn mir bei Blackland wie eine Trophäe vor die Nase gehalten hat, hab ich gewünscht …«

Du wünschst ständig irgendwas, dachte Tye. Sie wollte sein Lob noch nicht genießen. »Na ja … ich hoffe nur, dass die britische Polizei sie jetzt im Griff hat.«

»Coldhardt sollte dir den Ring schenken«, fand Motti. »Du hast ihn verdient.«

»Vielleicht solltest du ihm gar nicht sagen, dass du ihn dir zurückgeholt hast«, schlug Jonah vor.

»Das kannst du nicht machen!«, sagte Con, griff sich den Ring und betrachtete ihn. »Das wäre unmoralisch.«

Tye musste laut lachen über diese Bemerkung und die anderen lachten mit.

»Wenn etwas unmoralisch war, dann, dass du nicht

mit in dieser Scheune warst, Freak«, sagte Motti und sein Lächeln erlosch. »Und sie dir keine Flinte hinten reingeschoben haben.«

»Na ja, bei uns lief auch nicht alles so glatt«, sagte Jonah und kratzte sich an dem leuchtend roten Pickel an seinem Hals.

Con hob die Augenbrauen. »Du hast Akne gekriegt?«

»Was ist mit Sorin?«, fragte Patch neugierig.

Jonah holte tief Luft. »Er ist in das Genfer Apartment eingebrochen, hat mich und Maya vergiftet und wurde dann vor unseren Augen von zwei Irren von Nomen Oblitum umgebracht.«

»Was zum Teufel ...?« Tyes Ängste und Befürchtungen traten plötzlich in den Hintergrund. »Ist mit dir alles in Ordnung?«

Er antwortete mit derselben Floskel, die sie eine Minute zuvor gebraucht hatte, und seine Antwort war ungefähr so ehrlich wie ihre. »Ich bin okay. Wirklich.«

»Wie wär's denn mit Einzelheiten?«, drängte Motti.

Tye und die anderen hörten Jonah schweigend zu. Dieses Mal gab es kein erleichtertes Lachen.

»... und Coldhardt hat sich heute Nachmittag ums Aufräumen und die Beseitigung der Leiche gekümmert«, schloss Jonah. »Sorin ist tot, ich und Maya leben, und beides haben wir denselben Leuten zu verdanken.«

»Das klingt, als seien es Typen, mit denen man nichts zu tun haben will«, sagte Patch entschieden.

Con wirkte beunruhigt. »Und du glaubst wirklich, dass Coldhardt mit ihnen ins Geschäft kommt?«

Jonah zuckte mit den Schultern. »Hängt davon ab, ob ihr handfeste Beweise dafür gefunden habt, dass Heidel von den Toten auferstanden ist und, nur dreißig Jahre älter, wieder unter den Lebenden weilt.«

»Dreißig Jahre älter?« Patch gab Jonah dasselbe zerknitterte Foto, das er Tye im Flugzeug gezeigt hatte. »Oh, oh. Sieh dir das mal an.«

Tye beobachtete, wie das Stirnrunzeln sich in Jonahs Gesicht fraß, als er den jungen Mann in Gesellschaft des alten betrachtete.

»Verrückt, oder?«, murmelte Patch. »Wenn man an Coldhardt denkt, denkt man doch, dass er sein ganzes Leben lang alt war …«

Con nickte. »Und dann kommt dieser Heidel daher und beweist, dass man die Wahl hat.«

Jonah legte das Foto auf den Tisch; er war ganz offensichtlich fertig mit der Welt. »Wenn dieses Foto echt ist, kann der Heidel, den wir gesehen haben, nur ein Doppelgänger sein.«

»Vielleicht ist er aber auch der echte Alte«, meinte Patch. »Wenn diese NO-Typen mit ihren Händen wirklich solche Sachen machen können, wie du sagst …«

Jonah sah ihn an. »Du glaubst doch nicht im Ernst, dass ein paar kostümierte Vollsocken deine DNA durch Zauberei so programmieren können, dass du länger lebst?«

»Es spielt nicht wirklich eine Rolle, was wir glauben«, sagte Tye. »Wir haben jedenfalls jede Menge Beweismittel, sodass Coldhardt entscheiden kann, was stimmt und was nicht. Er ist der Einzige, der es mit Sicherheit sagen kann.«

»Zu jedem einzelnen Punkt«, stimmte Motti zu. Er nahm einen Snookerstock in die Hand. »Aber wie es aussieht, hatte deine freakige russische Freundin in einer Sache recht.«

»Sie ist nicht meine Freundin«, blaffte Jonah ihn an; Tye trat unbehaglich von einem Fuß auf den andern.

»In welcher Sache?«

»Coldhardt hat die Idee, eine hippe junge Einsatztruppe anzuheuern, die ihm an seinem Lebensabend unter die Arme greift, eindeutig von seinem alten Boss gestohlen«, fuhr Motti fort. »Er hat allerdings vergessen uns zu sagen, dass besagter Boss zufällig Heidel ist.«

»Dann hat Coldhardt sich also gegen seinen Boss gewandt ...?« Jonah starrte auf die anderen Sachen aus dem Aktenkoffer, die auf dem Tisch ausgebreitet lagen. Tye sah, wie aus seinem Unbehagen Verwirrung wurde. »Was ist das alles für ein Zeug?«

»Der Plunder, den Heidel in seinem Koffer mit sich herumgeschleppt hat«, antwortete Motti. »Und der Koffer war so präpariert, dass das Zeug sich in Rauch aufgelöst hätte, wenn er gewaltsam geöffnet worden wäre.«

»Jedenfalls von jeder nicht megamäßig begabten Person«, warf Patch stolz ein.

Jonah blätterte einen kleinen Stapel Dokumentenmappen durch. »Okay, und was ist das hier?«

»He!« Con schlug ihm leicht auf die Finger. »Wir müssen Fingerabdrücke sichern, ja?«

»Es sind Heidels persönliche Unterlagen«, erklärte Tye. »Aus Vergangenheit und Gegenwart.«

»Und sie sind ziemlich unterhaltsam.« Motti sah Jonah an. »Erinnerst du dich, dass Coldhardt Karl Saitou überprüfen ließ, als wir aus L.A. zurückgekommen sind?«

»Er war der Mitbewerber, ja?« Jonah nickte. »Morell hatte sich bereits entschlossen, Saitou den Job zu geben. Er sollte das Manuskript für ihn klauen.«

»Lasst uns also noch mal ein bisschen weiter zurückgehen … zu der Zeit, die die Mode übersprungen hat.« Motti klappte mit der Queuespitze den Deckel des obersten Ordners auf. Zum Vorschein kam eine Fotografie, auf der ein gut aussehender junger Asiate zu sehen war, Mitte zwanzig, mit klaren Gesichtszügen und dichtem, dunklem Haar. Mit den Spitzen seines Hemdkragens hätte er sich praktisch in den Bauchnabel stechen können.

»Das ist Saitou, wie er früher ausgesehen hat«, sagte Con. »Experte für Waffen und Sicherheitstechnik, ehemaliger Preisboxer und eine Autorität auf dem Gebiet alter Zivilisationen.«

Jonah nickte wieder. »Die typische Kombination.«

»›Ein fähiger, wenn auch fantasieloser Krimineller‹ hat Coldhardt ihn genannt – aber er muss in den Siebzigern zusammen mit ihm in Heidels Mannschaft gearbeitet haben.«

»Saitou ist 1971 zu dem Verein gestoßen«, ergänzte Tye. »Es gibt keinen Ordner über Coldhardt, sodass wir nicht wissen, wann *er* dazukam … aber nach den abartigen Klamotten auf dem Bild zu urteilen, das Heidel und Coldhardt zusammen zeigt, muss es etwa zur selben Zeit gewesen sein.«

»Dann war Heidel für Coldhardt das, was Coldhardt für uns ist …« Eine Weile schien Jonah in Gedanken versunken. »Aber hat Coldhardt sich auch gegen seine Freunde gewandt und nicht nur gegen seinen Boss, oder haben die mit ihm unter einer Decke gesteckt?«

»Wenn wir das nur früher gewusst hätten, dann hätten wir jemanden fragen können, der dabei war – damals und heute.« Motti schob Saitous Ordner vom Stapel und benutzte wieder den Snookerstock, um den nächsten zu öffnen. »Der Typ hier heißt David Street und er hat ebenfalls zu der 71er-Clique gehört.« Das Foto zeigte einen großen, aristokratisch aussehenden Mann mit dunklem Haar und einem ungepflegten Schnäuzer. »Er war ihr Experte für Elektronik und Computertechnik und gleichzeitig Fassadenkletterer und Tresorknacker im alten Stil. Er soll der Beste auf seinem Gebiet gewesen sein.«

»Und nun stellt es sich heraus, dass unser Kumpel Davy gestern in London war und genau wie wir ein Auge auf Heidel hatte.« Patch zog das Band des Camcorders aus seiner Tasche. »Sieht so aus, als hätten wir ihn zufällig auf dem Band – er hat uns gesehen und seine Jungs vorbeigeschickt.«

»Sie müssen euch ziemlich schnell gefunden haben«, sagte Jonah, als Patch zum Fernsehraum vorausging.

»Ich nehme an, Street ist uns selbst gefolgt und hat unterwegs Verstärkung gerufen.« Tye passte sich Jonahs Schritt an. Es tat gut, das Liebesgedöns eine Weile zu vergessen; wenigstens gelang es ihnen noch, professionell zu funktionieren und –

Liebe?

Oh, Scheiße.

»Jetzt ist nur die Frage«, sagte der ahnungslose Jonah neben ihr, »weiß Street, dass ihr für Coldhardt arbeitet?«

»Ich glaube nicht«, antwortete Con. »Wenn er es wüsste, würde er doch bestimmt mehr haben wollen als ein Camcorderband, oder?«

Patch steckte rasch das Band in den Mini-DVD-Player und ließ im Schnelldurchlauf unter Zungenschnalzen von Motti und Con seine Hinternparade durchsausen. Tye saß abseits von den andern und versuchte ihre Gedanken zu ordnen. Später, sagte sie sich. Denk später darüber nach, wenn du allein bist.

Sie sah zu Jonah hinüber. Er riskierte ein Lächeln und sie tat, als sähe sie es nicht.

Oder lauf einfach weg und versteck dich.

Sie zwang sich, sich auf den Bildschirm zu konzentrieren, auf Heidel und Bree, als sie das schwarze Taxi herbeiwinkten – und im Hintergrund stand hinter einem Oldtimer-Mercedes ein besser gekleideter, glatt rasierter, aber dennoch wiedererkennbarer David Street. Er stand mit unbewegtem Gesicht da und beobachtete Heidel, als dieser ins Taxi stieg. Dann blickte er in Richtung Kamera, runzelte die Stirn, drehte sich wieder um und sah dem davonfahrenden Taxi nach.

Patch seufzte. »Wenn das Sucherbild so groß wie bei einer Videokamera gewesen wäre, wäre er mir vielleicht aufgefallen.«

»Wenn das Bild so groß wie bei einer Videokamera gewesen wäre und er einen Minirock getragen hätte«, korrigierte Motti ihn.

Street zog ein Handy aus seiner Tasche. Dann schwang die Kamera von ihm weg und hin zu Heidel und Bree, die in ihrem Taxi um die Ecke verschwanden.

Patch seufzte erneut. »Und dafür hat er uns fast umgebracht.«

»Vielleicht will er bald ein großes Ding drehen«, überlegte Jonah laut, »und hat gedacht, du beobachtest ihn schon seit Wochen …«

»Vielleicht …« Motti schaltete den Fernseher aus. »Kann mir einer sagen, was zum Teufel er überhaupt vor dem Auktionshaus gemacht hat?«

»Seinem früheren Boss nachspioniert, genau wie wir?«, vermutete Con. »Wenn Coldhardt wusste, dass die Auktion wie ein Magnet auf Heidel wirken würde, wusste Street das auch.«

Jonah stimmte ihr zu. »Und wenn dein ehemaliger Chef von den Toten aufersteht und anfängt krumme Dinger zu drehen, wirst du neugierig …«

»Von rammdösig ganz zu schweigen«, meinte Patch.

Motti warf ihm ein Kissen an den Kopf. »Wer außer dir würde je das Wort rammdösig in den Mund nehmen, du Dumpfbacke?«

Tye schlang die Arme um sich, während weiter Beleidigungen, Vermutungen und Ideen hin und her flogen. Wenn sie ihre privaten Sorgen einmal außer Acht ließ, empfand sie eine verrückte Mischung aus Unbehagen und Erregung, wenn sie daran dachte, dass sie dieses Zeug diskutierten, ohne Coldhardt überhaupt gesagt zu haben, was sie gefunden hatten. Es erschien ihr nicht richtig, aber es gab ihr irgendwie einen Kick; wie wenn man herausfindet, dass die Eltern ein geheimes Tagebuch führen, und man mal kurz einen Blick hineinwirft, bevor sie –

»Da seid ihr ja wieder –«

– einen erwischen.

Ernst und bleich wie ein Vampir stand Coldhardt unter der Tür und beobachtete sie; sein steinharter Blick ging von einem zum andern.

»Wie es aussieht, haben wir einiges zu besprechen«, sagte er.

MISSTRAUEN

Tye, Con, Motti und Patch saßen zusammen mit Jonah auf den Sofas, wie sie das schon tausend Mal zuvor getan hatten. Nur war die Atmosphäre jetzt nicht so, dass man sie mit dem Messer hätte schneiden können; man hätte sie mit einem Vorschlaghammer dreinschlagen wollen. Die Dämmerung hatte sich aufgelöst, der Himmel vor den Fenstern des Klubraums färbte sich langsam blau und Jonah musste sich zwicken – um sich zu vergewissern, dass er nicht halluzinierte.

Schuld war Coldhardts Anwesenheit.

In der eleganten Strenge des Konferenzraums schien der Boss sich zu Hause zu fühlen, die große Spinne in ihrem Netz aus gebürstetem Stahl. Doch nebenan im Fernsehraum wirkte er eher wie ein Fisch auf dem Trockenen. Er saß auf einem weichen Sofa in einem Meer aus Bierdosen und Bonbonpapieren und sah sich das Filmmaterial über Heidel an. Soweit Jonah wusste, war er im ganzen letzten Jahr nicht ein einziges Mal hier gewesen. Es war ein besonderer Ort nur für seine »Kinder«, und jetzt war es plötzlich, als sei Dad auf Besuch ins Spielhaus gekommen. Niemand wusste so recht, wie er darauf reagieren sollte.

Jonah wünschte, Tye würde ihn endlich ansehen. Wie wütend sie wohl auf ihn war? Vielleicht war sie auch nur müde …

Ich jedenfalls bin es, und *wie*, dachte er und kratzte seinen wunden Nacken.

»Das macht mich total fertig«, flüsterte Patch.

»Boah, tatsächlich, Zyklop?« Motti blickte ihn finster an. »Wir nehmen das alle völlig locker.«

Con seufzte. »Wir hätten Coldhardt sofort sagen sollen, was wir gefunden haben.«

»Damit der alte Sack uns weiter im Dunkeln tappen lässt?« Motti schüttelte den Kopf. »Oh nein, diesmal nicht.«

»Und das sagst *du* ihm ins Gesicht?«

»Du wirst schon sehen.«

Patch lachte leise. »Ich sehe, wie deine Hose braun wird, Kumpel.«

Jonah fragte sich, warum Coldhardt kein Donnerwetter losgelassen, nicht gewütet und mit ihnen geschimpft hatte, weil sie sich Heidels Sachen ohne ihn angeschaut hatten. Vielleicht, weil er die Fotos aus dem Aktenkoffer und die offenen Ordner gesehen hatte. Ein Fenster auf seine Vergangenheit hatte sich aufgetan und im Moment starrte er immer noch darauf und beobachtete Heidel in Lebensgröße auf dem riesigen Fernsehschirm.

»Möchte jemand Kaffee?«

Mayas Stimme kam vom oberen Treppenabsatz und alle sprangen fast an die Decke vor Schreck.

»Den Kaffee kannst du dir sonst wo hinstecken. Nach dem Schreck brauche ich einen anständigen Drink«, sagte Patch mit zittriger Stimme.

Motti schnaubte. »Vielleicht bringt Rotkäppchen dir einen Himbeersirup.«

»Was ist denn los?«, fragte Maya und kam leichtfüßig die Treppe herunter. »Jonah?«

Jonah zeigte auf das Fernsehzimmer und legte einen Finger auf die Lippen. Als der Verkehrslärm abrupt abbrach, als sei der Film angehalten worden, bereitete er sich innerlich auf Coldhardts Auftauchen vor. Doch dann war der lange, zeitlose Augenblick vorüber; der alte Herr schaute sich die Sequenz noch einmal von vorn an.

»Wie oft denn noch?«, murmelte Tye, die sich mit geschlossenen Augen in der Sofaecke zusammengerollt hatte.

»Ihr habt die Beweise, stimmt's?«, fragte Maya gedehnt. »Dass Heidel der ist, als der er sich ausgibt?«

Patch erzählte ihr kurz, was sie durchgemacht und mitgebracht hatten. »Coldhardt hat nicht viel dazu gesagt, er ist die Sachen aus dem Koffer nur kurz durchgegangen und hat sich dann mit dem Film, den wir aufgenommen haben, in den Fernsehraum verzogen. Jetzt warten wir, dass er wieder rauskommt und uns zusammenstaucht.«

Maya sah ihn erstaunt an. »Dafür, dass ihr ihm gebracht habt, was er haben wollte?«

»Dafür, dass wir unsere Nase reingesteckt haben«, sagte Motti. »Dafür, dass wir es gewagt haben so zu tun, als seien wir mehr als seine persönlichen Sklaven.«

»Aber ihr *seid* doch viel mehr.« Maya schaute in die Runde. »Ihr seid seine Familie. Der Weg, den er eingeschlagen hat, kann dazu führen, dass er euch viele Jahre allein lassen muss; da wollt ihr natürlich wissen, worauf er sich einlässt.« Sie machte eine kurze Pause. »Ihr wollt schließlich nicht, dass er in eine Falle tappt.«

»Und wir wollen nicht, dass wir arbeitslos werden«, sagte Con. »Sehr gut, Maya. So gesehen ist unser Verhalten doch ganz vernünftig, oder?«

»Dieser schnulzige Quatsch wäre ja gut und schön, wenn Coldhardt seinem Namen nicht zweihundertprozentig gerecht würde«, grummelte Motti. »Kalt und hart.«

»Dann wird es vielleicht Zeit, dass wir das Eis brechen.« Jonah erhob sich. »Maya macht Kaffee. Ich frage Coldhardt, ob er auch einen haben will. Das ist nur fair, schließlich hat er den Kaffeeautomaten bezahlt.«

Bevor er es sich anders überlegen konnte, drehte er ihren irritierten, überraschten Gesichtern den Rücken zu und ging schnell und leise zum Fernsehzimmer hinüber. Unter der Tür blieb er stehen, öffnete den Mund und wollt etwas sagen, die Stille durchbrechen, damit –

»Er könnte es sein«, murmelte Coldhardt, den Blick auf den Fernseher gerichtet. Sein Ton war halb verwundert, halb ängstlich, jedenfalls hätte er bestimmt nicht gewollt, dass ihn jemand so hört. »Er könnte es tatsächlich sein.«

Und Jonah begriff: Deshalb hat er uns nicht zur Schnecke gemacht. Wir sind das Letzte, an das er im Augenblick denkt.

Wir spielen keine Rolle.

Während Coldhardt weiter auf dem Sofa vor sich hin murmelte, ging Jonah zurück zu den anderen.

»Ich glaube, der Boss will keinen Kaffee«, sagte er.

Con wies diskret hinter ihn und sagte in Lippensprache: »Hinter dir.«

Jonah drehte sich um und da stand Coldhardt unter der Tür zum Fernsehzimmer. Er schien urplötzlich wieder völlig der Alte zu sein und beobachtete sie. Maya räumte sich aus dem Weg; sie ging zum Tresen.

»Ich rufe euch alle, wenn ich euch brauche«, sagte Coldhardt steif. Er wandte sich Heidels Sachen auf dem Tisch und dem Aktenkoffer zu, der danebenlag. »Packt das zusammen und bringt es zum Tor. Ein Kurier wird alles noch am Vormittag zum Abgleich von Fingerabdrücken und zur DNA-Analyse wegbringen. Motti, die Audio-Daten …?«

Motti überschlug sich fast vor Eifer. »Das MacBook liegt gleich neben dem Telefon. Die Aufzeichnungen sind alle drauf, du brauchst nur noch auf die Playtaste zu drücken.«

Coldhardt nickte geistesabwesend. Dann drehte er sich um, nahm den Laptop und verließ den Klubraum.

»Nein, es hat uns überhaupt keine Mühe gemacht«, rief Tye ihm – sehr leise – nach.

»Er hat uns gut dafür bezahlt, oder?«, meinte Con in einem Ton, als spiele alles andere für sie keine Rolle.

Tye warf ihr einen finsteren Blick zu. »Und wer bezahlt dich, wenn er weg ist?«

»Noch ist er nicht weg«, sagte Motti.

»Nur weil er einen Steifen gekriegt hat, als du ihm in den Arsch gekrochen bist«, erwiderte Patch. Dann nahm er einen übertrieben amerikanischen Akzent an: »Die Aufzeichnungen sind alle drauf, mein Junge, du brauchst nur noch auf die Playtaste zu drücken.«

»Ich drück dir gleich eins auf die Nuss.«

»Autsch!«

Jonah hatte nur mit halbem Ohr hingehört. Er hörte immer noch Coldhardts Stimme, ernst und zittrig. »Er könnte es sein. Er könnte es tatsächlich sein.«

Heidels Sachen waren bald zusammengepackt und wurden am Haupttor abgestellt. Während die anderen ins Bett gingen, schaufelte Jonah ein paar Cornflakes in sich hinein und beschloss dann, auch ein bisschen Schlaf nachzuholen. Maya wollte unbedingt mit dem Code weiterkommen und brauchte seinen Computer, deshalb überließ er ihr sein Zimmer; er konnte sich auch in einem der Gästezimmer hinlegen.

Zufälligerweise führte der Weg dorthin an Tyes Zimmer vorbei. Eine gute Coverstory, dachte er, als er vor ihrer Tür stand.

Und klopfte an.

Sie öffnete im Morgenmantel. Ihre Haut verbarg blaue Flecken ziemlich gut, doch um ihr Schlüsselbein herum sah er schwarzblaue Verfärbungen. Sie sah müde aus. »Hey«, sagte sie.

Jonah lächelte. »Nettes Eröffnungsmanöver. Ich wollte nur wissen, ob wir noch Freunde sind.«

Tyes Lächeln sah aus, als schmecke es bitter. »Was sollten wir sonst sein?«

»Ich weiß auch nicht ... In den letzten Tagen, eigentlich seit ich zum ersten Mal etwas von diesem verdammten Zauberbuch gehört habe ...« Er zuckte mit den Schultern und kratzte sich an der Beule an seinem Hals. »Nichts scheint mehr in Ordnung zu sein.«

»Vielleicht wird es nach heute Abend klarer. So oder so.«

Die beiden standen da. Jonah überlegte, ob Tye wollte, dass er aussprach, woran sie sicherlich auch dachte.

»Kann ich reinkommen und mich zu dir legen?«

Sie lächelte, sah aber wieder weg. »Ich kenne dein Zu-dir-Legen. Es wäre schön, aber ich bin wirklich hundemüde ...«

»Ich auch. Wir könnten uns wirklich nur hinlegen und –«

»Ich brauche erst mal ein bisschen Zeit, ja?«

Jonah zuckte mit den Schultern. »Und ein bisschen Abstand? Okay. Kannst du haben.« Er marschierte den Flur hinunter. Das war ausgesprochen feinfühlig, du Blödmann, sagte er sich. Er blieb stehen, drehte sich um – und hörte gerade noch das leise Klicken, als Tyes Tür ins Schloss fiel.

Er legte sich im erstbesten Gästezimmer auf das ungemachte Bett, wälzte sich unruhig von einer Seite auf die andere, bis der Schlaf ihn endlich zudeckte.

Beim Aufwachen fühlte Jonah sich total gerädert und sah entsprechend aus. Der Rest des Tages verging langsam und war dennoch voller Unruhe.

Er spielte ein paar Videospiele mit Patch. Patch gewann andauernd, weshalb er in die Turnhalle ging, um zu trainieren. Con war da und schlug wie ein Berserker auf einen Sandsack ein. Er hatte keine Lust, in dieser Stimmung gegen sie anzutreten, weshalb er wieder hinausging und zum Haupttor schlenderte. Die Kisten waren weg.

»Super«, murmelte er. Er fragte sich, wie lange es dauern würde, bis die Ergebnisse vorlagen, wie viel Kohle Coldhardt springen lassen würde, um die Sache etwas zu beschleunigen.

Grübelnd ging er über das Gelände, bis er glaubte, vor Langeweile gleich tot umzufallen. Im Klubraum traf er Motti. Der hatte die Sicherheitssysteme der konspirativen Wohnung überprüft; die Checks hatte er von sich aus gemacht, da keine Aufträge von Coldhardt vorlagen. Er fühlte sich immer noch verantwortlich.

»Dieser Sorin war schlauer, als er aussah«, erklärte Motti. »Er hat das gesamte System ausgeschaltet, jede einzelne Wanze in dem Apartment, und zwar mit ... mit irgendeinem EMP vielleicht, keine Ahnung.«

»Mit einem elektromagnetischen Impuls?« Jonah runzelte die Stirn. »Ich dachte, das würde die gesamte Elektronik in der Gegend zusammenhauen. Aber der Augen- und Fingerabdruckscanner und das Codeschloss am Eingang, sie haben alle noch funktioniert.«

»Er hat genügend Saft draufgegeben, um den Hauptchip außer Gefecht zu setzen und sämtliche Wanzen im ganzen Gebäude abzuschießen – und dann hat er die Sicherheitsbarrieren am Hauseingang irgendwie wieder eingeschaltet.« Motti schüttelte voll zähneknirschender Bewunderung den Kopf. »Perfekt für einen Hinterhalt. Die Scanner waren so eingestellt, dass sie jede Iris, jeden Daumen und jeden siebenstelligen Code anerkannt hätten, sodass du nie auf die Idee gekommen wärst, dass etwas nicht stimmen könnte – bis du drin warst.«

Jonah nickte. »Das heißt, die NO-Typen sind nicht eingebrochen, sondern einfach nur hineinmarschiert.«

»Schade, dass Sorin dran glauben musste«, sagte Motti. »Wer weiß? Der Typ hatte echt Talent. Groß rauskommen wird er jetzt nicht mehr.«

»Hat man in dem Apartment noch …«, Jonah zuckte scheinbar gleichgültig mit den Schultern, »irgendwelche Spuren von dem Mord gesehen?«

Motti sah ihn ruhig an. »Was denkst *du*?«

Langsam füllte sich der Klubraum wieder. Con kam zurück und schaltete Musik ein. Patch wandte sich wieder seinen Computerspielen zu. Motti ging in sein Studio-Zimmer, um Gitarrenriffs auszuprobieren. Tye hatte sich noch nicht wieder blicken lassen.

Lass sie schmoren, dachte Jonah und schlappte davon, um zu sehen, wie weit Maya gekommen war. Da es sein Zimmer war, dachte er nicht daran anzuklopfen. Er marschierte einfach hinein – und fand sie schlafend auf seinem Bett. Sie trug nur ihr schwarzes Trägertop und einen Slip und hatte sich auf der Decke zusammengerollt. Ihr rotes Haar lag wie ein Fächer auf dem Kissen. Sie war wohl zu kaputt gewesen, um die Gästezimmer zu suchen – oder sie konnte, wenn sie ihre kostbaren Codedateien nicht in der Nähe hatte, einfach nicht mehr schlafen.

Er ließ den Blick ein paar Sekunden auf ihr ruhen. Wieder fiel ihm die dunkle Spitze des Tattoos unterhalb ihres Schlüsselbeins auf, die Schwellung am Hals stand wie ein roter Stern darüber. Mayas Haut war von den mageren Oberschenkeln bis zu den bleistiftdünnen Knöcheln mit denselben graubraunen Sommersprossen bedeckt, die auch ihr elfenhaftes Gesicht überstäubten.

Wenn jetzt Tye hereinkäme, würde sie mich für einen

echt linken Schuh halten, dachte er. Rasch nahm er eine Jacke und legte sie über Mayas untere Hälfte. Dann ging er zu seinem Computer und schaute nach, ob sie bei der Entschlüsselung des Manuskripts irgendwelche Fortschritte gemacht hatte.

Keine Buchstabenübereinstimmung. Die Übersetzungsprogramme hatten keine Wörter ausgespuckt. So viel Rechnerleistung – und wofür? Ihm fiel auf, dass der Berg zusammengeknüllter Zettel um den Papierkorb herum höher geworden war.

Brauchte Coldhardt sie überhaupt noch, um den Bloodline Code zu knacken? Die ganze Arbeit, die sie hier machten, schien Maya mehr zu bringen als dem Boss.

Coldhardt würde sich ziemlich bald zwischen seinem Leben, wie er es jetzt führte, und den Diensten von Nomen Oblitum entscheiden. Jonahs Magen zog sich zusammen; diese Magenschmerzen hatten ihn schon als Kind geplagt, immer wenn er mitbekommen hatte, wie seine Pflegeeltern sich über ihn unterhielten und vom Zurückschicken redeten. Er schloss die Augen, war immer noch unendlich müde. Aber in seinem Bett lag Maya, wie ein Kuckucksjunges.

Da er nicht wusste, wohin er sonst hätte gehen sollen, schleppte er sich wieder ins Gästezimmer, legte sich auf das immer noch ungemachte Bett und wartete auf Coldhardts Anruf.

Und wartete.

Schatten schlichen sich ins Zimmer, als der Tag draußen grau wurde.

Als Jonah wieder aufwachte, war es kurz vor sechs

am nächsten Morgen. Und genau eine halbe Stunde später läutete das Telefon.

Er nahm ab und seine Magenschmerzen meldeten sich wieder.

Zeit zu gehen, dachte er.

Jonah erschien als Letzter im Konferenzraum. Selbst Maya hatte es vor ihm geschafft. Einen Moment lang ärgerte er sich über ihr Hiersein. Du bist gerade erst zu uns gestoßen. Hier geht es nicht um dich.

Es geht um uns.

Coldhardt schien wieder alles im Griff zu haben. Er saß, schlank und elegant wie immer, am Tischende und spielte mit dem Goldring, den Tye Sadie abgenommen hatte. Er wirkte ruhig und gelassen – im Gegensatz zu allen anderen am Tisch.

»Ich kann mir vorstellen, dass ihr die jüngsten Entwicklungen mit Sorge verfolgt habt«, begann er ohne lange Vorrede. »Von Neugier ganz zu schweigen.«

»Darauf wär ich nie gekommen«, murmelte Patch.

»Ist bei den Tests, die du an Heidels Sachen hast machen lassen, etwas herausgekommen?«, erkundigte Motti sich direkt.

Coldhardt legte den Ring auf den Tisch und sah Motti an. »Sämtliche Dinge – einschließlich der jüngsten persönlichen Akten – sind voll von Heidels Fingerabdrücken. Genetischer Detritus von den Kleidern – Haare, Hautschuppen und so weiter – wurde DNA-getestet und stimmt überein. Und die Stimme …« Er lächelte unvermittelt, ein Lächeln, das eindeutig nicht die Absicht hatte, je bis zu den Augen vorzudringen. »Sie ist im Lauf der Jahre etwas tiefer geworden ... aber es könnte die Stimme von Heidel sein.«

Jonah nahm das alles über dem Hämmern seines Pulses in den Schläfen in sich auf. »Dann ist Heidel also wirklich noch am Leben?«

»Und er ist nicht älter geworden ...« Tye schüttelte den Kopf. »Ist es möglich, dass er sich operieren ließ, damit er jünger aussieht?«

»Vielleicht solltest du dich mit David Street kurzschließen«, sagte Con, »und hören, was er meint?«

»Er ist kein Verbündeter mehr«, erwiderte Coldhardt. »Und bevor du fragst – Karl Saitou auch nicht.«

»Aber er würde doch sicher ...«

»Es gibt nichts mehr dazu zu sagen.« Das Scharren von Coldhardts Stuhl unterbrach sie. »Ihr habt etwas übersehen, als ihr so eifrig Heidels Sachen durchwühlt habt.« Er stand auf und hob den alten ledernen Aktenkoffer mit einer Hand hoch. Mit der anderen zog er ein großes Messer aus der Tasche. Jonah und Tye wechselten einen erschrockenen Blick.

Doch Coldhardt benutzte das Messer nur, um damit auf der Unterseite des Koffers eine unsichtbare Naht im Leder aufzuschneiden.

»Ein Geheimfach«, stellte Patch fest. »Bei all dem Chaos ist es mir beim Scannen nicht aufgefallen.«

»Ein beliebter Trick des Alten«, murmelte Coldhardt und griff vorsichtig hinein. »Ein kleiner Raum, um Geheimnisse aufzubewahren; über dreißig Jahre war er verschlossen.« Mit unbewegtem Gesicht griff er hinein und zog ein kleines Häufchen glitzernder Steine heraus. Diamanten oder –

»Rauchsteine«, flüsterte Con.

Coldhardt hatte jedem von ihnen einen solchen Stein als Zeichen der Zugehörigkeit gegeben, aber wie es aussah, waren sie nicht die ersten Besitzer. Coldhardt ließ die Edelsteine gedankenlos über den Tisch kullern und griff noch einmal hinein. Und dieses Mal brachte er ein kleines Kärtchen mit einem bekannten roten Symbol darauf zum Vorschein.

»Mein Gott«, entfuhr es Jonah, und die anderen wandten sich ihm zu – alle außer Maya, die genauso fasziniert auf die Karte schaute wie er.

Motti trat Jonah unter dem Tisch ans Schienbein. »Willst du uns nicht sagen, was daran so aufregend ist, Freak?«

»Das ist der Knoten der Isis«, antwortete Jonah.

»Das Symbol, das Nomen Oblitum übernommen hat«, fügte Maya hinzu. »Und das hier ist ihre Vertragskarte.«

Tye sah sie scharf an. »Du hast so eine Karte schon einmal gesehen?«

»Ja.« Sie blickte Coldhardt an. »Die Vertragskarte wird erst ausgehändigt, wenn die Magierin sich bereit erklärt hat, mit ihren Künsten auf Körper und Bewusstsein des Bittstellers einzuwirken«, erklärte Maya. »Sie bestätigt, dass die Magierin das Geschenk dieser Person angenommen hat.«

»Ich vermute, dass es sich dabei nicht um eine Schachtel Pralinen handelt«, murmelte Patch.

»Das Geschenk wird entsprechend der finanziellen Mittel und der Lebensumstände der fraglichen Person festgelegt«, fuhr Maya fort. »Es können in einem Fall eine Million Goldstücke sein, im anderen eine einzelne seltene Pflanze.«

»Warum ist Heidel überhaupt auf die Idee gekommen, zu Nomen Oblitum zu gehen?«, fragte Tye Coldhardt.

Coldhardt schob die Rauchsteine zusammen und ließ sie in seine Brusttasche gleiten. »Er hat nicht über seine Schwächen gesprochen.«

»Egal was da gelaufen ist, es klingt auf jeden Fall so, als hättest du alles drangesetzt, um ihn zu heilen.« Motti tat, als halte er eine Pistole an Patchs Kopf und drücke ab.

Die lässige Selbstsicherheit schien sich Coldhardts Stimme zurückerobert zu haben. »Mach nicht den Fehler, Wissen mit Verstehen gleichzusetzen, Motti.«

»Vielleicht versteht keiner von uns was, weil du nie was erklärst.« Motti stand auf und schlug mit der flachen Hand auf den Tisch. »Weißt du was? Behalte deine Geheimnisse für dich, Coldhardt. Wen kümmert's denn? Zieh mit deinen Freunden in ihren langen Kutten los und lass dich die nächsten dreißig Jahre runderneuern oder was auch immer. Sag uns nur klipp und klar – was passiert mit uns, während du weg bist?«

»Noch habe ich meine erste Unterredung nicht gehabt«, antwortete Coldhardt ruhig. »Bis ich gefunden habe, was die Magierin verlangt, weiß ich genauso wenig wie ihr, wie lange der Prozess dauern wird und was ich während der Zeit tun kann und was nicht.«

»Motti redet von uns«, sagte Con. Ihr Ton war kühl, doch Jonah sah das Flehen in ihren Augen. »Von unserer *Zukunft.*«

»Zuerst muss ich mich um meine eigene Zukunft

kümmern.« Coldhardt gab Motti durch eine Geste zu verstehen, er solle sich wieder setzen. Motti seufzte, tat es und Coldhardt schaute sie der Reihe nach an. »Ich bitte euch mir zu vertrauen, meine Kinder.«

Keiner sagte etwas darauf.

Er lächelte. »Vertraut wenigstens auf die Tatsache, dass ich in euch alle investiert habe, und zwar ganz gewaltige Summen. Ihr seid sehr wertvoll und werdet es immer sein.«

Jonah sah Tye an, um an ihrer Reaktion ablesen zu können, ob Coldhardt das ernst gemeint hatte. Motti, Patch und Con blickten ebenfalls zu ihr.

Tye schien sich nicht wohl in ihrer Haut zu fühlen, aber sie nickte. »Ich glaube, er meint, was er sagt.«

»Und was ist dann das großartige Geschenk, das wir für dich besorgen müssen?«, fragte Jonah.

Coldhardt drückte auf eine Taste seiner Fernbedienung und die an der Wand montierten Bildschirme wurden hell. Alle Köpfe drehten sich in diese Richtung. Zu sehen war eine Karte mit verschiedenen Inseln, von denen Jonah keine einzige erkannte. »Ich weiß nur«, sagte Coldhardt, »dass mein Geschenk im Frachtraum eines Schiffes liegt, und zwar in dem der Aswang, die im Golf von Moro unterwegs ist, irgendwo um die Illana-Bay herum.«

»Ein Frachtschiff?« Jonah runzelte die Stirn. »Was kann Nomen Oblitum von einem Frachtschiff wollen?«

»Es ist schon seit vielen Jahren kein reguläres Frachtschiff mehr«, erklärte Coldhardt. »Die Aswang ist ein ›Phantom-Schiff‹, sie wurde vor Jahren gestohlen, bekam einen neuen Anstrich und wurde unter einem neuen Namen und mit neuer Flagge registriert. Der jetzige Besitzer ist ein Multimillionär, der sich besonders für die philippinische Mythologie interessiert. Er benutzt die Aswang als Lager für seine Sammlung meist gestohlener Kunstwerke, die zum Teil dreitausend Jahre alt sind – er hat das Schiff zu seinem persönlichen Schrein im Pantheon philippinischer Götter gemacht. Normalerweise liegt sie vor einer der vielen Inseln, die er besitzt, vor Anker, doch aus Sicherheitsgründen bewegt er sie in regelmäßigen Abständen.«

Motti nickte. »Ich nehme an, dass beide Seiten des Gesetzes hinter einer solchen Beute her wären.«

»Ich habe präzise Angaben, wo der Schatz auf dem Schiff zu finden ist«, sagte Coldhardt. »Zu dieser Stelle müsst ihr vordringen.«

»Etwas aus muffigen Krypten und alten Tempelruinen zu stehlen, ist eine Sache«, gab Jonah zu bedenken, »aber an Bord dieses Kahns ist doch bestimmt eine komplette Crew, oder?«

»Eine stark reduzierte Crew, die zur Verteidigung eines 150 Meter langen Schiffes auch noch schlecht ausgerüstet ist. Aber da der Besitzer die örtlichen Piraten auf seiner Gehaltsliste hat, erwarten sie keinen Ärger.«

»Und was ist mit Heidel und Bree?«, fragte Tye. »Auch wenn Sorin tot ist und Sadie im Knast sitzt, die beiden sind immer noch hinter dir her. Und Heidel scheint deine Pläne noch vor dir zu kennen.«

»Genau«, meldete sich jetzt auch Patch. »Gut möglich, dass Nomen Oblitum mit Heidel zusammenarbeitet, um dich reinzulegen.«

»Und dafür Sorin umbringt und Jonah und Maya davonkommen lässt?« Con machte ein skeptisches Gesicht. »Eine seltsame Methode jemanden reinzulegen, oder?«

»Sie hätten mich in der konspirativen Wohnung erledigen können, wenn sie gewollt hätten«, pflichtete Coldhardt ihr bei. Er blickte ernst in die Runde seiner »Kinder«. »Risiken gibt es immer. Dafür bezahle ich euch. Aber dieses Mal ... werde ich euch die Informationen zukommen lassen, die ihr braucht – und ihr macht unter euch aus, wie ihr das Ziel am besten erreicht. Teilt eure Pläne niemandem mit. Nicht einmal mir.«

Motti sah ihn verblüfft an. »Du meinst ... du vertraust uns, dass wir es tun?«

»Ich bezahle euch, dass ihr es tut.« Coldhardt deutete ein Lächeln an. »Das Schiff ist alt und kommt nur langsam voran – aber in vier Tagen wird es sein Ziel in Balimbing erreicht haben. Ich schlage vor, dass ihr euch mit Hochgeschwindigkeit daranmacht, eure Pläne auszuarbeiten.« Er wandte sich an Maya. »Ich hätte gern, dass du in der Zeit unter meiner persönlichen Aufsicht hierbleibst und mit deiner Arbeit fortfährst.«

»Okay.« Maya zuckte mit den Schultern. »Ich wüsste sowieso nicht, wohin ich sonst gehen könnte.«

»Du willst immer noch, dass das Zauberbuch entschlüsselt wird?«, fragte Jonah Coldhardt und zog die Augenbrauen hoch. »Warum? Ihre Übersetzung des Vergleichstextes hat sich mit unserer gedeckt – und egal welchen ›Zauber‹ Nomen Oblitum ausüben müssen, sie werden nach ihrer eigenen Ausgabe des Manuskripts vorgehen.«

»Ich ziehe es immer vor, ein Buch selbst zu lesen, anstatt mir Geschichten erzählen zu lassen.« Coldhardt drehte den Ring zwischen den Fingern und lächelte. »Ihr müsst jetzt anfangen.«

Jonah erhob sich langsam. Die anderen folgten seinem Beispiel. Sie gingen hinüber zu dem versteckten Aufzug, der sie aus der Unterwelt ans Licht zurückbringen würde.

»Ich werde euch wiedersehen«, sagte Coldhardt.

Jonah warf Tye einen kurzen Blick zu. Sie wirkte besorgt. »Er meint, was er sagt«, flüsterte sie, »aber er verschweigt etwas ... dessen bin ich mir sicher.«

»Schließlich hat er gerade rausgefunden, dass der Freund, von dem er dachte, er hätte ihn umgebracht, immer noch lebt«, erinnerte Jonah sie. »Da ist es kein Wunder, dass er aufgewühlt ist, oder?«

Sie nickte, und Jonah hätte beruhigt sein sollen. Aber auch *er* hatte das Gefühl, dass Coldhardt ihnen etwas verheimlichte. Etwas, das in den dunkelsten Schatten des kurvenreichen Wegs, der vor ihnen lag, auf sie wartete.

KLARTEXT

»Da draußen irgendwo ist sie«, sagte Motti und sah hinaus über das Wasser des Südchinesischen Meeres. »Fünfunddreißig Tonnen Rost, Scheiße und philippinische Schätze.«

Tye genoss es zu sehr, wieder einmal weißen Sand zwischen ihren Zehen zu spüren, um ihn allzu strafend anzusehen. »Ich hab gerade versucht, mir am Horizont was Schönes vorzustellen, herzlichen Dank.«

»Kannst du knicken bei der Arbeit hier«, witzelte Jonah. Er trug Shorts, ein Chunk-T-Shirt und einen Strohhut, saß mit seinem Laptop neben ihnen in einem Liegestuhl und versuchte weiter den Code zu knacken. Bestimmt würde er bald wieder mit Maya Kontakt aufnehmen.

Warum musste er nur so ein Superhirn sein? Gegensätze ziehen sich an, dachte Tye. Das war der einfache Teil. Aber was machen sie dann? Sie spürte die Nachmittagsbrise auf Gesicht und Beinen, schloss die Augen und träumte vor sich hin. Sie rauben ein fünfunddreißig Jahre altes Frachtschiff in der Sulu-See aus und leben fortan glücklich und zufrieden. Was denn sonst?

Tye hatte die Talentgang letzte Nacht nach Zamboanga im Westen der Insel Mindanao auf den Philippinen geflogen; sie hielten es für einen guten Ausgangspunkt, von dem aus sie das langsame Frachtschiff, das an der Halbinsel vorbeikommen musste, abfangen konnten. Vor langer Zeit – sie war 14 gewesen – hatte sie diese Gewässer mit Schmugglerbanden ein paarmal befahren. Nie hätte sie sich träumen lassen, dass sie es eines Tages in klimatisiertem Luxus überfliegen und von oben auf das intensive Blau hinunterblicken würde. Der Ozean glich einer riesigen Lapislazulischeibe, deren schimmernde Oberfläche mit pudrig weißen Inseln gesprenkelt war. Sie sahen aus, als hätte ein großer Himmelsvogel sie fallen gelassen. Fischerboote hinterließen deutlich sichtbare Gischtspuren auf der glatten See, die sich in sämtliche Richtungen zogen.

Es war nur schwer vorstellbar, dass etwas so Schönes so gefährlich sein konnte. Doch auf dem Wasser wimmelte es von modernen Piraten, von denen viele genauso gewissenlos plündern wie auch töten würden. Dieser Job würde kein Zuckerschlecken werden … Aber in der leichten Brise, die vom Meer her sanft über ihre Haut strich, beschloss sie, wenn möglich den Augenblick zu leben und ihre Umgebung zu genießen.

Zamboanga City war von Wasser umgeben; das bedeutete herrliche Strände und ebenso herrliche Meeresfrüchte. Con informierte sie, dass es einmal die Hauptstadt der spanisch besetzten Gebiete war, und in den belebten Straßen konnte man in alten, halb verfallenen Lehmziegelmauern und Dächern aus roten Ziegeln immer noch Spuren des alten Glanzes entdecken. Die Reklame in den Läden war überall auf Englisch, aber Tye hörte die Einheimischen Worte in spanischem Kreolisch gebrauchen. Die Gespräche wurden lauter, wenn die motorisierten dreirädrigen Taxis, die die Straßen verstopften, ihr Ziel erreichten und die Fahrer noch ein paar Pesos mehr aus den Fahrgästen herauszuquetschen versuchten.

»Wir sollten alle unsere Jobs an Stränden planen«, erklärte Con. Sie lag auf einem Strandtuch und nippte an einem Cocktail, der so rot war wie ihr Bikini.

»Ich bin dabei«, sagte Patch. Er hatte sein T-Shirt ausgezogen. Sein magerer Körper war so weiß wie der Sand, in dem er saß, und wie die Papierstapel, über denen sie gebrütet hatten. »Was haltet ihr später von einer Strandparty?«

Motti schüttelte verzweifelt den Kopf. »Wir sollten heute Abend anfangen das Meer abzusuchen.«

»Aye, aye, Sir.« Patsch salutierte.

»Jonah hat drei mögliche Routen berechnet, die das Schiff nehmen kann, sodass wir ganz grob wissen, wo wir suchen müssen«, sagte Tye. »Aber es gibt keine Garantie, dass wir die Aswang heute Nacht finden.«

»Das wäre aber schade.« Patch kicherte. »Äh, ich lieg doch richtig, dass Aswang die Abkürzung für Ass-Wanger ist, oder?«

»Und ›Patch‹ für ...?«, konterte Motti.

»Weißt du, was ein Aswang ist, Patch?« Con sah ihn an. »Ein fleischfressendes Ungeheuer, das nachts über die Inseln hier zieht und kleine Kinder frisst. Solche wie dich.«

»Ich bin ein ganzer Mann«, protestierte Patch. »Aber vielleicht ist ja eine Nacht auf See gar nicht so übel.«

»Wenn die Piraten nicht wären«, wandte Motti ein.

»Sie sind doch hauptsächlich bei Dunkelheit aktiv«,

sagte Tye. »Wir suchen dann eben, solange es noch hell ist.«

Con nickte. »Aber den Job selbst müssen wir bei Nacht machen, oder?«

»Weniger Chancen entdeckt zu werden«, pflichtete Motti ihr bei.

»Ich geb mich als einer von ihnen aus«, sagte Patch. »Die Augenklappe hab ich schon, jetzt brauch ich nur noch so zu tun, als hätte ich auch ein Holzbein. Ha, ha.«

»Nicht die Art von Piraten, Hirschkopf. Sie haben heutzutage keine Schwerter und Papageien mehr, die haben ihre M60 und Raketenabschussrampen und sind bestens organisiert.«

Tye nickte. »Und dann sind da noch die philippinischen Marinepatrouillen, die chinesischen Crack-Schmuggler –«

»Ich will nach Hause«, sagte Patch kläglich.

»Und ich rufe zu Hause an«, verkündete Jonah und klappte seinen Laptop zu wie ein großformatiges Buch. Tye sah ein vertrautes Funkeln in seinen Augen und wusste, dass er am liebsten breit gegrinst hätte und herumgehüpft wäre, aber Angst hatte, seinen möglichen Durchbruch zu beschreien.

»Du hast Fortschritte gemacht mit der Geheimschrift?«, fragte sie.

»Ich glaube, ja.« Er sah zu der Promenade am Ende des Strandes hinüber und hibbelte herum wie ein Hund, der endlich das Stöckchen holen will. Offensichtlich konnte er es gar nicht abwarten. »Ich seh dann mal zu, dass ich Maya erreiche …«

»Ja, tu das.« Tye sah ihm nach und sagte sich, dass es okay sei. »Wir sollten uns ein Schnellboot organisieren und anfangen zu suchen.«

Jonah fand in der Nähe des prunkvollen Rathauses im Kolonialstil rasch ein Internetcafé. Es roch nach Fisch und die Stühle waren klebrig, aber die PCs waren einigermaßen neu und der einzige Angestellte schien nur Augen für den Fernseher zu haben.

Er bezahlte für zehn Minuten, übersprang schnell das No-Uploads-Protokoll, hackte sich in den Zeitnehmer ein, damit der nicht herunterzählte, und lud eine ausgefeilte Sicherheitssoftware, die verhinderte, dass seine Spuren im Netz verfolgt werden konnten. Schließlich lud er den Instant Messenger; Maya hatte vorgeschlagen, dass er lieber darüber mit ihr Kontakt aufnehmen sollte als übers Telefon. Ihrer Meinung nach war es sicherer. Sie hatte, als sie das sagte, wieder diesen sonderbaren Blick gehabt, der vermuten ließ, dass sie so viel mehr sah als er. Und bei diesen wichtigen Sachen ging er kein Risiko ein.

Jonah checkte den Status und sah, dass sie online war.

Hallo, Maya, tippte er und wartete ungeduldig auf eine Antwort.

Er setzte einen nach.

Schläfst du?

Dann erschien ein kleiner gelber Umschlag beim Messenger-Icon. Er klickte das Fenster an.

Ich bin da, schrieb sie. *Woher weiß ich, dass du es bist?*

Schau in die zweite Schublade rechts; da sind meine Unterhosen drin.

Kleine Pause. Dann schrieb sie:

Uah! Was ist noch drin?

Als es Jonah einfiel, fluchte er. *Äh … ein Schmuddelmagazin, das mir nicht gehört und das ich nie gelesen habe?*

Das nächste Mal vereinbaren wir ein Passwort. Was gibt's?

Höre und staune! Ich seh etwas, das du nicht siehst, und das ist RUND – Er lächelte wie der Smiley, den er eingetippt hatte. *Soll ich dir was Irres sagen?*

Sind es die Kreise?

Ja. Von den überschriebenen sind einige perfekt, man sieht nicht, wo der Strich ansetzt. Bei anderen sieht man es wohl. Prüf es nach.

Er trommelte mit den Fingern auf die Tischplatte, während er wartete. Nachdem er so lange auf diese verdammten überschriebenen Buchstaben gestarrt hatte, hatte er endlich das Gefühl, Land zu sehen. Und wieder lag der Schlüssel in der Art und Weise, wie die Buchstaben geschrieben waren, und nicht in ihrer möglichen Bedeutung – ein fast ausschließlich reflexiver Code. Jonah überlegte, was das wohl für ein Typ war, der ihn sich ausgedacht hatte. »Du warst ein ganz schön cleverer Hund«, murmelte er vor sich hin. »Aber vielleicht doch nicht clever genug.«

Es vergingen ein paar Minuten, bevor Maya zurückschrieb:

Der Strich setzt immer an einer anderen Stelle an!!!!

Jonah lächelte und antwortete: *Genau. Jetzt wissen*

wir DEFINITIV, dass es nicht einfach an der Handschrift liegt. Der Schreiber durchläuft den kompletten Kreis mit immer anderen Ansatzpunkten. Es ist ein ganz bewusst zusammengesetztes Muster. Und deshalb frage ich mich, ob es sich tatsächlich um einen verschlüsselten Text handelt – sehr praktisch, dass wahlloses Kodieren ein solches Muster hervorbringen konnte.

Es kam nicht gleich eine Antwort und Jonah wartete ungeduldig.

O.K. ... du bist weit genug weg, dass du nicht herkommen und mir eine scheuern kannst.

Er runzelte die Stirn. *Was soll das?*

Versprich mir, dass du es niemand sagst. Nicht Coldhardt, nicht Tye, niemand. Schwöre es.

Er zuckte mit den Schultern. *Ich schwöre.* Als ihr Textblock kurz darauf auf dem Bildschirm erschien, fluchte er.

Weißt du noch, dass ich einmal gesagt habe, das Manuskript ›könnte‹ ein unverschlüsselter Text sein – ein in Schriftform gebrachter Mischmasch aus unterschiedlichen Sprachen? Tatsache ist: Ich weiß verdammt genau, dass es das ist. Es ist die schriftliche Form eines komplizierten Sprachsystems, dessen Ursprung ein sino-vietnamesischer Dialekt aus dem 13. Jh. ist – mit noch anderem Zeug dazwischen. Mein Tutor in Russland, für den ich übersetze, der verschwunden ist und Mitglied des Geheimbundes war – er konnte ihn einigermaßen sprechen.

Ein paar Sekunden später war die nächste Nachricht da:

Hasst du mich jetzt?

Jonah war so wütend, dass er die Verbindung am liebsten auf der Stelle abgebrochen hätte. Aber so einfach wollte er es Maya nicht machen. Er begann auf die Tasten zu hauen: *Kein Wunder, dass dich der Hauptteil des Manuskripts überhaupt nicht interessiert hat. Du hast bereits gewusst, was in dem verdammten Ding steht. Ich wette, du bist nur zu Blackland, weil er eine Ausgabe des Manuskripts mit Anhang hatte.*

Stimmt ... Sorry.

Dann weißt du auch, was der Bloodline Code ist!

Nein.

Verarsch mich nicht.

Es verging etwa eine Minute, während der Jonah in seiner Ecke des Cafés vor Wut schäumte. Dann schrieb Maya: *Mein Tutor glaubte, der Bloodline Code sei nur im Anhang und der Schlüssel dazu im ganzen Hauptteil verstreut. Der Schlüssel zu etwas, das ungeheure Macht verleiht. Deshalb wurde immer wieder versucht, sämtliche Ausgaben des Manuskripts zu stehlen oder zu vernichten. Die von Blackland ist die einzige mit vollständigem Anhang.*

Warum bist du so dahinter her?, schrieb Jonah.

Hab dirs doch gesagt. Ich mag keine ungelösten Rätsel.

Und was steht jetzt im Hauptteil? Er war immer noch sauer. *Oder kannst du mir das nicht sagen?*

Ich vertrau dir, kam die prompte Antwort. Dann eine längere Pause. Jonah stellte sich vor, wie sie an seinem Schreibtisch saß und sich überlegte, welche Worte sie wählen und welche sie weglassen sollte. Er blickte nervös zu dem Cafébetreiber hinüber – die zehn Minuten, für die er bezahlt hatte, waren längst vorbei –, aber der Mann saß immer noch gebannt vor dem Fernseher.

Endlich kam Mayas Antwort:

Das Manuskript vermittelt ein höheres Verständnis der Energiemeridiane im Körper. Je nach Einstellung ist es entweder ultimatives medizinisches Lehrbuch – oder Do-it-yourself-Handbuch zum Thema »Wie zerstöre ich einen menschlichen Körper«. Unglaubliches Wissen.

Jonah seufzte. *Und jetzt stellen wir fest, dass es auch noch ein geheimnisvolles Muster enthält*, schrieb er.

Aber was BEDEUTET dieses Muster?, kam sofort die Frage.

Wieder seufzte Jonah. Er spürte, wie sich sein Magen vor Nervosität verkrampfte. *Das rauszufinden muss ich dir überlassen. Ich glaub, ich hab noch zu tun.*

Nach einer Weile. Dann: *Erledigt ihr den Job heute Abend?*

Jonah begann zu schreiben: *Wenn wir das Schiff vor Sonnenuntergang finden.*

Dann überlegte er es sich anders, löschte die Textzeile und fing noch einmal an: *Könnte es dir sagen. Aber dann müsste ich dich umbringen. Man sieht sich (hoffentlich).*

Er meldete sich ab, löschte sämtliche Spuren der Dateien, die er hochgeladen hatte, und verließ das Café. Er trat ins helle Sonnenlicht und blickte den Hügel hinunter zu der bewaldeten Promenade und den indigoblauen Wellen des Ozeans. Jonah wünschte nichts sehnlicher, als dass es an diesem Abend nie dunkel werden würde, und gleichzeitig wünschte er, dass diese ganze Sache vorbei wäre.

Wenn Maya mit dem Inhalt des Manuskripts recht hatte … welche weiteren Kräfte versprach der Bloodline Code dann noch?

Maya wartete auf die nächste Nachricht von Jonah, doch es kam keine mehr.

Sie spürte, dass jemand hinter ihr war, drehte sich um und erschrak. Coldhardt stand in der Tür und beobachtete sie.

»Ich denke, es ist an der Zeit, dass wir Klartext reden«, sagte er.

SCHLECHTE OMEN

Jonah quetschte sich in der Bootskabine auf einen unbequemen Klappsitz neben der Tür. Es stank nach Diesel und das Röhren des Zweizylindermotors machte ihn fast taub. Wer glaubt, ein Bootstrip im Mondschein sei romantisch, ist ganz gewiss noch nie um drei Uhr morgens in einem »Tora-Tora« aufgebrochen, dachte er.

Sie hatten das Boot einem Mann abgeschwatzt, den sie in einer der schäbigeren Bars von Zamboanga getroffen hatten und der behauptet hatte, Waffenschieber zu sein. Ein paar leise, unwiderstehliche Worte von Con in Tagalog, und er fraß ihr aus der Hand – aus derselben Hand, die sich fünf Minuten später seinen Zündschlüssel schnappte.

»Ich hab ihn zum Schlafen nach Hause geschickt und ihm eingetrichtert, dass er nichts sagen darf«, hatte Con berichtet. »Niemand wird wissen, mit welchem Kahn wir unterwegs sind.«

Das frisierte Fischerboot war vom Heck bis zum Bug etwa 16 Meter lang. Die Kabine war klein und mit allem Möglichen vollgestopft – praktischerweise auch mit einem eingebauten Radargerät. Tye stand am Steuer. Motti saß mit einem Stapel Karten hinter ihr am Tisch und steckte ihren Kurs ab. Aber am schwersten schuftete Con. Sie hing praktisch von einem Griff an der niedrigen Decke und schwang zwischen Motti, den

Karten und dem Radarschirm hin und her, gab Instruktionen an Tye weiter und versuchte das Gleichgewicht zu halten, während das Boot durch die aufgewühlte See pflügte. Eine helle rote Glühbirne beleuchtete die Szene; rotes Licht behinderte die Nachtsichtigkeit nicht, die Pupillen mussten sich also nicht immer wieder auf die Dunkelheit draußen einstellen. Auf dem Ozean mit seinen endlosen, sich ständig verändernden Schatten konnte es brenzlig werden, wenn man diesen Vorteil nicht mehr hatte, nahm Jonah an.

Da er sich ungefähr so nützlich vorkam wie das fünfte Rad am Wagen, zog er seinen schwarzen Poncho enger um sich und schlich sich hinaus, um zu sehen, wie es Patch ging. Weil der an der Seite über die Reling hing und aussah wie der Tod, ging er davon aus, dass die Antwort »nicht besonders gut« lautete.

»Seekrank oder nervös?«, fragte Jonah.

Patch stöhnte und übergab sich dann lautstark über die Bootswand.

»Geheimnisvolle Antwort. Gefällt mir.« Jonah klopfte Patch teilnahmsvoll auf den Rücken und ging weiter zum Bug.

Die Nacht war heiß und der dreiviertel volle Mond, der gespenstisch durch einen schwarzen Wolkennebel schimmerte, wirkte papierdünn. Die wenigen Sterne am Himmel glitzerten unruhig. Licht sah man sonst nur noch auf entfernten Fischerbooten, die für die Nacht festgemacht worden waren und deren Decks von ganzen Ketten globusgroßer bunter Glühbirnen erhellt wurden.

Im Gegensatz dazu hatte Tye die Lichter ihres Bootes

ausgeschaltet, weil sie so schwerer zu erkennen waren, besonders bei einer Geschwindigkeit von 60 Meilen pro Stunde. Das Blöde daran war, dass sie verdächtig aussehen würden, sobald das Radargerät eines anderen Schiffes sie erfasste. Es gab *keinen* guten Grund, weshalb ein Boot nachts über den Ozean brauste, nur ein Dutzend zwielichtiger Gründe. Piraten würden sie höchstwahrscheinlich in Ruhe lassen, aber die philippinische Marine patrouillierte mit mindestens zehn Schiffen in der Gegend. Wenn sie einem davon in die Quere kamen, würde dies das Aus für ihre Mission bedeuten.

Jonah kratzte sich an der doofen Beule in seinem Nacken und seufzte. Sie befanden sich acht Meilen vor der Küste. Das hörte sich nach nicht besonders viel an. Doch Jonah beobachtete die schäumenden Wellen, die sich am Bug brachen. Er stellte sich vor, er würde sich mit dem Wissen durch diese aufgewühlte Dunkelheit kämpfen, dass es keine Chance gab, den sicheren Hafen zu erreichen …

Nicht dass am Ende dieses Trips der sichere Hafen auf sie gewartet hätte.

Tye und Con hatten die Aswang nur wenige Meilen nördlich von der Stelle entdeckt, die Jonah anhand der durchschnittlichen Fahrgeschwindigkeit des Schiffes, seines bisherigen Kurses sowie des Ziels berechnet hatte. Jetzt waren sie also hier, bereit, sich wie die Profis über die Reling zu schwingen und mit dem Plündern anzufangen – ohne zu wissen, mit welchem Schatz sie wieder von Bord gehen würden …

Der Wind frischte auf und das Boot schlingerte. Patchs Würgen drang bis zu ihm nach vorn und Jonah beschloss, wieder in die Kabine zu gehen. Er schlitterte auf der Steuerbordseite zur Tür und öffnete sie gegen den Druck des Windes. Besonders gut fühlte er sich auch nicht.

»Hoffentlich geht es Patch bald wieder besser«, sagte Jonah, als er sich neben Tye ans Steuer stellte. »Ich kann mir nicht vorstellen, dass er in dem Zustand ein Schloss aufkriegt.«

»Er berappelt sich wieder«, sagte Tye und lächelte ihn aufmunternd an. Jonah nahm an, dass das einmal ihre Welt gewesen war, Nacht für Nacht. Für Schmuggler war das reine Routine, aber um Jonah zuversichtlicher zu stimmen, war mehr als ein Lächeln nötig.

»Wir kommen näher ran«, meldete Con und tippte auf ihren Bildschirm. »Dieser Punkt ist zweiundzwanzig Meilen entfernt, allerdings am äußersten Rand des Radars. Aber wenn er auf diesem Kurs bleibt und wir ihn ohne Probleme einholen, ist er definitiv unser Ziel.«

Jonah spürte, wie seine Nerven an ihm rissen. »Und was ist, wenn die Marine uns abfängt?«

»Die Philippinen bestehen aus über siebentausend Inseln, Freak, und die Hälfte davon ist unbewohnt.« Motti sah von seinen Karten hoch. »Da finden wir bestimmt ein Plätzchen, wo wir uns verstecken können.«

»Und wenn Piraten uns abfangen?«

»Machen wir uns ins Hemd.«

Nur zu bald sah Jonah die Silhouette des Frachtschiffs unter der lilaschwarzen Wolkenmasse vor sich aufragen. Ihr kleines Beiboot dümpelte auf der Steuerbordseite des Hecks. Jonah stand mit Motti und Patch an Deck und sie schauten hinüber.

Patch blickte mit einem Gesicht, das bleich war wie ein Hefeteig, zu Jonah auf. »Jede Wette, dass du jetzt lieber auf der Strandparty wärst.«

»Nicht unbedingt. Und das ist auch ganz bestimmt die Aswang, ja?« Doch noch während Jonah fragte, teilten sich die Wolken so weit, dass er den schlichten weißen Schriftzug am Bug lesen konnte. Die Schiffswände waren mit großen, dunklen Rostflecken überzogen; im Mondlicht sahen sie aus wie alte Blutflecken.

»Da müssen wir rauf. Schätzungsweise dreißig Meter.« Motti zeigte auf sechs kantige Enterhaken-Pistolen, die er auf dem Deck ausgelegt hatte. »Aus dem Bestand der US-Marine. Mit komprimierter Luft wird ein Enterhaken aus Titan an einer Kevlarleine hinaufgeschossen. Lautlos und akkurat – und weil wir alle wissen, dass Patch seinen Haken nur einen Meter weit werfen könnte.«

»Halt die Fresse«, sagte Patch. »Warum ist das Teil so dunkel?«

»Wenn sie bei einem Schiff von dieser Größe das Deck beleuchten, sehen sie nicht mehr, wenn Piraten längsseits kommen«, erklärte Motti. »Aber sie haben garantiert –«

Ein dicker weißer Lichtbogen schwenkte, von der Schiffsseite ausgehend, über die aufgewühlte See, zuerst in die eine Richtung, dann in die andere. Jonah hörte, wie der Motor des Tora-Tora ansprang, und spürte, wie ein Ruck durch das Boot ging, als Tye es wendete und aus der Reichweite der Scheinwerfer brachte. Sie umkreisten das Schiff und Jonah sah auch von Backbord ein gespenstisches Leuchten ausgehen, als dort ebenfalls Scheinwerfer die Wellen absuchten.

»Ob sie uns gehört haben?«, fragte Patch ängstlich.

»Nicht bei dem Krach, den ihre eigenen Motoren machen«, beruhigte ihn Motti. »Nö, das hat nach einem Routinedurchgang ausgesehen, mehr Abschreckung als sonst was. Wir sind dunkel, wir sind klein und sitzen ihnen zu dicht auf der Pelle, als dass ihr Radar richtig funktionieren könnte.«

»Dann wissen sie nicht, dass wir hier sind«, sagte Jonah und hoffte, dass es auch stimmte.

»Aber wir wissen jetzt, wie weit die Dinger reichen und dass jemand steuerbord und backbord sein und die Scheinwerfer bedienen muss.« Motti nickte nachdenklich. »Bestimmt ist ein Erster Offizier an Bord, der für alles verantwortlich ist, während sich der Kapitän irgendwo den Hintern breit drückt und schnarcht. Was den Rest der Mannschaft betrifft ... keine Ahnung. Wenn der Kahn hier tatsächlich ein richtiges Frachtschiff wäre, könnte sie bis zu dreißig Mann stark sein. Ich geh mal davon aus, dass wir in unserem Fall nur eine Handvoll vorfinden, aber sie haben bestimmt Funkgeräte und sind höchstwahrscheinlich bewaffnet ...«

Mit einem Schlag gingen die Scheinwerfer aus.

»Noch mal davongekommen«, flüsterte Patch triumphierend. Es war wieder stockdunkel und Jonah konnte kaum noch sagen, wo das Meer aufhörte und der Himmel begann.

»Jetzt ist die beste Zeit zum Durchstarten«, sagte Motti. »Wo zum Teufel ist Con?«

»Hier.« Sie stieß die Tür auf. Jetzt trug sie einen schwarzen Overall und hatte das Haar unter eine schwarze Beaniemütze gesteckt. Dazu hatte sie fingerlose Lederhandschuhe übergestreift, von denen sie drei weitere Paar verteilte. Tye drosselte den Motor; sie lagen etwa zweihundert Meter von der Backbordseite des Bugs entfernt.

Con schaute zu, wie Jonah, Motti und Patch ihre Handschuhe anzogen. »Gehen wir den Plan noch einmal durch, ja?«

Motti nickte und holte alle für ihre letzte Lagebesprechung näher zu sich heran. »Ich und Jonah schießen die Haken mit der Leine dran ab und gehen als Erste an Bord. Wir nehmen uns das Deck vor. Sind welche von der Mannschaft da, schalten wir sie aus.« Motti zog einen langen Schlagstock aus einem Schrank. »Hab ich gefunden. Sollte helfen.«

»Gibt's noch welche?«, fragte Patch.

»Nö. Aber du kannst deinen Hintern drauf wetten, dass die Mannschaft bewaffnet ist. Wir können dann ihre Waffen nehmen.« Motti fasste den Knüppel ganz fest, als könne er ihm Mut machen. »Sobald die Luft rein ist, geben ich und Jonah euch ein Zeichen und ihr kommt nach. Während ihr raufklettert, suchen wir nach jemand, den Con mit ihrem Bann belegen kann und den wir dann als Lockvogel für den Rest der Mannschaft benutzen können.«

Con nickte. »Alles klar.«

»Wenn alle abgelenkt sind, bringt Patch uns unter

Deck. Wir machen Coldhardts kleines Geschenk ausfindig, hoffen, dass es nicht zu groß zum Tragen ist, und funken Tye an, damit sie uns abholt. Dann steigen wir weiter runter bis zur Bilgenpumpe ganz unten im Frachtraum. Patchs explodierendes Auge reißt für uns ein Loch in den Schiffsrumpf, durch das wir nach draußen klettern können, Tye kommt mit dem Tora-Tora und bringt uns wie der Teufel weg von hier. Noch Fragen?«

Patch hob die Hand. »Kann ich bitte auf die Toilette gehen?«

Motti knuffte ihn in die Schulter und wandte sich an Jonah. »Du kannst jetzt Tye sagen, das sie uns ranfahren soll, Freak.« Er hielt inne und sah ihn mit einem winzigen, wissenden Lächeln an. »Aber in spätestens sechzig Sekunden bist du wieder da, okay?«

Jonah nickte und rannte zur Kabinentür. Tye stand am Steuerrad. Sie drehte sich um, als er hereinkam. Er lief zu ihr und legte ihr die Arme um die Taille. Sie hielt ihn fest und schmiegte sich an ihn.

»Tut mir leid, dass ich so biestig war«, flüsterte sie.

»Warst du doch gar nicht«, widersprach er. »Ich hab mich blöd benommen.«

»Du bist nie blöd. Ich wünschte, du wärst es.« Sie sah ihn an. »Aber da oben auf dem Schiff darfst du es nicht sein, okay?«

»Ich bin total vernünftig«, versprach er. »Jedenfalls so vernünftig, wie man eben sein kann, wenn man an dreißig Meter Rost hinaufklettert.«

»Hast du Angst?«

»Gott, ja.«

Sie küsste ihn. »Ich auch.«

Er blickte über die Schulter zur Tür. »Motti sagt, du sollst uns ranfahren. Wenn ich nur nicht –«

»Geh«, flüsterte sie und lächelte. »Es wird alles gut. Wir reden später. Versprochen.«

»Das nenn ich einen Ansporn.« Jonah drückte ihr ungeschickt einen Kuss auf die Lippen und lief hinaus. Ein Adrenalinstoß durchfuhr ihn. Yeah. Wir schaffen das, dachte er und schnappte sich seine Enterhakenpistole.

Er blickte zurück zu der geschlossenen Kabinentür.

Wir *müssen* es schaffen.

Er hörte, wie das Motorengeräusch sich veränderte, als Tye die Drosselklappe öffnete und sie durch die schwarzen Wellen pflügten, immer näher heran an den rostigen Schiffsrumpf, bis er über ihnen aufragte wie dunkle Klippen. Motti steckte sorgsam den Knüppel in seinen Gürtel. Dann hob er seine Pistole und gab Jonah ein Zeichen, es ihm nachzutun.

Als Motti nickte, wappnete sich Jonah gegen den Rückstoß und drückte ab. Mit einem Klicken und einem Zischen verschwand die Leine in der Dunkelheit.

»Bitte, bitte, bitte«, murmelte Jonah und machte sich darauf gefasst, dass der Haken ihm auf den Kopf knallte.

Er tat es nicht. Vorsichtig zog er an der Leine und spürte, wie sie straffer wurde.

Motti riss sehr viel stärker an seiner. »Falls das Ding sich löst, wenn wir halb oben sind, wäre das ziemlich unschön.« Er riss noch einmal daran und grunzte dann zufrieden. »Okay, dann wollen wir mal. Wer als Letzter oben ist, küsst Patch den Hintern. Auf geht's.«

Jonah packte die Leine und schwang sich in die Luft. Er war froh über seine Handschuhe. Seine Füße klackten laut gegen den vibrierenden Schiffsrumpf, als er sich Hand über Hand hochzog. Das Dröhnen der riesigen Schiffsmotoren, das Fauchen und Rauschen der unruhigen See unter ihm, seine gemurmelten Gebete und Flüche und sein panischer Herzschlag wollten seine Trommelfelle schier zum Platzen bringen. Immer wieder blickte er nach oben in der Angst, das Gesicht eines Filipinos und eine Gewehrmündung zu sehen. Wie lange würde der Sturz wohl dauern? Der Anblick von Motti, dessen schlaksiger Spinnenschatten im selben Tempo wie er den Rumpf hinaufkletterte, gab ihm Zuversicht.

Seine Arme zitterten und er rang keuchend nach Atem, als er oben ankam. Mit letzter Kraft zwängte er sich durch eine Lücke in der Sicherheitsreling, die um das Deck herumlief, und plumpste auf den rostigen Boden. Der bebte von der Kraft der Motoren noch stärker als er.

Jonah stand vorsichtig auf, seine Augen hatten sich inzwischen völlig an die Dunkelheit gewöhnt. Auf dem langen Deck lag ein rostiges Durcheinander aus Ketten von den Ladebäumen, Ventilen, Tieflöffelbaggern und riesigen Seilrollen. Von der Mannschaft keine Spur – jetzt kletterte Motti durch die Reling.

»Keiner da«, murmelte Jonah und half ihm auf die Beine.

»Dann wollen wir zusehen, dass es auch so bleibt.« Motti beugte sich über die Reling und gab Con und Patch ein Zeichen. »Gehst du schon mal vor?«

Jonah nickte und schlich in der düsteren Schwüle davon. Dabei hielt er sich dicht an die Reling, damit er sich, falls es hart auf hart kam, über Bord schwingen konnte. Nasser konnte er im Wasser auch nicht mehr werden – er schwitzte unter dem schwarzen Leinenhemd wie ein Sahneeis.

Plötzlich sah er vielleicht zehn Meter vor sich ein winziges gelbes Flackern und blieb wie angenagelt stehen. Es war die Flamme eines Feuerzeugs. Jemand rauchte an Deck. Jonah sah das matte Schimmern des Mondlichts auf Metall und erkannte, dass die Gestalt ein Maschinengewehr über der Schulter hängen hatte.

Vorsichtig drehte er sich um und schlich zum Heck zurück. Doch links von ihm sprang plötzlich jemand hinter einem Ventil hervor. Ein Mann, klein, schwarz und drahtig, stellte sich ihm in den Weg und schwang eine Machete. Jonah hatte kaum Zeit zu reagieren, so schnell griff der Mann an. Dabei brabbelte er aufgeregt vor sich hin.

Jonah zwang sich, ruhig zu bleiben und sich zu konzentrieren. Er blockte den Hieb ab und versetzte dem Mann einen Kinnhaken. Der Fremde hielt jetzt zwar den Mund, aber zu Boden ging er nicht, weshalb Jonah ihn noch in den Schritt trat und ihm die Machete entwand. Der Mann wankte rückwärts und stolperte über ein Kabel. Doch jetzt kam der mit der Zigarette herübergelaufen. Er brachte das Maschinengewehr in Anschlag und fingerte gleichzeitig am Gürtel nach seinem Funkgerät. Statt davonzulaufen und sich zur Zielscheibe zu machen, stürmte Jonah auf den Mann zu und schlug mit der Machete das Maschinengewehr beiseite. Dann versetzte er ihm einen Hieb in den Magen und stieß ihn gegen die Halterung eines Rettungsrings. Einer Eingebung folgend, schnappte er den Rettungsring und stülpte ihn dem Mann über Kopf und Schultern. Da dieser nun seine Arme nicht mehr bewegen konnte und auch nicht mehr an sein Funkgerät kam, verpasste Jonah ihm mit dem Machetengriff einen Stoß gegen die Schläfe. Der Mann brach lautlos zusammen, die Zigarette, man glaubte es kaum, noch zwischen den Lippen.

Motti kam angelaufen. »Gut gemacht.«

»Dahinten ist noch einer«, ließ Jonah ihn wissen. »Du hast dir ganz schön Zeit gelassen.«

»Sorry. Musste selbst einen erledigen.« Er tat, als ließe er seinen geborgten Schlagstock auf jemanden heruntersausen. »Patch hat deinen zweiten Mann schon gefunden und ihn zu Con geschleift. Er sollte inzwischen hübsch artig nach ihrer Pfeife tanzen.« Er beugte sich hinunter und zog dem bewusstlosen Mann die Zigarette aus dem Mund. »Wir schaffen den Trottel hier besser weg und formieren uns neu, falls jemand etwas von der Schlägerei mitbekommen hat.« Er nahm einen tiefen Zug von der Zigarette und warf sie dann über Bord, während Jonah den Mann übers Deck schleifte, ihn unter einer verrosteten Winde liegen ließ und eine schwere Plastikplane über ihn zog. Dem Mann war das silberne Feuerzeug aus der Tasche gefallen; Jonah hob es als Andenken auf und folgte dann Motti.

Sie entdeckten Con und Patch, die mit einem ausgesprochen friedfertigen Wachmann in der Dunkelheit kauerten.

Con war sauer. »Keine Ahnung, was seine Muttersprache ist, aber wenigstens spricht er ein paar Brocken Englisch und er sagt, es seien zehn Mann an Bord.«

»Drei sind erledigt, bleiben noch sieben«, murmelte Patch.

»Sag dem Typ hier, er soll seine Kumpels alarmieren. Er soll sagen, dass er einen Enterhaken gefunden und gesehen hat, wie jemand an Bord geklettert ist. Wir verstecken ihn irgendwo, warten, bis sie vorbeigelaufen sind, und machen uns dann ans Werk.«

»Hoffentlich funktioniert das auch so.« Jonah blickte über die Reling und kratzte sich nervös am Nacken. Von ihrem Boot war nichts zu sehen – Tye hatte sich wieder zurückgezogen.

»Während die Crew ihn sucht, schaffen wir es hoffentlich, uns das zu holen, weshalb wir hergekommen sind.«

Con blickte dem kleinwüchsigen Mann in die Augen und begann in einer wirren Mischung aus Englisch und Tagalog zu sprechen. Der Mann nickte, also musste er zumindest *etwas* von dem Gesagten verstanden haben. Er nahm sein Funkgerät und begann hineinzubrabbeln. Dann sprang er auf und versteckte sich in einer der großen Seilrollen.

»Wie ein Truthahn, der sich selbst mit Bratensaft begießt«, bemerkte Motti. »Den hast du ja ziemlich flüssig zugesäuselt, Con.«

Sie ging ein Stück über das rostige Deck. »Sollten wir uns nicht an die Arbeit machen?«

Jonah folgte ihr; er hielt sich ganz im Schatten und bewegte sich äußerst vorsichtig. Falls die Crew tatsächlich angerannt kam, würden die Männer so viel Lärm machen, dass man sie schon von Weitem hörte. Doch bis jetzt tat sich noch nichts.

Dann hörten sie plötzlich hämmernde Schritte, die sich aus der Dunkelheit näherten, und leise, drängende Stimmen. Jonah duckte sich hinter der großen, rechteckigen Tür einer Ladeluke. Die anderen versteckten sich ebenfalls dahinter, als fünf Männer vorbeiliefen, jeder mit einer Eisenstange oder einem Automatikgewehr bewaffnet.

»Das war die Mehrzahl«, wisperte Motti, und sobald sie vorbei waren, trat er aus dem Versteck. »So weit, so gut.«

Jonah ging dicht hinter ihm, als sie zum Bug des Schiffes schlichen, wo sich die Vorderdecks befanden, einige Luxuskabinen, darüber die Brücke mit dem Radhaus und einer Treppe, über die sie zu sämtlichen unteren Decks gelangen konnten. Er fragte sich, wie viel Zeit ihnen wohl blieb, bevor die Mannschaft ihren hypnotisierten Kumpel entdeckte und sich wutschäumend auf die Suche nach den Eindringlingen machte. Der Gedanke ließ ihn schneller gehen; er überholte Motti und setzte sich an die Spitze, als sie um die Ecke eines großen Lageraufbaus bogen.

Somit war er es, der die beiden Wachen, die den Zugang zum Vorderdeck blockierten, als Erster sah.

Und auf den nur den Bruchteil einer Sekunde später ihre M16 gerichtet waren.

»Zwei und bewaffnet!«, brüllte er und warf sich aufs Deck, als die Filipinos ihre Waffen anlegten. Da er vorgewarnt war, konnte Patch eine der überzähligen Enterhakenpistolen hervorzaubern und drückte ab – der Miniaturanker traf den Wachmann, der am nächsten stand, in die Brust. Das Metallgeschoss warf den Mann in den Eingang zurück; er wedelte mit den Armen und das Gewehr flog ihm aus der Hand.

Noch während er stürzte, war Con bereits hinter seinem erschrockenen Kollegen. Als der Mann ihren Fuß auf seine Wange zukommen sah, war für ihn bereits Zapfenstreich.

»Du machst dich gut als Köder, Freak«, sagte Motti und bot Jonah die Hand, um ihm aufzuhelfen. Der ergriff sie dankbar. »Patch, jetzt bist du dran.«

Patch hatte bereits seine Taschenlampe herausgezogen und leuchtete auf den Schließmechanismus an der Schotttür gleich links neben dem Haupteingang. »Sieht aus wie ein Zeitverzögerungsmechanismus, gekoppelt mit einem digitalen Kombinationsschloss –«

»Lass mich mal.« Motti besah sich die Sache, um assistieren zu können. »Jonah, Con, ihr geht auf die Brücke und kümmert euch um den Kapitän. Wäre vielleicht nicht schlecht, ihn auf unserer Seite zu haben – oder als Geisel zu nehmen, je nachdem, was einfacher ist.«

Gepusht von Adrenalin stieß Jonah die Tür zum Brückenkomplex auf und rannte mit Con die Treppe hinauf. Das Radhaus war auf der dritten Ebene – das nahm Jonah zumindest an, als ein drahtiger Filipino in einer fleckigen weißen Weste und mit einer spitzen Kapitänsmütze aus der Tür sprang. Er hatte einen Revolver in der schwitzenden Hand und zielte genau auf Jonah. Dabei brüllte er ihnen etwas zu, das Gesicht verzerrt vor Angst und Wut.

Doch Jonah blieb nicht stehen. Bis sein Gehirn sich mit der Warnung: Das ist eine echt bescheuerte Idee, meldete, lief er bereits den letzten Treppenabschnitt hinauf – und direkt auf einen geladenen Revolver zu, der auf sein Gesicht gerichtet war. Er sah den Finger des Mannes am Abzug zucken und warf sich, noch während er die letzten Stufen nahm, verzweifelt zur Seite. Es endete damit, dass er dem Mann einen Kopfstoß in die Leistengegend versetzte. Der Mann brüllte vor Schmerz und der Schuss ging, ohne Schaden anzurichten, in die Decke. Als Con kam, rollte Jonah sich aus dem Weg. Ein Tritt von ihr, und der Kapitän verlor das Bewusstsein.

»Setz ihn aufrecht hin«, murmelte sie. »Ich muss ihn mesmerisieren.«

»Bis der wieder zu sich kommt, vergeht eine Ewigkeit. Mein Gott, du hast dem armen Kerl ja fast den Kopf abgerissen.«

»Fast hätte er dir deinen abgerissen.« Sie lächelte, als der Kapitän leise zu stöhnen begann. »Ah! Du wirst schon wieder wach. Du gehörst wohl zu der ganz widerstandsfähigen Sorte, Kapitän. Ich glaube, einen solchen Mann könnten wir sehr gut auf unserer Seite brauchen. Hörst du mich …?«

Der Kapitän sah sie an, zu benommen, um sich zu wehren.

»Du bist auf unserer Seite, auf der Seite der Enterer«, fuhr Con fort. »Hör mir zu, Kamerad. Wenn du jemanden auf dem Schiff siehst, den du nicht kennst – hey, dann weißt du, dass diese Leute deine besten Freunde sind, ja? Und du wirst alles in deiner Macht Stehende tun, um ihnen zu helfen und sie zu beschützen. Ja, hör gut zu …«

Als Cons Stimme tiefer und leiser wurde und sie in andere Sprachen abdriftete, stolperte Jonah ins Radhaus. Er zitterte am ganzen Körper. In dem Raum stank es nach Schweiß und Zigaretten. Er blickte hinaus über den dunklen Ozean. Das magere Mondlicht im Wasser glitzerte, als liege direkt unter der Oberfläche ein kostbarer Schatz. »Was zum Teufel mache ich hier eigentlich?«, flüsterte er. Dann zog er sein Walkie-Talkie heraus und funkte Tye an.

»Ich bin's, Jonah.«

Es knisterte. »Braucht ihr mich?«, fragte sie knapp und drängend.

Ja, ich brauch dich, dachte er, als das riesige Schiff weiterstampfte, hinaus in diese unendliche, dunkle Nacht mit niemandem am Ruder. Außer Kontrolle.

Auf dem Tora-Tora schüttelte Tye das Funkgerät. »Jonah? Bitte melde dich. Bist du –?«

»Ich bin da. Es ist alles okay.« Selbst durch das Knacken hindurch hörte Tye etwas in seiner Stimme, das vermuten ließ, dass dem nicht so war. »Con schaut gerade dem Kapitän tief in die Augen und Patch bricht unten ein.«

Sie biss sich auf die Lippe. »Wir müssen die Frequenz hier freihalten, Jonah. Sag Bescheid, wenn ihr so weit seid, und ich komme. Die Explosion sagt mir, wo ich euch finde. Ihr braucht nur zu springen, ich fange euch auf.«

»Klingt gut.«

»Bis bald«, sagte sie noch. »Over.«

Tye sah aus dem Kabinenfenster auf die gewaltige Silhouette der Aswang vor dem lilaschwarzen Himmel. Sie sah genauso schaurig aus wie ihr Namensvetter.

Plötzlich hörte sie draußen ein Geräusch. Ein leises Klappern. Der Wind, der an etwas rüttelte? Ein unbehagliches Gefühl beschlich sie. Sie hatte sich ablenken lassen, als Jonah sie angefunkt hatte – nur ein paar Sekunden lang, aber die Zeit hätte ausgereicht, dass jemand an ihrem Radar vorbeigekommen wäre, so wie sie sich unter dem der Aswang durchgemogelt hatte.

In der Kabine lag eine Leuchtpistole, Tye griff danach und hielt sie mit beiden Händen fest. Die Nacht war warm, doch ihr kam sie feucht und kalt vor, als sie aus dem Rotlicht der Kabine vorsichtig in die Dunkelheit trat und zu unterscheiden versuchte, was Gegenstände und was Schatten waren.

Plötzlich packte sie jemand am Handgelenk; die Leuchtpistole fiel polternd zu Boden. Tye wirbelte sofort herum und schlug mit der freien Hand eine Gerade auf Gesichtshöhe. Ihre Knöchel trafen auf Knochen. Der Angreifer war ein Mann in einem Taucheranzug; eine Messerklinge blitzte im Mondlicht. Sie trat ihm in den Magen, tänzelte zurück, als er sich krümmte, und schlug ihm das Messer aus der Hand. Dann führte sie einen Highkick gegen seine Brust, der ihn über Bord warf. Warme Gischt regnete auf sie herunter, aber am Platschen hörte sie, dass ihr Angreifer nach einer Drehung in der Luft elegant im Wasser gelandet und eingetaucht war. Was bedeutete, dass er höchstwahrscheinlich wiederkommen und erneut angreifen würde.

Instinktiv bückte sie sich, um die Leuchtpistole aufzuheben – ohne vorher nachzusehen, ob die Luft an Deck rein war.

Ein zweiter Angreifer umklammerte sie von hinten und drückte ihr fast die Luft ab, als sie versuchte sich zu befreien.

Dann hörte sie ein leises *Fffft* und spürte einen scharfen Schmerz im Nacken.

Sie bekam große Augen, als sie ein kleines Fischerboot aus der Dunkelheit auf sich zuschaukeln sah. Zwei Personen ruderten, eine dritte stand hinter ihnen, doch ihre Gesichter waren in der Dunkelheit nicht zu erkennen und Tye nahm ihre Umgebung bereits nur noch verschwommen wahr. Curare, dachte sie voller Angst. Vielleicht ist es Sorin, er war gar nicht tot, er ist zurückgekommen –

In panischer Angst zog sie den Pfeil aus ihrem Hals, packte dann einen Arm, der über ihrem Brustkorb lag, und beugte sich mit einem Ruck nach vorn. Indem sie das Gewicht und den Schwung ihres Angreifers gegen ihn verwendete, warf sie ihn über die Schulter. Er landete hart auf dem Rücken.

Sie fluchte. Heidel sah zu ihr auf. »Du hast alle enttäuscht, Tye Chery«, sagte er lächelnd. »Was würde Coldhardt nur dazu sagen?«

Tye trat ihm mit aller Kraft aufs Brustbein und brachte ihn damit zum Schweigen. »Dafür würde er wahrscheinlich ›Danke‹ sagen«, fauchte sie.

»Warte nur, Mädchen«, warnte Heidel zwischen zusammengebissenen Zähnen.

Tye wankte rückwärts und verlor fast das Gleichgewicht. Sie spürte, wie die Wirkung des Giftes einsetzte.

Es fühlte sich an, als sei ein Schwarm träger Fliegen in ihren Kopf geflogen. Sie straffte die Schultern und als sie in die Kabine zurücktorkelte, sah sie, wie nah das Ruderboot schon herangekommen war. Tye musste sich beeilen und ihre Freunde alarmieren. Sie musste schneller sein als die Männer auf dem Boot, musste gegen das Gift ankämpfen.

Aber es ist Curare und es wird dich umbringen. Tye spürte, wie Panik sich wie eine scharfkantige Scherbe durch ihr Innerstes wühlte. Wie willst du dagegen ankämpfen?

Es schien auf einmal zwei Kabinentüren zu geben. Sie streckte die Hand nach einer aus und griff ins Leere. Aber vielleicht war das besser so – das rote Licht da drin loderte jetzt blendend hell wie Höllenfeuer und Tye wollte nicht in die Hölle. Obwohl sie bezweifelte, dass es im Himmel einen Platz für jemanden wie sie gab.

Denk an die Risiken, die wir eingehen, hatte sie zu Patch gesagt. Irgendwann wird uns das Glück verlassen.

Sie musste an ihr Funkgerät, musste Jonah und die anderen warnen. Durfte sie nicht enttäuschen. Durfte *ihn* nicht enttäuschen. Doch eine große Welle traf das Boot, sie stolperte und fiel auf die Seite. Sie rollte sich auf den Rücken, aber aufstehen konnte sie nicht mehr.

Tye blickte hinauf zu den Sternen, die es gewagt hatten, zwischen diesen dunklen, schrecklichen Wolken am Himmel hindurchzulugen. Sie begannen zu trudeln, ihren eigenen Schweif zu jagen wie Feuerräder, kurz bevor sie explodierten und zu Kometen wurden, schlechte Omen von alters her. Als sich ihre Lider flackernd schlossen, als die Leute an Bord kamen und Hände sie brutal auf den Boden drückten, war der letzte Gedanke, mit dem sie wegdriftete: Du wirst mir fehlen, Jonah.

UNWIRKLICH

Jonah beobachtete den Kapitän, der jetzt wieder am Ruder stand und ihnen über die Schulter zulächelte, während sie die Treppe hinuntergingen. Er rief ihnen etwas nach.

»Ist das nicht süß?« Con lächelte lieb. »Er hat uns viel Glück gewünscht.«

»Wir können es brauchen«, sagte Jonah.

Bis sie zum Hauptdeck zurückkamen, hatte Patch die Schottentür aufgebrochen. Motti hielt eine M16 der Wachen in einer Hand und in der anderen etwas, das aussah wie dünne Lippenstifte.

»Sie haben die Waffen für Simulationsmunition umgerüstet«, erklärte Motti. »Wachskugeln. Ohne Schutzkleidung würden sie uns schwer verletzen, aber nicht umbringen.«

»Beruhigend«, sagte Jonah. »Dann hätte der Kapitän mich eben womöglich nur zum Krüppel gemacht.«

»Ihr Ziel muss es sein, alle, die unbefugt an Bord kommen, lebend zu kriegen, damit sie sie ausfragen können«, vermutete Motti.

»Verhören?« Patch schauderte; er hielt ihnen die Tür auf. »Ich glaub, ich würd mir lieber die Kugel geben lassen. Kommt ihr?«

»Er hat recht, wir sollten verschwinden«, sagte Motti und ließ die Wachspatronen fallen. »Die Crew braucht keine dreimal zu raten, um draufzukommen, wohin es uns zieht.«

Hinter den Schotten war metallisch stinkende, salzige Schwärze. Der Boden unter ihnen war voller Pfützen und Rost. Patchs Taschenlampe schnitt helle Scheiben aus dem Dunkel und enthüllte stufenweise die Treppe, als er nach einem Lichtschalter suchte. Dann ging mit leisem Summen eine nur wenige Watt starke Lampe an, kaum genug, um etwas zu erkennen.

Motti rammte die M16 durch den Türgriff und schob den Lauf hinter ein Rohr, das parallel zum Türrahmen nach oben lief. »Das sollte sie 'ne Weile aufhalten«, murmelte er und drehte sich zur Treppe um. Er war als Erster unten, Jonah bildete die Nachhut. Ihre vorsichtigen Schritte kamen in Wellen als Echo von den Wänden zurück, als sie eine Ebene tiefer hinunterstiegen ... zwei Ebenen ...

»Der Tresorraum ist auf der anderen Seite des Schotts«, flüsterte Motti. Er betrachtete die eingebaute Tür und nickte, als wisse er Bescheid. »Dreiteiliger Stahlrahmen, ausgefüttert mit Gesteinswolle. Nicht schlecht.«

»Ein Glück, dass wir sie nicht aufsprengen müssen.« Patch hielt eine Handvoll kleiner Werkzeuge bereit und machte sich am Eingangscodierer neben der Tür zu schaffen. »Nur ein wenig freundschaftliche Überzeugungsarbeit ...«

Mit einem nachhallenden *Klonk* schoben sich die Zuhaltungen, die die Tür verschlossen hielten, zurück. Patch grinste die anderen an – doch Motti schob ihn beiseite. Ganz vorsichtig öffnete er die Tür, falls noch irgendwelche Fallen auf sie warteten. Drinnen war es dunkel und es stank nach totem Fisch.

»Wie kann jemand das einen Schrein nennen?« Con atmete in ihren Ärmel. »Es stinkt.«

»Wow!« Patch leuchtete mit seiner Taschenlampe hinein. »Stolperdraht. Seht ihr?«

Jonah und Motti rempelten sich gegenseitig an, um etwas erkennen zu können. Ein dünner Silberdraht war straff über einen schmalen Zugangskorridor gespannt.

»Wahrscheinlich Gas«, meinte Motti. »Eine Explosion wird unser Millionär hier nicht riskieren wollen, damit seine Sammlung nicht in Rauch aufgeht.«

»Steigen wir einfach über den Draht weg?«, fragte Jonah. »Und halten die Augen offen?«

»Das wäre logisch. Viel zu logisch.« Motti zog eine seltsam aussehende Brille mit roten Linsen aus der Innentasche seiner Jacke, setzte sie über seine normale Brille und rückte sie sorgfältig zurecht. »Oh, oh. Infrarot-Stolperdraht gibt's auch noch. Jede Wette, dass der silberne Draht bloß Attrappe ist, damit wir drübersteigen und dann in die echte Falle tappen.«

Er nahm die Brille wieder ab und gab sie Jonah. Der konnte damit hinter dem Stolperdraht ein unregelmäßiges Muster aus sich überkreuzenden roten Lichtstrahlen erkennen.

»Wird auch nur einer von den Strahlen für mehr als eine Sekunde unterbrochen, heißt es: Aus der Traum«, erklärte Motti.

»Wie kommen wir dann an ihnen vorbei?«, fragte Con angespannt.

»Wir überlisten den Auslösemechanismus …« Motti schnappte sich Patchs Taschenlampe und richtete den Strahl auf ein schwarzes Kästchen mit einer Kapsel aus mattem Metall obendrauf. Ein Kabel verband das Kästchen mit einer Computertastatur mit eingebautem LCD-Bildschirm, die sich gleich hinter der Tür auf Knöchelhöhe befand. »… der von dem Ding hier gesteuert wird. Kennst du den Typ, Freak?«

Jonah nahm die Brille ab, quetschte sich in den schmalen Raum und besah sich den Bildschirm im Licht der Taschenlampe. Seine Nerven lagen bereits so blank, dass er keine zusätzliche Erregung empfand. »Um das Passwort zu umgehen, müsste ich Filipino können«, murmelte er. »Aber wenn ich mich in den Uhrmechanismus einhacken und ihn anhalten kann, erleben wir die längste Sekunde der Welt. Wir können dann die Lichtstrahlen so oft wir wollen unterbrechen, ohne dass der Prozessor es registriert …«

Con lächelte. »Erstaunlich, wie etwas, das so clever ist, so blöd sein kann.«

»Red nicht so über den Freak«, schalt Motti grinsend.

Jonah konzentrierte sich. Er brauchte nicht lange, um sich einzuhacken, den Code zu finden und auszuschalten. »Okay, der Weg sollte frei sein. Drückt die Daumen.«

Motti zog seinen Schlagstock aus dem Gürtel und strich vorsichtig durch die unsichtbaren Strahlen. Nichts tat sich.

»Du bist ein Genie, Kumpel«, sagte Patch, als Jonah durch den Zugangskorridor zur nächsten Tür vorausging. Sie schien ungesichert – keine schlauen Schlösser, kein Scanner. Nur ein Schild, das Jonah bis auf die Ziffer 1 nicht lesen konnte.

»Das ist der richtige Frachtraum«, flüsterte Con.

»Motti?«, rief Jonah leise den Korridor hinunter. »Warum kommst du nicht?«

Im Licht der Taschenlampe sahen sie, dass er reglos neben dem ausgeschalteten Computer kauerte. »Alles okay. Mir war nur ...« Er richtete sich auf. »Ich hab gedacht, ich hätte oben was gehört.«

»Gehen wir weiter«, sagte Con. »Wenigstens müssen wir nicht auf demselben Weg wieder zurück.«

Patch tippte auf seine Augenklappe. »Nicht, wenn ich euch den *Bums* eures Lebens geben kann«, witzelte er nervös.

Motti trat leise zu ihnen. »Okay, Patch, mach auf.«

Patch drückte vorsichtig auf die Klinke. Die Tür schwang ein Stück nach außen auf. »Sie ist nicht mal abgeschlossen. Die müssen davon ausgegangen sein, dass es so weit keiner schafft.«

»Oder drinnen wartet eine Falle«, warnte Motti. »Bleibt weg.«

Jonah trat zur Seite, als Motti die Tür vorsichtig öffnete.

Nichts geschah. Jonah lugte in den Frachtraum. Es roch noch strenger nach Salz und Rost und die Dunkelheit war noch undurchdringlicher. Er hörte, wie Patch nach einem Lichtschalter suchte.

»Es werde Licht«, verkündete Patch, als das schwache orangefarbene Licht aufflackerte und den Tresorraum erleuchtete, »... und es ward –«

»Nichts«, flüsterte Jonah. Ungläubig blickte er sich um. Der dunkle, fleckige Raum war vollkommen leer. »Hier ist überhaupt nichts. Aber Coldhardt hat ihn uns doch bis ins kleinste Detail –«

»Ja«, sagte Motti, »er hat uns die Details genannt, die er von den NO-Typen bekommen hat.« Ein entsetztes Schweigen breitete sich aus, schwer wie die Dunkelheit um sie herum. »Es ist eine Falle, Leute. Eine gottverdammte, elende Scheißfalle.«

»Ich hab doch gesagt, es ist ein abgekartetes Spiel«, rief Patch.

»Aber die ganzen Barrieren, die wir überwinden mussten!«, protestierte Con. »Warum sollte die jemand aufstellen, wenn es nichts zu bewachen gibt?«

Eine plötzliche Angst wühlte sich durch Jonahs Bauch. »Um uns unter Deck zu halten, während sie die Falle oben zuschnappen lassen?«

»Okay, lasst uns runtergehen zu den Bilgenpumpen unter diesem Scheißdeck«, bestimmte Motti und ging voraus zu einer offenen Luke in einer Ecke. »Jonah, du funkst Tye an, damit sie uns wie abgesprochen abholt. Patch, du holst dein Auge raus.«

»Zehn Sekunden nach dem Auslösen«, sagte Patch und lief ihm nach, »macht es *BUMM*.«

Jonah zog das Funkgerät heraus. »Tye? Komm uns holen.« Als Antwort kamen nur Störgeräusche. »Tye? Mach schon …«

»Motti, Patch, kommt zurück!«, rief Con. Jonah sah, dass sie durch ein kleines rostiges Loch in der Wand des Frachtraums lugte. »Da draußen ist ein Boot, aber es ist nicht Tye. Sieht nach einem Sturmboot aus.«

Motti verharrte bei der Luke. »Marine?«

»Ohne Kennzeichen. Und es wartet genau an der Stelle, an der wir rauskommen sollten.«

»Woher konnten die das wissen?«, jammerte Patch.

Motti fluchte und sah Jonah vorwurfsvoll an. »Hast du Maya was gesagt?«

»Nein!«, protestierte der. »Ich hab nicht mit ihr über den Job gesprochen.«

»Wir müssen hier raus.« Motti packte seinen Schlagstock und marschierte zur Tür. »Wo zum Teufel ist Tye?«

»Ich krieg sie nicht ran«, schnaubte Jonah und lief ihm nach.

»Tye wusste genau, wo wir rauskommen sollten«, sagte Con. Sie und Patch beeilten sich, mit den anderen beiden Schritt zu halten. »Was ist, wenn sie –«

»Tye würde uns nie verraten«, sagte Jonah.

»Wir versuchen vom Oberdeck aus noch mal sie zu erreichen.« Motti rannte schon durch den Zugangskorridor, nasser Rost knirschte unter seinen Sohlen. »Wenn auf der Backbordseite ein Boot auf uns wartet, können wir vielleicht über Steuerbord verschwinden.«

Vielleicht. Das Wort schien Jonah auszulachen, als er hinter Motti her den kaum erleuchteten Niedergang hinaufstolperte. Ihm war schlecht. Seine Kleider und Haare waren schweißnass. Warum ging Tye nicht ans Funkgerät? »Komm schon«, zischte er und schlug mit der Handfläche frustriert aufs Gehäuse. »Komm schon!«

Das Gewehr steckte immer noch im Türgriff. Motti

versuchte es herauszuziehen, aber es klemmte. Er fluchte und riss sich die Brille von der Nase, um das Kondenswasser von den Gläsern zu wischen. Jonah packte den Gewehrgriff und es gelang ihm, die Waffe herauszuziehen. Con und Patch warteten, als er die Tür vorsichtig einen Spaltbreit öffnete. Er sah zwei Männer auf dem Deck liegen, genau so, wie sie sie zurückgelassen hatten.

»Okay«, flüsterte Jonah den anderen zu, »sieht so aus, als hätte noch keiner damit gerechnet, dass wir schon zurück sind …«

Sie schlichen auf das vom Mond beschienene Deck, doch dann blieb Con abrupt stehen. »Das Motorengeräusch«, flüsterte sie. »Der Ton ist anders, es ist –«

Plötzlich schien Lärm die Luft zu zerreißen; ein großer grauer Helikopter erhob sich über die Seitenwand des Frachters wie ein riesiges, aggressives Insekt. Der von den Rotorblättern verursachte Wind, der schiere, ohrenbetäubende Krach warf Jonah fast um. Am Bauch des Helikopters gingen helle Suchscheinwerfer an und beleuchteten das Deck wie mit Flutlicht. Patch krallte sich an Jonahs Arm fest und Con stellte sich hinter Motti, als könnte der sie vor dem Helikopter schützen, der sich mit Getöse absenkte. Man hätte meinen können, er wollte sie zerquetschen. Jonah kam sich vor wie ein Kaninchen, das sich einem Laster entgegenstellt.

»In Deckung!«, brüllte Motti Jonah an. »Beweg dich!«

Der Schrei riss Jonah aus seiner Benommenheit, er rannte los und zog Patch hinter sich her. Die Scheinwerfer blendeten ihn, als das heulende metallene Insekt sich unaufhaltsam weiter herabsenkte. Der Luftstoß des Rotors zwang ihn fast auf die Knie. Er und Patch stolperten und wankten davon, hinüber in den Schutz des Deckshauses. Con war bereits dort und Sekunden später kam auch Motti dazu. Sein Haar hatte sich aus dem Gummiband gelöst und flatterte wild um sein Gesicht; sein Blick war genauso wild. »Ich hab's doch gesagt! Das ganze Ding ist eine Falle!«

»Wer sind sie?«, rief Con.

»Was machen wir jetzt?« Patch war einer Panik nah. »Mot, was zum Teufel sollen wir tun?«

Jonah presste das Funkgerät ans Ohr. »Tye! Tye, um Himmels willen, melde dich!« Aber er wusste, dass er sie, selbst wenn sie antwortete, jetzt nicht verstehen würde.

»Sie haben uns am Arsch, und zwar total«, sagte Motti bitter. »Sie haben Boote, sie haben einen Heli –«

Patch drehte seine Augenklappe nach oben und zeigte auf sein Glasauge. »Und ich hab das hier. Ein Loch voller *BUMM*! Vielleicht können wir sie außer Gefecht setzen!«

Doch dann kam ein zweiter, schnittiger Helikopter über die Reling in ihr Blickfeld und blieb längsseits in der Luft stehen. Für Jonah sah er fast aus wie ein Black-Hawk-Hubschrauber, der geradewegs aus einem der Hi-Octane-Kultspiele herausgeknattert war. Nur dass das hier kein Spiel war – dass dies alles hier und jetzt passierte, an irgendeinem gottverdammten Fleck in einem schwarzen Ozean. Am liebsten hätte Jonah den Kopf in den Armen vergraben und laut geschrien.

Scheinwerfer und Rotoren bildeten zusammen eine kompakte Macht, ein Hurrikan aus Staub und weißem Licht, der ihn an die Wand nagelte. Dann packte ihn jemand am Handgelenk und zog ihn weg.

Es war Motti. Con und Patch waren vor ihnen und stürmten über das mit allen möglichen Hindernissen übersäte Deck Richtung Heck. Keine Fluchtmöglichkeit, nirgendwo Sicherheit. Nur ein auswegloses Rennen in die Nacht, gleich Tieren, mit dem Heulen der Rotoren im Rücken. Es klang wie das Jagdgebrüll eines Ungeheuers, das ihnen dicht auf den Fersen war. *Zu* dicht. Und das immer näher kam.

Beim Laufen riskierte Jonah immer wieder einen Blick zurück. Die Augen gegen das gleißende Licht zusammengekniffen sah er, wie eine Tür seitlich im Helikopter aufging. Drinnen waren mehrere Personen zu erkennen. Soldaten? Der Heli leitete den Kurvenflug in ihre Richtung ein. Und dahinter sah Jonah, dass der erste Helikopter sich ins Dunkel hinaufschwang, achteraus über sie hinwegflog, als wollte er ihnen den Weg abschneiden.

Er öffnete den Mund, um die anderen zu warnen, als ob sie irgendetwas hätten tun können. Dann hörte er weiter vorn über dem ganzen Getöse neuen Tumult, sah verschwommene Schatten über das Deck auf sie zulaufen und spürte sein Herz zum Zerspringen klopfen. Die Schiffsbesatzung griff an, schrie Drohungen in gebrochenem Englisch, schwang Knüppel und Macheten.

»Auf sie!«, brüllte Motti und stellte sich dem Pulk gelenkiger Körper als Erster in den Weg. Er fegte einen mit seinem Schlagstock beiseite und versetzte einem anderen einen Tritt. Con hatte sich ebenfalls einen vorgenommen; sie schleuderte ihn aufs Deck und benutzte seinen Brustkorb als Sprungbrett, um sich auf zwei weitere zu werfen. Ein Mann kam an ihr vorbei, derselbe, gegen den Jonah schon zuvor gekämpft hatte, eine Eisenstange in der Hand und Hass im Blick.

Jonah rang bereits nach Atem, wich aber einem Schwinger aus und landete selbst einen Treffer; er hatte den Schlag mit vollem Körpereinsatz geführt und sein Gegner ging zu Boden. »Vielleicht können wir sie als Geiseln nehmen, Mot!«, rief er verzweifelt. »Vielleicht können wir verhandeln!«

Aber Motti sah an ihm vorbei. »Patch!«

Jonah wirbelte herum. Der Black Hawk kam näher, stand backbords direkt über der Sicherheitsreling in der Luft – fünf oder sechs Mann mit Gasmasken und schwarzen Overalls drängten sich in der weit offenen Tür, automatische Waffen in den Händen. Waren die Dinger mit simulierter Munition geladen oder mit echten Patronen?

Aber in Patch schien ein Schalter umgelegt worden zu sein. Er brüllte die Soldaten an, doch seine Worte gingen im Getöse unter. Er griff unter seine samtene Augenklappe und pulte sein Glasauge heraus. Jonah blieb fast das Herz stehen. Er wird es tun, er wird sie vom Himmel holen! Patch hob den Arm mit seiner Spezialanfertigung einer Granate in der Hand –

Doch dann stolperte er, verlor das Gleichgewicht und fiel auf die Seite. Bei der unsanften Landung wurde ihm die Augenbombe aus den Fingern geschlagen. Sie rollte zur Mitte des Decks und verschwand unter einem Haufen rostigem Schrott und Ölfässern, kaum 15 Meter von der Stelle, an der Jonah stand.

»Runter!«, brüllte Motti. Weiter achtern war eine große Ladeluke, deren Deckel einen halben Meter hochstand. Er packte Con und zog sie dorthin.

Jonah lief ebenfalls los, schaute sich nach ein paar Schritten aber noch einmal um, ob Patch ihm folgte. Doch der stand nicht auf. Jonah blieb stehen, starr vor Schreck. Wie lang war die Verzögerungszeit? Zehn Sekunden? Und wie viele waren bereits vergangen? War die Bombe überhaupt scharf? Sollte er das Risiko eingehen, sie zu suchen und über Bord zu werfen?

Während ihm diese Fragen sinnlos durch den Kopf schossen, sprintete er zu Patch zurück, der zwischen Helikopter und Bombe auf dem Rücken lag und sein Bein umklammerte. Jetzt sah er auch das Blut an Patchs Hand; es war schwarz wie Teer, floss aber wie Milch aus seinem Schienbein.

»Abgeschossen!«, flüsterte Patch zwischen zusammengebissenen Zähnen. »Wachs oder nicht, es tut verdammt weh. Sorry, Kumpel.«

Jonah sagte nichts dazu. Er fasste Patch unter den Achseln, zog ihn hoch und begann ihn fortzuschleifen. Um seine Knöchel herum spritzte Rost auf, als Kugeln neben ihm ins Deck einschlugen. Die Männer im Helikopter riefen immer noch durcheinander, vielleicht Warnungen, vielleicht Drohungen. Frisches Adrenalin durchpulste ihn und er lief schneller. Doch dann richtete der andere Helikopter seine Scheinwerfer auf ihn und blendete ihn. Jonah hatte das Gefühl, als sei die

Luft voller Kugeln. Einen Augenblick lang wusste er nicht mehr, wo vorn und hinten war, seine Gedanken waren schneller als die Patronen. Wankte er auf die Bombe zu? Wie viel Zeit hatte er noch?

»Schnell, Jonah!«, schrie Patch.

»Wir packen das«, versprach Jonah ihm.

Doch dann riss ihm der Einschlag einer weiteren Kugel Patch aus den Armen. Der Kleine schrie, als er aufs Deck knallte. Jonah bückte sich automatisch, um ihn wieder hochzuheben.

»Ich schaff's nicht«, schluchzte Patch; Tränen liefen ihm über die Wangen. »Sorry, Kumpel.«

»Ich hab gesagt, wir packen das!«, brüllte Jonah ihn an.

»Los, komm, Jonah!« Mottis heiserer Ruf schien ganz aus der Nähe zu kommen. Jonah blickt sich um und sah Motti nur wenige Meter rechts von sich hinter dem Lukendeckel kauern.

Jonah zerrte Patch auf die Beine. »Stütz dich auf mich«, keuchte er. Das Licht wanderte weiter und das Röhren der Helikopter wurde rasch höher im Ton, als sie in die Luft stiegen. Die Schießerei hörte auf. Sie bringen sich außer Reichweite. Patch rutschte aus, stolperte und fiel auf die Knie. Jonah sah frisches Blut auf Hüfte und Oberschenkel seines Freundes und spürte, wie sein Magen sich verkrampfte.

»Kann nicht«, keuchte Patch. »Kann nicht …«

Jonah blickte sich um, sah Motti herüberkommen, um ihm zu helfen. »Himmel, Freak, gleich –«

»Geh!« Patch boxte Jonah mit aller Kraft gegen die Brust. Da er nicht darauf gefasst war, stolperte er rückwärts und fiel gegen Motti. Beide landeten auf der Luke. Con streckte die Arme aus ihrem Versteck und griff nach ihnen. »Patch!«, schrie Jonah, als Cons Finger Jonahs Haut und Hemd packten, sie ihn über den Rand der Luke zerrte und aus der Reichweite der –

Die Explosion war gigantisch. Blutrote Flammen schossen aus dem Berg von Ölfässern und eine enorme Hitzewelle schob sich über das Deck. Jonah spürte, wie sie ihm den Rücken versengte. Doch innerlich war er zu Eis erstarrt. Patch? Über dem Explosionsdonner und lauten Knattern der Helikopter über sich hörte er, wie Con Patchs Namen rief, so laut, wie er in Gedanken nach ihm rief.

Sie kroch hinter dem Lukendeckel hervor und hustete, als dicker schwarzer Qualm über sie wegfegte. Rauch und Asche dämpften das grelle weiße Scheinwerferlicht und überzogen die Szene mit einem unwirklichen Dunstschleier. Das ist alles nicht wahr, dachte Jonah, als er hinter Con herstolperte zu der Stelle, wo eine kleine, abgerissene Gestalt reglos auf dem Deck lag. Wir gewinnen. Wir gewinnen *immer*. Der Rauch schien auch den Lärm der Helikopter zu dämpfen, das Licht wurde schwächer. Jonah registrierte benommen, dass einer der Hubschrauber zur Landung ansetzte. Vielleicht können wir in dem Rauch trotzdem entkommen, wenn Patch nicht zu schlimm verletzt ist. Vielleicht –

»Du warst zu langsam, Mann!« Motti packte Jonah bei den Schultern und drehte ihn wütend zu sich herum. »Warum warst du so verdammt langsam?«

»Du hättest mir früher helfen können!«, brüllte Jonah zurück. »Du hast doch gesehen, wie er mich weggestoßen hat. Ich kann nichts dafür –«

»Haltet die Klappe, alle beide«, fauchte Con. Sie kniete neben Patch und hielt seine blutige Hand. Seine zerfetzten Kleider waren von Anfang an schwarz gewesen und verbargen das meiste Blut, aber nichts verbarg sein schlimm verbranntes Gesicht. Seine Augenklappe war weg und genauso ein Großteil seiner Haut. Er zitterte. Das Lid an seinem guten Auge flatterte und er versuchte zu lächeln.

»Seid ihr okay?«, flüsterte er.

»Du bist auch bald wieder okay«, sagte Jonah eindringlich und kauerte sich neben ihn.

»Wieder Flammen ...« Patch hustete, und sein Gesicht verzerrte sich vor Schmerz. »Ich hab's doch gesagt, das verdammte Grimoire-Ding ist verhext. Bringt nur Unglück ...«

»Wir müssen das Bein hochlagern, das hilft die Blutung zu stoppen.« Motti sprang auf, sah sich gehetzt um, zog dann seine Jacke aus und warf sie Jonah zu. »Ich – ich finde was. Du legst einen Druckverband an. Con, du könntest vielleicht verschwinden, bevor –«

Sie schüttelte den Kopf und hielt weiter Patchs Hand. »Ich würde es nie schaffen.«

Jonah zerrte hektisch an einem der schmutzigen Jackenärmel, um eine Binde daraus zu machen. »Patch? Patch, hör zu, du darfst jetzt nicht einschlafen. Bleib bei uns.«

»Bleiben?« Patch zitterte immer stärker. »Klar. Lass euch nicht im Stich.« Sein Augenlid zuckte und schloss sich. »Niemals ...«

»Komm, Patch«, flehte Jonah ihn an. »Bitte, nur –«

»Pass auf!« Mit ihrer freien Hand fummelte Con hektisch an ihrem Oberteil herum. »Ich zieh meinen BH aus! Willst du dir das entgehen lassen? Hm?« Sie schluchzte und Tränen liefen ihr übers Gesicht. »Schau mich an!«

Patch versuchte klar zu sehen. »Verfickt, Con«, flüsterte er. Doch sein Blick flatterte rasch von ihrer Brust zu ihren Augen und blieb dort hängen; er brachte ein Lächeln zustande. »Jetzt weiß ich's … ich bin tot und im Himmel.«

Sein Kopf rollte nach hinten.

»Nein, Patch!«, rief Jonah und rüttelte ihn an den Schultern. »Wach auf! Du kannst doch nicht –«

Er hielt inne, als Motti irgendwo ganz in der Nähe vor Schmerz aufschrie. Er versuchte in dem Rauch etwas zu erkennen – aber dann standen plötzlich zwei dunkle Gestalten mit Gasmasken über ihm. Eine dritte schleifte Con bereits durch den Nebel davon.

»Lasst mich los, ihr Scheißkerle!«, kreischte sie. »Ihr seid schuld! Ihr seid schuld!«

»Unser Freund braucht Hilfe«, sagte Jonah und keuchte vor Schmerz, als seine beiden Angreifer ihm die Arme auf den Rücken rissen und ihm Handschellen anlegten. »Ihr müsst ihm helfen!«

»Ach, ich glaube, für ihn kommt jede Hilfe zu spät, Jonah.« Ein weiterer Mann kam aus dem dichten Rauch auf ihn zugeschlendert, als mache er an einem sonnigen Tag einen Spaziergang. »Schade. Aber wenigstens konnten wir den Rest von euch in Gewahrsam nehmen.«

»Moment …« Jonah starrte den Mann entsetzt an. Er trug keine Gasmaske. Er trug eine Gesichtsmaske aus Messing mit drei unregelmäßigen Löchern für Augen und Mund. Es war der Mann, der Sorin umgebracht hatte. Der Mann von Nomen Oblitum. Jonah versuchte verzweifelt sich zu befreien. Der Mann streckte die Hand aus und drückte Finger und Daumen auf eine bestimmte Stelle an Jonahs Hals.

»Dim Mak«, erklärte er mit einem leichten deutschen Einschlag in seinem Ton. »Sensationslüsterne Menschen nennen es den ›Todespunkt‹ der schwarzen Kampfsportarten …, doch eine präzisere Übersetzung wäre ›Tastpunkt‹.«

Jonah wollte etwas sagen, sich bewegen, aber er konnte weder das eine noch das andere. Nicht einmal weinen konnte er mehr. Er war vollkommen gelähmt und dem anderen hilflos ausgeliefert.

Das passierte nicht wirklich. Er konnte hören und sehen und seine Angst spüren, aber er war eingeschlossen – ein Gefangener im eigenen Körper. Panik stieg in ihm auf.

»Bitte entschuldige meine Unhöflichkeit. Diese Maske dient zum einen als Atemschutz und zum anderen als Verkleidung.« Der Mann nahm die Maske ab. Zum Vorschein kamen lichtes, schwarzes Haar und ein hageres Gesicht – einst glatte asiatische Gesichtszüge, deren Konturen mit dem Alter zerflossen waren. Jonah hatte den Mann schon einmal gesehen, auf einem Foto, das vor langer Zeit aufgenommen worden war.

»Ich bin Karl Saitou«, stellte der Mann sich lächelnd vor. »Dank Coldhardt habe ich jetzt dich und deine

Freunde in meiner Gewalt.« Immer noch lächelnd drückte er einen Knöchel in Jonahs Handgelenk.

Als sei in Jonahs Kopf ein Stecker gezogen worden, verschwanden Saitou und alle anderen in einem schwarzen Loch.

ALLES THEATER

Eigentlich sollte ich tot sein, dachte Tye, als sie aufwachte und feststellte, dass sie sich nicht rühren konnte. Einen Augenblick lang war sie einer Panik nah, bis sie begriff, dass sie auf einer Art Trage lag und Kopf und Körper fixiert waren; solche Tragen wurden benutzt, um Menschen aus Kampfgebieten zu holen. Das passte sogar einigermaßen zu ihrer verschwommenen Erinnerung an einen Helikopter, der sie durch die Dunkelheit getragen hatte.

Tyes Gesichtsfeld war zwar eingeschränkt, aber sie konnte erkennen, dass sie sich in einer Art Höhle befand. Ein Loch in der Felswand ließ durch dicke Metallstäbe Tageslicht herein. Draußen hörte sie das Brausen und Branden der Wellen. Die feuchte Wärme entsprach der in Zamboagna, weshalb sie sich nicht vorstellen konnte, dass man sie weit weggebracht hatte.

Doch sie stellte sich alle möglichen anderen Dinge vor, während sie dalag und sich fragte, warum sie noch am Leben war. Sie seufzte.

»Wer ist da?«, kam plötzlich eine Stimme von der anderen Seite der Höhle. »Tye, bist du –«

»Jonah?« Tye hätte weinen können vor Erleichterung. »Bist du okay?«

»Ich glaub schon.« Die Mattigkeit in seiner Stimme ließ anderes vermuten. »Wo sind wir?«

»Ich weiß es nicht. Ich wurde auf dem Boot überfallen, Heidel hat mich erwischt. Was war bei euch? Sind die anderen auch hier?«

»Sie haben Coldhardt reingelegt«, sagte Jonah heiser. »Das kann nicht der echte Heidel sein, den wir getroffen haben, auch wenn er das glaubt – und Nomen Oblitum ist ein einziger Schwindel. Die Aswang war leer, ein Köder, um uns anzulocken. Karl Saitou hat die ganze Sache eingefädelt.«

»Saitou?« Tye versuchte noch, die Flut an Informationen zu verarbeiten, als eine böse Vorahnung in ihr hochkam. »Jonah, wo sind die anderen?«

»Ich ... ich weiß es nicht.« Starke Gefühle veränderten seinen matten Tonfall. »Plötzlich waren Helikopter da, Rauch ... Con und Motti wurden von Männern mit Masken weggeschleift, aber Patch –«

»Patch?« Tye schluckte hart. »Was ist mit ihm, Jonah?«

»Kendall ist tot«, antwortete die Stimme einer Frau, so kalt wie das metallische Echo, das mitschwang. Die Stimme von Bree. »Ihn hat die Wucht seiner eigenen Explosion am stärksten getroffen.«

»Nein«, flüsterte Tye, als mit viel Lärm ein Schlüssel umgedreht und eine Metalltür aufgestoßen wurde. »Nein, er kann nicht tot sein. Jonah, sag ihr –«

»Er ... es ging ihm sehr schlecht«, sagte Jonah heiser. »Aber wenn er tot ist, dann nur deshalb, weil ihre Freunde ihm nicht geholfen haben.«

Tye kniff fest die Augen zusammen. Der Tod war ihr bestimmt nicht fremd, aber ... Patch? »Wir haben noch über die Zukunft gesprochen, über sein neues Auge ...

so viele Pläne …« Ein Schluchzen kam über ihre verzerrten Lippen. »Er war doch erst fünfzehn«, flüsterte sie. »Er kann nicht tot sein …«

»Ich geb euch ein paar Minuten Zeit«, murmelte Bree und ging auf die andere Seite der Zelle.

Ein paar Minuten? Und dann bin ich drüber weg? Tye spürte, wie der Schmerz ein Loch in ihre Brust riss, doch als die Minuten sich dahinzogen, beschloss sie, es mit Wut zu füllen, mit Hass. Diesem Dreckstück würde sie ihre Gefühle nicht zeigen, und wenn es das Einzige war, was sie tun konnte.

Bree kam herüber und blickte auf Tye herunter wie ein betuchter Arzt, der bei einer Patientin vorbeischaut. Ihr blond gefärbtes Haar war straff zurückgekämmt und sie legte eine betont selbstsichere Haltung an den Tag. ›Eine herausragende Planerin und Analytikerin‹, hatte Coldhardt sie genannt.

»Euer Freund hatte Talent, aber in eurer Gruppe war er der Unbedeutendste«, sagte Bree kühl. »Ich möchte klarstellen, dass wir bei all unserem gestellten Gehabe in Blacklands Fort, einschließlich Sadies etwas über das Ziel hinausschießendem Enthusiasmus, nicht wollten, dass viele von euch sterben. Ihr seid zu wertvoll für uns. Weshalb dich gestern Nacht auch nur ein Betäubungspfeil getroffen hat und nichts Stärkeres, Tye.«

»Ja, klar, ihr wolltet uns lebendig«, schnaubte Jonah. »Deshalb hat die Mannschaft auf dem Schiff uns auch mit Knüppeln und Macheten angegriffen. Und Saitou hat den Frachter beschossen wie ein Wahnsinniger –«

»Und Street nicht zu vergessen. Sie arbeiten immer noch zusammen.« Bree trat aus Tyes Gesichtsfeld und ging hinüber zu Jonah. »Aber unsere Männer haben Plastikkugeln abgefeuert und die Mannschaft war angehalten, euch wenn möglich lebendig in ihre Gewalt zu bekommen.« Sie hielt kurz inne. »Man hat euch von dem Augenblick an, als ihr an Bord der Aswang gekommen seid, heimlich mit Nachtsichtkameras mit Lichtsonden gefilmt, die auf sämtlichen Decksaufbauten verteilt waren. Ich habe die Aufzeichnungen selbst überwacht.« Tye hörte das spöttische Grinsen in ihrer Stimme. »Und ich muss sagen, ihr habt euch bei der Überwindung der verschiedenen Hindernisse, die wir euch in den Weg gelegt haben, alle hervorragend geschlagen.«

»Warum die Aufnahmen?«

»Eure Talente sollen versteigert werden. Mögliche Käufer wollen euch natürlich in Aktion sehen.« Sie kam zurück zu Tye. »Du brauchst dich nicht zurückgesetzt zu fühlen. Von deinen Talenten stellen wir eine gesonderte Präsentation zusammen.«

Tye hatte das Gefühl, Matsch im Kopf zu haben, durch den Gedanken und Ängste und neue Offenbarungen stapften. »Wo sind Con und Motti?«, fragte sie.

»In Sicherheit in ihrer eigenen gemütlichen Zelle. Wir befinden uns auf einer von Saitous Inseln, die zu den Philippinen gehören, sein ganz privater Rückzugsort, weit entfernt von den neugierigen Augen der Welt ...« Bree blickte zu Jonah hinüber. »Ich habe mir gedacht, ihr beide hättet vielleicht gern ein bisschen Zeit für euch allein. Ich weiß, wie ihr euch nacheinander sehnt, selbst wenn ihr unter einem Dach seid.«

Tye sah weg; unter keinen Umständen wollte sie sich

ihre Reaktionen anmerken lassen – nicht die auf Brees lächerliche Sticheleien. Was spielten die für eine Rolle? Aber sie wurde das Bild des armen Patch nicht los, der ganz allein auf diesem gottverlassenen Deck lag. Hinter ihren Augen brannten Tränen, aber dort würden sie verdammt noch mal auch bleiben.

»Junge Liebe tut so weh, nicht wahr?« Bree ließ nicht locker.

»Du hast doch keine Ahnung«, flüsterte Tye.

Jonah klang erschöpft. »Doch, hat sie. Und es gibt nur eine Quelle, woher sie es wissen kann. Dieselbe, die ihr gesagt hat, wann wir an Bord der Aswang gehen und wo wir ein Loch in den Rumpf brechen wollten.« Seine Stimme wurde leiser. »Der Pfeil, den Sorin auf mich abgeschossen hat, enthielt kein Curare, stimmt's?«

»Stimmt. Er enthielt, genau wie der von Tye, nur ein Beruhigungsmittel«, antwortete Bree sachlich. »Während ihr geschlafen habt, hat Saitou dir und dieser Maya einen Mikrotransmitter eingepflanzt, direkt unter die Haut. Dann hatte er seinen Auftritt in dem kleinen Nomen-Oblitum-Drama, das wir aufgeführt haben. Er spielte den Waffenknecht an der Seite des Schriftgelehrten.« Sie lächelte. »Wir haben euch seither regelmäßig abgehört. Die Implantate wandeln Sprache in ein digitales Signal um, das aufgezeichnet und auf einen Onlinedekodierer hochgeladen wird, wann immer wir ein Signal zur kabellosen Datenübermittlung haben.«

Tye blickte zu Bree auf. »Aber … Coldhardts Arzt hat Jonahs und Mayas Wunden versorgt und gesagt, sie würden gut heilen, obwohl die Pfeile tatsächlich Curare enthalten hätten –«

»Dr. Draith arbeitet für mich. Für das Doppelte von dem, was Coldhardt ihm bezahlt, sagt er alles, was ich will.« Bree klang jetzt wie eine Lehrerin, die einem geistig minderbemittelten Kind einen einfachen Sachverhalt erklärt. »Saitou und Street haben ein Konsortium gegründet. Eine Gruppe sehr unterschiedlicher Menschen, die alle eines gemeinsam haben – den Wunsch, Coldhardt für immer aus dem Geschäft zu drängen und sein Imperium aufzulösen. Sie haben mich angeworben, damit ich den perfekten Plan ausarbeite, wie dieses Ziel erreicht werden kann.«

Eigentlich hätte Tye entsetzt sein müssen, stattdessen breitete sich dieses taube Gefühl in ihr nur immer weiter aus.

»Und da ist dir die Idee mit einem Heidel-Doppelgänger gekommen?«

Bree lächelte auf Tye herunter, die keine Miene verzog. »Wir haben die halbe Welt nach einem Mann abgesucht, der sowohl vom Aussehen als auch vom Temperament her für die Rolle geeignet war.«

»Einen Psychopathen, meinst du.«

Bree zuckte mit den Schultern. »Durch eine Operation wurde seine Ähnlichkeit zu Heidel noch eklatanter. Street und Saitou standen zur Verfügung, um ihn mit den kleinen Macken und Eigenarten des alten Herrn vertraut zu machen. Und ein ausgebildeter Stimmen-Coach hat bei seinem Akzent wahre Wunder vollbracht –«

»Und das Hotelzimmer? Das Zeug, das wir mitgenommen haben, war voll mit Heidels DNA. Wie ist es möglich, dass euer Schauspieler nicht irgendwo Spuren von sich hinterlassen hat? Die einzigen anderen Fingerabdrücke, die Coldhardt gefunden hat, waren –«

»Ihre«, vollendete Jonah düster.

»Unser Double war nie in diesem Hotelzimmer.« Brees Augen leuchteten in dem goldenen Tageslicht, das von draußen hereinkam. »Ich habe die Sachen selbst dort hinterlegt. Dr. Draith hat Heidel damals nach Coldhardts Angriff behandelt und konnte dabei zwei oder drei seiner persönlichen Sachen an sich nehmen …«

»Du hast gewusst, dass Coldhardt hinter Beweisen für die Existenz des echten Heidel her war«, überlegte Jonah laut. »Also hast du den Chip aus dem Guan-Yin-Manuskript genommen, um Tye und die anderen in dieses Hotelzimmer zu locken.« Er klang so gleichgültig, als sei nichts mehr übrig von seinem üblichen Eifer, mit dem er sonst der Wahrheit auf den Grund zu gehen versuchte. Gerade so, als hole er die Informationen nur noch aus reiner Gewohnheit ein. »Du hast gewusst, dass sie eine Falle vermuten würden, also hast du ihnen eine geboten – du hast Sadie in das Apartment gegenüber gesetzt.«

Bree lächelte selbstgefällig und nickte langsam. »Ganz genau. Um euch von dem Gedanken an eine weitaus gefährlichere Falle abzulenken, die hinter den Kulissen wartete …«

Tye hörte kaum hin; sie erhielt ihre kühle Fassade weiter aufrecht, während sie heiße Tränen hinunterschluckte.

»Du hast in Kauf genommen, dass Sorin getötet wurde und Sadie der Polizei in die Hände gefallen ist …« Jonah atmete schwer. »Es ist dir scheißegal, wen oder was du opferst. Hab ich recht?«

»Es war unbedingt erforderlich, dass ihr geglaubt habt, ihr wärt uns einen Schritt voraus«, erläuterte Bree ruhig. »Der Tod des armen, talentierten Sorin war ein erdrückender Beweis dafür, dass Nomen Oblitum und Heidel keine gemeinsame Sache machen. Als ihr Sadie in London zusammengeschlagen habt, musste dies sichtbare Konsequenzen haben, sonst hättet ihr womöglich einen Trick vermutet. Nachdem Heidel eine unbezahlbare Originalausgabe des Guan-Yin-Manuskripts verbrannt hatte, haben Coldhardt und du ihn und seine Agenda sehr viel ernster genommen.« Sie schenkte ihm dieses unerträglich triumphierende Lächeln. »Und bevor du fragst – ja, natürlich wussten wir, dass Blackland in seiner Bibliothek Scans der Geheimschrift hatte. Das hat Heidel aus ihm herausgeprügelt.«

»Ihr hättet das Buch wohl kaum verbrannt, ohne uns eine Spur zu legen, der wir folgen konnten«, erkannte Jonah.

»Nicht nachdem wir schon Professor Morell umgebracht und die Tat dummen Jugendlichen untergeschoben hatten, nur damit sein Laptop auf dem freien Markt zum Verkauf angeboten werden konnte«, bestätigte Bree. »Es war ein Köder, den Coldhardt nicht links liegen lassen konnte, das wussten wir. Natürlich wusste Saitou, dass der Verbleib von Blacklands Manuskript auf dem Laptop gespeichert sein würde – Morell hatte ihm noch in der Nacht, in der er starb, alle Einzelheiten dazu gemailt …«

»Clever.« Jonah seufzte. »Aber warum mussten Budd und Clyde in Los Angeles sterben? Damit Coldhardt dachte, es seien noch andere hinter dem Manuskript her, und er uns so schnell wie möglich nach Mexiko schickte?«

»Ganz genau«, bestätigte Bree. »Und Coldhardts Enthusiasmus wurde sehr geschätzt, er hat uns schließlich davor bewahrt, ewig lange mexikanische Flughäfen überwachen zu müssen und auf eure Ankunft zu warten; wir brauchten nicht tagelang in den Startlöchern zu stehen, um vor euch in Blacklands Fort einzubrechen und euch Heidels Eins-a-Vorstellung bieten zu können.«

»Du warst bestimmt wahnsinnig stolz«, murmelte Tye.

»Street und Saitou waren es zweifellos. Nur fünf Monate mit Operationen und Proben, und Heidel war bereit, wieder zum Leben zu erwachen ...«

Tye sah Bree finster an. »Nur dass Street die Sache fast in den Sand gesetzt hätte, als er auf dem Film in unserer Überwachungskamera auftauchte.«

»Das war unvorsichtig von mir«, sagte ein Mann von der Tür her. Er sprach mit einem leichten schottischen Akzent und stellte sich neben Bree an Tyes Trage. Tye erkannte ihn sofort von dem Film aus London. Street winkte ihr kurz zu, indem er die Finger spielen ließ; was ihr einen Schauer über den Rücken jagte. »Mir das Band selber zurückzuholen, wäre zu riskant gewesen, und die einzige Alternative bestand darin, zwei Probanten zu schicken, die sich Hoffnungen machten, auf meine Gehaltsliste zu kommen.«

Tye nickte. »Und sie haben es total vermasselt.«

»Zum Glück hat es Coldhardts Handeln kaum beeinflusst«, fuhr Street ungerührt fort. »Wenn überhaupt, hat die Vorstellung, seine früheren Partner könnten sich gegen ihn verbündet haben, nur dazu geführt, dass er sich lieber heute als morgen mit Nomen Oblitum eingelassen hat.«

»Aber ich habe euch das nicht deshalb alles so genau erklärt, weil ich mich gerne reden höre«, sagte Bree, »oder weil ich eure Bewunderung nötig hätte. Ich möchte, dass ihr ganz genau versteht, worum es hier geht, damit ihr wisst ... damit es auch nicht den geringsten Zweifel mehr gibt ... dass nicht nur wir euch manipuliert haben.«

Tye merkte, dass sie den Atem anhielt, als spannungsgeladene Sekunden verstrichen, wie die Pause zwischen Blitz und Donner.

»Coldhardt hat gewusst, dass die Aswang leer ist. Er hat euch in eine Falle geschickt – weil die Magierin von Nomen Oblitum verlangt hat, dass er ihr seine Helfer zum Geschenk macht.«

»Nein«, sagte Tye ohne nachzudenken. »So etwas würde er nie tun.«

»Die Kosten für eine Konsultation belaufen sich auf drei Fünftel seines Vermögens, und ihr fünf solltet als Vertrauensbeweis dienen«, stellte Street klar. »Als Anzahlung.«

Tye glaubte in einem dunklen Nebel zu versinken, als ihr wieder einfiel, was Coldhardt bei der letzten Besprechung gesagt hatte: »Ihr seid sehr wertvoll und werdet es immer sein ...« – »Mein Geschenk wird im Frachtraum eines bestimmten Schiffes liegen …« Sie schloss die Augen. Ich hab gewusst, dass er uns etwas verheimlicht.

»Und Coldhardt ist jetzt auf dem Weg hierher. Er glaubt, er trifft hier echte Mitglieder von Nomen Oblitum …« Aus Brees Lächeln sprach die reine Freude. »Sieht so aus, als könnte man heutzutage einfach niemandem mehr trauen – oder?«

ABRECHNUNG

Jonah lag festgezurrt auf seiner Trage und starrte an die Decke, als die Metalltür plötzlich quietschend aufging. Er hörte Räder über den Steinboden rollen und dann Tye, die aufgeschreckt fragte: »Wohin bringt ihr mich?«

»Tye!«, rief Jonah. Dich verliere ich nicht auch noch. »Tye, ich finde dich!«

Street trat zu ihm, wie zuvor ein mildes Lächeln auf dem Gesicht, und beruhigte ihn mit sanfter Stimme: »Ist das süß. Aber im Moment brauchst du dir noch keine Sorgen um sie zu machen. Wir wollen ihre Meinung in dem großen Augenblick – Coldhardts entscheidender Begegnung mit den Mitgliedern von Nomen Oblitum.«

»Du meinst Saitou mit seiner bescheuerten Maske und ein paar Schauspieler?«

Street schnalzte mit der Zunge. »Ich darf dir verraten, mein Junge, dass der Schriftgelehrte früher einmal ein angesehener Mann war. Er ist ein gefallener Priester einer ägyptischen Geheimgesellschaft.«

»Ich würde ihn gern noch viel tiefer fallen sehen.«

»Dein Glaube in Magie ist nicht besonders groß, Jonah, wie?« Street beugte sich zu ihm herunter. »Im Gegensatz zu deiner Freundin Maya. Sie ist nämlich sehr still geworden, seit ihr Partner, der Codeknacker, sich davongemacht hat. Sie werkelt in Genf nur noch vor sich hin.« Seine Stimme wurde einen Tick härter. »Du hast in Zamboanga gesagt, du stündest bei der Übersetzung des Bloodline Codes kurz vor einem Durchbruch. Was hast du Maya in diesem Internetcafé erzählt?«

Jonah sah in Streets zerfurchtes Gesicht und in seine dunklen Augen. »Ihr habt natürlich gehört, dass die Tasten geklappert haben, aber was wir geschrieben haben, wisst ihr nicht ...«

Street ignorierte ihn. »Meine eigenen Experten befassen sich schon seit Jahren mit einer Kopie des Manuskripts, von der niemand etwas weiß, und sind noch zu keinem Ergebnis gekommen.«

»Das Manuskript, das der Schriftgelehrte uns gezeigt hat, hat also dir gehört?«

»Eine weniger wertvolle Ausfertigung als die in Blacklands Sammlung. Es fehlt der Anhang ...«

»Dann kannst du auch den Anfang nicht übersetzen. Deine Experten sind nicht besonders helle, wie?«, mokierte Jonah sich.

»Deshalb musste ich mir andere holen.« Street lächelte. »In diesem Jahr haben wir einen russischen Spezialisten in Sachen Okkultismus gefunden, der uns ein paar Hintergrundinformationen zu dem Guan-Yin-Manuskript gegeben hat. Er hat uns verraten, dass Nomen Oblitum eine Ausgabe besitzt, aber er starb, bevor er uns viel mehr erzählen konnte.«

Mayas ehemaliger Tutor, dachte Jonah düster, der verschwunden ist und nie mehr gesehen wurde.

Nach einer kleinen Pause fuhr Street fort: »Wir haben uns lange Zeit gefragt, welchen Köder wir in die Heidel-Falle legen könnten. Und als Morell bekannt gab, dass Blackland die einzige andere, noch existierende Ausgabe des Guan-Yin-Manuskripts besaß, wusste ich, dass dies der perfekte Lockvogel war.«

»Ihr habt euch als NO-Männer ausgegeben und euer Wissen über das Manuskript genutzt, um Coldhardt glauben zu lassen, ihr würdet alle seine Geheimnisse kennen.« Jonah lächelte. »Aber du bist nie über die Titelseite hinausgekommen, die bereits geknackt war, stimmt's? Warum fragst du nicht die echten Nomen-Oblitum-Leute? Es gibt sie – Maya weiß einiges über sie. Und der echte Heidel hat vor dreißig Jahren mit ihnen verhandelt …«

»Niemand kann von sich aus Kontakt mit ihnen aufnehmen«, murmelte Street. »Sie kommen auf ihre potenziellen Versuchspersonen zu – so wie unser ach-so-ehrwürdige Schriftgelehrte zu Coldhardt kam. Und jetzt komm, mein Freund, und verrate mir, was du über die Geheimschrift herausgefunden hast. Wir beschaffen uns die Scans des Anhangs und knacken den Code irgendwann selbst, aber warum sollen wir die Arbeit noch einmal machen? Wenn das Geheimnis etwas wert ist, könnten wir vielleicht ein Geschäft –«

»Ich mache keine Deals mit euch.«

»Immer noch loyal deinem Boss gegenüber, wie? Und wir sind für dich immer noch die Feinde?«

Jonah schnaubte leise. »Warum hast du einen solchen Hass auf Coldhardt?«

Streets Blick schweifte ab, als schaue er zurück in die Vergangenheit. »Wir waren wie Brüder«, antwortete er dann, »mit Heidel als Übervater, der uns angeleitet hat, der Kopf der Organisation. Wir hatten ein gutes Leben damals. Wie eine Familie, nur größer und besser ... stärker als jede Familie, die ich je gekannt habe. Wir schlossen Blutsbrüderschaft, wollten zusammenhalten, egal was kommt ...« Er lächelte dünn, dann war sein Blick wieder konzentriert. »Nun ja. Ob alte Gesetze oder neue, Coldhardt glaubte, nichts könnte so stark sein, dass es ihn an einen Vertrag binden könnte. Nichts war ihm gut genug. Er hat sich gegen uns alle gewandt – hat Heidel umgebracht, sein Vermögen gestohlen, seine Akten vernichtet und versucht uns alles zu nehmen. Alles, was von Rechts wegen uns gehört hätte, alles, was uns für unsere Zukunft versprochen worden war –«

»Schluchz«, sagte Jonah.

»Coldhardt ist geflohen, bevor wir ihn umbringen konnten, und seither ist er auf der Flucht. Hat sich sein Imperium aufgebaut und dazu solche wie dich benutzt. Er hat dir das Gefühl gegeben, ihr wärt eine Familie. Dich ausgenutzt. Doch jetzt holen wir uns alles, was uns zusteht, zurück.«

Keine Frage, wer die Reden für den Heidel-Imitator geschrieben hat, dachte Jonah.

Street sah voller Mitgefühl auf ihn herunter. »Es tut mir leid, dass es so kommen muss, Kleiner. Ich weiß, wie weh das tut.«

»Vielleicht könntest du den Schmerz etwas lindern, indem du mich adoptierst«, schlug Jonah vor. »Ich bin sicher, dass wir gute Freunde sein könnten, wenn ich dir und deinem Konsortium erst verziehen habe, dass ihr Patch umgebracht habt.«

»Nö, du wirst zum Meistbietenden gehen müssen. Wir hatten eine Menge Unkosten, die gedeckt werden müssen.«

»Ich stehe nicht zum Verkauf.«

»Coldhardt hat dich mit einem einzigen Rauchstein gekauft.« Street blickte finster auf ihn herunter. »So ist es wenigstens ehrlich, Jonah. Da wird nichts vorgegaukelt und die Beziehung zu etwas gemacht, das sie nicht ist. Du wirst dich für irgendein reiches Arschloch krummlegen, stehlen und er wird dafür sorgen, dass es dir gut geht.«

»Und wenn ich nicht kooperiere?«

»Es gibt alle möglichen Implantate.« Bei seinem Lächeln lief es Jonah eiskalt den Rücken herunter. »Einige können so präpariert werden, dass sie wehtun.«

Jonah wandte den Blick ab. »Mir ist es egal, was ihr mit mir macht.«

»Deshalb wollen wir euch immer zu zweit versteigern – damit die Sicherheit des einen vom Wohlverhalten des anderen abhängt. Ihr könntet zusammenbleiben, du und Tye, und für jemand Neues das tun, was ihr am besten könnt. Oder du kannst schmollen und sagen, dass du nicht mitmachst. Dann erfährt Tye, was Schmerz wirklich bedeutet. Überleg es dir.« Street drehte sich um und ging davon. »Con und Motti denken bereits darüber nach. Ich soll dich von ihnen grüßen.«

Jonah sagte nichts dazu. Die Tür fiel zu und der Schlüssel wurde umgedreht. Trotzdem kämpfte Jonah unter seiner Fixierdecke weiter. Er wusste, dass er es sich nicht leisten konnte aufzugeben.

Er und seine Freunde waren Gefangene. Patch war tot. Coldhardt hatte sie verraten. Aber von der momentanen Situation würde niemand profitieren. Niemand würde einen Sieg davontragen.

Vorher würde er diese Schweinehunde brennen sehen.

Tye wurde von Bree auf ihrer Fahrtrage durch eine Reihe ausnehmend schön gestalteter Tunnel gefahren. Es war, als befinde sie sich in einem riesigen Freilufttempel, der mehr einer Skulptur glich als einem Bauwerk. Durch Schlitze und Löcher in den Tunnelwänden wehte der Wind herein; er war warm und frisch in der steinernen Kühle der Anlage. Das Rauschen des Meeres oder ein kurzes, leuchtend blaues Glitzern waren nie weit entfernt und Tye nahm an, dass ihr Weg an der Küste der Insel entlangführte.

Sie fühlte sich innerlich seltsam leer, aber ziemlich ruhig. Es war, als hätte ihre Trauer alle anderen Gefühle verscheucht, sie in ein Versteck getrieben. Dafür erschienen ihr in dieser inneren Taubheit die kleinen Dinge stark vergrößert. An ihrem Oberschenkel juckte etwas und sie wurde fast verrückt, weil sie nicht daran kratzen konnte. Sie roch ihren eigenen Schweiß. Sie hatte einen schlechten Geschmack im Mund und hätte zu gern die Tic-Tacs aus ihrem Hotelzimmer in Zamboanga gehabt. Tye dachte an ihre wenigen Habseligkeiten dort. Die Angestellten würden glauben, sie seien abgehauen, um die Zeche nicht bezahlen zu müssen. Sie konnten ja nicht wissen, dass sie das ganze Hotel hätte kaufen können, wenn sie das gewollt hätte …

Erst da wanderten ihre Gedanken zu all den Dingen, die sie in Genf zurückgelassen hatte – den Wagen, die Jacht, den atemberaubenden Blick aus ihrem Fenster. Alles Dinge, die sie nie mehr wiedersehen würde.

Und im Augenblick wollte sie nichts weiter, als sich den Mund ausspülen und Jonahs Hand halten.

Das – und Patch wieder lebendig sehen.

An Coldhardt wollte sie nicht denken.

Er war schuld, dass Patch tot war.

Andererseits war Patch wegen Tye und Jonah und Motti und Con bei Coldhardt geblieben – weil sie eine Familie waren. Vielleicht waren sie ja alle schuld. Jeder von ihnen hatte dem Tod so oft ins Auge gesehen; das brachte der Job mit sich und sie waren sich dessen voll bewusst. Wie Soldaten, nahm sie an. Man glaubt nur nicht, dass es einen jemals selbst trifft …

Wie wenn du jemanden liebst und glaubst, es würde ewig so bleiben. Doch dann bleibt es nicht so und deine Welt bricht zusammen.

»Ich werde euch wiedersehen«, hatte Coldhardt gesagt, als sie gegangen waren, so als gäbe es für ihn keinen Zweifel. Und damals hatte sie tatsächlich Zuversicht daraus geschöpft. Dabei hatte er die ganze Zeit gewusst, dass sie sich hier wiedersehen würden, eingesperrt und vorbereitet auf die Versteigerung.

»Ah, hier ist unser lebender Lügendetektor.«

Tye erkannte die Stimme von Heidel wieder – dem Doppelgänger. Bree stoppte die Fahrtrage und einen Moment später beugte der alte Mann sich über Tye. Sie sah, dass seine Augen nicht mehr wässrig waren, sondern klar. Spezielle Kontaktlinsen, nahm sie an, die ihn sehr viel älter hatten aussehen lassen, als er in Wirklichkeit sein konnte.

Als Heidel erneut sprach, war die Stimme ein wenig höher und weicher – wahrscheinlich seine richtige Stimme. »Das hat wehgetan, weißt du, als du mich auf dem Boot über die Schulter geworfen hast.«

Lass mich in Ruhe, dachte Tye und wünschte, sie könnte sich kratzen. Sie versuchte sich auf die Wellen zu konzentrieren, die draußen gegen die Felsen schlugen. Ein so wunderschönes, frisches Geräusch.

»Vielleicht sollte ich jetzt, wo du so vollkommen hilflos bist, eine Entschädigung verlangen für das, was du dort getan hast«, fuhr Heidel fort.

»Wenn dir das ein Trost ist: Ich hab mich schon selbst in den Hintern getreten«, erwiderte Tye müde. »Ich hätte früher merken müssen, wer der Boss ist und wer der Schleimbeutel. Als wir uns bei Blackland begegnet sind, war Bree es, die sämtliche wichtigen Entscheidungen getroffen hat, Bree, die sich geweigert hat, das Gewehr rauszurücken ... Und du hast sogar zu ihr hinübergeschaut, als du gesagt hast, es sei Zeit zu gehen – als müsste sie zustimmen.«

»Du bist gar nicht so dumm, Tye, was?« Bree lächelte. »Es ist eine Sache, ein Double zu finden, das deiner Wunschperson nicht nur ähnlich sieht, sondern auch ihren Charakter annehmen kann – eine ganz andere ist es, jemanden zu finden, der bereit ist für Geld andere zu bedrohen, zu verletzen und zu töten. Ich glaube, wir können unserem Heidel verzeihen, wenn seine Führungsqualitäten nicht ganz hundertprozentig waren. Und ich denke, dass dein Talent zum Beobachten und

Einschätzen von Menschen dich bei Weitem zum gefährlichsten Mitglied eurer kleinen Gang macht.«

»Es ist sehr befreiend, als Schauspieler Gewalttaten zu begehen«, sagte Heidel. »Du kannst dich einfach davonmachen und dir sagen, dass es ein anderer war.«

Aus dieser Geschichte machst du dich nicht so einfach davon, dachte Tye. Ich brauche nur eine winzige Chance, dann zahle ich es dir heim ... Und laut sagte sie: »Ich nehme an, du musstest dich nicht mehr an deine Rolle halten, als du auf unser Boot gekommen bist. Der echte Boss wäre nie an vorderster Front erschienen.«

»Dein Exboss ist im Augenblick auf dem Weg an die vorderste Front«, erinnerte Bree sie. »Das ist auch der Grund, weshalb wir dein scharfes Auge brauchen.«

»Bringst du sie jetzt ins Allerheiligste?«, fragte Heidel.

»Komm mit, wenn du magst«, bot Bree an. »Bereite dich auf deinen großen Auftritt vor.«

Es gab einen Ruck, und Tye wurde weiter durch das Felsenlabyrinth geschoben. Die Wände waren mit primitiven Zeichnungen ausgeschmückt, rot umrandete Wellen, riesige rote Sonnenblumen und Gestalten mit Speeren. Sie sahen alt aus, waren aber wahrscheinlich so unecht wie alles andere in dieser Kulissenanlage.

Dann plötzlich trat an die Stelle von dunklem Fels strahlend blauer Himmel, als sie das Ende des Tunnels erreicht hatten. Sie waren in einer Arena angekommen, die so groß war wie ein Tennisplatz, jedoch rund und von hohen Wänden umgeben. Ringsherum lief eine Art Balkon, der ungefähr zehn Meter über dem Boden aus dem Fels gehauen worden war und Zuschauern einen besseren Blick bot, als Tye ihn hatte, auf dem Rücken liegend und fixiert.

Sie reckte den Hals, um sich einen Überblick über ihre Umgebung zu verschaffen. Auf der gegenüberliegenden Seite der Arena war ein Thron aus Weidengeflecht aufgestellt worden und rechts und links davon stand jeweils ein kleinerer Sessel. In der Mitte der Arena hatte sich in einem natürlichen Abflussbecken Wasser gesammelt, in dem Blüten- und Seerosenblätter gemächlich dahintrieben. Drei weitere, kleinere Tunnel als der, aus dem sie gerade gekommen waren, gingen von der Arena ab; die Eingänge lagen jeweils hinter den drei Thronsesseln. Die Atmosphäre hatte etwas von der Ruhe und dem Frieden eines Tempels.

Tye fragte sich, wie lang das so bleiben würde.

»Wo postierst du sie?«, fragte Heidel.

»Das entscheidet Saitou«, antwortete Bree. »Es ist seine Show. Ich ermögliche sie ihm nur.«

Ein paar Leute liefen an den kahlen Wänden entlang und befestigten Blumengirlanden, die zu Isisknoten gebunden waren, in dafür vorgesehenen Ritzen und Spalten, als fügten sie einem Filmset weitere Details für die Aufnahmen hinzu.

Plötzlich hörte Tye, wie Street aus einiger Entfernung Bree zu sich rief. Sie spitzte die Ohren, um zu hören, was sie redeten.

»... sie sagen, die Kameras auf der Aswang hätten einen Mann aufgenommen, der zwischen den Trümmern an Deck herumlief«, berichtete Street.

»Höchstwahrscheinlich ein Pirat, der die Lage auskundschaften sollte«, erwiderte Bree. »Oder ein Leichenfledderer.«

»Der Kapitän hatte die Leichen und die Verletzten eingesammelt, aber dann kam dieser Bandit an Bord und …«

Heidel stellte sich neben Tyes Trage. »Wer wohl ein Gebot auf dich abgibt?«, fragte er. »Bei wem du wohl landest?«

Halt die Klappe, dachte sie. Sie wollte hören, was Bree sagte.

»… Coldhardt hier auftaucht, wird er nach Waffen durchleuchtet«, erklärte sie gerade, »und wenn er dann hierhergebracht wird …«

Aber Heidel über ihr redete weiter. »Ob deine neuen Arbeitgeber dich wohl anketten wie einen Hund? Was meinst du?«

Unwirsch wandte Tye sich ihm zu. »Ich hoffe nur, der echte Heidel war besser im Einschüchtern als du«, sagte sie. »Du bist einer von denen, die alte Männer mit dem Baseballschläger umbringen. Das macht mir keine Angst. Da kriege ich nur Lust, dir in den Hintern zu treten.«

Heidel grinste höhnisch auf sie herunter und tätschelte ihren festgezurrten Knöchel. »Das würde ich gern erleben.«

Ich auch, dachte Tye düster.

»Ah, die ersten Spieler treffen also schon ein.«

Die Stimme war tief und nicht weit entfernt und hatte einen leichten deutschen Akzent. Tye hörte Sandalen auf den Fels klatschen und eine Möwe, die von ihrem Ausguck oben in der Wand aufflatterte. Dann kam ein älterer Asiate mit vom Wind zerzaustem schwarzem Haar in ihr Blickfeld. Sie erkannte Karl Saitou von dem Foto, das sie im Klubraum in Genf gesehen hatte. Nur machte er nun definitiv einen heruntergekommenen Eindruck. Er sah Bree an und sein Lächeln wirkte ein wenig zu groß für sein Gesicht; ein Gesicht, das hager und eingesunken war, als hätte jemand einen Strohhalm von unten ins Kinn gesteckt und mit aller Kraft daran gesaugt.

»Benimmt sie sich?«, fragte er. »Wird sie es machen?«

»Ich wollte es dir überlassen, ihr zu erklären, was wir von ihr wollen«, entgegnete Bree.

»Nun, Tye, es ist ganz einfach …« Er blickte auf sie herunter und lächelte dabei wie vielleicht ein Firmenchef eine Mitarbeiterin in der Poststelle anlächelt. »In Kürze erscheint Coldhardt zu dem, was er für seine erste umfassende Konsultation durch Nomen Oblitum hält … für den ersten Schritt auf dem Weg zur Verlängerung seines Lebens.«

»Welche Ironie«, flötete Bree.

Saitou nickte vergnügt. »Er hat sich auf sämtliche Bedingungen eingelassen und euch schon als Anzahlung übergeben. Aber die Kosten für seine Behandlung sind natürlich viel höher. Du erinnerst dich an diesen emaillierten Goldring von Coldhardt, den du Sadie vom Finger gezogen und ihm wieder zurückgebracht hast?«

Sie ersparte sich eine Antwort.

»Nun, wir hatten gehofft, dass du es tun würdest.« Sein Grinsen spaltete fast sein Gesicht und Tye wünschte, sie könnte noch etwas nachhelfen. »Dieser

Ring enthält ebenfalls eines von unseren winzigen Chip-Implantaten – eines, das sich über drahtlose Technologie unbemerkt in ein Computersystem einloggt. Wenn es sich im Konferenzraum befindet, kann es sämtliche Firewalls und externen Sicherheitssysteme umgehen; wir haben von hier aus Zugriff darauf und können uns alles ansehen, was Coldhardt auf seinem Computer gespeichert hat – seine Konten, Grundstücksgeschäfte, Kontakte weltweit …« Er legte ihr freundschaftlich die Hand auf die Schulter. »Und das alles haben wir dir zu verdanken, Mädchen! Du hast den Köder geschnappt und ihn genau dort wieder abgelegt, wo ich ihn haben wollte.«

»Sie ist eine verdammte Belastung«, feixte Heidel. »Kein Wunder, dass Coldhardt sie loswerden wollte.«

Tye reagierte nicht, sie blickte an ihren blöden lachenden Gesichtern vorbei hinauf zu dem weiten Rund des blauen Himmels und den weißen Wolkenfetzen, die darüber hinsegelten.

»Okay, Tye«, fuhr Saitou fort, »der Deal sieht folgendermaßen aus. Du weißt bereits, dass wir uns hier und heute einen kleinen Scherz erlauben. Einfach herrlich. Wir haben alle eingeladen, die etwas dazu beigetragen haben, alle, die Kapital aufbrachten, um Coldhardt zu vernichten …« Er wies auf den Balkon. »Und entsprechend verkleidet werden sie seinen Untergang hier in meinem Tempel verfolgen.«

»Coldhardt glaubt nämlich, dies sei das Hauptquartier von Nomen Oblitum«, warf Bree ein. »Er wird hereingeführt und vor den Schriftgelehrten und seinen Waffenknecht gebracht –«

»Der bin übrigens ich«, sagte Saitou.

»– und vor die Magierin ... die sich als niemand anders als Heidel herausstellen wird.«

»Kannst du dir Coldhardts Gesichtsausdruck vorstellen?« Saitou brach in schallendes Gelächter aus. »Die Demütigung?«

Jetzt sah Tye ihn an. »Du hast dreißig Jahre lang gewartet, um jemandem einen Dummejungenstreich zu spielen?«

»Um Coldhardt zu vernichten.« Mit einem Schlag war jede Spur von Humor aus Saitous Gesicht gewichen. »Genauso wie er unsere Organisation vernichtet hat, unseren Lebensstil. Er hat den Boss umgebracht, das ganze Geld für sich abgezogen und ist verschwunden.«

Er stand über ihr, sein Ton wurde heiserer, er kniff die dunklen Augen zusammen und auf seinen Lippen bildeten sich Spuckebläschen. »Ich habe so lange gewartet, um es ihm heimzahlen zu können. Habe jahrzehntelang die schwierigsten Kampfsportarten trainiert, mich fitter und stärker gemacht, als er es je sein konnte. Jahrelang habe ich seine Aktivitäten verfolgt und in den Menschen, die er niedergetrampelt hat, Verbündete gefunden. Ich habe auf die perfekte Gelegenheit gewartet ihn mir zu angeln und jetzt habe ich ihn endlich.« Er tat, als umklammere er etwas mit beiden Händen, eine Kehle vielleicht. »Ich *habe* ihn und kann mit ihm machen, was ich will.«

Tye sah zu Saitou auf und stellte überrascht fest, dass sie eine Spur Mitleid empfand. Könnte das auch ich in dreißig Jahren sein?, dachte sie. Aufgefressen von dem

Leben, das ich geführt habe, und mit nichts mehr in mir als nur Hass? Sie dachte an Patch, der in ihrer Erinnerung jetzt immer jung bleiben würde, unverändert bis in alle Ewigkeit. Wieder spürte sie einen Tränenkloß im Hals.

»Ich möchte, dass du alles beobachtest, Tye«, stieß Saitou heftig hervor, »denn wenn ich Coldhardt genug gedemütigt und ihn so tief habe abstürzen lassen, wie es weiter nicht geht, werde ich ihn fragen, ob es ihm leidtut – ob er sich ehrlich schämt für all das, was er getan hat. Und du wirst wissen, ob er die Wahrheit sagt, und wirst es mir sagen.« Er legte die Hand seitlich an ihren Hals. »Wenn du es nicht tust, wenn ich annehmen muss, dass du lügst, um ihn zu schützen ... ist das ein Vorgeschmack auf die Art von Schmerz, den ich dir und deinen Freunden zufügen kann.«

Er schnippte mit einem Finger gegen die Haut an ihrem Hals und presste den Daumen an den unteren Rand ihres Schädelknochens. Tye keuchte, als ein heftiger Krampf wie eine Welle ihren gesamten Körper zu erfassen schien. Sie begann zu zittern, unfähig, den Schmerz zu kontrollieren, unfähig, irgendetwas zu tun, nicht einmal Atem zu holen zum Schreien. Deshalb haben sie mich so festgezurrt, erkannte sie, damit sie das tun können.

Das Martyrium ging weiter. Tye nahm an, dass sie für ein paar Augenblicke das Bewusstsein verloren hatte. Als sie wieder zu sich kam, hatte sie das Gefühl, als hätte man sie mit Zunder ausgestopft und ihn unter der Haut angezündet. Ihre Wangen waren nass von Tränen und ihre Lippe blutete; sie musste daraufgebissen haben. Doch Saitou stand immer noch über ihr. Er lächelte, beugte sich zu ihr herunter und flüsterte im Ton eines liebenden Vaters, der mit seinem gewindelten Baby spricht.

»Nur ein Vorgeschmack«, sagte er.

SHOWTIME

Jonah war es gelungen, seine Hand in die Jeanstasche zu stecken. Seine Finger umschlossen das Feuerzeug, das der philippinische Wachmann auf der Aswang verloren hatte. Er zog die Hand mühsam wieder heraus und hielt das Feuerzeug an die festgezurrten Gurte. Dann tastete er nach dem Reibrad und versuchte so viel Kraft in seinen Daumen zu legen, dass sie reichte, um eine Flamme zu entzünden.

Was Fluchtversuche betraf, überlegte er, war dieser hier gefährlich und dumm dazu. Er wusste, dass er sich dabei schlimm verletzen, vielleicht sogar sterben konnte. Doch nach dem, was er durchgemacht, und bei den Aussichten, die er hatte, war das Leben nichts, an dem er sonderlich hing.

Und Tye? Was wird sie machen, wenn du nicht mehr da bist?

Aber sie war es ja – und Motti und Con – für die er das Risiko eingehen musste. Lieber früher als später.

Die Feuersteine rieben unter seiner Daumenkuppe aneinander, doch kein Funke entzündete sich. Er versuchte es noch einmal. Und spürte die Hitze einer Flamme. Sie wurde fast sofort unerträglich, verbrannte ihm die Finger. Er keuchte, versuchte sie wegzuknicken, ans untere Ende des Feuerzeugs. Doch in dem engen Raum wurde die Flamme von der Fixierdecke nach unten gedrückt und versengte Jonahs Handrücken und Hüfte. Fast hätte er vor Schmerzen geschrien – aber er wusste, dass beim kleinsten Geräusch die Wachen angerannt kämen und die Sache dann gelaufen wäre.

Er sah Rauch von der Fixierdecke aufsteigen und einen schwelenden braunen Punkt in dem Gewebe, der langsam größer wurde. Er wusste nicht, wie lange er noch den Mund halten konnte. Sein Oberschenkel wurde auf offener Flamme gegrillt. Er biss die Zähne zusammen, atmete flach und stoßweise. Es roch nach verbranntem Stoff.

Es ist die Trage. Es ist nicht meine Jeans, ausgeschlossen. Bitte, lieber Gott, lass es funktionieren, oh Jesus, oh Christus –

Ein Stöhnen entwich ihm, als der Schmerz noch größer wurde, stechender. Tränen liefen ihm aus den zusammengekniffenen Augen. Es war, als hätten die Knochen in seiner Hüfte und dem Oberschenkel die sengende Hitze in sich eingeschlossen.

Dann loderten richtige Flammen von der Fixierdecke auf, orangefarben und qualmend. Jonah versuchte einen gequälten Aufschrei zu unterdrücken, versuchte verzweifelt, sich aufzubäumen und seinen Arm zu heben. Er betete, dass der brennende Stoff reißen würde, bevor die Flammen sich weiter ausbreiteten. Er fluchte und schluchzte, die Augen jetzt in panischer Angst weit aufgerissen, bis das Gewebe riss und sein Unterarm frei war. Er bewegte ihn hin und her und versuchte die Flammen auszuschlagen, spannte alle Muskeln an, um sich zu befreien.

Endlich riss der Stoff noch an einer anderen Stelle und

er konnte fast seinen ganzen Arm frei bewegen. Fieberhaft arbeitete er sich nun aus der brennenden Hülle, kullerte von der Trage und fiel auf den Felsboden. Dann sah er, dass seine Jeans doch Feuer gefangen hatte, und rollte hin und her, um so die Flammen zu ersticken. Er landete in einer Pfütze aus abgestandenem Regenwasser, das sich unter dem offenen Fenster gesammelt hatte. Den Kälteschock empfand er einen Augenblick lang als noch schlimmer als zuvor die Hitze, doch wenigstens waren die Flammen erloschen. Er riss sich die rauchende Jeans vom Leib, verlor dabei seine Nikes, und schlug dann mit der Hose auch die Flammen auf der Trage aus. Danach schleppte er sich zu der Pfütze zurück und legte sich hinein; der Gestank von verbrannter Haut, verbranntem Haar und Stoff hing mit dem dichten Rauch in der Luft wie die große Frage – Was nun?

Die Versuchung war groß, einfach liegen zu bleiben, wo er lag, doch Jonah sah, dass zwischen den Gitterstäben in der Zellentür kein Glas war und der Rauch bald hinauswabern und einen Wachmann alarmieren würde. Er untersuchte sein Bein. Ein großes Stück Haut war klebrig rot, warf Blasen und tat höllisch weh. Er dachte an Patch und er dachte an die Flammen, die dem Guan-Yin-Manuskript folgten.

Doch in diesen Fall war das Feuer ein Glück gewesen. Vielleicht geht es aufwärts, dachte Jonah ohne allzu viel Enthusiasmus.

Auch auf seinen Händen hatten sich Brandblasen gebildet. Vorsichtig zog er seine Jeans wieder an und riss ein Loch in den verkohlten Stoff, damit der nicht zu sehr über die verbrannte Haut scheuerte. Er zog auch seine Schuhe an und ging hinüber zur Tür. Der Rauch bildete eine dichte Wolke – Jonah hoffte nur, dass sie dicht genug war für das, was er vorhatte.

»Hilfe!«, brüllte er, sprang auf die Trage und zog die Fixierdecke über sich. »Feuer! Es brennt!«

Das erschrockene Gesicht eines Filipinos erschien am Gitter; dann bückte sich der Mann, um die Tür aufzuschließen. Diesen Augenblick nutzte Jonah aus, rollte sich von der Fahrtrage, stellte sich dahinter und preschte los. Die Tür wurde aufgestoßen – und dem Wachmann krachte eine Hochgeschwindigkeitstrage in den Bauch. Er schrie auf, als er nach hinten geschleudert wurde und mit dem Kopf gegen die kahle Felswand knallte.

Jonah schob die Trage beiseite, packte den Wachmann und schleifte ihn in die Zelle. Wenn das jetzt ein Kinofilm wäre, dachte er, wäre seine Uniform die perfekte Verkleidung. Aber Jonah war nicht nur blond und hellhäutig, sondern auch noch einen Kopf größer und kräftiger als dieser Typ. »Dann müssen sie mich eben nehmen, wie ich bin«, murmelte er.

Nachdem er dem Wachmann mit seinem Ledergürtel die Hände gefesselt und ihn mit seinen Socken geknebelt hatte, legte er ihn auf die Fahrtrage und nahm ihm seine Schlüssel ab. So weit, so gut. Er selbst war nicht lebensgefährlich verletzt und befand sich jetzt in einem seltsamen Freilicht-Gefängniskomplex auf freiem Fuß. Das allerdings irgendwo auf einer Insel, von der er nicht wegkam.

Es ist zumindest ein Anfang, dachte er und machte sich auf die Suche nach seinen Freunden.

Tye lag für den Augenblick vergessen unter dem steinernen Balkon auf ihrer Fahrtrage, hilflos, müde und wund. Die Arena begann sich zu füllen, und aufgeregte Erwartung hing spürbar in der Luft. Saitou sprach mit Bree, die ein Klemmbrett vor sich hatte und vermutlich die letzten Probleme löste, während sie es noch fertigbrachte, mit den Wimpern zu klimpern. Doch, Bree hat offensichtlich ein Auge auf Saitou geworfen, stellte Tye fest.

Der alternde Schriftgelehrte saß auf dem mittleren Thron, rauchte eine Zigarette und ließ die Beine baumeln. Heidel verteilte rote Roben an diejenigen, die als mutmaßliche Mitglieder von Nomen Oblitum von der Galerie aus zusehen wollten. Wer für solche Spielchen nichts übrighatte oder von anderen nicht gesehen werden wollte, konnte das Spektakel in einem Fernsehraum irgendwo im Innern des Komplexes verfolgen – Bree ließ das Ereignis live übertragen und es gleichzeitig für die Nachwelt aufzeichnen. Höchstwahrscheinlich gab es eine DVD von den Ereignissen des Tages, die die Gäste, bevor sie die Insel wieder verließen, kaufen konnten – oder die sie als Dreingabe geschenkt bekamen, wenn sie bei der Versteigerung ein Gebot auf eines von Coldhardts Kindern abgaben.

Bree kam zu Tye herüber und schnalzte in gespieltem Mitleid mit der Zunge. »Das muss ja sehr unbequem sein, so festgeschnallt dazuliegen.«

Tye wurde im Nichtreagieren immer besser. Sie blickte stur geradeaus.

»Mein Dilemma ist folgendes, Tye: Es geht nicht, dass ich dich Coldhardt von dieser Trage aus beobachten lasse. Man würde dich sehen. Unsere ganze sorgfältige Planung wäre beim Teufel. Aber wenn ich dich ohne Fesseln irgendwo hinstelle, könntest du versuchen, unsere kleine Inszenierung zu stören.« Sie seufzte. »Was soll ich nur mit dir machen?«

Tye reagierte wieder nicht – doch als Bree ein Messer zum Vorschein brachte und die Fixierdecke der Länge nach aufschlitzte, zuckte sie unwillkürlich zusammen. Schon diese kleine Bewegung verursachte neue Schmerzen. Sie fühlte sich lahm und steif, so als hätte die Blutzirkulation ausgesetzt und das Blut sei in ihren Adern geronnen. Bree gab ihr zu verstehen, dass sie aufstehen sollte.

»Du wirst zusammen mit den anderen auf dem Balkon stehen«, erklärte sie, »mit dem Kapuzenumhang der Gefolgsleute. Und du wirst genau beobachten, ob Coldhardt es ernst meint.«

»Ich habe vorhin auch Saitou beobachtet.« Tye legte ein Grinsen auf. »Er weiß anscheinend gar nicht, dass es dich gibt, Bree, wie?«

Bree schüttelte offenkundig amüsiert den Kopf. »Du glaubst, ein Mädchen aus der Gosse könnte mich provozieren?«

Tye zuckte mit den Schultern. »Ich glaube, ein Mädchen aus der Gosse könnte Saitou schärfer anspitzen, als eine Zicke wie du es je können wird.«

In Brees Augen war nur ein winziges wütendes Flackern zu erkennen, aber für Tye war es Silber und Gold wert.

»Du wirst toleriert, weil du dem Unternehmen Geld bringst«, erwiderte Bree kühl. »Aber bilde dir nicht zu viel darauf ein. Weil wir unsere Werte zu schätzen wissen, ist ein Mitglied meiner speziell ausgebildeten Sicherheistruppe ganz allein auf dich angesetzt. Ich kann mich darauf verlassen, dass sie keine Disziplinlosigkeit toleriert ... und du genauso.«

Bree drehte sich zum Eingang eines der Tunnel um und nickte. Tye sprang fast das Herz aus der Brust, als sie erkannte, wer da auf sie zukam. Schwarzes, zu Stacheln gegeltes Haar, ein porzellanweißes Gesicht, das blaue Flecken und Make-up dunkler erscheinen ließen, stechende braune Augen ...

»Sadie«, flüsterte Tye.

»Kannst du dir vorstellen, dass sie nur einen einzigen Menschen getötet hat, als sie aus dem Polizeigewahrsam ausgebrochen ist?« Bree senkte vertraulich die Stimme. »Und obwohl sie von vornherein wusste, dass sie den Kampf gegen dich in dem Apartment verlieren musste, fürchte ich, dass sie dir das immer noch nachträgt. Du bist bitte vorsichtig, Tye ... ja?«

Tye antwortete nicht, sie war starr vor Schreck. Sadie entblößte ihre Zähne und lächelte wie der Henker beim Umlegen der Schlinge.

»Es dauert nicht mehr lange«, sagte Bree, »dann kann die Show beginnen.«

Jonah wusste nicht, ob er seinen Erfolg feiern oder verfluchen sollte, als er durch die Tunnel hinkte. Er konnte nirgendwo Überwachungskameras entdecken – aber das musste nichts bedeuten, auf der Aswang hatte er auch keine gesehen. So oder so, es erschien unumgänglich, dass er geschnappt wurde. Und Motti und Con hatte er auch noch nicht gefunden – genauso wenig wie Tye.

Ein Raum sah vielversprechend aus. Er war abgeschlossen und augenscheinlich leer, bis auf einige Regale mit Lebensmittel- und Getränkevorräten. Er musste ganz sicher sein, dass die Menschen, die ihm etwas bedeuteten, auch wirklich nicht darin waren.

Den passenden Schlüssel hatte er an dem Ring, den er dem Wachmann abgenommen hatte, bald gefunden. Er schlich hinein. Es war tatsächlich niemand drin, doch in der Ecke entdeckte er eine leere Fahrtrage. Dem Schmutz und den Blutflecken nach zu urteilen war sie erst vor Kurzem benutzt worden. War er vielleicht doch auf der richtigen Spur – war Tye hier gewesen?

Jonah holte tief Luft. Er wusste, je länger er durch die Tunnel streifte, desto wahrscheinlicher wurde es, dass man ihn schnappte. Und seine Angst ließ ihn vermuten, dass er innerlich auf irgendeiner Ebene doch noch nicht bereit war, sein Leben in einer verrückten, endgültigen Geste wegzuwerfen.

»Was kann ich noch tun?«, murmelte er. Er wollte sich nicht von der Vernunft unterkriegen lassen.

Was zum Teufel nützt die Vernunft in einem Leben wie meinem?, dachte er und setzte sich auf eine Kiste. Sie gab unter seinem Gewicht nach – er hatte sie für stabiler gehalten. Er schaute hinein – und fand eine rote Robe, genau wie die, welche der Schriftgelehrte in Chamonix getragen hatte. Gut möglich, dass er genauso wenig erreichte, wenn er die Tunnel in dieser Verkleidung absuchte, aber wenigstens fiel er dann nicht mehr auf wie ein bunter Hund.

Jonah zog sich seufzend die Robe über. »Das bedeutet dann wohl eins zu null für die Vernunft.«

Gerade als er seine Suche fortsetzen wollte, hörte er draußen auf dem Flur Schritte – feste, zielsichere Schritte klackten auf dem Steinboden. Leise schlich er zur Tür und lugte durch das Gitter.

Ein Schreck durchfuhr ihn, als er Coldhardt kommen sah. Der alte Herr machte einen weltmännischen und selbstsicheren Eindruck in seinem eleganten schwarzen Anzug und dem hellblauen Hemd, dessen oberster Knopf offen war. Im Arm trug er ein wunderschönes Bouquet aus exotischen weißen Orchideen. Die herrlichen Blüten saßen an langen, schlanken Stielen und bildeten zu den rot gewandeten Wachen, die ihn begleiteten, einen Gegensatz wie Feuer und Eis.

Ich könnte ihn umbringen, schoss es Jonah durch den Kopf. Saito und Street um ihren Triumph bringen. Ihm für das, was er uns angetan hat, das Genick brechen.

Doch dann sah er wieder Sadie vor sich, wie sie durchs Fenster gekommen war und Budd und Clyde ohne zu zögern umgebracht hatte, direkt vor seinen Augen. Dieser Erinnerung folgte eine andere, und zwar die von seiner ersten Begegnung mit Tye in Genf nach den Morden in L.A. »Ich bin nicht für dieses Leben gemacht und werd's auch nie sein«, hatte er damals laut überlegt. »Oder?« All das war auf der anderen Seite der Erdkugel gewesen … und schon vor einem halben Leben – zumindest seinem Gefühl nach.

Niemand konnte wissen, was hinter der nächsten Ecke auf einen wartete. Man musste nur einfach weitergehen und es herausfinden.

Jonah verließ die Zelle und trottete hinter seinem ehemaligen Boss her; das Herz klopfte ihm bis zum Hals. Was immer geschah, er hatte das Gefühl, als sei bald eine Abrechnung zwischen ihnen beiden fällig – entweder in dieser Welt oder in der nächsten.

Tye stand in ihrer roten Robe auf dem Balkon. Man hatte ihr unter dem Stoff die Hände auf dem Rücken gefesselt und die Kapuze verbarg einen Großteil ihres Gesichts. Sie war dankbar dafür – es war wie in einem Kokon, die Robe als Hülle, in der sie sich vor der Wirklichkeit verstecken konnte. Doch die kalte Mündung von Sadies Pfeilpistole in ihrem Rücken erlaubte Tye keinen vollständigen Rückzug.

Leises Gemurmel erfüllte die Arena wie das Summen von Fliegen. Tye glaubte, die Gesichter einiger der Leute zu erkennen, die sich an diesem Tag hier versammelt hatten – unter einer Sonne, die von dem Fenster aus blauem Himmel auf sie herabschien. Der Tag gab sich so unspektakulär. Tye hatte erwartet, dass der Himmel jeden Augenblick auf sie alle herunterfallen würde oder sie vom Blitz getroffen würden. Stattdessen wärmte die Sonne ihre Gewänder und in der Luft hingen der frische Salzgeruch des Meeres und der kühle Duft der überall verteilten Lilien in Purpur und Gold. Sie mochten zwar zu Girlanden in der Form des Isisknotens gebunden sein, doch Tye kannte die uralte Bedeutung dieser Blüten noch aus ihrer Kindheit. Es waren Beerdigungsblumen.

Coldhardt wird nie zugeben, dass es ihm leidtut, dachte sie nervös. Diese Genugtuung wird er ihnen nie verschaffen. Was würde Saitou dann mit ihm machen?

Wie schnell würde es gehen, bis die wunderschöne Arena sich in ein Kolosseum verwandeln würde, die Menge nach Blut lechzen, der große Kaiser den Daumen nach unten drehen und sie Coldhardt den Löwen vorwerfen würden ...?

Dann kam plötzlich Bree in einer kostbaren roten Robe in die Mitte der Arena gelaufen und stellte sich neben das mit Wasser gefüllte Abflussbecken. Sie hob die Hände und das Geplauder auf dem Balkon erstarb. Die Gesichter der Zuschauer verschwanden unter üppigen Stoffbahnen, als die Kapuzen zurechtgerückt wurden.

Bree verschwand rasch wieder im Eingang eines Tunnels. Tyes Magen krampfte sich zusammen, als der Schriftgelehrte sich von seinem Stuhl erhob, Saitou seine bronzene Gesichtsmaske aufsetzte und Heidel, in dunkelblaue und schwarze Seide gewickelt, den Thron der Magierin bestieg. Er war bereit, auf das Stichwort hin seine schockierende Gastrolle zu spielen.

Es war so weit.

Coldhardt würde gleich zu seiner eigenen Beerdigung erscheinen.

Jonah hatte im Labyrinth der Tunnel nicht nur die Spur von Coldhardt und seinen Begleitern verloren, sondern auch seinen Orientierungssinn. Er wusste nicht mehr, welche Wege er schon gegangen war. Sein Bein tat so weh, dass er kaum noch stehen konnte. Mit jedem mühsamen Schritt wurde seine Angst vor dem Entdecktwerden größer.

Plötzlich erklang fremdartige Musik, ein atonales

Kreischen von Dudelsäcken, und Jonah zuckte zusammen. Der Lärm kam aus einem Raum weiter vorn im Tunnel. Die Tempeldeko war hier etwas heimeliger – auf dem Boden lag ein dicker roter Teppich und die Tunnelwände waren dick mit weißem Gips bestrichen, der von den Handwerkern schwungvoll aufgetragen worden war.

Jonah betrat den Raum, wobei er sich bemühte, nicht zu humpeln und so zu tun, als sei es sein gutes Recht hier zu sein. Er glaubte, in einen kleinen, schwach beleuchteten Kinosaal geraten zu sein. In Reihen aufgestellte Plüschsessel, die meisten belegt von etwa 15 geschniegelten und gebügelten Gästen, waren auf einen riesigen, hoch auflösenden TV-Bildschirm ausgerichtet, der sogar noch größer war als der zu Hause (er zog eine Grimasse und verbesserte sich: der in Coldhardts Hauptquartier, meinst du). Auf dem Bildschirm war ein aus dem Felsen gehauenes Amphitheater zu sehen. In der Mitte war ein kleiner Teich und am hinteren Ende standen drei Throne. Die Gestalt in Blau und Schwarz, die auf dem größten Thronsessel saß, kannte Jonah nicht. Aber ihm lief ein Schauer über den Rücken, als er auf ihrer linken Seite den Schriftgelehrten erkannte und auf der rechten Saitou in seiner dunklen Robe und mit der Bronzemaske. Gefolgsleute blickten von einem Balkon, der fast um die ganze Arena herumführte, auf die blumengeschmückte Szene hinunter. Die Musik, die aus den Fernsehlautsprechern kam, wurde in bester Qualität live übertragen.

Ein Wachmann in der gleichen roten Robe, wie Jonah

sie trug, stand vorne im Raum neben einem Büffet mit Speisen und Getränken, doch seine Aufmerksamkeit galt dem Bildschirm, auf den er wie alle anderen fasziniert und schweigend blickte. Niemand drehte sich um, als Jonah leise näher trat und sich an einem der hochlehnigen Sessel abstützte. Er ging davon aus, dass es sich bei den Leuten um Gäste von Saitou handelte. Sie würden gute Geiseln abgeben, Druckmittel, um seine Freunde freizupressen …

Doch bevor er auch nur beginnen konnte, einen Plan auszuarbeiten, erschien Coldhardt mit seinen Wachen und mit Blumen im Arm auf dem Bildschirm – er kam aus einem Blickwinkel unterhalb der Kamera ins Bild. Sie war offenbar über einem der Haupteingänge angebracht. Jonah schien der Einzige zu sein, der erschrocken reagierte – die anderen Zuschauer rührten sich nicht und flüsterten auch nicht miteinander; sie saßen mit grimmiger Miene auf ihren Plätzen, als erwarteten sie eine Katastrophe.

Die Musik hörte auf. Jonah sah nur Coldhardts Hinterkopf und fragte sich, welcher Ausdruck jetzt wohl auf dem zerfurchten Gesicht lag. Triumph, Freude darüber, dass er sein Ziel erreicht hatte? Ob auch nur die leiseste Spur von Bedauern in seinen Zügen zu finden war?

Jonahs Nerven waren zum Zerreißen gespannt, als die Gestalt, die links von dem großen Thron saß, ihre Kapuze zurückschob. Es war der Schriftgelehrte, der sich jetzt langsam erhob, um Coldhardt zu begrüßen. »Du stehst im Tempel der Isis, der Leuchte der Göttinnen«, begann er und die Felsenarena warf seine tiefe, stockende Stimme hinauf in den Himmel. »Nach ihrem Willen werden die Planeten des Universums, die wohltuenden Winde der Meere und die Stille der Hölle gelenkt. Verehrst du Isis?«

»Ich verehre sie«, antwortete Coldhardt, immer noch mit seinen Blumen im Arm.

»Erkennst du die Weisheit und Reinheit der Göttin Guan Yin an?«, dröhnte der Schriftgelehrte mit feierlicher Stimme. »Spürst du ihre Tausend Arme, die dich umfangen und halten?«

»Ich spüre sie«, erwiderte Coldhardt, bückte sich und legte die Blumen zu seinen Füßen nieder. »Und ich bringe ihr Orchideen, die Pflanze mit dem königlichen Duft.«

Der Schriftgelehrte nickte, als sei er zufrieden. »Und heißt du die heilende Berührung von Hi'iaka willkommen, der freundlichen Helferin und erbarmungslosen Kriegerin …«

Sie machen sich über ihn lustig, erkannte Jonah, um ihn dann fertigzumachen. Er war in einem Konflikt – ein Teil von ihm konnte das alte Denkmuster nicht abschütteln, dass er Coldhardt zu Hilfe eilen und da draußen an seiner Seite stehen sollte, der andere Teil sagte: »Sieh dir an, wie er leidet. Sieh dir an, wie er fällt.« Jonah dachte an Patch auf dem verkohlten Deck, erinnerte sich, was für ein Gefühl es gewesen war sich vorzustellen, dass er endlich irgendwo hingehörte, und wie das alles zunichte gemacht und ihm genommen worden war. Seine Nase begann zu laufen und in seinen Augen brannten Tränen. Ich packe das nicht, dachte er kläglich. Ich packe das alles nicht.

Zu spät erkannte er, dass die Wache am Tisch sich zu ihm umgedreht hatte und ihn beobachtete. Bevor Jonah reagieren konnte, setzte sich die Gestalt in der Robe in Bewegung und stürzte mit ausgestreckten Armen auf ihn zu; die gekrümmten Finger zielten auf sein Gesicht.

ENTHÜLLUNGEN

Die Hände zerrten an Jonahs Umhang und rissen ihm seine Kapuze fort. Jonah packte die knochigen Handgelenke und bog sie zur Seite.

»Jonah, ich bin's doch«, protestierte eine Stimme unter der Kapuze hervor.

Er riss die Augen auf und ließ die Handgelenke los. »Maya?«

Sie schob ihre Kapuze zurück und strahlte, das feine rote Haar verwuschelt. »Nettes Kostüm«, sagte sie und nahm ihn fest in den Arm. »Wir denken tatsächlich das Gleiche, was?«

Jonah löste sich aus ihrer Umarmung, wandte sich den Leuten in ihren Kinosesseln zu und wich gleichzeitig zurück, da er damit rechnete, dass gleich ein echter Kampf ausbrechen würde. Doch noch immer rührte sich niemand, alle hockten nur da und starrten auf den Bildschirm.

»Sie werden eine Weile schlafen«, erklärte Maya knapp. »Ich hatte gerade dafür gesorgt, als du aufgetaucht bist. Ich habe dich für einen echten Wachmann gehalten, bis ich deine Turnschuhe gesehen habe.«

»Was hast du verwendet?«, erkundigte sich Jonah.

»Eine Art K.o.-Gas – geruchlos, unsichtbar –, einen Cocktail, hauptsächlich aus Halothan und Fentanyl. Motti hatte ein kleines Fläschchen davon bei sich.«

»Er muss es von der getarnten Bombe auf der Aswang haben«, murmelte Jonah. »Dann konnte er also fliehen? Ist Con bei ihm?«

»Ich habe sie beide befreit«, versicherte Maya ihm. »Im Moment sind sie hinter Coldhardt her.«

Jonah sah sie argwöhnisch an, als ihm plötzlich etwas einfiel. »Wie zum Teufel bist du überhaupt hier reingekommen?«

Maya wies auf den riesigen Fernsehschirm – Saitou und der Schriftgelehrte gingen gerade in unterschiedlichen Richtungen um den runden Teich herum auf Coldhardt zu. »Dieses Abflussbecken ist mit einer Höhle ganz in der Nähe verbunden. Man muss sich ein bisschen anstrengen beim Schwimmen, aber es ist eine ausgezeichnete Möglichkeit, sich Zugang zu verschaffen, wenn man nicht erwartet wird.« Sie zuckte mit den Schultern. »Motti und Con habe ich ziemlich schnell entdeckt, nur dich und Tye habe ich nicht gefunden.«

»Tye haben sie weggebracht und Patch hat – also, Patch ist ...« Er sah sie finster an. »Moment mal. Als du gesagt hast, Motti und Con seien hinter Coldhardt her – hast du da gemeint, sie wollen ihn sich schnappen oder wollen versuchen, den Schweinehund zu beschützen?« Jonahs Worte überschlugen sich fast. »Nach allem, was er uns angetan –«

Maya legte ihm eine Hand über den Mund. »Zwei Sachen musst du wissen, Jonah«, sagte sie leise und drängend. »Erstens: Patch ist in einer schlechten Verfassung, aber er ist nicht tot. Jedenfalls noch nicht.«

Jonah starrte sie an. Die Zeit schien stillzustehen. »Nicht tot?«

»Ihr habt ihn gerettet. Du und Con.«

»Was haben wir …?«

Als ihm der Unterkiefer herunterklappen wollte, schloss sie ihm den Mund mit der Hand. »Und das Zweite, was du wissen musst …« Sie sah ihn an und in ihren Augen lag ein hartes Glitzern. »Die Sache hier ist noch lange nicht vorbei. Und jetzt beweg dich.«

Tye blickte auf Coldhardt hinunter, als die Litanei an Göttinnen und Halbgöttinnen, denen er Treue schwören musste, endlich zu Ende war. Saitou hatte sich wieder auf seinen Thron zurückgezogen, während der Schriftgelehrte Coldhardt die Schwüre abverlangte. Am liebsten hätte Tye weggeschaut; es war, als warte man auf einen Zusammenstoß, der unausweichlich kommen musste. Doch jedes Mal, wenn sie zu Boden schaute, zwang Sadies Waffe in ihrem Rücken sie wieder dazu, den Blick auf das Drama zu richten, das sich in der Arena abspielte.

»Und nun, Coldhardt«, rief der Schriftgelehrte, »tu im Beisein unserer Brüder, unter dem Blick von Gelehrten wie Schülern gleichermaßen kund, dass du unserer Magierin ein großes Geschenk gemacht hast.«

»Ich habe getan, was von mir verlangt wurde«, antwortete Coldhardt schlicht. Tye forschte in seinem Gesicht nach winzigen Spuren einer Gefühlsregung, konnte jedoch keine entdecken.

»Dein Geschenk wurde dankend angenommen.« Der Schriftgelehrte legte eine eindrucksvolle Pause ein und lächelte. »Jetzt wird die Magierin dich empfangen …«

Absolute Stille schien sich über die Arena zu legen;

die Zuschauer hielten den Atem an, die Vögel schraubten sich hinauf in den Himmel, selbst das Meer schien in gespannter Erwartung ruhiger zu werden.

Was hat der Schriftgelehrte da vorhin gesagt?, dachte Tye. Das Herz schlug ihr bis zum Hals. Die Stille der Hölle wird gelenkt?

Saitou, immer noch unter Maske und Robe verborgen, blieb auf seinem Thron sitzen, als Heidel sich erhob, langsam vortrat und um das Abflussbecken herum auf Coldhardt zuging. Der Kopf unter der blauen Kapuze war gesenkt, damit sein Gesicht nicht zu erkennen war, und die dunkle Seide schleifte über den Boden.

»Knie nieder«, befahl der Schriftgelehrte. »Wende den Blick ab.«

Coldhardt tat wie geheißen und sank langsam auf die Knie.

Heidel ließ die Seide, die sein Gesicht verhüllte, auf seine Schultern fallen. Dann räusperte er sich.

Als Coldhardt aufsah, versetzte Heidel ihm einen Fußtritt gegen das Kinn, dass er auf den Rücken fiel und lang ausgestreckt liegen blieb. Eine atemlose Pause entstand, in der der Anblick sich bei den Zuschauern setzte, dann begann jemand trocken zu applaudieren. Tye blickte sich empört um, als der Applaus aufgegriffen wurde und plötzlich der ganze Balkon klatschte, jubelte und lachte. Coldhardt sah sich verwirrt um. Ein blutiges Rinnsal sickerte aus seinem Mundwinkel. Die beiden Wachen, die ihn hergebracht hatten, zogen automatische Waffen unter ihren Gewändern hervor und richteten sie auf Coldhardts Kopf.

Saitou hob den Arm, damit wieder Ruhe eintrat, und

widerwillig wurde die Menge leiser. Tye beobachtete Coldhardt, wie er da unten lag, ein Bild des Jammers, und wünschte sich so sehr, es würde ihr nichts ausmachen. Sie war immer überzeugt gewesen, dass die ganze Welt einen anlog, und gleichzeitig hatte sie verzweifelt gehofft, dass es nicht stimmte. Coldhardt war ihre Welt geworden, doch er hatte sich von ihr und den anderen abgewandt. Hatte sie im Stich gelassen. Also zum Teufel mit ihm. Wie man sich bettet, so liegt man, und er hatte sich sein Nagelbett selbst gezimmert. Doch trotz allem wäre sie am liebsten zu ihm gelaufen, hätte die Schakale und Aasgeier abgewehrt und ihm zur Flucht verholfen.

Das Einzige, was immer gleich bleibt, ist, dass sich alles verändern muss, hatte sie an diesem herrlichen Tag gedacht, als sie das Picknick gemacht hatten. Aber mit einigen Veränderungen tat man sich schwer.

Coldhardt richtete sich auf und kam umständlich auf die Knie. »Heidel?«, hörte sie Coldhardt flüstern. Die Arena verstärkte den leisesten Hauch. »Wie hast du ... was hat das ...?«

Saitou trat zu dem Schriftgelehrten und Heidel und stellte sich vor Coldhardt, der zwischen seinen verstreut herumliegenden Orchideen kniete. »Ich freue mich, dich auf Knien zu sehen«, verkündete er. »Meine Freunde und ich haben sehr lange auf diesen Augenblick gewartet.«

»Karl?« Als er die Maske abnahm, starrte Coldhardt seinen früheren Partner ein paar Augenblicke lang erstaunt und ungläubig an. Dann schien er sich wieder zu fassen und rang sich ein kleines, resigniertes Lächeln ab. »Der Waffenknecht in Chamonix. Das warst du … Du hast Sorin umgebracht.«

»Richtig.« Saitou ließ die Maske scheppernd auf den Boden fallen und grinste wie die Katze, die sich über die Sahneschüssel hergemacht hat. »Du befindest dich auf meiner Insel. Sie gehört mir – nicht irgendeiner zwielichtigen Sekte von Irren.«

»Und das hier ist folglich ein Double …« Coldhardt blickte Heidel an. »Aber ich habe deine Sachen überprüfen lassen, deine Fingerabdrücke …«

»Genetischer Abfall von vor dreißig Jahren.« Saitou konnte kaum noch an sich halten. »Dein Arzt war auch Heidels Arzt, erinnerst du dich? Und der alte Hamsterer hat von allen seinen Patienten ein Souvenir aufbewahrt … Er war ausgesprochen kooperativ und hat uns sehr geholfen, die Täuschung glaubhaft erscheinen zu lassen.« Er wies mit dem Finger auf eine Gestalt auf dem Balkon, gegenüber von Tye. »Das stimmt doch, Draith, oder?«

Tye sah, wie Draith widerstrebend die Kapuze seines Gewandes zurückschob und sein abgespanntes, knochiges Gesicht enthüllte; er sah aus wie eine Schildkröte, die den Kopf aus dem Panzer streckt.

»Toi aussi, docteur?« Coldhardt hob den Blick und betrachtete seine Umgebung, als sähe er sie zum ersten Mal. Dann lächelte er – doch für Tye war es das Lächeln eines kleinen Mannes, der größer erscheinen wollte, eines Dummkopfes, der versuchte sein Gesicht zu wahren. »Dann war alles eine List. Eines muss ich dir wirklich lassen, Karl – es ist eine brillante, bis ins Kleinste durchgeplante Täuschung.«

»Freut mich, dass du es zu schätzen weißt«, antwortete Saitou. Er wies wieder auf den Balkon. »Eine ganze Menge Leute mussten viel Zeit und Geld investieren, um alles so hinzubekommen.«

»Und wie herrlich barbarisch von dir, sie alle einzuladen, damit sie dir beim Beutemachen zusehen.« Einige der Zuschauer auf dem Balkon hatten die Kapuzen zurückgeschoben; es bereitete ihnen ganz offensichtlich großes Vergnügen, Coldhardt so erniedrigt zu erleben. Und sie wollten, dass er erkannte, wer mitgeholfen hatte, dass es so weit kommen konnte. »Nun, nun ... alles vertraute Gesichter.« Coldhardt hob die Hand zum Gruß seiner Feinde, und dieses Mal war sein Lächeln breiter, sicherer. »Ich erkenne Bree Matthews' Organisationstalent dahinter – ist das richtig?«

»Und meines.« David Street stolzierte aus dem Tunnel zu Coldhardts Rechten, zwei Schritte hinter ihm folgte Bree. »Wir haben lange auf die Revanche warten müssen, Coldhardt. Du hast uns reingelegt.«

Coldhardt versuchte aufzustehen. »Ich habe keinen von euch hereingelegt, nicht –«

»Halt's Maul!« Dieses Mal trat Saitou nach ihm; seine Stiefelspitze krachte gegen Coldhardts Rippen. »Jetzt reden wir.« Tye zuckte zusammen, als Coldhardt schwer auf den harten Felsboden zurückfiel. Sie wandte den Blick ab, doch Sadie zischte ihr warnend ins Ohr und drückte ihr den Bolzen in den Rücken.

Bree blieb stehen und beobachtete Street, als er sich zwischen Saitou und Heidel stellte. Er wirkte verschwitzt und nervös, nicht ganz bei sich. »Du hast uns reingelegt, Coldhardt. Ich rede nicht von Heidels Geld oder seinen Kontakten, das ist alles nebensächlich. Du hast uns um unsere Familie gebracht.«

Coldhardt schüttelte schwach den Kopf. »Nein.«

»Doch.«

Ohne Vorwarnung zog Street eine Pistole aus seiner Tasche, hielt sie Heidel an die Schläfe und drückte ab. Tye zog scharf die Luft ein, als der Knall sich rund um die Arena fortsetzte, als Blut in das Abflussbecken spritzte und Heidel zu Boden stürzte. Sie schloss die Augen und bot ihre ganze Willenskraft auf, um sich nicht übergeben zu müssen. Die Menge lachte nicht. Ein drückendes Schweigen hatte sich über das Amphitheater gelegt.

Street kümmerte sich nicht um das, was er angerichtet hatte, er hatte nur Augen für Coldhardt, den er finster anstierte. Auch Tye hatte die Augen wieder geöffnet und konzentrierte sich auf Coldhardt. Er kniete immer noch auf dem Boden, das Gesicht war blutbesudelt, aber seine Augen glänzten.

»War es vor zweiunddreißig Jahren auch so einfach für dich?«, rief Street. Speicheltröpfchen regneten auf Coldhardts Gesicht herunter. »*Päng, päng*, du bist tot und weiter geht's? Der Mann, der uns aus der Gosse geholt hat, der an uns geglaubt hat. Der Einzige, der je für uns da war. ... Ein verdammtes Genie, das uns besser gemacht hat, besser, als wir ohne ihn je hätten sein können ...?«

So tobte er weiter und auf dem Balkon wurde wieder geflüstert. Tye sah, wie Bree mit Saitou und dem Schriftgelehrten Blicke tauschte, sah die Beklommenheit in ihrer Miene. Sie gewann den Eindruck, als sei der Mord an Heidel nicht Teil des Planes gewesen. Street war vom Drehbuch abgewichen, er tobte wie ein Irrer.

»... du sagst mir jetzt, Coldhardt«, brüllte er gerade, »ob du je gelernt hast, mit dir zu leben? Schaust du manchmal zurück und findest es gut, was du getan hast?«

Coldhardt wich seinem Blick nicht aus, sein Ton war gemäßigt, die Augen ohne Hass. »Wenn ich ehrlich bin, Street, wünsche ich, dass ich dich getötet hätte, als ich die Möglichkeit dazu hatte, anstatt dir nur eine Fleischwunde zuzufügen.«

Street schwang die Waffe herum und zielte auf Coldhardts Kopf. »Komm mir nicht damit! Du *wolltest* mich töten.«

»Den ersten Schuss hast *du* abgegeben«, erwiderte Coldhardt erschreckend ruhig. »Und Saitou den zweiten. Ich habe zurückgeschossen, um mein Leben zu retten, aber ich hatte damals nicht das Verlangen, dir deines zu nehmen.«

»Alles Lüge!«, kreischte Street.

Das Flüstern und hörbare Luftholen auf dem Balkon wurde lauter; jemand protestierte lautstark. Saitou presste rasch den Finger auf einen Druckpunkt in Streets unterem Rückenbereich; er traf einen Nerv und die Waffe fiel scheppernd zu Boden. Street schrie auf und drehte sich dann zu seinem Partner um. »Was zum Teufel war das jetzt?«

»Du musst dich beherrschen«, sagte Saitou gepresst. »Wir haben nicht so viel Zeit geopfert, um die Sache zu planen, nur damit du uns mit deinem gottverdammten Temperament alles kaputt machst.«

»Hast du vergessen, was für ein Gefühl es war?« Street wandte sich an die Leute auf dem Balkon, als wollte er die Zuschauer auf seine Seite ziehen. »Vor zweiunddreißig Jahren hat Coldhardt den echten Heidel erschossen, kein Scheißdouble ... dann greift er sich das Geld von unserem Boss und bringt uns auch noch um den letzten Penny. Zerstört das Computersystem, löscht sämtliche Dateien, jede noch so winzige Spur von ihm ...«

»Und genau das machen wir jetzt mit dir, Coldhardt«, unterbrach ihn Saitou. Tye spürte, wie wichtig es ihm war, sowohl Street als auch seine aufwendig inszenierte Show wieder unter seine Kontrolle zu bekommen. »Computer haben sich seit den 1970er-Jahren enorm weiterentwickelt, aber wir sind in deinem Netz. Wir werden uns deiner sämtlichen geheimen Auslandskonten bedienen und die Summe unter den Mitgliedern des Konsortiums verteilen ...«

»Und ich nehme an, ihr holt euch die Informationen aus dem Mikroprozessor, den ihr in dem ziemlich ungewöhnlichen Ring von mir versteckt habt, ja?«

Tye spürte ein Stechen im Magen, als Coldhardt entschlossen aufstand. Nervöses Gemurmel erhob sich rund um die Arena, und Brees Stirnrunzeln und dem Blick nach zu urteilen, den Saitou und Street wechselten, liefen die Dinge schon wieder nicht wie einstudiert.

»Tu nicht so, als wüsstest du davon«, begann Street heftig. »Er war gut versteckt –«

»– unter dem Emaillelack, ja«, sagte Coldhardt und wischte sich mit dem Handrücken das Blut aus dem

Mundwinkel. »Selbstverständlich habe ich sämtliche vertraulichen Dateien auf einen nicht vernetzten Computer geladen. Meine Erfahrungen mit euch beiden haben mich gelehrt, nichts für bare Münze zu nehmen.« Er richtete sich zu seiner vollen Größe auf und wies mit dem Kinn auf Heidels blutüberströmte Leiche. »Nimm zum Beispiel ihn. Ich habe von dem Moment an, als du und dein ›Schriftgelehrter‹ in meine konspirative Wohnung in Chamonix gekommen seid, mit hundertprozentiger Sicherheit gewusst, dass er nicht Heidel ist.«

»Ja, klar«, höhnte Saitou, doch Tye sah, dass er nervös zu der verärgerten Menge auf dem Balkon hinaufschaute.

»Die Videoaufnahmen, die meine Talentgang von eurem Double gemacht hat, bestätigten mich nur noch darin«, fuhr Coldhardt fort. »Aber ihnen konnte ich das nicht sagen, da ich wusste, dass Jonah Wish und Maya Marisowa verwanzt wurden – auch wenn der gute Dr. Draith mir versichert hat, dass sie kerngesund seien.«

»Klar doch, du hast das alles gewusst und bist trotzdem hier hereingestolpert«, sagte Street.

»Nachdem ich dich in dem Überwachungsvideo vor dem Auktionshaus gesehen hatte, war mir natürlich klar, dass du mit der Sache zu tun hast. Aber genau wie Saitou fehlt dir die nötige Fantasie, um dir eine so herrlich gemeine Sache selbst auszudenken. Du brauchst für so etwas fremde Hilfe und finanzielle Mittel.« Coldhardt rückte seinen Hemdkragen zurecht und blickte in die Runde der Zuschauer. »Ich wollte unbedingt wissen, wer meine größten Feinde sind. Wobei ich jetzt zugeben muss, dass ich ganz so viele doch nicht erwartet habe …«

»Das reicht«, fauchte Saitou. Er gab Bree ein Zeichen, die daraufhin in ein kleines Funkgerät sprach. Wenige Augenblicke später sah Tye aus unterschiedlichen Tunneln zwei Wachen in langen Roben die Arena betreten. Jede hielt einen Elektroschocker in der Hand. »Es spielt keine Rolle, was du gewusst hast und was nicht«, fuhr Saitou fort, »es war in jedem Fall dumm von dir, allein hierherzukommen.«

»Aber ich bin nicht allein, nicht wahr?«

Tye war immer noch maskiert, aber Coldhardt sah sie direkt an und lächelte.

»Ich habe meine Talentgang vorausgeschickt.«

»Du hast sie verraten!«, widersprach Bree.

Nein, dachte Tye und die Härchen in ihrem Nacken stellten sich auf, das hast du nur immer behauptet. Einen Augenblick lang fragte sie sich, ob sie träumte, ob jetzt der Moment gekommen sei sich zu zwicken. Doch die Pfeilspitze in ihrem Rücken kniff sie genug. Schon war jeder Muskel in ihrem Körper angespannt und bereit, in Aktion zu treten. Sie schüttelte die Kapuze zurück und er nickte ihr zu – ein Nicken, das sie als ein »Halte dich bereit« deutete.

Es schien, als hätte jetzt Coldhardt die Regie über die kleine Versammlung übernommen – was den Zuschauern gar nicht behagte. Die Wachen mit den Elektroschockern näherten sich ihm zögernd.

»Tötet ihn endlich!«, rief jemand.

»Schadenfreude bringt uns nicht weiter«, fügte eine Frau hinzu.

»Sie hat recht«, sagte Coldhardt trocken. »Und ich bin ein viel beschäftigter Mann, also –«

»Halt die Fresse, Coldhardt.« Saitou ließ die Finger knacken, als wollte er sie gleich zum Einsatz bringen. »Jetzt gehörst du mir.«

»Uns«, verbesserte Street mit schwerer Zunge und hob seine Pistole wieder auf. »Weißt du was, Coldhardt? Du wirst dich jetzt bei uns allen für das, was du getan hast, entschuldigen.«

Saitou blickte hinauf zu Tye. »Und es wäre gut, wenn du es ernst meinen würdest.«

Coldhardt sah auf die zertretenen Orchideen hinunter und hob eine auf, die noch einigermaßen schön war. »Was ich an diesem Tag getan habe, wird mir ewig leidtun«, sagte er leise, und Tye sah mit einem Blick, dass er es ernst meinte. »Mehr, als ihr je wissen könnt.«

»Oh, von Leid verstehen wir eine ganze Menge.« Saitous Lächeln schickte einem eisige Schauer über den Rücken, als seine Finger sich krümmten und gefährlichen Punkten näherten.

Coldhardt nickte. »Aber wenn ich Heidel nicht getötet hätte, hätte er mich getötet.«

»Ach ja?«, höhnte Street.

Die Pistole vor Augen und die Orchidee immer noch in der Hand, trat Coldhardt auf sie zu. »Was glaubt ihr, weshalb ich so sicher wusste, dass euer Heidel-Ersatz nicht echt war? Wenn Nomen Oblitum ihn dreißig Jahre lang in ihrer Obhut gehabt hätten, wenn er jeden Tag von mir gesprochen hätte, wenn sein Rachedurst tatsächlich so unstillbar gewesen wäre ... meint ihr nicht, er hätte ihnen erzählt, was er euch nie erzählt hat? Was auch ich euch erzählen wollte an dem Tag, an dem alles auseinanderbrach ... nur dass ihr zu sehr erpicht darauf wart, mich für das umzubringen, was ich eurer Meinung nach getan hatte?«

»Ihm geht der Arsch auf Grundeis!«, spottete Street, doch Tye hörte den Zorn aus seiner Stimme, mit dem er seine Nervosität zu überspielen versuchte. »Er versucht sich rauszureden –«

»Heidel war nicht nur mein Boss«, unterbrach Coldhardt ihn barsch und seine Worte hallten von den Felsen wider. »Er war mein Vater.«

ARENA DER GLADIATOREN

Sekundenlang sprach niemand in der Arena, als Coldhardts Worte von dem kahlen Fels widerhallten. Sein Vater? Street und Saitou starrten ihn ungläubig an.

Doch selbst aus der Entfernung hatte Tye das schmerzvolle Aufblitzen in Coldhardts Augen gesehen und wusste, dass es die Wahrheit war.

Dann bemerkte sie, dass der Wachmann mit dem Elektroschocker, der am dichtesten bei Coldhardt gestanden hatte, langsam, aber zielstrebig auf Bree und den Schriftgelehrten zuging. Die andere Wache schob sich näher an Saitou und Street heran. Tye durchfuhr ein Ruck, als sie sah, dass diese Wachen Converse-Turnschuhe trugen. Sie biss sich auf die aufgeplatzte Lippe, wagte nicht zu hoffen. Das konnten doch nicht …

Doch auch Sadie mussten die Schuhe aufgefallen sein. Sie konnte ihre Komplizen nicht durch einen Schrei warnen, aber ihr Bolzen würde das für sie übernehmen. Die junge Frau brachte ihr Gesicht für einen Moment ganz dicht an das von Tye heran, die dunklen Augen glühten, der Mund war in wildem Lachen verzerrt. Dann wurde Tye auf den Boden gestoßen und ein Keuchen entfuhr ihr, als Sadie sich mit ihrem Bogen vorbeugte.

Verzweifelt überkreuzte Tye die Beine, presste sie gegen Sadies Knöchel und wandte all ihre Kraft auf, um sie hochzuheben. Sadie kippte nach vorn und über das Balkongeländer. Sie fiel zehn Meter tief und schlug hart auf dem Boden auf. Der Aufprall musste den Bolzen gelöst haben. Tye hörte das mörderische Zischen, als er durch die Luft flog …

Und ein *Plopp*, als er sich zwischen Saitous Rippen bohrte. Saitou stieß einen heiseren Schrei aus und wankte unter der Wucht des Aufpralls zur Seite.

»Nehmen wir das als Stichwort!«, rief Coldhardt und drückte Street seine Orchidee ins Gesicht. Es war ganz offensichtlich keine gewöhnliche Blume – Tye sah eine weiße Nebelwolke zwischen den Blütenblättern hervorquellen. Street hustete, wischte sich verzweifelt die Augen und sank auf die Knie.

Im selben Moment, als auf dem Balkon Stimmen und das Getrappel vieler Füße laut wurden, berührte die Wache hinter Bree diese mit dem Elektroschocker, was sie kurz bewegungsunfähig machte. Dann nahm er sie rasch mit einem Arm in den Fesselgriff und zog sich mit der anderen Hand die hinderliche Kapuze vom Kopf – es war Motti. Der Schriftgelehrte machte einen Schritt auf ihn zu, doch Motti hielt die Spitze des Schockers an Brees Ohr.

»Zurück!«, zischte er und schickte einen finsteren Blick in die Runde, um auch andere von einem Angriff abzuhalten. »Oder es passiert etwas sehr Unschönes.«

»Lass mich los«, fauchte Bree, als Saitou sich stöhnend an die Seite griff. »Er braucht ärztliche Hilfe.«

»Uah, ich glaub, ich hab mir gerade die weltkleinste Träne abgedrückt«, sagte Motti. »Du sagst jetzt den Arschlöchern, sie sollen ihre Waffen fallen lassen!«

Die Wachen zögerten, blickten fragend auf Bree. Die nickte kurz und die Gewehre wurden prompt auf den Boden geworfen.

Con hatte bereits ihre schwere rote Robe ausgezogen und tauschte nun ihren Elektroschocker gegen eines der abgelegten Maschinengewehre aus. Tye sah ihre Freundin ungeschickt in die Luft schießen, um die Leute auf dem Balkon zur Ordnung zu rufen.

»Keiner rührt sich«, rief Con. »Okay?«

Tye wollte ihr und Motti etwas zurufen, als ihr plötzlich bewusst wurde, in welcher Gefahr sie sich befand. Viele der Leute hier oben – an erster Stelle Draith – mussten wissen, dass sie zu Coldhardts Truppe gehörte und sich somit bestens als Geisel eignete. Also verhielt sie sich für den Augenblick ruhig, da sie keine Aufmerksamkeit auf sich ziehen wollte.

»Ich kann nichts mehr sehen! Verdammt, Coldhardt, was hast du mit mir gemacht?«, rief Street und rieb sich hektisch die Augen. »Ich bin blind.«

»Nur eine Pfeffersprayvariante«, antwortete Coldhardt knapp. Er sah auf Saitou hinunter, der zusammengekrümmt auf dem Boden lag. »Mir war klar, dass ich keine konventionelle Waffe hier hereinschmuggeln konnte, aber mit einem Zerstäuber in der Blüte und einem Nylondraht um den Stiel …«

»Die Show ist vorbei, Leute«, rief Motti zu dem umlaufenden Balkon hinauf. »Wir verschwinden jetzt und ihr bleibt alle schön brav –«

»Nein!«, brüllte Street. »Niemand verlässt die Arena, bevor wir das nicht zu Ende gebracht haben.«

»Es *ist* zu Ende«, sagte Coldhardt. Bildete sich Tye

das leise Bedauern in seiner Stimme nur ein? »Und du bist auch am Ende.«

»Wachen«, stieß Bree plötzlich hervor. »Neuer Befehl. Hebt eure Waffen auf und erschießt Coldhardt.«

Motti blickte sie finster an und fasste den Elektroschocker fester. »Bist du verrückt?«

»Es sind Diebe, keine Killer«, erklärte Bree gepresst. »Sie trauen sich nicht. Schießt!«

»Nein!« Con feuerte auf die auf dem Boden liegenden Gewehre; Fels- und andere Splitter flogen umher. Doch der Schriftgelehrte war um Motti und Bree herumgegangen, packte Con jetzt von hinten und riss sie zurück. Con hatte immer noch den Finger am Abzug; der Lauf der Waffe zeigte nach oben und die Kugeln krachten in die Felswand und in den Balkon.

Mit einem Schlag brach das totale Chaos aus.

Der Balkon schien zu explodieren, als die Zuschauer aufsprangen und losrannten – »Jeder Schuft rette seine eigene Haut«, schien die Devise des Tages zu sein. Ein paar Sekunden lang übertönte das Knattern des Maschinengewehrs alles andere. Steinsplitter regneten auf Tyes Rücken herunter und ihre Handgelenke brannten, als sie an ihren Handschellen zerrte. Jemand trat auf ihren Knöchel und sie presste sich rasch an die Balkonbrüstung, um nicht zertrampelt zu werden.

Dann hörte die Schießerei auf. Was zum Teufel passierte jetzt da unten? Als Tye durch die steinerne Balustrade auf den Kriegsschauplatz hinuntersah, huschten ihre Augen zwischen verschiedenen Chaoszonen hin und her, als zappten sie sich durch die verschiedenen Kanäle des Anarcho-TV.

Geschmeidig wie eine Katze hatte Con es gleichzeitig mit dem Schriftgelehrten und einer Wache aufgenommen und versuchte, die beiden von den Waffen auf dem Boden fernzuhalten, aber –

wusch

– außerhalb ihrer Reichweite hatte ein anderer Wachmann sein Gewehr aufgehoben. Er richtete es auf Coldhardt, doch Motti stieß Bree brutal in die Schusslinie –

wusch

– was bedeutete, dass er jetzt ohne Deckung war, als zwei weitere Wachleute ihn angriffen. Es gelang Motti, einem davon einen Schlag mit dem Elektroschocker zu versetzen, worauf dieser in seinen Kollegen hineintaumelte. Dann rannte Motti zu den Thronen an der Rückseite der Arena und ging in Deckung, als es um ihn herum Kugeln hagelte und –

wusch

– Coldhardt warf sich hinter Saitou auf den Boden, als Street in hilfloser Wut weiterbrüllte, als –

»Wir knöpfen uns den Alten selbst vor!«, rief ein Mann auf dem Balkon und rannte die Treppe zur Arena hinunter. »Seid ihr dabei?«

Seine Worte katapultierten Tye aus ihrer Panikstarre. Sie spürte, wie eine Adrenalinwelle durch sie hindurchbrauste. Falls die Zuschauer, unter denen ein paar von Coldhardts größten Feinden waren, sich einmischten …

Sie war auf den Beinen und rannte zur Treppe, bevor ihr überhaupt bewusst war, was sie tat. Auch wenn ihre Hände auf dem Rücken gefesselt waren – sie *musste* etwas tun. Bree hatte bestimmt die Schlüssel für die Handschellen. Wenn Tye also zu ihr …

Sie drängelte sich durch die dichte Menschentraube die Treppe hinunter. Vor sich sah sie Draith, der über eine Frau hinwegtrampelte, die in ihrer Hast gestürzt war. »Du bist Arzt!«, brüllte Tye außer sich, als könnte ihn eine Erinnerung an seine Berufsehre dazu bringen, anderen zu helfen.

»Er bringt mich um«, keuchte Draith heiser und hinkte in die Arena, »wenn wir ihn nicht vorher umbringen.«

Sie lief hinter ihm her, hatte ihn fast eingeholt – da tanzte sein hagerer Körper plötzlich in einem Kugelhagel. Er kippte nach vorn und Tye ließ sich neben seiner Leiche auf den Boden fallen. Als sie über Draiths knochige Schulter schaute, sah sie mit Entsetzen, dass Street eine M16 zu fassen bekommen hatte und immer wieder in einem weiten Halbkreis wie wild um sich schoss. Wegen des Pfeffersprays sah er noch immer nichts. Ringsum tanzten und zuckten Mitglieder des Konsortiums in einem grausamen, blutigen Ballett, wenn sie von Kugeln durchlöchert wurden. Hinter ihr zuckten Sadies Arme und Beine, wenn verirrte Kugeln sie trafen, und jede Bewegung kräuselte die schwarzrote Lache, die um ihren gebrochenen Schädel herum immer größer wurde.

»Du besiegst mich nicht noch einmal, Coldhardt!«, kreischte Street mit tränenden Augen.

»Hör auf!«, brüllte Bree, die jetzt gegen Con kämpfte. »Du Idiot! Du bringst uns noch alle um!«

Tye war schlecht und sie war innerlich wie erfroren. Sie schloss die Augen und rollte sich zusammen wie ein Kind, versuchte eine möglichst kleine Angriffsfläche zu bieten, als ringsumher Kugeln in den Boden einschlugen und Steinsplitter aufspritzten und der Wahnsinn weiterging.

Jonah war in Hochstimmung, als er mit Maya in Richtung Arena lief. Sie hatten gerade Saitous Computersysteme manipuliert. Bald würde die ganze Insel offline sein, es würde keine Kommunikationsmöglichkeit mehr geben, kein Licht, keine funktionierenden Sicherheitssysteme – gar nichts. Er konnte immer noch nicht glauben, dass sie es geschafft hatten. Doch wenn Patch tatsächlich noch am Leben war, war dies das wahre Wunder. Alles andere war lediglich Glück.

Glück, das sie jederzeit im Stich lassen konnte.

Jonah kam schlitternd zum Stehen, als er vor sich schnelle Schritte hörte, die auf sie zukamen. Er gab Maya ein Zeichen, sich in einer Nische zu verstecken, und tat dasselbe auf der anderen Wandseite.

Sie hätten keine Angst zu haben brauchen. Der Schriftgelehrte lief, ohne nach rechts oder links zu schauen, an ihnen vorbei. Seine Robe war schmutzig und blutig und hinter ihm kam eine dunkelhaarige Frau.

»Saitou hat noch Wachen im Außenbereich«, keuchte der Schriftgelehrte, »wir holen Verstärkung …«

»Sieht so aus, als wären sie da drin bereits in der heißen Phase«, bemerkte Jonah.

»Komm«, sagte Maya nur.

Sie rannten durch den Tunnel. Das Echo von Schüssen hallte von den Wänden wider, als sie sich dem Ausgang näherten. Jonah fluchte leise. Er wusste jetzt, wie

Coldhardts Plan aussah, und herumfliegende Kugeln waren darin nicht vorgesehen.

Immer mehr Menschen flohen und liefen an ihnen vorbei. Jonah folgte Maya zum Ende des Tunnels, blickte hinaus auf die Arena – und hätte sich fast übergeben. Es war ein Massaker. Direkt vor ihnen, aber mit dem Rücken zu ihnen, feuerte Street mit einer M16 in die Runde und brüllte dabei wie ein Irrer. Zwischen den blutbespritzten Blüten lagen etliche Leichen und Jonah wollte gar nicht genauer hinsehen, aus Angst, jemanden zu erkennen, dem er nahestand. Bree brüllte irgendetwas. Sie hockte rittlings auf Con, die sich unter ihr wand. Und gleich rechts neben sich sah Jonah so ziemlich die einzige Wache, die noch in der Senkrechten war, auf die Thronreihe schießen. Er bemerkte, dass sich dahinter jemand versteckte.

»Motti«, flüsterte er und hilflose Panik stieg in ihm auf. »Was können wir tun?«

»Soll ich dir ein Geheimnis verraten?« Maya sah Jonah mit ihren staubgrauen Augen an. »Komm schnell, solange Bree und Street abgelenkt sind …«

Ich sterbe, ich sterbe, dachte Jonah, während er hinter Maya herpreschte. Er fürchtete, Street könnte sich jeden Augenblick umdrehen und auch sie würden von Kugeln durchsiebt. Dann beobachtete er, wie Maya sich dem Wachmann von hinten näherte, ihm einen Finger an den Hals drückte und ihm mit der anderen Hand einen Schlag in die Nierengegend versetzte.

Sie beherrscht ihn auch. Jonah starrte sie an. Saitous Trick!

Die Wache blieb bewegungslos stehen. Sie hielt das

Gewehr noch in den Händen, war aber offenbar nicht mehr fähig, damit zu schießen. Dann rannte Maya weiter zu den Thronen und Jonah jagte hinter ihr her. Sie erreichten Motti und warfen sich hinter die Thronsessel.

Jonah sah sie aufgewühlt an. »Wer zum Teufel bist du, Maya?«

»Später«, sagte Motti und grüßte Jonah mit einem winzigen Nicken. »Im Augenblick lautet die Frage: Wie zum Teufel retten wir unsere Familie?«

Tye lag immer noch auf dem Boden, jeden einzelnen Muskel in ihrem Körper angespannt, und zerrte an ihren Handschellen. War sie schon tot und das war ihre Hölle – Schüsse, die nie aufhörten? Bald muss ihm die Munition ausgehen, sagte sie sich. Sie *muss*.

Dann hörte die Schießerei auf. Brees bellender Schrei füllte die Stille, die darauf folgte. »Street, zum letzten Mal – leg die Knarre weg!«

Street ließ die Waffe sinken. Er wirkte erschöpft, sein Atem kam stoßweise. »Ich kann ... verdammt noch mal ... nichts sehen ...«

»Gib mir die Knarre, dann bringe ich Coldhardt um!«

»Nein!« Das war Con. Tye hob vorsichtig den Kopf und sah, dass ihre Freundin flach auf dem Rücken lag, sich unter Bree wand und zu verhindern versuchte, dass diese nach Streets Gewehr griff. »Coldhardt, lauf!«

Tye rappelte sich hinter Draiths Leiche auf und rannte hinüber, um zu helfen. Ihr Herz machte einen Sprung, als sie sah, dass zur gleichen Zeit, nur aus der entgegengesetzten Richtung, Jonah, Motti und Maya ebenfalls auf Con und Bree zuliefen.

Coldhardt, der hinter Saitous Leiche näher als alle anderen bei den beiden jungen Frauen war, erhob sich. Ein paar spannungsgeladene Sekunden lang schien es, als würden sie sich alle bei Street und Bree treffen, Con retten und den anderen beiden gemeinschaftlich in den Hintern treten.

Doch eine plötzliche Bewegung sagte Tye, dass Saitou doch noch nicht k.o. war. Er stützte sich auf einen Ellbogen, streckte die Hand aus und packte Coldhardts Knöchel mit blutigen Fingern. Mit einem Aufschrei stürzte Coldhardt zu Boden.

Tye lief schneller, holte alles aus sich heraus.

Aber für Street war sie dennoch nicht schnell genug; als er Coldhardts Stimme hörte, schwenkte er blindlings herum, zielte nach unten und feuerte. Was er nicht sehen konnte, war, dass zwischen ihm und seinem Ziel sein Partner aus der Jugendzeit lag.

»Saitou!«, brüllte Bree. Von ihrer gefassten Haltung war nichts mehr übrig, ihre Haare waren zerzaust und sie blutete aus einer Wunde an der Wange.

Die Coldhardt zugedachten Kugeln trafen Saitou in den Hals. Das Blut spritzte in dicken Fontänen auf den Boden und wenige Sekunden später sackte er zusammen, mausetot, die dunklen Augen blicklos.

Jonah lief schneller, als Saitou von den Kugeln getroffen wurde – Street hielt seine Waffe immer noch in Händen und ein zweites Mal würde er Coldhardt sicher nicht verfehlen. Doch im selben Moment konnte sich Bree aus Cons Griff befreien. Sie warf sich mit voller Wucht auf Street und versuchte ihm das Gewehr abzunehmen.

»Du hast Saitou umgebracht!«, brüllte sie. »Du blöder, blöder ...«

Tye war als Erste bei Street. Ihre Hände waren zwar auf dem Rücken gefesselt, aber ihr Tempo drosselte das nicht. Blitzschnell kickte sie mit einem Fuß das Gewehr weg und trat ihm mit dem anderen gegen den Kiefer. Er kippte nach hinten und blieb reglos liegen. Einen Augenblick später war Jonah bei Bree. Er sprang ihr auf den Rücken, sie stürzten und er drückte sie auf den Boden. Sie bäumte sich wild unter ihm auf, doch dann mischte Tye mit. Ihr Knie landete schwer auf Brees Hinterkopf und Bree knallte mit der Stirn auf den Felsboden. Das Aufbäumen hörte schlagartig auf.

Jonah sah Tye tief in die Augen. Ist doch egal, wer zuschaut, dachte er, als er sie ganz fest an sich zog und sie küsste. Sie erwiderte den Kuss und er fragte sich, ob er genauso schlecht schmeckte wie sie. Wahrscheinlich, dachte er. Und dennoch war es der süßeste Kuss, den er je bekommen hatte.

»He, Leute, das ist ja eine Riesenüberraschung für niemand«, blubberte Motti und besah sich die Leichen, die um ihn herumlagen. »Aber wenn ihr zwei vorhabt, noch weiter zu gehen, würde ich warten, bis Patch wieder da ist. Ihr könnt ihm ein Ticket verkaufen.«

Tye löste sich wie von der Tarantel gestochen von Jonah und blickte Motti finster an. »Patch ist –«

»– *nicht* tot, wie man uns gesagt hat«, berichtete Con

vergnügt und half Coldhardt, sich aus Saitous leblosen Fingern zu befreien.

»Es stimmt«, flüsterte Jonah. Er lächelte und nickte und sah in Tyes wunderschöne braune Augen, als diese sich mit Tränen füllten. »Maya sagt, Patch ist okay. Ganz ehrlich.«

»Er war es, als wir weggegangen sind«, sagte Maya rasch, »aber wir müssen zurück, und zwar schnell.«

»Aber wie kann er okay sein?«, wollte Tye wissen. »Jonah, du hast doch gesagt –«

»Maya ist eine ungewöhnlich begabte Schülerin des Ordens«, verkündete Coldhardt.

Jonah sah sie scharf an. »Orden?«

Maya schüttelte die rote Robe ab, die sie noch immer trug. Darunter kam ein schlichter schwarzer Badeanzug zum Vorschein; er war noch nass von ihrem Tauchgang durch den Abflusstrichter. Dann zog sie den Ausschnitt ein Stückchen nach unten, damit man das Tattoo über ihrem Herzen sehen konnte, dasselbe, das Jonah schon einmal gesehen hatte, als er nicht hätte hinschauen sollen. Doch jetzt starrte er wie alle anderen auch auf ein inzwischen vertrautes Symbol.

»Der Isisknoten?«, flüsterte Tye.

Maya nickte. »Ich bin Priesterschülerin von Nomen Oblitum.«

Jonah lief ein Schauer über den Rücken. In seinem Kopf waren Hundert Fragen, doch er brachte keine davon heraus.

Tye schüttelte verwirrt den Kopf. »Zuerst erfahren wir, dass Heidel Coldhardts Vater ist, dann dass –«

Jonah fielen fast die Augen aus dem Kopf. »*Was?*«

»Ich bin sicher, dass wir alle eine Menge Fragen haben«, sagte Coldhardt ernst, »aber jetzt ist nicht die Zeit dafür.«

Plötzlich war es, als verändere sich die Atmosphäre, als sei ein Hintergrundgeräusch, das Jonah nicht einmal registriert hatte, verstummt. »Maya und ich haben die Stromversorgung der Insel abgeschaltet«, sagte er. »*Death of an Island.*«

»Das Timing ist perfekt«, meinte Coldhardt. »Unser Geschäft hier scheint abgeschlossen.«

»Erst wenn ich die Handschellen hier los bin«, widersprach Tye und wies auf einen Schlüssel an Brees silbernem Bettelarmband. Jonah zerriss das dünne Silberkettchen und hatte die Handschellen schnell aufgeschlossen.

»Der Schriftgelehrte will die Wachen im Außenbereich holen.« Maya wirkte rastlos. »Sie sind vielleicht schon auf dem Weg.«

Tye rieb sich die Handgelenke und betrachtete traurig die Verwüstung in der Arena. »Vielleicht können sie Erste Hilfe für die Überlebenden organisieren.«

Con schien nicht viel von der Idee zu halten. »Kommt. Wir sollten gehen.«

»Was ist mit Street?« Motti stieß die Schulter des Mannes mit dem Fuß an. »Willst du ihn einfach hier liegen lassen?«

»Warum nicht?«, sagte Coldhardt. »Soll er doch einmal darüber nachdenken, wie es ist, jemanden zu töten, der einem nahesteht.«

»Aber dann kann er sich irgendwann wieder an deine Fersen heften«, gab Con zu bedenken. »Die ganzen

Dreckskerle hier können das. Und wenn sie *eine* Chance sehen, bringen sie dich um.«

Coldhardt blickte Maya an. Hoch über ihnen schickten Möwen ihre schrillen Klagen hinauf in den intensiv blauen Himmel und sein Lächeln kam von Herzen. »Da wo ich hingehe ... findet mich niemand.«

BLOODLINES

Im Eilschritt folgte Jonah Coldhardt, Tye, Motti und Con durch die dunklen, gewundenen Tunnel, hinaus aus Saitous Labyrinth. Er musste auf der Hut sein und versuchte deshalb die Gedanken und Fragen, die ihm durch den Kopf schossen, erst einmal in den Hintergrund zu schieben.

Für den Fall, dass es Ärger gab, war er mit einer Pfefferspray-Orchidee bewaffnet. Jonah nahm an, die Situation war ein Maßstab für das, was er alles durchgemacht hatte; denn es erschien ihm jetzt völlig normal, eine so bizarre Waffe in der Hand zu halten.

Maya bildete in einigem Abstand zu den anderen das Schlusslicht. Jonah führte dies darauf zurück, dass ihr Geheimnis jetzt keines mehr war. Vielleicht hatte sie Gewissensbisse, weil sie es ihnen nicht früher gesagt hatte, aber vielleicht hatte sie auch einfach nur aufgehört so zu tun, als sei sie wie alle anderen. Er hatte sich super mit ihr verstanden, als sie nichts weiter als zwei Hacker gewesen waren, die einen übertakteten Computer bearbeitet hatten. Jetzt plötzlich ergab so vieles einen Sinn – kein Wunder hatte sie so gut über Nomen Oblitum Bescheid gewusst, kein Wunder hatten die ach so klugen Sprüche des Schriftgelehrten in Chamonix sie nicht die Bohne beeindruckt …

Jonah kam sich blöd und kleinkariert vor. Das war er

nicht gewohnt und es behagte ihm nicht. Maya war ihnen zu Hilfe gekommen, aber er war sich nicht sicher, welches ihre Gründe gewesen waren. Konnten sie ihr vertrauen?

Können wir es uns leisten ihr nicht zu vertrauen, überlegte er, solange Patchs Leben in der Waagschale liegt?

Die Stimmung war gedrückt, als sie hinaus ins Tageslicht traten. Sie hatten gewonnen, aber das verdankten sie mehr dem Zufall als ihrem Können. Und Tatsache war nach wie vor, dass Coldhardt sie zwar nicht wirklich hereingelegt hatte, aber er hatte sie in die Höhle des Löwen geschickt. Er hatte sie nicht über die Lage aufgeklärt, und das nur, damit er seine eigenen Ziele hatte verfolgen können.

Wie geht es jetzt weiter?, fragte sich Jonah.

Die Antwort lag auf der Hand: Sie mussten Patch so schnell wie möglich Hilfe zukommen lassen.

Es begegnete ihnen niemand auf dem Weg zum Hafen.

Coldhardt hatte den letzten Teil seiner Reise offenbar in einem kleinen Schnellboot zurückgelegt. Maya war vorzeitig von Bord gegangen und an Land geschwommen. Doch dieses Boot konnte sie nicht alle aufnehmen. Tye sah sich unter den vielen Luxusjachten nach einer Alternative um und Jonah fragte sich, wie viele Besitzer wohl überlebt hatten.

»Wie habt ihr Patch gefunden?«, wollte Motti von Coldhardt wissen.

»Ich habe, genau wie Saitou, eure Fortschritte über Jonahs Sender verfolgt.« Coldhardt blickte über das ruhige, schimmernde Meer; er klang sachlich wie immer. »Mayas Fähigkeiten und ihre Erziehung haben ihr ein gutes Gefühl für ihren Körper gegeben. Sie spürte den Sender unter ihrer Haut und konnte ihn entfernen. Ich wusste, dass wir offen miteinander reden mussten, und nachdem sie dies akzeptiert hatte, platzierte sie ihn sorgfältig außer Hörweite, während wir die Situation diskutierten – Dann haben wir gemeinsam überlegt, wie wir am besten damit umgehen sollten.«

»Während wir anderen weiter im Dunkeln tappten«, murmelte Jonah und kratzte sich an der Schwellung in seinem Nacken.

»Meine eigenen Ziele und die von Coldhardt stimmten überein.« Maya stand am Rand der kleinen Gruppe. »Wir waren bereits auf dem Weg hierher, als es die Explosion auf der Aswang gab.«

»Und da habt ihr einen Zwischenstopp eingelegt, um Patch zu holen?«, fragte Jonah herausfordernd. »Obwohl ihr ihn für tot gehalten habt?«

Coldhardt sah ihn an. »Du glaubst wirklich, ich würde ihn auf diesem Schiff verfaulen lassen?«, fragte er leise.

Maya mischte sich ein. »Cons Anweisung an den mesmerisierten Kapitän, alles in seiner Macht Stehende zu tun und all denen, die nicht zu seiner Mannschaft gehören, zu helfen und sie zu unterstützen – hat Patch das Leben gerettet. Das und die Titandecke, die er immer noch um den Bauch gewickelt hatte.«

»Das einäugige Weichei«, sagte Motti mit einem leisen Lächeln.

»Der Kapitän hat Erste Hilfe geleistet und ihn am Leben erhalten, bis ich kam.«

Tye war aus der Kabine einer besonders eleganten Jacht aufgetaucht und begann mit flinken Fingern, die Halteleine zu lösen.

»Ich habe gehört, wie Street gesagt hat, dass die Kameras an Bord der Aswang einen maskierten ›Mann‹ ins Bild bekommen hätten«, sagte sie. »Bree hat dich für einen Piraten gehalten, einen Leichenfledderer.«

»Das Risiko, dass man mich entdeckt, musste ich eingehen«, fuhr Maya fort. »Euer Freund Patch war in einem kritischen Zustand. Sein Körper hatte sämtliche Funktionen heruntergefahren und nur eine drastische Maßnahme konnte ihn noch retten.« Maya sah Tye an. »Wenn du so weit bist, sollten wir jetzt gehen. Und zwar schnell.«

»Das hier ist eine zweimotorige Skater 46 Supreme«, klärte Tye sie kühl auf, während sie zum Kapitänssitz ging. »Sie macht einundfünfzig Meilen die Stunde bei zweimal dreizehnhundert PS. Wir *sind* schnell.«

Con kletterte auf den Sitz neben Tye, während die anderen sich hinten verteilten. Jonah fühlte sich etwas unwohl zwischen Coldhardt und Maya. Sie wussten sämtliche Antworten, aber wie weit konnte er ihnen trauen? Eine Welle unendlicher Müdigkeit überkam ihn und seine Verbrennungen schmerzten in der Sonne.

Coldhardt besprach die Route mit Tye. Danach ließ sie die starken Motoren an und das Rennboot schoss über den ruhig daliegenden Ozean.

Jonah wandte sich an Maya. »Ich warte immer noch auf die Antwort, weshalb ich mitgeholfen habe Patch zu retten.«

Maya sah ihn mit ihren grauen Augen an. »Dein

Durchbruch mit den Kreisen im Manuskript kam genau rechtzeitig.«

»Du meinst die Art und Weise, wie sie mit den dunklen Tintenstrichen daneben verbunden sind?«

Sie nickte. »Als du mich darauf hingewiesen hast, dass nicht jeder nachgezogene Kreis perfekt gemalt war, dass manche an ganz merkwürdigen Stellen ansetzten, habe ich sie noch einmal genau unter die Lupe genommen.« Sie begann in die Luft zu malen. »Wenn du den Kreis waagerecht in der Mitte teilst, ist das deine Null-Grad-Linie. Und wenn du eine Linie vom Ansatzpunkt zur Mitte des Kreises ziehst, hast du einen Winkel. So einfach ist es. Bei zwei oder mehr Kreisen direkt hintereinander, addierst du die Winkel einfach. Dann nimmst du den ersten dunkleren Tintenstrich, der darauf folgt, und drehst ihn um diesen Wert.«

»Und was ergibt das dann?«, fragte Jonah. »Was ergeben diese ganzen verschiedenen Strichführungen, wenn man sie aneinanderfügt? Neue Piktogramme? Den Schlüssel zum Verständnis des Manuskripts?«

»Sie erklären den Anhang«, antwortete Maya. »Nur dass es sich nicht wirklich um einen Anhang handelt, sondern eher um das Herzstück … das Herz des Bloodline Codes.«

Jonah hätte sie für diese Antwort am liebsten geschüttelt. *»Und?«*

Sie schloss die Augen und schüttelte den Kopf. »Es lässt sich leichter demonstrieren als erklären. Und ich brauche meine Energie für das, was kommt.«

Motti sah Coldhardt an. »Dann bist jetzt wohl du

dran. Willst du uns über dich und deinen Daddy aufklären?«

Jonah glaubte keinen Augenblick, dass Coldhardt antworten würde. Er hatte den Kopf in den Nacken gelegt, sodass sein bleiches Gesicht der Sonne zugewandt war, und schien zu schlafen.

Con drehte sich auf ihrem Sitz um, damit sie ihn ansehen konnte. »Haben Street und Saitou wirklich nicht gewusst, dass du und Heidel ... du weißt schon ...«

»Er hieß genauso wenig Heidel, wie ich Coldhardt heiße«, antwortete der alte Herr mit unerwarteter Offenheit und so laut, dass alle es über die Diesel-Symphonie der Motoren hören konnten. »Sein eigener Vater hat schon als er noch sehr jung war, eine neue Identität für ihn erfunden ... eine Tradition, die er fortsetzte. In seinen Augen war die Tatsache, dass wir verwandt waren, ein Schwachpunkt. Er wollte nicht, dass jemand auf die Idee kam, er könnte über den Sohn an den Vater herankommen. Und so wurde ich Nathaniel Coldhardt. Ein Mitglied des Teams genau wie die anderen auch.«

»Bis du Daddy abgeknallt hast«, sagte Motti unverblümt. »War es so, wie Street gesagt hat?«

Coldhardt antwortete nicht.

Maya öffnete kurz die Augen. »Erzähle es ihnen«, sagte sie und es klang in Jonahs Ohren eher nach einem Befehl als nach einer Bitte.

»Heidel hat uns gesagt, er müsse geschäftlich verreisen«, begann Coldhardt widerstrebend. »Eine Weile untertauchen, wie lange, wisse er nicht. Er sagte, er brauche uns, damit wir während seiner Abwesenheit die Geschäfte weiterführten. Ich ging zu ihm, weil ich mich von meinem Vater verabschieden wollte …« Er machte eine Pause. »Und habe erfahren – gegen seinen Willen –, dass er sehr krank war. Dass er uns verließ, um sich einer Geheimgesellschaft mit dem Namen Nomen Oblitum anzuschließen, dass die Aufnahmegebühr drei Fünftel seines gesamten Vermögens betrug und er womöglich nie mehr zurückkommen würde.«

Con hatte sich ganz auf ihrem Sitz herumgedreht und sah ihn mit großen Augen an. »Das hatte er dir vorher *nicht* gesagt?«

»Vielleicht war es ihm entfallen – wie auch die Tatsache, dass er sein Team verkauft hat.«

Jonah starrte ihn an. »Er hat *was*?«

»Sobald er weit genug weg und in Sicherheit war, wollte er unseren Käufern das Signal geben, dass sie kommen und uns abholen könnten«, erzählte Coldhardt weiter. »Er hatte Datenbomben in den Computersystemen hinterlegt, um sämtliche Datensätze, die das Unternehmen betrafen, zu löschen, seine Kontakte, unsere Bankkonten … Er hatte vor, uns alles zu nehmen. Unsere Freiheit … mein Geburtsrecht …«

»Guter Gott«, murmelte Jonah.

Coldhardt lächelte verhalten. »Oh, Gott hatte er mir schon viele Jahre vorher genommen.«

»Er hat es fertiggebracht, seinen eigenen Sohn zu verkaufen?« Con schüttelte den Kopf. »Es war richtig, dass du ihn erschossen hast.«

»Er hat zuerst auf mich geschossen«, entgegnete Coldhardt sachlich. »Ich habe das Feuer erwidert und ihn in die Brust getroffen. Dann bin ich davongekrochen und kurz darauf ohnmächtig geworden. Als ich wieder zu mir kam, war er weg. Aber das viele Blut, den Schrei, den er ausgestoßen hatte … Ich wusste, dass er halb tot sein musste.« Coldhardt sah Jonah durchdringend an; dem lief es trotz der sengenden Sonne eiskalt über den Rücken. »Street und Saitou haben mich im Konferenzraum gefunden. Die Datenbomben waren explodiert, alles war verloren. Sie müssen mir abgenommen haben, dass Heidel tot war, aber bevor ich sonst noch etwas sagen konnte, begann Street zu schießen.«

»Kommt mir bekannt vor«, sagte Motti trocken.

Coldhardt reagierte nicht; er schien meilenweit weg zu sein. »Street und Saitou dachten, ich hätte ihn umgebracht, weil ich alles für mich allein haben wollte …«

»Dann gab es also eine Schießerei und du hast gewonnen«, sagte Con.

»Niemand hat gewonnen«, entgegnete Coldhardt mit Nachdruck. »Wir sind alle verletzt zu Boden gegangen. Aber das war das Einzige, das uns davor bewahrt hat, von unseren ›Käufern‹ abgeholt zu werden.«

»Sieht so aus, als sei es für Street und Saitou nicht gerade einfach gewesen, wieder ein Bein auf die Erde zu bekommen«, rief Tye über die Schulter nach hinten.

Coldhardt sagte nichts mehr; er sah Maya an, ein Blick voller Ungeduld, der zu fragen schien: Zufrieden?

»Wer die Vergangenheit nicht kennt, ist dazu verdammt sie zu wiederholen«, murmelte Maya gerade laut genug, dass Jonah es hören konnte.

Aber kann man so einfach wieder ein Bein auf die Erde

bekommen, selbst wenn man die Wahrheit die ganze Zeit über gewusst hat?, überlegte Jonah. Wenn man erlebt hat, wie prall und bunt das Leben sein kann … wenn man in den dunkelsten Tiefen war und mit unbeschreiblichen Schätzen zurückgekommen ist, wieder und wieder … Ob es einem genommen wird oder ob man von sich aus darauf verzichtet – wie kann man sich je an ein anderes Leben gewöhnen?

Er dachte mit einem Anflug von Angst an Patch. Und ein Bein auf die Erde zu bekommen, wenn man im Sarg liegt, ist noch schwerer.

»Wie lange brauchen wir noch bis zu dieser Insel?«, fragte Jonah. Er fühlte sich innerlich leer, trotz der Schwere von Coldhardts Enthüllung. Seine Erzählung hatte nur wenige Minuten ihrer Fahrt in Anspruch genommen, doch noch immer ergaben sich Konsequenzen daraus. In den langen Jahren nach jenen Ereignissen hatten Dutzende Menschen ihr Leben verloren. Und falls Patch starb, weil Coldhardt sie in eine Falle hatte tappen lassen, anstatt ihnen früher die Wahrheit zu sagen …

Jonah blickte auf seine weiße Orchidee hinunter, auf den unheilvollen Mechanismus, der aus der schönen Fassade herauslugte. Er streckte den Arm an Maya vorbei und warf sie über Bord, damit das Kielwasser sie verschluckte, diese weiße Schramme, die sie im schönen Schein aus ungetrübtem Blau hinterließen.

Tye brachte sie auf irgendeinem unbedeutenden Fleckchen Land zu einer Bucht mit weißem Sandstrand; es gab keinen Anlegesteg, doch an einem spitzen Fels, der aus dem seichten Wasser ragte, konnten sie das Boot vertäuen und an Land waten. Alle außer Coldhardt, der es vorzog an Bord zu bleiben, allein mit seinen Gedanken.

Eine steife Brise kam auf und die Wellen brachen sich geräuschvoll am Strand. Jonah hatte das Gefühl, als trampele eine ganze Disco über seine Eingeweide, und sein schlimmes Bein tat unter dem nassen Stoff der Hose höllisch weh. Maya führte sie zu einer kleinen Höhle in den Klippen. »Ein Sanatorium ist das nicht gerade, oder?«

»In der Höhle ist es kühl, es gibt keine ekligen Tiere dort –«

»Du hast einen Sterbenden in eine Höhle gesteckt?« Tye blickte Maya vorwurfsvoll an. »Warum konntest du ihn nicht in ein normales Krankenhaus bringen?«

»Sie hätten meine Arbeit zunichtegemacht«, antwortete Maya steif. »Mit konventionellen Behandlungsmethoden kann man eurem Freund im Moment nicht helfen.«

»Dafür steht nur dein Wort.« Motti senkte den Kopf und flüsterte in ihr Ohr: »Wenn Patch irgendetwas passiert ...«

Die Drohung blieb unausgesprochen, da sie ins kühle, feuchte Halbdunkel der Höhle traten. Eine zarte Gestalt lag auf einer Trage, unter der Decke lugte nur das blutige, geschwärzte Gesicht hervor.

»Oh Gott«, flüsterte Tye.

Jonah drückte fest ihre Hand, als sie zu weinen begann. Er sah, dass Motti nach Cons Hand gegriffen hatte.

Wenige Augenblicke später schmeckte Jonah selbst Tränen in seiner Kehle; ein vertrauter Geschmack. Als Motti ihm gesagt hatte, Patch sei am Leben, hatte er den Gedanken zugelassen, dass alles gut werden würde. Aber ihn so daliegen zu sehen – diesen fröhlichen, lebhaften, geilen kleinen Scheißer, den er als wahren Freund kennengelernt hatte, als Teil seiner Familie …

»Patch?« Tye ließ Jonahs Hand los und ging zögernd zu der Trage.

»Er sieht tatsächlich besser aus als vorher«, murmelte Jonah, doch seine Stimme brach bei den letzten Worten und so konnte er niemanden täuschen, am wenigsten sich selbst.

»Von uns allen … ist Patch derjenige, der das am wenigsten verdient«, sagte Con leise.

»Moment.« Tye wandte sich an Maya; sie war plötzlich ganz hektisch. »Er atmet nicht.«

Maya kniete sich neben Patch. »Doch, er atmet. Ich habe ihn in eine tiefe Trance versetzt und seine unbedingten Reflexe heruntergefahren, damit er seine gesamte Energie darauf verwenden kann, mit seinen Verletzungen fertig zu werden.«

Motti putzte sich ärgerlich die laufende Nase. »Und du hast ihn dafür nur mit dem Finger angestupst, ja?«

»So wie Guan Yin in den alten Legenden ihr Augenlicht blinden und bösen Menschen geschenkt und sie dadurch erlöst hat, so öffnen die Lehren in ihrem Manuskript uns die Augen für unser wahres Potenzial. Sie zeigen, wie die Meridiane und Druckpunkte des Körpers beeinflusst werden können.« Maya lächelte still in sich hinein, als sie Patchs zerstörte Haut mit den Fingerspitzen berührte. »Aber was ich zuerst dachte, stimmt nicht, Jonah. Es ist nicht das ultimative medizinische Handbuch. Zumindest nicht ohne den Anhang.« Ihre Augen strahlten. »Diese Story vom DNA-Schrott, mit der der Schriftgelehrte in Chamonix daherkam, war reine Erfindung ... Unsere Zellen stecken voll chemischem Zauber, klar, sie zaubern Leben, schaffen Energie. Und was die Magier von Guan Yins religiöser Sekte wirklich entdeckt haben, war eine Methode, diese Energie in unserem Körper vollständiger zu beherrschen, als jeder Arzt oder Schamane es vorher oder nachher je konnte. Dieses Wissen bedeutete so viel Macht und war so gefährlich, dass es das am besten gehütete Geheimnis bleiben musste.«

»Deshalb haben sie sich den Bloodline Code ausgedacht«, sagte Jonah.

»Und endlich ist es kein Geheimnis mehr.« Maya sah zu ihm hinüber. »Eine Bloodline, also ein Familienstammbaum, zeigt eine Gruppe verwandter Individuen, die gemeinsame Merkmale aufweisen. Und was ist die größte Gruppe von allen?« Sie lächelte. »Die menschliche Rasse. In den alten Legenden heißt es, Guan Ying habe sich ihnen allen in ihrem Elend, ihrer Unwissenheit und ihrer Krankheit zugewandt in der Hoffnung, sie heil und ganz gesund machen zu können.«

Jonah ging ein Licht auf. »Und die gemeinsamen menschlichen Merkmale sind Blut und Adern, Knochen und Atem und Sehnen, genau wie es in den Piktogrammen dargestellt war.«

»Aber die Bloodline verweist auch noch auf etwas in gewisser Hinsicht viel Einfacheres. Vergiss nicht, der Text wurde aus einer sehr, sehr alten Sprache übersetzt …« Mayas Augen leuchteten vor Aufregung, während sie weiter an Patchs Haut herumzupfte. »›Das Leben einer jeden Kreatur ist im Blut‹ – so steht es auf der Titelseite. Erinnerst du dich? ›Euer Fleisch werde genäht mit unvergänglichen Fäden.‹« Sie sah Jonah an. »Das Fleisch ist durchzogen von Adern. Adern wie Linien, Linien aus Blut oder …«

Jonah starrte sie an. »Blutlinien – Bloodlines?«

»Und das Blut transportiert Energie, treibt den Körper an. Die in einem bestimmten Winkel ausgerichteten Tintenstriche, die du entdeckt hast, Jonah. Wenn sie zum richtigen Muster zusammengefügt werden, bilden sie kein Piktogramm – sie bilden ein Diagramm dieser Blutlinien … Einen visuellen Führer zum Manipulieren der Hauptdruckpunkte im Körper, und zwar auf eine Art und Weise, wie man sie bisher nicht gekannt hat. Mit dem Ziel, das –«

»Das was?«, drängte Jonah.

»Ich versuche es so auszudrücken, dass du es begreifen kannst.« Maya sah ihn an. »So wie wir beide unsere Computer übertakten … so ermöglicht es uns der Bloodline Code, das menschliche Potenzial auf die nächste Ebene zu heben.«

Jonah spürte die Blicke der anderen auf sich, so als wollten sie seine Reaktion abwarten, bevor sie selbst entschieden, wie sie dazu standen. Doch er fühlte sich wie erstarrt, als hätte sich die dunkle Kälte der Höhle einen Weg in sein Inneres gebahnt. Das Geräusch des

Meeres draußen, die Wärme der Sonne, das alles schien plötzlich meilenweit entfernt zu sein.

»Wenn wir das Arbeitstempo und die Leistung von Körper und Geist erhöhen könnten, könnten wir, was unser Verständnis und die körperlichen Fähigkeiten angeht, einen höheren Status erreichen. Richtig? Das versteht doch jeder.« Maya sah aus, als würde sie langsam ungeduldig. »Aber ohne einen Kühlmechanismus würden Körper und Geist durchschmoren – genauso wie ein übertakteter Computer durchschmort, wenn die Prozessoren nicht gekühlt werden.« Ihre Augen leuchteten. »Die Entschlüsselung des Codes hat uns jetzt den Durchbruch gebracht.«

»Der Text sagt dir also, wie du den menschlichen Körper ›übertakten‹ kannst, damit seine Programme schneller laufen?« Jonah schluckte trocken. »Dann hast du anstelle des normalen, natürlichen Heilungsprozesses jetzt die Version 2.0?«

»Wenn du so willst.«

Jonah kam ins Schleudern. »Das ist das Verrückteste, was ich je gehört habe.«

Aber dem folgte das Beste, was er je gehört hatte, als Patch die aufgesprungenen Lippen öffnete und matt flüsterte: »Wenn du gerade da unten bist, Baby, mich juckt's ganz gewaltig an den Eiern …«

»Patch!«, rief Tye, ließ sich neben ihm auf die Knie fallen und wollte nach seiner Hand greifen.

»Nicht!«, wehrte Maya ab. »Ihr dürft ihn nicht anfassen, noch nicht. Balance ist alles. Durch die ganze Prozedur ist er noch ziemlich instabil.«

Jonah, Motti und Con drängelten sich näher heran,

um sich Patch anzuschauen, mit ihm zu reden. Aber er hatte die Augen bereits wieder geschlossen und war eingeschlafen. Doch jetzt hob und senkte sich seine Brust merklich.

Con sah Maya an. »Er schafft es, ja?«

»Sein Zustand sollte sich bald stabilisieren«, antwortete Maya. »Dann könnt ihr ihn in eines von euren Krankenhäusern bringen.« Sie richtete sich abrupt auf. »Ich muss mich noch um andere Dinge kümmern.«

»Warum hast du uns geholfen?«, wollte Con schließlich wissen.

Maya zuckte mit den Schultern. »Patch war die ideale Testperson, um ein klein wenig von diesem neugewonnenen Wissen auszuprobieren.«

»Du hast ihn als Versuchskaninchen benutzt, um zu testen, ob du den Code richtig entschlüsselt hast?« Motti blickte sie finster an. »Sehe ich das richtig?«

»Wäre es dir lieber gewesen, ich hätte ihn sterben lassen?« Maya wandte sich wieder an Jonah und neigte den Kopf ein wenig zur Seite. »Außerdem hätte ich den Code ohne Jonah womöglich nicht geknackt. Das ist seine Belohnung.«

»Nicht der Rede wert«, murmelte Jonah, den Blick auf Patchs Brust gerichtet, die sich in gleichmäßigem Rhythmus hob und senkte. »Aber was sind das für andere Dinge, um die du dich kümmern –?«

Er schwieg abrupt, als ein dunkler Schatten über den Eingang der Höhle fiel, und wirbelte herum; das Herz schlug ihm bis zum Hals.

Zwei Männer standen im Höhleneingang und beobachteten sie. In ihren Leinenanzügen sahen sie aus wie gewöhnliche Geschäftsleute mittleren Alters – nur dass sich über Kinn und Hals bei beiden große Muttermale zogen.

Maya trat zu ihnen. »Coldhardt«, sagte sie. »Wir müssen uns jetzt um Coldhardt kümmern.«

GOOD-BYE

»Wartet mal«, sagte Tye und drängte sich an Jonah und Motti vorbei, um die Fremden zur Rede zu stellen. »Wo kommen Sie denn so plötzlich her?«

»Unser Helikopter ist ganz in der Nähe gelandet«, antwortete der Mann zu Mayas Rechten in akzentfreiem Englisch.

Erst jetzt hörte Tye über dem Getöse der Wellen auch das leise Knattern der Rotorblätter. »Und was soll das heißen – ihr müsst euch um Coldhardt kümmern?«

»Er hat dafür bezahlt, dass er unsere Dienste in Anspruch nehmen darf«, erwiderte der Mann ohne Umschweife. »Wie vor ihm sein Vater.«

»Heidel ist zu uns gekommen, aber er war schwer verwundet«, erklärte der Mann, der links von Maya stand. »Er konnte nicht gerettet werden. Doch jetzt sieht es so aus, als könnten wir seinen Sohn retten.«

»Retten wovor?«, wollte Con wissen.

»Vor dem Schicksal, das ihn erwartet«, antwortete Maya. »Heidel hat ihm eine genetische Abweichung vererbt. Je älter er wird, desto stärker macht sie sich bemerkbar ... es handelt sich um eine Krankheit, die die konventionelle Medizin nicht heilen kann.«

»Und deshalb hat er sich an ... unkonventionelle Mediziner gewandt.« Jonah warf Tye einen Blick zu. »Von der okkulten Sorte?«

»Und er hat einen Deal gemacht.« Tye lief ein Schauer über den Rücken. »Seine Seele verkauft ...«

»Zumindest glaubt er, dass er das getan hat«, sagte Jonah bestimmt.

Der erste Mann lächelte. »Jetzt, wo der Bloodline Code entschlüsselt wurde, eröffnen sich viele neue Ansätze. Es ist gut möglich, dass eine Lösung für Coldhardts Problem gefunden wird.«

»Er hat uns nie etwas gesagt ...« Con schluckte. »Er hat uns nie gesagt, dass er so krank ist.«

»Deshalb habe ich beschlossen mitzukommen, als ihr auf der Suche nach dem Manuskript bei Blackland eingebrochen seid«, erklärte Maya. »Als ich erfahren habe, dass Coldhardt etwas damit zu tun hat ... Es war eine Chance, ihn aus der Nähe zu beobachten – den Sohn des Vaters, zu dem wir nicht durchdringen konnten.«

Jonah sah sie an. »Eine andere Art von Bloodline Code.«

»Wenn du so willst.« Maya legte bedauernd die Hand auf das Tattoo in ihrem Ausschnitt. »Die Kameras in der konspirativen Wohnung haben Coldhardt das hier gezeigt, unser Symbol. Da hat er, glaube ich, schon vermutet, dass ich keine gewöhnliche Studentin bin. Das und mein Wissen über Nomen Oblitum ... Nun ja. Er hat ziemlich schnell begriffen, welche Chance ich für ihn darstellte. Sobald ihr unterwegs nach Zamboanga wart, hat er mich darauf angesprochen.«

»Und jetzt ist es Zeit, mit seiner Behandlung zu beginnen«, sagte der Mann auf ihrer linken Seite. »Das Honorar wurde ausgehandelt und bezahlt – drei Fünftel seiner gesamten Vermögenswerte. Damit wir auch weiterhin unsere Forschungsarbeiten auf dem Gebiet der alten Wissenschaften finanzieren können.«

»Wenn es noch mehr solche Entdeckungen zu machen gibt, hört die Arbeit möglicherweise nie auf. Mit Coldhardts Reichtum werden wir viel erreichen können ...« Der erste Mann neigte den Kopf; ein Schatten fiel auf sein Muttermal, und es war kaum noch zu erkennen. »Als Betriebsvermögen gehört ihr fünf natürlich auch zu diesen Werten ...«

Tye warf Jonah einen unbehaglichen Blick zu und machte sich auf eine Auseinandersetzung gefasst. »Soll heißen?«

»Soll heißen, Coldhardt wollte den Vertrag erst unterschreiben, nachdem Saitou und seine Kollegen euch geschnappt hatten.« Maya lächelte erschöpft. »Rein technisch gesehen wart ihr dann nicht mehr Teil seines Vermögens und somit auch nicht mehr Verhandlungsgegenstand.«

In Cons Augen lag ein Strahlen, das sie sonst ausschließlich für Berge von Geld reserviert hatte. »Dann war *das* der Grund, weshalb er uns da rausgeschickt hat?«

»So ein Schweinepriester«, sagte Motti leise. »Verkaufen wollte uns der Alte dann doch nicht.«

»Ich soll euch das von ihm geben.« Der erste Mann reichte Tye ein paar zusammengefaltete Blätter.

»Warum?«, fragte sie und nahm sie entgegen. »Warum gibt er sie uns nicht selbst?«

»Weil wir uns jetzt verabschieden müssen«, sagte Maya leise, drehte sich um und entfernte sich aus der Höhle.

»Jetzt, Moment mal«, widersprach Jonah ärgerlich. »Du kannst doch nicht so einfach verschwinden!«

»Wir können nicht noch mehr Zeit vergeuden«, sagte der erste Mann.

»Ihr habt das Boot. Bringt Patch nach Zamboanga, damit er dort vollends gesund werden kann.« Maya hielt inne. »Wenn die Zeit kommt und ihr eure Beziehung zu Coldhardt wiederaufnehmen könnt, wird er euch finden, dessen könnt ihr sicher sein.«

»Aber – wenigstens – ich meine ...« Con blickte sich verwirrt um. »Warum können wir ihn nicht *jetzt* noch einmal sehen?«

»Weil er bereits weg ist«, antwortete Maya. »Und wir müssen ihm jetzt folgen.«

Tye lief ihnen nach, und Jonah, Con und Motti setzten sich ebenfalls in Bewegung. Sie sah, dass das Schnellboot leer war. Ein Helikopter entfernte sich am Himmel, ein anderer war auf einem winzigen Strandstück gelandet.

»Warte!«, rief Con, als Maya und ihre Begleiter rasch darauf zugingen, gegen den Sog der Rotorblätter ankämpften und einstiegen. »Du kannst doch nicht einfach ...«

»Geh«, flüsterte Jonah, als der Heli in den wolkenlos blauen Himmel aufstieg. Der Wind hatte sich gelegt, alles war wieder ruhig.

»Coldhardt hat sich verdrückt«, sagte Motti ungläubig, »einfach so.«

Con rollten Tränen über die Wangen, als sie den Helikoptern nachsah. »Und sich nicht einmal verabschiedet.«

Tye nahm ihre Hand. »Weil er zurückkommt.«

Con versuchte tapfer zu nicken, aber die Schluchzer kamen schon hoch. Tye nahm sie in den Arm und Motti kam herüber und umfasste beide etwas unbeholfen. Jonah drängte sich ebenfalls in das verschwitzte, schniefende Häufchen und eine lange Weile standen sie einfach eng umschlungen auf dem menschenleeren Strand, bis die Tränen versiegten und das stoßweiße Atmen ruhiger wurde, so ruhig wie der Ozean, der träge neben ihnen auf den Strand schwappte.

Und dann drang Patchs Stimme zu ihnen heraus: »Wollt ihr Saubande mich den ganzen Tag hier liegen lassen oder was?«

EPILOG

Im Konferenzraum in Genf starrte Tye zum hundertsten Mal auf Coldhardts Abschiedsbrief. Eine hastig hingekritzelte Liste von Namen, Telefonnummern und Anweisungen. Keine freundlichen Worte oder guten Wünsche. Kein Dank. Lediglich der Einsatzplan des Chefs für seine Angestellten.

Jonah saß neben ihr an Coldhardts Computer und seine Finger flogen nur so über die Tastatur. Für den Moment waren sie allein. Motti und Con leisteten Patch in einem Privatkrankenhaus auf den Philippinen Gesellschaft, wo er sich langsam erholte.

Vier Tage waren vergangen und wie es aussah, waren Patchs Hände bei der Explosion am schlimmsten in Mitleidenschaft gezogen worden. Motti bezweifelte, dass er je wieder Schlösser knacken würde. Aber Tye war zuversichtlich; Wunder gab es immer wieder. Auch wenn Con sich bisher standhaft geweigert hatte, eine Krankenschwesterntracht zu tragen, ließ sie ihn dreimal am Tag an den Reißverschlüssen und Knöpfen ihrer Kleider herumfummeln – je mehr er öffnen konnte, desto mehr hatte er zu bestaunen. Tye vermutete, dass ein solcher Ansporn ihn bald ganz genesen lassen würde.

»Wie kommst du voran?«, fragte sie Jonah.

»Wird schon«, antwortete er geistesabwesend und

kratzte sich an der Narbe am Hals, wo ein erstaunter philippinischer Arzt ihm den Sender entfernt hatte. »Ich muss nur immer daran denken … Wir haben ja eine ganze Menge über Coldhardt erfahren, aber ich habe das Gefühl, jetzt weniger von ihm zu wissen als vorher.« Er seufzte und bearbeitete weiter die Tastatur. »Wir kennen nicht mal seinen richtigen Namen.«

»Oder was ihm fehlt«, sagte Tye trübsinnig. »Ich hoffe nur, dass man sich gut um ihn kümmert.«

»Ganz bestimmt.« Jonahs aufmunterndes Lächeln wurde spitzbübisch. »Wer würde es schon wagen, sich mit einem solchen Ausbund an Verschlagenheit anzulegen? Der Mann ist ein Genie!«

Der Chip in dem Goldring, der es Saitou ermöglicht hatte, sich in Coldhardts Computersystem einzuhacken, war, wie sich herausstellte, ein zweischneidiges Schwert. Es öffnete Jonah jetzt eine Hintertür in Saitous Server. Und da sämtliche Zuschauer im Tempel dem Unternehmen Finanzmittel hatten zukommen lassen und im Gegenzug einen bestimmten Prozentsatz von Coldhardts Vermögen erwarteten, hatte Saitou nicht nur seine, sondern auch ihre Konten in seinen Dateien – was es Jonah nun ermöglichte, sämtliche Mitglieder des Konsortiums um ihr Erspartes zu bringen und das Geld auf die privaten Konten der Talentgang zu verteilen.

Nach Coldhardts Anweisung.

Ein Abschiedsgeschenk an die »Kinder«, die ihm so viel gegeben hatten? Oder wollte er nur nicht, dass Nomen Oblitum auch davon drei Fünftel bekam, und würde das Geld später zurückverlangen?

In gewisser Hinsicht hoffte sie, dass beides der Fall war.

Bei dem Gedanken an die NO-Männer beschloss sie, Jonah endlich die Frage zu stellen, die ihr nicht mehr aus dem Kopf ging. »Vermisst du Maya?«, fragte sie stockend. »Die Maya, von der du geglaubt hast, du würdest sie kennen, meine ich?«

»Hmmm.« Jonah lächelte. »Wie würde die korrekte Antwort darauf wohl lauten?«

»Im Ernst. Du konntest schließlich über allen möglichen technischen Kram mit ihr reden.«

»Mit dir kann ich über alles reden. Außerdem war sie zwar so alt wie wir, aber … sie kam mir etliche Jahre älter vor. Und sie hat mich einmal angepfiffen, weil ich nicht geglaubt habe, dass man das Altern aufhalten kann.«

Tye runzelte die Stirn. »Coldhardt hat ein Foto von ihr aus ihrem Studienbuch ausgegraben. Sie hatte Klamotten aus den 1960ern an und war entsprechend geschminkt. Ich hab gedacht, sie hat eben den Retrolook ausprobiert. Jetzt frage ich mich allerdings … was ist, wenn das Foto tatsächlich in den 1960ern aufgenommen worden ist?«

Jonah hob die Augenbrauen. »Du meinst, dieses Muttermal könnte von ihrer Wiedergeburt stammen? Komisch, aber ihre NO-Kollegen hatten es auch … Vielleicht –«

»Vielleicht hat sie einfach nur den Retrolook ausprobiert«, sagte Tye bestimmt. Dann schmunzelte sie. »Apropos Retro … wie findest du Coldhardt auf diesem alten Foto?«

»Über seinen Sinn für Mode kann man streiten, aber nicht über seinen Geschäftssinn – wie dieses kleine Projekt hier gerade bewiesen hat.« Jonah fuhr den Computer mit übertriebenen Gesten herunter. »Fertig. Mein letztes Eigentumsvergehen.«

»Oh.« Sie warf ihm einen erstaunten Blick zu. »Wirst du mir jetzt zum Heiligen, oder was?«

»Nö.« Er sah sie an und lächelte. »Aber wenn diese kleine Umverteilung der Mittel herauskommt, werden eine ganze Menge wütender Leute hinter uns her sein.«

»Alles klar.« Tye nickte. »Du meinst, wir sollten uns für eine Weile bedeckt halten.«

»Hm, hm.« Aus Jonahs Lächeln wurde ein Grinsen. »Außerdem sind wir gerade so mega-stinkreich geworden, dass wir nichts mehr zu klauen brauchen … zumindest vorerst nicht.«

Tye schnalzte mit der Zunge und schüttelte den Kopf. »Du weißt ganz offensichtlich nicht, wie schnell ich Geld ausgeben kann.«

»Aber ich würd's gern wissen. Ich meine, ich will herausfinden …« Jonah wurde rot und wandte den Blick ab. »Jetzt, wo wir unser eigener Herr sind … du und ich, Motti, Con und Patch … na ja, es gibt keinen offiziellen Grund mehr, weshalb wir alle zusammenbleiben müssen, aber ich hab mir gedacht, du und ich … Wenn du wolltest, könnten wir die Sache vielleicht etwas offizieller machen. Dass wir schon noch mit den anderen zusammen sind, aber … wir zwei eben mehr.«

»Hm?«, sie runzelte die Stirn. »Ist das eine Geheimsprache, oder was?«

»Ich bin fürchterlich aufgeregt, hilf mir doch ein bisschen!« Er sah sie hoffnungsvoll an. »Du weißt doch, was ich sagen will. Und … ist es okay für dich?«

Wieder schnalzte sie mit der Zunge und schüttelte den Kopf. »Du weißt ganz offensichtlich auch nicht, wann du die Klappe halten und mich küssen sollst.«

»Aber ich würd's gern wissen«, sagte er wieder und lächelte dieses schiefe Lächeln, das sie so gut kannte und am liebsten immer sehen wollte. Sie beugte sich zu ihm hinunter und sie küssten sich. Und küssten sich.

»Im Chefsessel knutschen«, murmelte Jonah. »Was würde der Boss wohl dazu sagen?«

»Jetzt bin *ich* der Boss und du vergisst das besser nicht.« Tye löste sich sacht und betrachtete den Sessel. Sie kam sich ein wenig seltsam vor. »Ich will nicht, dass wir hierbleiben, Jonah … Es ist Coldhardts Refugium. Und er ist nicht da.«

Jonah nickte nachdenklich. »Dann … müssen wir uns eben ein eigenes Refugium suchen.«

Sie hob die Augenbrauen. »Einfach so?«

»Das Leben ist immer noch kurz, egal was Leute wie Maya sagen.« Jonah sprang vom Sessel auf und lief zum Lift. »Worauf warten wir noch?«

Tye schaute sich noch ein paar Augenblicke im Konferenzraum um. Die vielen leeren TV-Bildschirme an der Wand erschienen ihr wie ein dunkles Auge, das sie beobachtete. Das Summen der Klimaanlage war wie ein langer, nicht endender Atemzug. Die Anlage würde ohne sie weiterleben. Warten.

Sie löschte das Licht und der Lift seufzte, als er sie nach oben trug.

Ein paar Minuten später ging Jonah voraus zu den Ställen, vor denen Tyes BMW parkte. Mit Ausnahme des Wagens ließen sie ihr ganzes Hab und Gut zurück, um neu anzufangen. Nur ihre Rauchsteine kamen mit. Ihre und die von Motti, Con und Patch.

Ihre Welt mochte auseinandergebrochen sein, aber Familienbande brachen nicht so leicht.

Jonah spürte ein Vibrieren in seiner hinteren Hosentasche. »Moment«, sagte er zu Tye und zog sein Handy heraus. Von der anderen Seite der Welt war gerade eine SMS angekommen. »Es ist Con.«

Die Message war kurz und prägnant, typisch Con: *Ihr habt das ganze Geld, ja?*

Er lächelte und schrieb zurück: *Wir haben gewonnen.*

Nachdem er den Senden-Knopf gedrückt hatte, nahm Tye seine Hand und wollte weitergehen. Aber Jonah blieb noch einen Moment lang stehen, blickte über die im Dunkeln liegende Anlage, die sein Zuhause geworden war, und speicherte alles in seinem Gedächtnis ab: den Glanz des Mondlichts auf nassen Ziegeln, die Nebengebäude wie ordentlich verpackte und mit Efeu verschnürte Steinpäckchen, das dunkle Muster der Wege und Hecken. Und in der Ferne die verschwommenen Grenzen der Felder und Hügel, festgehakt unter den Sternen in einer weit offenen Nacht.

Dann spürte Jonah sein Handy erneut vibrieren. Dieses Mal kam ein Bild – Motti und Con rechts und links von Patchs Krankenhausbett, ein albernes Lächeln auf dem Gesicht und zwei Flaschen Champagner in der Hand. Patch dazwischen hatte den bandagierten Daumen hochgereckt.

Wir legen eine davon für euch auf Eis, stand darunter. *Kommt endlich nach Hause.*

»Nach Hause«, murmelte Tye, während sie zu dem BMW gingen. »Wo immer das ist.«

»Könnte Spaß machen, es rauszufinden«, sagte Jonah. »Meinst du nicht?«

Tye drückte seine Hand. Sie küssten sich, stiegen in den Wagen und fuhren in einen neuen Morgen.

DANKSAGUNG

Dank schulde ich – Jill Cole, die geduldig die endlos langen Nächte und frühen Morgen ertrug, während derer ich schrieb, und Verständnis für die Zeitenwechsel hatte. Ele Fountain, Ian Lamb, Suna Cristall, Susannah Nuckey, Georgia Murray, Isabel Ford und Diana Hickman, die so schwer geschuftet und mich unterstützt haben. Philippa Milnes-Smith, ohne die … Captain Denis Dallaire, Berater in Sachen Helikopter (und Sandkuchenbauer). Meinem Vater, Tony Cole, der lesen wollte, was ich geschrieben habe, und meiner Mum, Nat, Cassie und Nathan sowieso. Justin Richards, Paul Magrs, Mike Tucker und Jason Loborik dafür, dass sie da waren. Linda Chapman für all ihre Hilfe und Bestätigung. Dominic Barker, der mich zum Lachen brachte und keinen Spiegel vorhielt. Paul Grice und Tony Fleetwood für eine so lohnende Methode, Tinnitus zu kriegen. Den Editors, den Acid House Kings, dem Trio Mobius Band, The Postal Service, Snow Patrol, Feist, A Certain Ratio, Feeder, Faces Fall und so vielen anderen für ihren Einfluss auf meine Stimmung. Toby, für immer. Sowie denen, die die Bücher gelesen, und denen, die geschrieben haben.

Danke euch allen, die ihr ein Stück mit mir gegangen seid.

Stephen Cole, geboren 1971, verbrachte eine glückliche Kindheit im ländlichen Bedfordshire. Er wurde mit Büchern groß und studierte ab 1989 an der University of East Anglia, um noch mehr Bücher zu lesen. Nach seinem Abschluss mit Auszeichnung in Englischer Literatur und Film ging er verschiedenen Tätigkeiten nach. Unter anderem war er verantwortlich für Kindersendungen der BBC und Chefredakteur bei BBC Worldwide. Heute hat er sein eigenes Unternehmen, widmet sich aber als freier Autor auch mehr und mehr dem Schreiben.

STEPHEN COLE

SNAKEROOT

Band 1 der Trilogie

ISBN 978-3-7855-7484-3

Fünf Jugendliche, fünf außergewöhnliche Talente, ein Auftrag und das Geheimnis des ewigen Lebens …

Jonah ist sofort klar, dass damit ein neues Leben für ihn beginnt. Was er nicht weiß, ist: In diesem Leben wird es tödliche Gegner geben, gefährliche Zweikämpfe und eine Existenz jenseits von Gut und Böse!

Hat er den Mut, sich all dem zu stellen – und vor allem: Hat er eine Wahl?

Loewe

STEPHEN COLE
AZTEC CODE

Band 2 der Trilogie

ISBN 978-3-7855-7544-4

Fünf Jugendliche, fünf außergewöhnliche Talente, ein Auftrag und ein verborgener Tempel …

Von Jonahs Fähigkeit, schnell und fehlerfrei Codes zu knacken, hängt einiges ab: die Suche nach dem Schwert des Cortés, die Lösung des Rätsels um die Gruppe „Die Sechste Sonne“ und die Rettung eines entführten Gruppenmitglieds.

Gut und Böse, Falsch und Richtig sind auch bei diesem Auftrag kaum zu unterscheiden …